文春文庫

巡礼の家

天童荒太

文藝春秋

目次

巡礼の家

プロローグ

どんなものにも始まりがある。けれど、終わりがあるとは決まっておらん。

始まりは、むかしむかし、神様が世界を創られて、まだ間もなかった頃のこと。

うちらがいま住んでおるこの辺りには、まだ人間が誰も住んでおらなんだ。

神様のご加護《かご》もあって、この世界に人間がどんどん増えるにつれて、いままで未開であった土地にも、生活の場を広げてゆく必要が出てきた。

この辺りは、海はおだやかじゃが、平野が少のうて、すぐに山となり、山は遠くまで連なって、森は深い。人が暮らすのに適しておるかどうか、神様が使いを出された。

空の上から、山や川を、また平野の様子を調べるために、ある雌《めす》のサギが選ばれた。

いま知られておるサギよりも、ふた回りは大きゅうて、多少の雨や風に打たれても飛びつづけられるし、神様の使いとして恥ずかしゅうない、絹のように真っ白で、柔らかい羽をそろえておった。

このサギは、好き合った雄《おす》のサギと一緒に、神様の庭の隅で暮らしておった。あるとき、雄のサギが飛んでおる最中に、雷に打たれて死んでしもうた。あまりに悠々と天高く飛び過ぎて、雷様の怒りにふれたらしい。雌のサギは、その悲しみから長くふさぎこんでおった。大事な役割を任せることで、生きてゆく力を取り戻させてやりたいと、神様は思われたのかもしれん。

サギは、気乗りがせんかったが、お申しつけじゃから仕方がないと、神様の庭から飛び立った。大きな羽ばたきで優雅に風をとらえ、またたく間にこの辺りまで到着し、旋回を繰り返した。

のちに瀬戸内海と呼ばれる海に関しては、波は静かで、魚も貝もたくさんおり、人間が取り過ぎん限りは、末永く恵みをもたらしてくれるだろう、とサギは思うた。けれど、山が海岸近くまで迫っており、ずっと遠くまで深い森がつづいておる。川には、大きな岩がごろごろと転がっておる。人が暮らすには、山をずいぶんと削って、畑やら道やらを作りつづけてゆく必要があろうし、川の氾濫《はんらん》も気になる。

サギは考えこんだ。

「人間がここで暮らしていけるようになるまでには、あまりに苦労が多い。苦労をしても、それを癒《いや》すものがあればよいが、それらしきものは見当たらない。神様にはあまりいい返事ができそうもない……」

沈んだ心持ちで考え事をしておったせいじゃろう、目の前に伸びておった巨木の枝に気がつくのが遅れた。大きいサギであったから、後ろに伸ばした長い脚が枝にひっかかり、バランスを崩した。慌てて羽ばたこうとして、羽をまた別の枝にぶつけ、あえなく森の中に落ちていった。

地面にぶつかる寸前、葉の茂みに受け止められ、地面にむした苔《こけ》も助けとなり、大怪我は免《まぬか》れた。けど左の脚がひどく痛み、飛ぶための羽も傷ついておった。

これは困ったと、サギは周囲を見回した。

森の奥ゆえ、もとより暗い。日も暮れてきて、寒さも忍び寄り、心細さがつのる。サギは心もとなく、ひと声鳴いた。ここにおりますと、神様に伝えたかったのじゃが、茂った葉にさえぎられ、空まで届いた気配はない。

安全な神様の庭を離れて、ここまで旅をし、役目を終えて、さあ帰ろうというときに、思いもかけない事故にあい、命を落としてしまうのか……。

悲しいというより、命のはかなさ、運命の厳しさを感じた。神様に選ばれた身じゃからと、気づかぬうちに、いい気になっておったのかもしれん。

だがサギは、神様の近くにおって、おりおり感じていたはずじゃった。神様は、生きとし生けるもの、その一本、一羽、一匹、一頭、一人の、生き死ににまで心を配るゆとりはない。神様は、もっと大きいことを気にしておられる。

たとえば、宇宙の秩序を整えることや、地球という星を任せることにした生き物たちが、自分の役割をきちんと果たすかどうか、に目を注いでおられる。

一本、一羽、一匹、一頭、一人は、それぞれの役割を背負うて旅する者じゃ。旅のあいだに、気持ちの通じ合う相手を見つけ、ともに旅をする。また、よき仲間を見つけて、一緒に生きてゆく。次の世代を育てたり、導いたりもする。けれど、そのあいだに親しい者が亡くなってゆき、ついには自分も死を迎える。

それが、生き物のさだめじゃ。わしらはみんな、死ぬさだめにある旅の者じゃ。

サギは、そう悟《さと》って、先に亡くなった自分の父や母や友や、夫のサギのことを想うて、さっきよりも大きく声を上げた。

すると、まるで声に答えるように、暖かい風が吹き寄せてきた。風にはうるおいがあり、かすかに水の流れる音も運んできた。

不思議に思うて、サギは風上に向かって脚を引きずりながら進んだ。

灰色の霧が、木々が並ぶ先で揺れておる。やがて地面の苔が、岩場に変わった。岩と岩のあいだを水が流れてくる。その水が脚にふれ、サギは驚いた。温かかった。

周囲に揺らぐ霧が濃くなり、身を包む。その霧も温かく、湿りけがある。

これは湯気じゃ、と気がついた。痛みをこらえて、羽を大きく動かしてみる。ふわあっと風が起こり、湯気が払われる。岩に囲まれた小さな泉が現れた。

あふれる水が、サギの足もとに流れ、また温かさを伝える。

温泉じゃった。湯はきれいに澄み、底の平らな岩まで見通せる。灰褐色《はいかっしょく》の岩と岩の隙間から、湯はこんこんと湧《わ》き出ておるらしい。

サギは、傷を負った脚を恐る恐る伸ばして、温泉につけた。深く息が洩《も》れた。心地よい温かさが、全身にのぼってくる。もう一方の脚もつけ、水浴びをする要領で、湯の中に全身を沈めた。えも言われぬ気持ちよさに包まれ、旅の疲れも緊張も心細さも溶けてゆく。

しばらくしてサギは、温泉から上がり、岩場で羽を乾かしながら、なお脚は長くお湯につけておった。やがて空腹をおぼえた。生きていく力が戻ってきた証《あかし》じゃ。森の中に実っておった果実を食べ、清水で喉をうるおした。からだに力がみなぎり、ふたたび飛べそうに思い、試しに羽ばたいた。

痛みは感じない。脚も動く。木々のあいだから見上げれば、空には月が出ておる。サギは、さえざえと輝く月に向かって飛び立ち、神様のもとへ戻った。

「あの土地はよろしゅうございます」

サギは神様に報告した。

「もちろん簡単にはまいりません。豊かな暮らしを築くには、何代にもわたって山や荒れ地を開かねばなりません。災害にも幾度となく見舞われるでしょう。それでも海は美しく、川の流れは清らかで、森の恵みは水も果実もおいしゅうございます。そして、日々の働きの疲れを癒し、生きゆく力を与えてくれる温泉がございます」

サギは、誇らしく語ったあと、小さく首を横に振った。

「ただし……人間は、ほかの生き物より知恵はあるものの、欲もそのぶん深《ふこ》うございます。他人よりもっと楽な暮らしを、もっと多くの富を、と欲にかられれば、いとも簡単に正しき道を踏み外すでしょう。どうぞ人間のよき手本となる人物を、おりにふれ、お遣《つか》わしください。その人物が、道に迷った者たちに手を差しのべられるよう……この地を訪れる者たちが、本当の幸いとは何かを悟れますよう……お見守りくださいませ」

神様は報告を喜んだ。褒美《ほうび》として、サギに永遠に自分の庭で暮らす許しを与えた。

サギは、名残惜《なごりお》しげに神様の庭を見回し、決意を秘めた目で神様を見上げた。

「実は、もう一つお願いがございます。わたしをあらためてあの土地にお遣わしください。わたしの傷を癒し、生きる力を蘇らせてくれたあの温泉のそばに、小さな庵《いおり》を作り、人間をはじめ、生き物たちを迎えたいのです。温泉につかれば、心地よさから眠くなりましょう。空腹もおぼえましょう。その者たちに、寝る場所を整え、いくらか口にするものを用意してやりたいのです。

この星の生き物はみな、旅の者だと、気がつきました。何かしらの役割を背負い、親しい者たちの死を抱え、みずからもやがては死なねばならない、哀しくて切ない旅の者です。その旅の者たちを迎えて、いたわり、旅をつづけられるように力づけてやりたいのです」

「もう二度とわたしの庭へは戻れないぞ、それでもよいのか」

神様がお尋ねになった。

「はい。それがわたしの役割だと思います」

サギは力強く答えた。

神様は、サギを見つめ返し、決意の固いことを知り、願いを聞き届けられた。

……これが始まりの話。『さぎのや』の始まりじゃ。

信じるも、信じんも、勝手よ。けど、長いあいだ、こう語りつづけられておる。

このサギが、いまも終わることなく、旅する者を迎えておる、この『さぎのや』の、初代の女将《おかみ》じゃとな。

1

殺した。殺してしまった。わたしは人殺しだ。

少女は裸足《はだし》で土の道を駆け下りた。小石を踏むたび、足の裏から頭のてっぺんへ痛みが突き上げる。犯した罪に対する罰として受け止める。

死刑だ、わたしはきっと死刑になる。でもどうしてこんなことになったんだろう。

少女の目から涙がこぼれた。

灰色のスウェットの上下を身に着けているだけで、靴下もはいていない。足の裏の皮がむけたのか、痛みが増し、大きい石につま先をぶつけて、激痛のあまり転びそうになる。

ちょうど目の端に、こちらへ向かって走ってくる車の影がよぎった。

とっさに、脇の草むらに飛び込む。地面で膝《ひざ》を打った。痛みをこらえて、草をかき分けて這《は》い進み、雑木林の中へ身を隠す。見覚えのある小型の乗用車が坂道をのぼってゆく。運転手は少女を見なかったのだろう、車はスピードをゆるめずに走り去った。

だが死体が見つかれば、すぐに少女の捜索が始まるに違いない。

少女は雑木林の奥へと進んだ。自分の犯した罪が怖かった。その罪が、自分だけのせいにされそうなことが悔しかった。

ひどいことをしたのは間違いない、でも、わたしだけが悪いわけじゃない……。

林の奥は、ごつごつした石が多く、枯れ木や朽《く》ちた枝が転がり、トゲのあるつる草が繁茂《はんも》している。汗に濡れた髪が視界をさえぎってうっとうしく、足を止めずに、手首に巻いていた黒いゴムの髪留めで、肩までの髪を後ろでまとめた。

歩きづらさは変わらず、地面に手をついて足をかばったり、枝やつる草を払ったりするうちに、足だけでなく、手や顔も傷ついた。

雑木林が切れ、人けのない山の中の畑に出る。こぢんまりとして、家庭菜園をやや広げた程度だ。山間部には野生の猪や猿がいるというから、その対策だろうか、柵を高くめぐらしている。畑には、かぶの葉や、里芋の葉が見える。いまよりもっと幼い頃、少女のふるさとでも、祖父母が畑で野菜を作っていたから、多少は作物の見分けがつく。

柵の外を迂回《うかい》して歩いてゆくうち、農道へ出る場所のそばに、水道の蛇口を見つけた。

固く締まった蛇口を開き、ほとばしる水に口をつける。

冷たさが渇いた喉にしみ通る。手や顔も洗う。そばの木の枝に、ハンガーが二本掛けられ、古い手ぬぐいが二枚ずつ掛かっている。農作業のあとに、手や顔を洗って拭くためのものだろう。雑巾《ぞうきん》にしか使えそうにないものもある。

一枚借りて、顔をぬぐい、血があちこち流れている足を水で洗った。傷口に水がしみ、痛い、と声が洩れる。左足の親指の先が裂けて、血が吹いている。右足のかかとの切り傷は思ったより深い。逃げつづけるには、靴が必要だ。だが畑の周囲に、それらしき物はなかった。雑巾同然の手ぬぐいを二枚、手にしかけて、少女は迷った。

泥棒はしたくない。でも、もう人を殺してるし……。

少女は、目を閉じ、手を合わせた。きっと返しにきます。生きていたら、きっと返しにくるので、それまで貸してください。

少女は、手ぬぐいをそれぞれの足に二重に巻いて、強く縛った。舗装された坂道を反対側に渡り、また林の中に進み入る。

小さな丘を一つ越えた感覚のあと、二車線の道路に出た。エンジン音が聞こえ、身をひそめた少女の前を、乗用車が二台通り過ぎていく。

道路をはさんだ斜め向かいに、林の奥へと土の道がつづいている。辺りをうかがいながら近づく。

道の入口の両側に、低い杭が打たれ、その杭に太い竹を差し渡して、人の交通を阻《はば》むかたちになっている。あくまで注意を促す程度で、杭の外側を回れば、簡単に奥へ進んでいける。竹の中央付近に、古びた板が釘で留められ、にじんだ字で『旧へんろ道』と書かれていた。その隣に古い布が下がり、『危険個所あり、要注意』と、上手とは言えない字で書かれている。

少女は、この地に来てから、八十八カ所の霊場《れいじょう》を訪ね歩く巡礼者、「お遍路《へんろ》さん」のことを知った。『へんろ道』とはつまり、お遍路さんが通る道だろう。だが、旧の字がつく意味まではわからない。完全に人が通れないなら、もっと頑丈な造りで通行止めにするだろうし、一方で、危険個所があるなら、追ってくる人も少ないだろうと考え、少女は杭の外側を回って、『旧へんろ道』に入った。

向かって左側の道端に、小さなお地蔵さんが祀《まつ》られている。かなり古いものだろう、目も鼻も削れて、わずかな窪みと出っ張りによって、それとわかる。

道は、大人二人が並んで歩けばいっぱいの幅で、ひどく荒れている。周囲の木々は丈が高く、葉も密生して、辺りは暗い。車の音も、鳥の声もせず、道をおおっている落葉や枯れ枝を、彼女が踏みしだく音ばかりが大きく響く。

この道がどこに通じているのか、見当もつかない。道はくねくねと曲がりながらのぼり坂となっており、長く歩いてきた足が限界を訴える。

手ぬぐいを巻いていても、枝や小石を踏むたびに、痛みが突き上げてくる。時計を持っておらず、木々の幹と葉の茂みに空が閉ざされて、時間の感覚もつかめない。

頭の上でぱらぱらと音がした。頰《ほお》に水滴の冷たさを感じる。葉を打つ雨の音が大きくなり、肩や腕が濡れはじめた。雨宿りができそうな場所はなく、ほどなく頭から顔へ水が滴《したた》るほどに雨足は強くなった。

道はぬかるみ、水が坂の上から流れてくる。足に巻いた手ぬぐいが泥水につかり、滑りそうになる。頭上で光が走り、地面が揺らぐほどの雷鳴がとどろいた。

思わずその場にしゃがみ込む。つづけざまに近いところで光がひらめき、雷鳴が彼女に迫る。じっとしていられず、立ち上がって、足を動かした。

道が平らになったのか、水が流れてこなくなる。ほっとして、高く盛り上がった木の根を越えたところで、大地の支えを失った。穴に落ち込む感覚で、からだが沈む。

次には胸から脇腹にかけて衝撃を受け、息がつまった。額から頬を地面にこすりながら滑り落ちてゆく。

からだの落下が止まったところで、ぬかるむ地面に手をついて顔を起こした。木の根を越えたところから下り坂となっていたのに気づかず、前のめりに転んだのだ。

降る雨と、地面を流れる雨水で、着ていたスウェットはぐっしょりと濡れ、泥水が目に入ったのか、しみるように痛い。立ち上がる気力も湧かず、泥の上で仰向けになり、落ちてくる雨で目を洗った。

このままここで死ぬのかもしれない。いいや、それでも……と、投げやりに思った。

ヒナ……。雛歩《ひなほ》……。

呼ぶ声が聞こえる。少女はからだを起こした。

お父さん？　お母さんなの？

周囲を見回す。黒々とした木の影が立ち並ぶばかりで、耳をいくら澄ましても、雨が森を打つ音しか聞こえない。

けれど……やはり呼ばれたのだ、二人に呼ばれた、と思い、少女は立ち上がった。

スウェットの内側まで雨水はしみている。麻痺しているのか、冷たさは感じない。

ともかく手ぬぐいを巻いた足の裏でまさぐるようにして、滑りやすい道を下ってゆく。

坂が次第にゆるやかになる。雨は小降りになり、そのうちやんだ。辺りは暗いが、まだ夜にはなっていないらしく、悪路がぼうっと浮かんで見える。

少女は、全身にだるさを感じ、ついにはその場に腰を落とした。地面にめり込んでいくかと思うほど、からだが重い。立てた膝に額を預ける。

そうか……『旧へんろ道』というのは、たぶん古い時代にお遍路さんが通った道で、いまは使われていないという意味なのだろう。このままここにいても、誰も通らない。助けは来ない。じっと死を待つばかりだ。

遠くで、鳥の羽ばたきに似た音がする。風が頰を撫《な》でてゆく。目を開いて、顔を上げた。乳白色の霧に包まれている。周りを見回しても、ほんの数センチ先も見えない。

もしかしたら、ここは死の世界？　わたしは本当はもう死んでいるのだろうか？

ふたたび頰に風を感じた。霧が揺らいで薄くなり、彼方《かなた》から影が浮かび上がってくる。ほっそりとした大型の鳥に思えた。影がさらに近づく。少女のほうを見て、いぶかしそうに首をかしげているらしい。翼を広げて、少女に向かって差しのべる。

不思議な心持ちで見守るうち、鳥の翼は、白い腕となり、羽の先端は、しなやかな指に変わって、少女の両肩にふれた。冷え切っていたからだに温かさが伝わる。

「どうしたんです、こんなところで」

疲れ切った心とからだに、しみ入るように響く声だった。

「立てないのですか、どこか痛いのですか？」

少女のぼやけた視界の中に、人間の女性の顔が現れた。

力強い線をきりりと引いた印象の眉の下で、生命力に満ちた大きな瞳が輝いている。高い鼻から、桃色の唇までの線が端正に整い、黒い髪をこまやかに編んで、頭の上で上品にまとめている。耳は古代の飾り玉のような形をして、イヤリングもピアスもしていないのに、耳それ自体が高貴なアクセサリーに見える。

凜《りん》と力がみなぎる瞳を中心に、性格的な強さを感じさせながら、ふくよかな頰や口もとの柔らかさは、何事も受け入れてくれそうな寛容さも伝えている。

少女は相手の顔に見入った。これって、ずっと憧れつづけてきた顔だ……もしも整形できるなら、あのモデルさんと、こっちの女優さんをプラスして、好きなアイドルと組み合わせて……と欲張り過ぎて、かえってうまくイメージできなかった理想の顔が、こちらを見ている。

少女の左肩に置かれていた女性の右手が、いったん離れて、少女の頰にふれた。

「あなた……」

女性がささやきかける。大事な秘密を告げる声音《こわね》だった。

「帰る場所はありますか」

「え……」

少女の口から驚きの声が洩れた。実際に言葉になったかどうかわからない。ただ相手の問いかけは、少女の内部に深く響いた。それは、ずっと胸に抱え込んできた、みずからへの問いであり、誰にもふれられたくない秘密の問いかけでもあった。

わたしには、帰る場所があるのだろうか……。

でも、いつだって誰かに尋ねてほしいことだった、と、いま相手の言葉を耳にして初めて理解した。

「あなたには、帰る場所がありますか」

少女は泣きたくなった。叫びたくなった。

だが、できたのは、わずかに首を横に振ることだけだった。

目の前で女性がほほえむ。右肩に残されていた女性の左手が、わずかに少女を引き寄せる。女性の笑みをたたえた目がさらに近づいたところで、少女の視界はかすみ、ほどなくすべてが乳白色の霧の奥に閉ざされた。

2

お下げ髪の女の子が、水玉模様の手ぬぐいを鉢巻《はちま》きにして、祭礼用の濃紺のはっぴを羽織っている。きらびやかな光を放つ箱の前に立ち、ピースサインを作ってポーズをとる。

「お父さん、わたし、本当にこれに乗っていいの」

女の子は、シャッターが切られたとたん、自分の後ろで光を放っている箱、実は大きな神輿《みこし》の、支えとなっている担ぎ棒のところにふれた。

からだが大きくて気が優しく、元水泳部で泳ぎが得意だったこともあって、周囲からジンベーとあだ名されている父が、カメラを下ろして、自慢げに女の子にほほえみかける。ジーンズに黒いTシャツを着て、やはり祭礼用のはっぴを羽織っている。

「女の子は本当は乗せられないんだけど、ヒナはお父さんの子どもだから、特別なんだ」

「お父さんが、このお神輿を作ったの？」

「作ったのは、職人さんだよ。お父さんは、古いお神輿がひどく傷《いた》んでいたから、みんなを説得して、新しいお神輿を作るお金を集めたんだ。デザインも少し手伝ったけどね」

「お父さん、お祭りの世話役だから」

父と並んで立っている母が言った。父とは対照的に小柄で、肌が白いので、白イルカの別名であるベルーガから、ベルと、やはり高校時代の水泳部の頃から呼ばれていたらしい。淡いもえぎ色のワンピース姿で、はっぴは羽織っていない。

「どうして女の子は本当はだめなの。お兄ちゃんはよく乗せてもらってるでしょ？」

女の子は、神輿の黒光りする屋根のところを、汚さないように爪で軽くふれてみる。

「女の子も、大人の女性と同じ扱いで、担ぐことはできても、お神輿の上には乗れない決まりなんだ。お父さんは、小学生まではいいと思うけど、決まりだから仕方ない」

「けど、わたしはいいんだね」

「宮司《ぐうじ》さんにお祓《はら》いをしてもらってからな。お神輿が新しくできたから、お父さんへのお礼として、みんなが、いいよって言ってくれたんだ。ヒナがお祭り好きなのを、みんな知ってるし、ヒナを乗せて、神社の周りを回ってくれることになった」

「やったぁ、お父さんの子どもでよかった」

「そうだろ」

父が、顔をだらしなくほころばせて、口の周りに生やしたヒゲをこする。

母が、笑いながら父の太い腕を軽くぶち、

「でも、雛歩、ちゃんとつかまってなきゃだめよ」

「うん、わかってる。ここの綱をしっかり握るんだよね」

と、神輿の屋根の四方の角から突き出している、「わらび手」あるいは「耳」と父たちが呼んでいる、植物のわらびのくるっと巻いた先端を模したような飾りと、担ぎ棒とをつないでいる、「飾り紐《ひも》」と呼ばれる太い真紅《しんく》の綱を、女の子は握った。

するとと突然、ぶちっと音を立てて綱が切れた。女の子の手に綱の一端を残して、神輿が、置かれていた台座の上から、向こう側へ滑り落ちてゆく。

周囲一面がいつのまにか池のような大きな水溜まりに変わっている。神輿の頂上に載《の》せられていた鳳凰《ほうおう》の飾りが、飛沫《しぶき》を上げて水の中に落ちた。つづいて、神輿の本体がすべて水の中に落ち、泡を上げてまたたくまに沈んでいった。

自分も水中に引き込まれそうで、何かをつかもうとして……雛歩はびくっとからだをふるわせ、目を開けた。

目の前は暗い。真の闇ではなく、かすかな明かりがどこかに灯されている。

手、足、背中、と感触が戻ってくる。身の回りを探って、寝具に包まれているのがわかった。どうやら室内にいるらしい。手でからだにふれてみる。浴衣《ゆかた》のような寝間着を着ている。どこも濡れていないし、草や泥や血のにおいもしない。

すべては夢だったのだろうか……でも、どこからが夢だったの？

幾つもの記憶が揺らめく。あのおぞましい罪が、夢だったらいいのに、と思う。

いや、その前の、帰る場所を失って、さまよいつづけた日々が、夢ならいい。

そう、あの日からのことが……お神輿の前で写真を撮った、あの日からのことが、すべて夢だったらいいのに……。

ふと、人の気配がして、雛歩は耳を澄ませた。

すぐそばで誰かの息づかいがする。おだやかなゆっくりとした呼吸で、もしかしたら寝息かもしれない。恐る恐る左に首を向ける。ほんの少し離れた場所に、布団を敷いて誰かが寝ている。枕もとに電気スタンドが置かれ、小さな灯がついている。

暗がりに慣れてきた雛歩の目が、清楚な印象の寝顔をとらえた。髪が長いので、たぶん女性だろう。乳白色の霧の中で出会った女性とは別人で、もう少し若い気がする。

まぶたを閉じているのではっきりとは言えないが、きっと綺麗《きれい》な人だろう。こんな人が隣で静かに寝ていることに、不審ではあるけれど、安堵《あんど》もこみ上げてくる。大丈夫なんだ、ここは、きっと安全な場所なんだ……そう思うと、全身が重く、からだを起こせないこともあって、しぜんとまぶたが下りてきた。


闇のかなたで、ぼうっと明かりが灯った気がした。

額に何かがふれた感覚がある。耳のあたりがこそばゆい。

まぶたを開いた。誰かが自分の上におおいかぶさっている。

「あら、ごめんね、起こしちゃった？」

若い女性の笑顔が目の前にあった。たぶん隣に寝ていた人だろう。二十歳くらいに思える。電気スタンドの光を受けて、とくに鼻のあたりが輝いて見え、

「鼻、高っ……」

と、思わずつぶやいた。

「え？」

相手がびっくりした様子で、目を見開き、次に柔らかい苦笑を浮かべる。

雛歩は、恥ずかしくなり、目を閉じた。

「ちょっと熱が上がってきたみたいだから、耳から体温を計らせてもらっていい？」

相手を思いやる口調が、保母さんみたいだなと思い、目を開く。相手が体温計らしい

ものを手に持っている。よくわからないながら、雛歩はうなずいた。

「じゃあ、ちょっとごめんね」

と、相手が断り、雛歩の耳に体温計の先端を差し入れる。ほどなく電子音が鳴る。

「三十八度三分もある。つらくない？」

つらいというより、頭がぼうっとして眠い。首をわずかに横に振った。

「そう。とにかくいまは寝てたほうがいいよね。痛いところはない？　一応骨折はしてないみたいだったけど、足がひどく傷ついてたし、手とか顔とかいろんなところに小さなすり傷や切り傷があったから」

言われて、手を顔の前に持ち上げた。指先や手の甲に絆創膏《ばんそうこう》が貼られている。頰とか顎とか額にも貼られている感触がある。足のところに意識をやる。両足とも妙な感じで、もしかしたら包帯のようなものが巻かれているのかもしれない。

「あの……お医者さん、ですか」

雛歩は尋ねてみた。

「お、初めてちゃんとした言葉が話せたね。ちょっと安心したよ、ヒナちゃん」

「え……」

どうしてわたしの名前を知っているの……雛歩は、戸惑い、相手を見つめる。

だが、綺麗な目でまっすぐ見つめ返されて恥ずかしく、またまぶたを閉じる。

「わたしの名前は、こまき。ひらがなで、こ・ま・き。看護師の卵。じゃあ、もう少し寝てて。まだ午前三時だから」

こまき、と名乗った女性が自分の布団のところに戻る気配がする。衣擦《きぬず》れの音がして、スイッチの音がする。雛歩は目を開けてみた。電気スタンドの小さな灯も消えて、室内は真っ暗になっていた。

3

人の声が遠くに聞こえる。

笑っているわけではないが、明るく弾んだ声だ。一人や二人ではなく、何人もの声が行き交っている。何事だろうと目を開こうとする。まぶたが重い。さっき目を覚ましたときには感じなかった寒気がする。なのに顔のあたりが熱っぽい。

えいっ、と気合を入れて、まぶたを開く。茶色い天井が見えた。光を感じる。まばゆくはなく、自然光だろう。天井のあちこちに黒いしみがある。どのしみも同じ形をしていて、その形もなんとなく見たことがある。鳥だ。大型の鳥が、片足で立っている姿と、羽を広げて飛んでいる姿とが、デザインなのか全体にちりばめられている。

こまき、という女の人のことを思い出し、隣に顔を振り向ける。

布団がたたまれ、彼女の姿はない。代わりに、部屋の様子がうかがえる。簡素な机と椅子と本棚があり、本棚にはびっしりと本が並んでいる。タイトルは見えないが、少なくともコミックではなさそうだ。その隣にファンシーケースらしきものもある。

　ここは、あの女性の部屋らしい。広さは六畳くらいだろう。雛歩が頭を向けている方向に窓があり、カーテンが引かれている。時間はわからないが、カーテンは光を内にためて、ほの明るい。

　足を向けている先にドアがある。人の声は、ドアの向こうから聞こえていた。

　いきなりドアがそっとノックされた。間をおいて、二度。返事ができずにいると、

「入りますね」

　細い声がして、ドアが開いた。

「ああ、起きてらした？」

　背の高い、痩《や》せ型の女性が、お盆に何かをのせて入ってくる。三十歳前後だろうか、おかっぱの髪が、顎の下で軽くカールし、頬のあたりをおおっている。雛歩の枕もとに座り、額にひんやりとした手を置く。乳白色の霧の中で出会った人とはやはり違う。

「ほんと、高いお熱。こまきさんが、水分を摂《と》ったほうがいいでしょうって。ヒナホさん、からだを起こせます？」

　今度は、ヒナという愛称ではなく、ヒナホという名前で呼ばれた。

　なぜ、どうして……雛歩が、驚き、なお口をきけずにいるうちに、女性が掛け布団をめくり、雛歩の背中に手を差し入れた。相手の力に頼るかたちで、からだを起こす。お水、とプラスチックのコップが差し出される。ストローもついている。

雛歩は、ストローをくわえて、水を吸った。思いがけないほどおいしい。飲み切って、息をつく。からだが不安定に揺れる。相手が手を添えて、布団の上に戻してくれた。

「わたしは、カリンと言います。欲しいものがあったら、何でも言ってくださいね」

雛歩を支えたときに乱れたのだろうか、相手の頰を隠していたおかっぱの髪が、後ろに払われ、左の頰から耳にかけて縫ったような傷跡が見えた気がした。

だが、眠くてすぐに目を閉じる。からだの上に布団が戻されたのがわかる。


がたん、と何かが落ちたらしい音がして、目が覚める。

ファンシーケースの前にいる女性が、本を拾って机の上に戻している。

こまき、と名乗った女性が、トレーニングウェア姿で、こちらを振り向く。

「あ、ごめん。起こしちゃった」

彼女が顔をしかめるが、そんな表情も綺麗だな、と雛歩は見つめた。

「わたし、寝てる人を起こしちゃう癖っていうか、注意の足りないところがあるみたいなんだよね、いつもそれで叱られちゃう……ミトさんには、とても追いつけないなぁ」

え、ミト、って誰のこと……雛歩は問いたいが声が出ない。

「起きたのならちょうどいいか。着替えさせてくれる？　ドーゴ公園までジョギングしてきたの。いまから学校へダッシュしないと遅れそう」

え、ドーゴ、って何……雛歩が目で問うのも構わず、こまきさんはトレーニングウェアを脱いで、スタイルのよいからだをタオルでさっとぬぐい、ジーンズとシャツを着る。

「お水飲んだ？　脱水は怖いから、こまめに飲んでね。枕もとに新しい水が置いてある」

水のことを言われたとたん、雛歩は下腹の痛みを感じた。トイレに行きたい。でも、からだがまったく動いてくれそうにない。

「あの、すみません……」

言いかけて、言葉につまる。ソックスをはいていたこまきさんが振り向いて、

「ん、何かいる？　お水飲む？」

「いえ……あの……」

「ああ」

と、こまきさんは手を打って、「おなかがへった？」

違いますよ……雛歩は胸の内で言い返す。本当に看護師の卵なんですか？

「わかってる、トイレでしょ？」

……意外にいじわるな人かもしれない、と思いつつ、雛歩は小さくうなずいた。

「そりゃそうだ、昨日の夕方からずっと行ってないもんね」

え、昨日の夕方に、ここへ来たということですか？　でも、ここ、ってどこ？

だが、雛歩にいまそれを問う余裕はない。とにかく早くしないと大変なことになる。

「起きられる？　でも、無理だよね。よし、おむつしよっか？」

え、それはないです、乙女ですよ、まだ十五ですよ……雛歩は首を横に振る。

「あれ？　しないの？　便利なんだけどなぁ」

いやいや、便利とかって問題ではなくてですね……もういい、アテにするのはやめよう。雛歩は、両手に力を入れて、なんとか半身を起こした。

「お、やっと生きる気力が湧いてきたかい？」

そんな大げさな、おむつを避けたいだけなんで……と思ったとたん、もしかしたら、おむつ発言は、雛歩を奮《ふる》い立たせようという、こまきさんの作戦だったのか、と、彼女のほほえみを見て、気がついた。

だが足を立てようとしたとき、痛みが走り、雛歩は小さく声を発して息をつめた。

こまきさんが手を伸ばし、雛歩の下半身に掛かっていた布団を取る。雛歩の両足にはやはり包帯が巻かれ、その上に網状のソックスをはかされていた。

「足の傷のほうは、まだ歩くのは無理みたいだね。でも、どうしようかな」

「あの、おむつは……」

懸命に雛歩は訴えた。

こまきさんは、いたずらっぽく笑って、

「ハハ、わかってる。授業で一回体験させられたんだけど、いやなもんだよね。中でするのって、めっちゃ勇気がいる。お年寄りがいやがるのも、当然だよね」

そのとき、ドアの外で誰かが節《ふし》をつけてお経《きょう》を唱えているらしい声が聞こえた。

「あ、ヒロだ。ちょうどいい。ヒロっ」

こまきさんが立って、ドアの外へ出てゆく。

「ヒロ、お経なんて唱えてないで、ちょっと来てくれない?」

「どこがお経だよ、歌ってんだろ」

男の人の声がする。「U2の名曲だぜ。ウイゾ、ウイザウチュー、ってサビだよ」

「それ、色即是空《しきそくぜくう》で歌ってみて」

「シキソ、ッゼエクー。あ、歌えた」

すみませーん、漏れそうなんですけど……雛歩は、泣きたい気持ちで畳を軽く叩いた。

「あ、そうだった。ヒロ、わたしの部屋に来て。お願いがあるの、昨日運ばれてきた子」

「ああ、ミトさんが助けた子?」

こまきさんにつづいて、おしゃれなスーツを着た若い男性が入ってきた。その顔を見て、雛歩は動揺し、心臓の鼓動が早くなるのを感じた。

「足を怪我してて、まだ歩くのが難しいみたい。トイレまで運んであげてくれない?」

「いいよ」

面長で、さらさらとした印象の前髪を目にかかるほど伸ばし、涼やかな目をしている。野性的な猛々《たけだけ》しさを内に秘め、敵には厳しく、身内にはあくまで優しい……雛歩は、いつか自分にも現れるはずの王子様の存在を、お下げ髪の頃から夢見てきた。その王子様として想像していたのと、ほぼ同じ顔が、彼女にほほえみかけてくる。なのに、

「おはよう。いまトイレに連れていってあげるからね、漏らしちゃダメだよ」

と、雛歩の夢を無残に打ち砕くような言葉をかけてくる。

こまきさんより四歳か五歳くらい年上に思える、ヒロと呼ばれた男性は、雛歩の膝の裏と背中に手を回して、軽々と抱き上げた。

夢に見たお姫様抱っこ……。ウェディングドレス姿で、薔薇《ばら》の香りがするバージンロードを、抱き上げられたまま豪華な祭壇へと運ばれてゆくのが、雛歩の理想だった。なのに、寝間着姿で、お線香のにおいがする廊下を、トイレへと運ばれてゆく……。

廊下は、床も天井も古い木が張られ、人がすれ違える程度で広くない。でもずいぶん明るい。部屋を出るとき、抱き上げられた雛歩にもちらりと見えたが、廊下に沿って両側にドアが五つくらいずつ並んでおり、その先の突き当りに大きい窓があった。

「ヒナホちゃん」

突然間近で名前を呼ばれた。王子様の顔がすぐそばにある。

どうしてみんな名前を知っているんだろう。でも疑問の前に、こんなに近くで異性の顔を見たことがなく、どぎまぎする。まつげが長いよぉ、と、つい見入ってしまう。

「おれは、飛ぶって字に、朗らかで、飛朗《ひろ》。ヒナホってどんな字を書くの？」

「あ、鳥の雛が、歩く、です」

何も考えずに、雛歩は答えていた。でも、

「苗字《みょうじ》は、なんて言うの」

と問われたとき、自分の犯した罪を思い出した。もしかしたら、警察から指名手配されているのかもしれない。雛歩は、唇を固く結び、彼から目をそらした。

飛朗さんは、気にする様子もなく、廊下の突き当りを右に曲がったあと、すぐに左へ折れて、二つ並んだドアの手前で足を止めた。

「飛朗、中に入ったところまででいいよ。あとはわたしがやるから」

こまきさんが言い、飛朗さんの前のドアを押し開ける。ドアには、天井に描かれていたのと同じデザインの鳥の絵が赤い色で描かれている。『女性用トイレ』と書かれている下には、幾つかの国の言語も記されていた。

トイレ内には、三つの個室と、手洗いも三つ備えられている。飛朗さんが、雛歩を静かに下ろしてくれる。ちょうどスリッパの上だった。ピンク色のスリッパにも、同じデザインの鳥の絵が白い色で描かれている。雛歩は自分の足でひとまず立った。

「こまき。おれ、もう出なきゃいけない時間だから、戻りは誰かに頼めるかな？」

「うん。マリアさんに頼もうと思う」

「なら安心だ。じゃあね、雛歩ちゃん、また夜に会おう。元気になってるといいね」

飛朗さんは、軽く手を上げて、ドアの外へ去った。

雛歩は、こまきさんに支えられて、足が痛まないようにゆっくり個室の中に進んだ。

「あとはできるかな。わたしも猛ダッシュしないと遅刻の時間なの。あとのことは頼んでおくので大丈夫。ここの人はみんな優しいから、なんでも気軽に言ってみて」

「あの……ここは、なんてところですか。どういう場所なんですか」

ふらつくからだを手すりで支え、どうにか尋ねた。

こまきさんは、楽しそうに笑みを浮かべて言った。

「あなたを助けた人に訊《き》いてみて」

4

雛歩は、用を済ませたあと、何度も自力で部屋に帰ろうとした。だが、熱のせいでから
だがふらつくのと、足の痛みとで、あきらめるほかなかった。するとドアがノックされ、
「もうよろしいかな。お済みになられたかなもし」
のんびりとした口調の、古いお国なまりの言葉で問われた。声は太くておおらかだ。
「はい……大丈夫です」
こわごわ返事をする。ドアが開いた。真っ先に白い大きな鳥が目に入る。部屋の天井
や、トイレのドア、スリッパに描かれたのと、たぶん同じ鳥だ。
「ほしたら、部屋へお戻りになられるかなもし」
にこやかに声をかけてきたのは、色の黒い大柄な外国人女性だった。水色の地に白い
鳥を描いたTシャツの上に、紺色のはっぴらしい上着を羽織り、下はジーンズをはいて
いる。大きな目をくりくりっと動かして、
「ちゃんとつかまっておいでなさい。落ちてしもうたら、もっとワロなろけんな」

と言い、飛朗さんよりもっと軽々と、雛歩を太い両腕で抱き上げた。

使われている方言であるらしい言葉の意味は、正しくはわからない。ただ雛歩は、一年前にこの地方に移り、わけあってお年寄りと接する時間が多かったため、似た言葉は何度も耳にした。なので「ワロなろ」は、「悪くなる」という意味だと察しはつく。

この人が、こまきさんの話していたマリアという人だろうか。胸がとても大きく、抱きかかえられていると、しぜんとおっぱいの上に頭をもたせかける形になる。失礼だと思って、雛歩は無理に首を起こした。

「ええんよ、もたれておいでなさい。このマリアのおっぱいを飲んで、五人も育ったんぞなもし。ああ、お父ちゃんを入れたら、六人になるぞな、ハハハハ」

やっぱりマリアという名前だった人は、陽気に笑った。そして、

「おはようございます。気ぃつけて、行《い》ておいでなさい」

と、廊下の先へ声をかけた。

雛歩はその方向へ顔を振り向けた。ちょうど大きい窓の光が逆光となってまぶしく、しばたたいた目に、上から下まで真っ白に見える人が二人、こちらに頭を下げて……階段があるらしく、下へ降りてゆく。まるで幽霊みたいだったが、気味悪さはなかった。

部屋に戻って、布団の上に横たえられたとき、人々の親切や、場所そのものの不思議さから、

「ここはなんていうところですか、どんな場所なんですか」

と、あらためて雛歩は尋ねた。

マリアさんは、少し驚いた表情を浮かべ、

「ここはなぁ、もうあんたのおうちよ」

え、と訊き返す雛歩に、マリアさんがうなずいた。

「あとのことは、助けてくれたお人に、直接聞いたほうがええぞなもし」

と、こまきさんと同じ答えをして、部屋を出ていった。


またいくらか眠ったのだろう、雛歩が次に起きたときには、枕もとに髪をシャープに切りそろえた、二十歳前後に見える、細面の男性が正座していた。

白いワイシャツを着て、切れ長の冷たい目で雛歩を見下ろしている。飛朗さんは理想の王子様のイメージだったが、この人は……かっこいいけど、性格はイジワルで傲慢《ごうまん》で、はじめはお互いに嫌いだったのに、偶然いつも一緒にいる羽目になり、次第に心ひかれあう……という、中高生が夢見る恋愛妄想の、別バージョンのイメージに近い。

突然のことにうろたえて、雛歩が何も言えずにいると、

「熱を計らせてください」

彼が、ハスキーな声で、つっけんどんに言う。外ではツンとすましているのに、二人きりだとデレデレになる、少女マンガお得意の、ツンデレさんのキャラだ、と思う。

看護師にも、年齢的に医師にも見えない。彼が掛け布団をめくったとき、なななん

でしょうか……雛歩は思わず両手を胸もとに引き寄せた。

ツンデレさんは、困らせる気かいベイビー、とでも言いたげなため息をつき、

「では、自分で計ってください。腋《わき》の下にしっかり入れて」

と、体温計を差し出す。雛歩は、困らせてるのはそっちですから、と心の内で言い返し、布団を戻したあと、腋の下に体温計をはさんだ。ほどなくピピッ、ピピッと電子音が鳴り、雛歩は手だけを出して、体温計を彼に戻した。

「三十八度八分です」

ツンデレさんが、雛歩の足もとにいる誰かに報告する。

白衣姿の、人の好さそうな初老の男性が、彼と交代で前に進み出た。

「ほうほう、結構熱があるねぇ。喉の奥を見せておくれるかな。アーンと開けて」

雛歩は、掛け布団の端を握りしめ、髪の薄い相手を不審な思いで見上げた。

「先生、この子は、我々の存在が理解できずに、戸惑っているのでしょう」

ツンデレさんが、さめた口調で初老の男性に言う。

「ほうほう。まあ、もっともじゃな」

まるでフクロウみたいにほうほうと啼《な》く初老の男性は、大きくうなずき、「わしは、この近所で開業しとる医師のトミナガというのよ。内科、小児科、老年科、在宅を選んだがん患者の往診なんぞが主《おも》じゃが、頼まれりゃあ一応何でも診《み》る。精神科は意外に得意でな、べつに治療せんでも、しばらく話せば……なんじゃ、こんなチャランポランで

も医者が務まるんかと、おおかたの患者が、悩んどることが馬鹿らしなるのか、良うなるんよ。ほっほっほう」

トミナガ医師が、またフクロウみたいな声を発して笑う。すかさず、

「先生、相変わらず話がずれてますよ」

ツンデレさんがたしなめる口調で言った。

「ほうほう。つまりは、昨日も、あんたを診たんじゃがな。覚えとらんかな」

雛歩の記憶は、旧へんろ道のどこかで霧に包まれ、この世の人とは思えない女の人に出会ったところで途切れている。

「昨日の夕方は、まだ熱はのうて、足の怪我は少うしひどかったが、縫うほどでもないんで、化膿《かのう》止めを塗って、包帯を巻いておいた。あとは顔や手に、切り傷やすり傷が幾つもあって、血が出とるのには絆創膏を貼っておいた。医療行為はわしがしたけど、絆創膏を貼ったんは、この子よ。冷たそうに見えて、案外優しい子なんで」

フクロウ医師が、自分の背後に控えた青年のことを紹介して、「看護師じゃあない。こまきみたいな卵でもない。わしのところで、助手みたいなことをしてもろうとる。サチオという名で、いまは男の子として生きておるが、戸籍の性別は女の子じゃ。とまあ、紹介はこれで終わり。さ、口を大きく開けておくれ」

雛歩は、いまのいままで恋愛妄想キャラの三次元化と思い込んでいた相手が、戸籍上は女性だと聞いてびっくりした。フクロウ医師は、呆然として口を開いた雛歩の舌を、

金属製の器具で押さえて、喉の奥にライトを当てる。

「ほう、少し赤いなあ。咳は出るかな？」

雛歩は首を横に振った。まさか、女性だなんてまだ信じられない……。

「咳はなし、か。では、肺の音を聞かせてもらおか。寝間着の上からで大丈夫じゃ」

すると、サチオと紹介された人が、雛歩のそばにふたたび進み出て、雛歩の顔をのぞきこんだ。あ、奥二重なんだ、クールビューティだ……と、雛歩は見とれた。

「起きるのに、手をお貸ししても大丈夫ですか」

サチオさんが感情のこもらない声で訊く。

雛歩はうなずいた。ツンデレなんて勘違いしてすみません……。

「では、失礼します」

サチオさんが、掛け布団をめくり、雛歩の背中の下に手を差し入れた。恥ずかしがる余裕もなく、上半身が起こされる。雛歩は、寝間着の下にタンクトップをブラ代わりに着けていた。自分のものではない。こまきさんのものかもしれない。

フクロウ医師は、寝間着の上から聴診器を当てて、雛歩に深呼吸をさせたあと、

「肺は問題ないね。ヨウレンキンの検査をしてみようか。流行《はや》っとるけんな。もう一回口を開けておくれるかな」

と、雛歩の喉の奥に棒を差し入れ、少し内部をこすったあと、抜いた棒をサチオさんに渡した。

「十分ほどで結果は出るけん。そのあいだに、大女将《おおおかみ》に挨拶してこようわい」

「次の往診もあるので、ハーモニカなど無理にお聞かせして、長居なさいませんように」

サチオさんが、検査キットらしきものを手早く扱いながら言う。

フクロウ医師はほっほうと笑い、サチオさんの肩をぽんと叩いて立った。すると、

「トミナガ先生」

と、雛歩の足もとに控えていた、髪の白い小柄な女性が声をかけた。淡いピンク色のシャツの上に、やはり濃紺のはっぴを羽織っている。

「リンゴを煮たのと、野菜をこしたスープを、雛歩さんに上げてもええでしょうか」

「ほう、構わんよ。栄養をつけたほうがええけんなあ。ショウコさんのスープやったら、さぞおいしかろう。わしも飲みたいくらいじゃ」

フクロウ医師が部屋を出るのと入れ替わりに、ショウコと呼ばれた髪の白い女性が、まだ半身を起こしたままの雛歩のそばに、お盆を持って進み出る。

「お口に合わないかもしれませんけど、少しでも栄養をつけてください」

女性は、つつましやかに言って、雛歩の口もとに、白い陶製のスプーンですくった煮たリンゴのかけらを運んだ。鼻先によい香りが漂い、雛歩に断る選択肢など思い浮かばず、素直に口を開いた。

舌の上で、固いはずのリンゴの果肉がふわりと溶け、甘さと酸味が口の中に広がる。

喉の奥につるんと滑り落ち、ああ早く次をと、夢中で口を開けている。

「スープも召し上がってください」

ショウコさんは、陶製のカップを手にして、今度はスープを雛歩の口に差し入れた。野菜のスープと聞いて、野菜嫌いの雛歩は警戒した。だが、コクのある風味で舌が包まれ、多くの味や香りが渾然《こんぜん》一体となったスープは、するっと口から喉の奥へと運ばれていき、その一口だけでも、なんとなく元気が出る気がした。

フクロウ医師が戻ってきたとき、雛歩はリンゴもスープもすべて食べ、かつ飲みきっていた。ちょうど検査の結果も出ており、サチオさんの差し出す検査キットを見て、

「ほうほう、ヨウレンキンが陽性じゃ。高い熱はそのせいじゃろ。大丈夫、抗生物質を飲んだら、すぅぐに熱は下がる。ほんなら、ここで一曲、ご披露《ひろう》しょうか」

フクロウ医師は、白衣のポケットからハーモニカを出した。

え、どうしてここでハーモニカ……雛歩が戸惑う間もなく、『赤とんぼ』の曲の一節がノスタルジックな調子で室内に流れた。フクロウ医師は、不意にハーモニカを下ろし、

「十五で、ねえやは嫁に行き……十五で、雛歩はここへ来た、か」

そらんじる調子で言って、お大事に、と言い置いて立ち上がる。

まま待って、なんで年齢まで知ってるんですか……雛歩が宙に目をさまよわせていると、

「目ではなく、口を開けてください」

サチオさんに言われて、雛歩は素直に口を開き、手渡されたカプセルを舌の上にのせ、ショウコさんから渡されたコップの水と一緒に飲み込んだ。

薬を飲んだあと、すぐに眠気が訪れて、しばらく意識がなかった。

閉ざされた闇の彼方で、別の部屋のドアが開いたり閉まったり、誰かが廊下を歩いたり挨拶を交わしたりしているらしい、音や声が聞こえた。

どのくらいの時が経ったのか、目を覚ましたとき、辺りにはまだカーテン越しの日の光が残っており、隣の布団は片付けられていて、人の姿はなかった。

雛歩は、この場所自体に、薄気味悪さを感じはじめていた。会う人みんなが親切なのは、有り難いは有り難いのだけれど、その理由がわからず、逆に不安になる。

飛朗さんという王子系イケメンさんが、ヒナホはどんな字を書くのか、苗字は、と尋ねたくらいで、ほかには誰も彼女にプライベートな質問はしてこなかった。そのくせヒナホという名前と、十五歳という年齢を知っている。彼女は身分を証明する何ものも持っていなかったはずなのに、どうしてだろう。

やはり指名手配されているのだろうか。雛歩の写真の下に、『凶悪殺人犯』と書かれた、警察からの手配書が、各所に回されているのだろうか。飛朗さんは、あくまで確認のために苗字を尋ねたのであって、すでに知っているのかもしれない……。

あ、だめだ……雛歩は、あることに気づいて、恐怖におののいた。

どの写真が使われたんだろう……。

直近の写真だと、転校した中学で、音楽祭のときに撮られた集合写真になる。撮影がいやで顔を伏せていたのに、無神経なカメラマンに、そこの女子、百円玉でも落ちてるのかな、終わったら拾っていいから顔を上げてぇ、と言われ、全員に笑われた。できあがった写真は最悪で、険しい目でカメラを睨《にら》みつけている。手配写真やニュースに使われたら、『こいつマジ悪そーwww』『ぜってー五人は殺してるって（笑）』なんて、斧《おの》かチェーンソーを振り上げたいたずら書きまで加えられて、拡散されそうだ。

どの写真を、ここにいる人たちに見てほしかったかな、と、お気に入りの写真を思い出す。

もうずっとカメラに撮られることを避けてきたし、撮られても笑顔なんて見せたことはない。笑っている写真なんて、そう……お下げ髪にしていた頃までだったと思い出す。お祭りのはっぴを着て、新しいお神輿の前で、父に撮ってもらったお気に入りの一枚ならよかったのに……。

でも、あの写真はもうない。あの写真だけじゃない。生まれてからずっと笑いつづけていたはずなのに、それらの写真はもうこの世のどこにも存在しない。

もし捕まって、死刑になれば、永遠に笑顔の写真が残されることはない……そのことを思って、雛歩はあらためてショックを受けた。カメラマンを睨みつけている写真で終わるのはいやだ。せめて最後の写真は笑顔のものにしたい。できれば心の底から笑っている写真を残したい。

だから……。雛歩は決意した。ここから逃げよう。ここを出ていこう。

もし逃げたら、ここの人たちは困るだろうか。親切にしてあげたのに、勝手に逃げ出すなんて、なんて子なの、と失望するだろうか。こまきさんや、飛朗さんや、カリンさんや、マリアさん、ショウコさん、それからフクロウ先生と、サチオさん……あの人たちを、困らせたり、失望させたりするのかと思うと、心苦しい。

それから、もうひとりの人にも。

乳白色の霧の中で出会った人。わたしを助けて、ここへ連れてきたという人。あの人はどうして顔を見せないのだろう。あの人にもう一度会いたい。はっきり言葉にはできないけれど、あの人には、ほかの人とはまた違ったぬくもりがあったのを思い出す。

でも、出ていこう……わたしは人殺しなのだ。

雛歩は半身を起こした。まだふらつくが、薬が効いたのか、少し楽になった気がする。

どこへ行こう……わたしはどこへ行けばいいのだろう……雛歩は考えあぐねて、

「行くところなんて、わたしにあるのかな……」

思わず言葉が洩れた。

「あるぞな」

この土地特有のイントネーションで、深みのある声が返ってきた。

驚いて、声のした部屋の隅に目をやる。お正月などに神社で見かける巫女《みこ》さんとよく似た、白地に赤い線の入った服を着た人がちょこんと座っている。

髪はすべて白、というより、つやのある銀色をして結い上げており、かなり高齢かと思うが、顔に目を転じると、整った目鼻だちの、ことに目に力があり、肌にも張りがある感じで、まだ五十代くらいかと思い直す。福福とした笑みをたたえ、雛歩を見つめている。

「ここよ。あんたが行くところは、ここぞな」

誰、この人、実在してるの？

現実離れした相手に、高い熱が生んだ幻想かと思い、雛歩はいったんまぶたをぎゅうと閉じたあと、あらためて相手を見た。やっぱりいる……。

「おかしなことを考えんでええから。あんたはここに、おんなさい」

え、温野菜……？　ふかしたカボチャやニンジンのこと？

「あほ。温野菜じゃのうて、おんなさい。おりなさい、居なさい、という意味じゃがね」

あ、そうか……雛歩は聞き違えたことを理解した。が、すぐに、あれ……と、自分の記憶に疑問を抱いた。いまわたし、口に出して、温野菜、って訊いたっけ。

「いらんことは考えんでええ。あんたは、ここに来るために、いままで旅してきたんぞな。そこにショウコのこしらえた、リンゴの煮たのとスープがある。食後に、薬をお飲み」

言われて、雛歩が枕もとに目を転じると、白い陶製の碗とカップに、先ほど食べたのと同じ煮リンゴと野菜のスープが用意されている。とてもおいしかったことが思い出され、そばにいる人のことも忘れて、お碗と陶製のスプーンを手にして、リンゴを口に運んだ。

んー、やっぱりおいしい。一気にお碗を空にして、スープの入っているカップを手にした。スープはわざと冷やしているのかもしれない。口当たりがとてもよく、これもあっという間に飲み干した。

「ごちそうさまでした」

空になった器に向かって頭を下げ、そばに座っている人のほうへ視線をやる。

誰の姿もなかった。足音やドアが開け閉めされた音は、聞いたおぼえがないのに。それほど食べることに夢中になっていたということだろうか。

雛歩は、首をかしげ、お盆の上に用意されている薬を取り、コップの水で飲んだ。

5

胃が満足したこともあってか、逃げる、という決意もしばし忘れて横になり、気がつかないうちに寝入っていたらしい。雛歩は尿意で目が覚めた。

危ない、と思う。迷っている猶予《ゆうよ》はない。手を突っ張り、からだを起こす。拍子抜けするくらい簡単に起きられた。頭のぼうっとした感じが薄まり、ふらつきもない。

壁を支えに立ってみる。左足はつま先のほうに、右足はかかとのほうに、深い傷があるらしく、体重をかけると痛む。でも反対側だと、さほどでもない。壁に手をついて進み、ドアノブをつかんで静かに開ける。

突き当りの大きな窓から差す光で、廊下は明るい。人けはなく、声も聞こえなかった。

窓と反対側の廊下の突き当りを右に曲がり、すぐ左に折れたところに女性用トイレ、その奥に男性用トイレがあるのは確かめている。立って歩くのは時間がかかりそうで、四つん這いになって廊下を曲がり、赤い鳥の絵が描いてある女性用トイレのドアの前で、壁を支えにして立った。ドアを開いて、中へ入る。

前回は気づかなかったが、トイレ内の窓の美しさに目を奪われた。ステンドグラスになっている。岩に囲まれた泉につかっている白い鳥の姿が、繊細な色づかいのガラスの組み合わせで表してある。

じっくり鑑賞していたいところだが……さすがにいまは余裕がない。スリッパに足を入れ、倒れ込むように個室のドアにもたれ、手すりを利用して、便座にたどりついた。

間に合って、ほっとする。そのまましばらく座っている。ここって、ちょっといいかも、と思った。学校へ行く必要はない。親戚の人に、いやなことをしろと命じられもしない。親切にされて、おいしいものを食べさせてもらいながら……何も求められない。

だから、おかしいとも言える。何かの思惑《おもわく》があるのだろうか。油断させておいて、いきなり逮捕とか……。だったら、まったく動けない状態のときに、手錠をかけるなり縄で縛るなりしたほうが早いはずだけど……。

巫女さんのような着物を着て、銀色の髪をした、正体不明の女の人が、福福とした笑みをたたえて口にしたことを思い出した。

「あんたは、ここに来るために、いままで旅してきたんぞな」

いったいどういう意味だろう。

この土地の年配の人は、語尾によく「何々ぞな」と付ける。「何々だよ」という意味らしい。もっと昔には「何々ぞなもし」と、「もし」まで付けるのが正式だったようだ。夏目漱石《なつめそうせき》の小説『坊《ぼ》っちゃん』にも、地元の人々の言葉として出てくる。

この小説は、雛歩が去年移ってきた中学の、国語の授業で習った。ほとんどの授業に身が入らなかった雛歩だが、この授業は途中から興味を持った。

というのも、東京から越してきた坊っちゃん先生が、地元の学生や住人たちのことを、ずるい田舎者《いなかもの》、といった感じで悪く言っていたからだ。そうだ、そうだ……と雛歩は同意した。学校でいじめを受けていたし、親戚からつらい仕打ちを受けていたから、坊っちゃんの言う通りだと思った。

なのに、この土地の人々は、お菓子から乗り物から球場まで、さまざまなところに坊っちゃんの名前を付けている。自分たちのことを田舎者と非難した小説とその作家を、なんで有り難がるの？　おかしいでしょと思った。でも……名前を使うことで、覚えてもらいやすいし、商品も売れるだろうし、漱石さんだって、小説がずっと読み継がれて損はしないのだろう……と気づいたところで、この授業にも身が入らなくなった。

愛媛に移って、実際に「ぞなもし」まで口にしている人に出会ったのは、さっきのマリアさんが初めてだ。でも彼女の方言には、あとから学んだ人のぎごちなさがあった。比べて、フクロウ先生や正体不明の巫女さんの方言には、この地で生まれ育った人らしい自然ななめらかさと、意味がわからない場合でも、音にこめられた温かさがある。

でも本当のところ「ぞなもし」って何だろう……実は「ゾウムシ」の間違いだったりして？

あんたは、ここに来るために、いままで旅してきたゾウムシ。

わたしがゾウムシ？　旅するゾウムシ……そうだ、いっそゾウムシになりたい……誰にも干渉されず、森の奥でひっそり暮らしたい。落ち葉や枯れ枝の下で雨風をしのぎながら、誰にも邪魔されず、こちらも誰の邪魔にもならずに、静かに生きていられるなら、それでよかった。

だから……途中で通った森に戻ろう。旧へんろ道の両側に広がっていた森に隠れればいい。あの場所で生きていけるかどうかはわからないけど、ひとまず知っている森だ。

雛歩は、立ち上がって、トイレから出た。廊下でまた四つん這いになる。部屋へ戻るには、この先の廊下の角を曲がるが……動きを止め、息をひそめる。

廊下の先から、人の気配が伝わってきた。足音がして、部屋のドアを開ける音がする。低く声が聞こえる。何やら怒っている声音だ。廊下の曲がり角まで四つん這いのまま進み、顔を半分ほど出して、廊下の先を確かめた。

奥の窓から差す光の中に、廊下沿いに並んだ部屋の一つから、奇妙な影が現れ出た。ゴリラ？　体格のよい影は、前かがみになり、袖の先から前に垂らした左手に袋状のものを持って、隣の部屋に入ってゆく。右腕のほうは袖だけで、手の先は見えない。

ゴリラか人間か、よくわからない影は、部屋の中で何か探しているのか、がさごそと音がする。不満げな声がする。「またこんなに……」と聞こえた。その影が出てくる。廊下に、手にした袋を落とした。拾い上げるとき、袋の口が開き、中から紙切れとコインが数枚廊下に落ちた。紙切れは、遠目だが、一万円札と千円札らしいと見て取れた。

泥棒？　相手がこちらを見る気配がしたので、とっさに雛歩は顔を引っ込めた。建物内に忍び込み、各部屋を回って、金目のものをあさっているに違いない。

どうしよう。放っておいていいんだろうか。助けてもらったのに、いろいろ親切にしてもらったのに。でも、ゴリラみたいな相手と戦うことなんてできない。

また部屋の中で何やら物色する音がする。

こまきさんの部屋もいまに狙われる。変態だったらどうしよう。こまきさんの服とか下着もあるはずだ。優しくしてくれた人の大切なものを盗まれることを知っていながら、見過ごすのか。そんな自分を許せるの、雛歩……。

「だめー、やめてー、泥棒ーっ」

叫んで、廊下に顔を出す。奥の階段に向けて、

「誰かー、泥棒でーす、誰か来てー」

するといる、誰よりも早くゴリラみたいな泥棒が、いや泥棒みたいなゴリラが……つまり泥棒ゴリラが、部屋から飛び出してきた。辺りを見回し、雛歩を見つけて、睨みつける。逆光だが、目をひんむいて、横に広がった鼻をぴくぴくさせているのがかろうじてわかる。喉の奥で唸《うな》り声を発し、肩を怒らせ、雛歩に迫ってくる。

雛歩はありったけの声で悲鳴を上げた。からだが強張《こわば》って、身を隠すこともできず、恐怖に目を見開いて、もう一度、二度と、悲鳴を発する。

遠くで呼ぶ声がする。名前を呼ばれている。

「雛歩さん、雛歩さん、どうしたの、何かあったの」

迫ってくる影の向こうに、白い光がきらめいた。光は広がり、大きな鳥の翼に変わる。

「雛歩さんっ」

ここです、ここです。声にはならず、雛歩は懸命に手を上げる。

白い大きな鳥は、黒い影を追い払い、雛歩の前に翼を広げる。乳白色の霧の中で出会った、性格的な強さと温かい寛容さをあわせ持つ、雛歩の理想とする女性の顔が目の前にあった。彼女は、雛歩の肩に優しく手を置き、

「どうしたの、何かあったの」

問われても、雛歩はすぐには答えられない。相手の顔にじっと見とれる。

女性は、廊下の隅に追い払った影を振り返った。すると、泥棒ゴリラが肩をすくめた。

「あ、いや、このお嬢さんが、泥棒、と叫んで、悲鳴を上げられやして」

泥棒ゴリラが、太い声ながら困惑した口調で話したので、雛歩は目をしばたたいた。

「泥棒を見たの、雛歩さん？」

女性が雛歩のほうへ顔を戻す。

雛歩は、こわごわと泥棒ゴリラ……さんを指差した。泥棒ゴリラさんは、袋を手首に引っ掛けた手の先で、自分自身を指差し、

「え、あっし？」

「部屋に次々と入って、お金を……」

雛歩は、ゴリラでもなければ、どうやら悪い人でもなさそう……と思い直しながら、その人が手にさげている袋を指差した。

目の前の女性が、雛歩とその人を見比べ、ふっと肩の力を抜いた。厳しかった目もやわらぐ。引き結ばれていた唇がほどけ、白い歯がのぞいた。

「この人はね、イノさん。この家の大切な一員なの。怖そうに見えても、とても優しい人だから、安心して」

すると、イノさんと呼ばれた人は、照れくさそうに、左手の指先で頭をかいた。年は五十過ぎだろう、髪を短く刈り上げて、黒いTシャツに綿パン、マリアさんたちと同じ紺色のはっぴを着ている。右腕はもともと存在しないのか、大きな袖だけが揺れている。

「驚かせたならごめんなさいよ。あっしは、イノヒコって、つまらねえサンピンでやす。

猪みたいに周りが見えねえ、一直線のバカ野郎ですが、どんな面倒事だろうと、お役に立ちますんで、遠慮なくおっしゃってください。何かいま、入り用なものはありやせんか」

問われて……だったら聞きたいことがある、と、雛歩は目の前の女性を見つめた。

「この方は……どういう方ですか……それと、ここはどこですか」

「あら、まだ言ってなかったかしら」

女性が小首をかしげた。そのとき、雛歩の背後で、引き戸だろう、がらがらと戸の開く音がして、外の光があふれるほど廊下に差した。雛歩の前にいる女性の顔が、光を浴びて輝き、まぶしそうに目を細めながら、ほほえんでいる。

「ああ、オカミさん。ちょうどよかった、雛歩ちゃんのお布団も、干しましょうか」

背後から名前を呼ばれて、雛歩は振り返った。引き戸を開けたカリンさんが、外の光を背に負っている。その向こうは物干し場らしく、布団が幾組か干されている。すると、

「オカミさーん、お電話ぞなもしー」

奥の階段のところから、マリアさんが顔を出し、大きな声で告げる。

つづいて、マリアさんの脇から、ショウコさんが顔を出した。

「オカミさん、仕入れのチェックをお願いできますか」

「あいや、みんな、ちょっと待ってくれ。電話も待つか、掛け直してもらってくれ」

イノさんが、声をかけてきた女性たちに言った。「このお嬢さんの、大事な問いかけ

に、答えなきゃならねえ」

光を受けて、イノさんの顔もはっきり見える。つり上がった眉に、厳しい目、右の額から目尻にかけて切り傷のあとが残っている。怒ったら怖い顔だろうが、いまは愛嬌《あいきょう》さえ感じさせるおだやかな表情を浮かべて、雛歩を見つめた。

「ようし、お嬢さん、始めやすぜ。あっしの口上《こうじょう》をよっくお聞きなさせえ」

どういうこと……と雛歩が問う暇もなく、イノさんは左手にさげた袋を廊下に置いた。

「いよっ、待ってました」

カリンさんが楽しげに声をかける。するとイノさんは、踊りでも舞うような動きで雛歩にくるりと背を向け、腕を組む姿勢をとって、すとんっと廊下に腰を落とした。

「知らざぁ、言って聞かせやしょう」

イノさんが芝居口調で声を凛と張った。イノさんだけでなく、ほかの女性たちも着ているはっぴの、後ろのデザインが初めて見えた。紺色の地に、白く大きな鳥が羽を広げて飛んでいる。その下に独特の字体のひらがなで『さぎのや』と書かれている。

「さかのぼること三千年、いやまだ昔、病《やまい》に倒れた少彦名命《すくなひこなのみこと》を、大国主命《おおくにぬしのみこと》が抱き上げて、鷺《さぎ》の見つけた霊泉《れいせん》に、運んで、つけて、温めて、癒したところが、無事回復。さぞ疲れたろう、腹も空《す》いたろう、何かないかと見回せば、こちらへどうぞと、肌白き細身の乙女。神々の、闇をも見通す心眼《しんがん》には、神の庭より遣わされし、鷺の生まれ変わりと、映じる娘、どうぞここへと、小さな庵、手招き、導き、お接待。

これぞまさしく、さぎのやの始まり。以来、いくさだ、飢饉《ききん》だ、災害だ。流行り病に、またいくさ。つくづく人の世のあわれ、生きることさえつらくなる、そんな誰彼かまいなく、迎えて、温め、励まして、この世を渡ってゆく力、代々与えてきたこの家の、守りは神と鷺との約束を、未来へつなぐ、うるわし女将」

イノさんの声は廊下に反響して、小気味よく雛歩の耳を打つ。彼がぐっと左腕を張ることで、はっぴに描かれた鳥が羽ばたくかのように見えた。

「神々のお世話が初代なら、邪馬台《やまたい》、卑弥呼《ひみこ》の案内《あない》に立った女将が十代目。霊泉のおかげか、女将はみな長寿。十《とお》の耳持つ摂政の、世界に開けた慧眼《けいがん》を、ほぐし、いたわる十五代。ニギタヅに船乗りせんと歌われし、海は当時は道後《どうご》まで、月待つ額田王《ぬかたのおおきみ》に、料理の献上、十七代。弘法大師《こうぼうだいし》空海《くうかい》が、唐天竺《からてんじく》より帰りきて、四国を巡りて霊地を開き、名高き霊泉に身を寄せて、訪れたのが鷺の家、ぬかずく女将は二十五代。

時は下って、壇《だん》ノ浦《うら》、平家の落ち武者介抱し、兄に追われし義経《よしつね》を、隠して逃がした、四十五代。あうんの呼吸がすさまじき金剛力士の彫刻を、石手寺《いしてじ》に納めた運慶《うんけい》を、迎えて、癒した、その娘。当地に生まれし時宗《じしゅう》の祖、一遍上人《いっぺんしょうにん》と幼き日、道後の山の坂道を、駆け比べした五十代……」

なお語りつづけようとしたイノさんが、喉が嗄《か》れたらしく、咳き込んだ。

「ショウコさん、お水。イノさん、もうおやめなさいな」

雛歩の前にいた女性が、イノさんの丸まった背中を撫でる。

「いや、大丈夫でやす。申し訳ありやせん。あと少しなんで。でも、少しはしょりましようかね。お嬢さん、ちっとばかし飛ばしますよ」

イノさんはふたたび背筋をぴんと伸ばした。咳払いを一つして、

「弘法大師の開かれた、霊場めぐる旅辺路《へんろ》、室町までには、かたち定まり、世阿弥《ぜあみ》も祝して舞ったとか。代々継がれゆく女将の座、迎えた人士は数知れず、飢饉の苦難もくぐり抜け、戦国の世もあきらめず、信長、秀吉、家康と、鳴かせたいなら白鷺《しらさぎ》は、無理やり鳴かせなくとも待たずとも、ここでお迎えいたします。

江戸泰平の世の中で、西鶴《さいかく》、近松《ちかまつ》、話のタネに、源内《げんない》、玄白《げんぱく》、学びの糧《かて》に。北斎《ほくさい》、歌麿《うたまろ》、一茶《いっさ》に、芭蕉《ばしょう》、まして庶民は花盛り。聖地巡りを口実に、一度は行きたや霊泉に。憂《う》きこと多き人生の、疲れも涙も、湯で洗い、鷺のおうちで高いびき。時が嵐と変わっても、鷺は、あらちっとも変わらねえ」

ショウコさんが、コップに水を注いで運んできた。イノさんは、一息に飲み干して、

「惚《ほ》れたは竜馬《りょうま》か晋作《しんさく》か、はたまた諭吉《ゆきち》か海舟《かいしゅう》か、恋のさや当て、七十四代。吾輩《わがはい》は恋する猫かホトトギス、漱石と子規《しき》が若き日に、ともに恋した七十五代。

時代はさらに逆巻いて、無残ないくさに突き進み、胸を引き裂く血の涙、七十六代の悲恋花、耐えて、こらえて、飲み込んで、笑って迎える心意気。ここもついには焼け野原、ちまたにあふるる困窮者、かなたに上がるキノコ雲、見捨てておけじと身を粉に、命を尽くす七十七代、乙女の純真、永遠なれ。戦い去って、日は昇り、希望を語る戦後

の暮らし、なれど、肩で風切る人よりも、道端の草、屋根なき場所、悲しみに暮れ、しゃがみ込む、名もなき人に寄り添って、目をかけ、手を貸し、足さすり、明日をも見抜く千里眼、傾く家を建て直す、七十八代、いまもこの家《や》の守り神」

こほん、と、どこかで誰かの咳がした。イノさんは、一瞬首をすくめたものの、うん、と気合を込めて、崩れかけた姿勢を直した。

「さて、いよいよ大詰めだ。心して、お聞きなせえ。誰もがお世話になりし先代を、惜しみ、尊《たっと》び、愛すれど、悔やむは七十九代の心ならず。語りつくせぬ出来事は、いまは後刻《ごこく》に回しおき、引き継がれし当代は、美しき見目かたちは類がなく、心は広き海か、連なる山か。この人にこそ、と先代が、手を握りしめ、あと頼み、聖なる鷺より始まりて、三千年余の歴史を重ね、いまこの家をしょって立つ、さぎのや八十代目の女将たぁ、あ、この人のことだぁ」

イノさんが、ぐるりと首を回して、雛歩を睨み、左手を伸ばして彼女の前にいる女性を指し示した。カリンさんが引き戸の板をチョーンと打ち、マリアさんが廊下の先から声をかけてくる。

「いよっ、日本一」

雛歩は、いま紹介された女性を、あらためて目を見張って見つめた。イノさんの長い口上に圧倒され、すべては思い出せなくとも、はじめと最後は心に残り、

「あの、つまり、ここは、さぎのや、というお宿で、あなたは八十代目の女将さん、と

いうことですか」

「宿ではあるんだけど、家、おうち、ずうっと昔からそう呼んでるのよ」

女性がにこやかに答えた。

「あと、ふだんは八十代目なんて付けねえや、ただの女将さんと呼ぶがいいよ」

イノさんが、立ち上がりながら、雛歩に教えた。

「……女将さん」

雛歩は、相手を見つめて口にした。

「はい。どうぞよろしくね、雛歩ちゃん」

女将さんは、ほほえんで、いきなり雛歩の額に、自分の額を当てた。

「あら、熱が下がってきてる。よかった」

だが雛歩は、女将さんの息づかいを唇に受け、頬が熱くほてってくるのがわかった。

「もし調子がいいようなら、下に降りてこない？　ずっと部屋で寝ていたから、気持ちもふさぐでしょう。足の怪我があるから、背負いましょうか」

女将さんが、雛歩の前で、白い和服の上に『さぎのや』と書かれたはっぴを着た背中を向ける。細身なのに、ぴんと背筋が伸び、壮健かつしなやかそうな、アスリートを思わせる後ろ姿だった。

「だったら、階段もあるし、あっしが背負いやしょう」

イノさんが背中を向ける。

「女の子じゃけん、わたしのほうがええじゃろう」

マリアさんが廊下を進んでくる。

雛歩は、女将さんの後ろ姿を見つめた。つやのある綺麗な髪を上げて、後ろで丸く髷《まげ》を結っている。襟元が白く、甘いミルクのような香りが漂ってくる。雛歩は、しがみつく勢いで、女将さんの背中に抱きついた。

「あら」

女将さんは、雛歩の勢いに驚いた声を上げながらも、からだは少しも揺るがずに、まっすぐに立ち上がった。

「じゃあ、さぎのやを案内しましょうね」

6

小学校に上がったばかりの頃だ。

都会の遊園地で迷子になった。兄と一緒に両親のそばを離れ、はしゃぎ過ぎて兄ともはぐれ、ひとりぼっちになっていた。わんわん泣いて、人が声をかけてきても怖くて逃げた。いきなり宙に浮かぶ感覚で、すっぽり抱きかかえられた。

こら、どこ行ってたの、みんな心配するでしょ、という言葉を聞く前から、慣れっこになっていたぬくもりと甘い匂いとで、「お母さんだ」とわかり、全身の力が抜け、胸の内側が温かなもので満たされた。

あのときの安心感と通じるものを、女将さんの背中から感じ取る。女将さんに背負われた瞬間に、雛歩の大切な秘密の箱は少し開いてしまったのかもしれない。公園で、父と鬼ごっこをしていたときの記憶も浮かび上がってくる。

五歳か六歳の雛歩が鬼になって、父を追いかけていたとき、何かにつまずいて転び、ガラス瓶の破片で、左の手のひらと右膝を切った。父が駆け寄り、バカヤロウと怒鳴った。雛歩は、痛みよりもその言葉がショックで泣いた。近くにいた人が、救急車を呼びましょうかと言ったが、父は、走ったほうが早いので、と雛歩をおんぶして、近くのクリニックまで走った。

傷は幸い浅かった。治療を終えて待合室で待っているとき、ばかなことをしてゴメンナサイと、雛歩は父に謝った。父は、意味がわからなかったようだが、ほどなく気づいて、違う、瓶を公園で割ってそのままにした奴のことをバカヤロウって言ったんだ、ゴメン、びっくりしたんだな、と雛歩の頭を撫でながら謝った。家まで帰る道、父は雛歩をおんぶして、おかしな節回しで、救急車より早い、救急車より早い、と歌った。

あのときの安堵感や、こっけいな感覚の中でつい眠気をおぼえた父の背中の思い出が、女将さんに背負われて思い出されてくる。

雛歩は急に声を上げて泣きたくなった。周りに、イノさんやマリアさんたちもいるので、額を女将さんのうなじのあたりに押しつけた。

「雛歩ちゃん、つらい？ やっぱり部屋で寝てる？」

様子を怪しんでか、女将さんが尋ねた。

雛歩は、顔を起こし、首を横に振った。

「さぎのやの紹介は、また今度にしましょうか」

「いえ……聞いてます」

雛歩は小さな声で答えた。そう、話はちゃんと聞いていた。

この建物は二階建てで、階段を上がると、六畳の部屋が、廊下をはさんで左右に六つずつ並んでいる。その先にトイレがあるのは、雛歩もすでに知っている。トイレの向かい側に、部屋が二つあるのには気がつかなかった。一つは、タオルやシーツなど宿泊や生活に必要な備品を収めた倉庫。もう一つは、掃除や修理修繕に必要な用具や工具類を収めた部屋だった。

「カリンさん、物干し台の戸を全部開けてくれる？」

女将さんの求めに、カリンさんが応じて、板戸を全開にする。

外には幅の広い木の階段が五段あり、のぼった先が板を張った広い物干し台になっている。さっき雛歩にも見えた通り、布団が幾組か干されていた。

「昼は物干し台だけど、夜は星見台になるの。季節季節で違った星座が見えるのよ。寝転んで、夜空を見上げていると、いろいろ悩みがあっても、すうっと忘れちゃう」

へええ、である。見てみたい、満天の星。

「こんな句があるの……われの星　燃えてをるなり　星月夜」

「あ……高浜虚子《たかはまきよし》」

雛歩はつい口にした。

「ええ？　虚子さんの句だって知っているの？」

その場にまだ残っていた全員が、へえ、すごーい、と驚いている。

「お若いのに、虚子さんの俳句を知っておられるなんて、大したものですねぇ」

ショウコさんが感心した様子で目を細める。

「雛歩ちゃんは、さぞお勉強ができるんじゃろう」

マリアさんが、胸が大きくふるえるほどうなずく。

雛歩は、慌てて首を横に振った。

「たまたま……です」

学校の勉強は大の苦手で、成績は最下位が定位置だった。この俳句は、本当にたまたま母から教わって、覚えていたものだった。

新しいお神輿の前で写真を撮った日と、同じ年だったと思うが、七夕《たなばた》の夜、母と満天の星を見上げていた。わたしの生まれた星座はどれだろうと探すうち、母はその句を暗記していたらしく、そらんじて、雛歩を驚かせた。

われの星　燃えてをるなり　星月夜……雛歩の星も燃えてるかしらね。

短大で俳句クラブに入っていたという母に、自分で作った俳句なのかと訊くと、まさかと笑い、高浜虚子という人の句だと教えてくれた。

正岡子規という俳句の神様パートⅡの、後継者みたいな人だったらしい。ちなみに母によれば、俳句の神様パートⅠは、松尾芭蕉だという。

ともかくどの名前も、雛歩は知らなかった。この土地に移って、日々のつらさから逃れる思いで、ふと見上げた星空がきれいで、母の言葉を思い出した。星月夜の句をめあてに、図書室で探すうち、虚子の名前に出会った。

それまでは、高歯マキヨシ、という人だと思っていたし、正岡式という、学習塾みたいな俳句塾と、松尾場所という、俳句の聖地があるのだと思っていた。

「虚子さんも、子規さんも、この土地の人ぞなもし」

マリアさんが言う。

「それに、あっしの口上にもあったように、子規さんと漱石さんは、さぎのや七十五代目の女将さんに、同時に惚れなさった。そうそう、子規さんが亡《の》うなって、漱石さんが猫の話を書かれた少し後に、初代の総理大臣さんもうちに遊びに来てなさるで」

え、初代総理って、豊臣ヒデキチ？　織田イエヤス？　雛歩の頭の中の年表には空白が多い。

「伊藤博文公が来られたんは明治四十二年の春、町をあげての大騒ぎじゃった……懐かしいのぉ」

「イノさん、また得意のよもだ？　まだ生まれてないでしょ？」

カリンさんが、いたずらを見つけたお姉さんみたいな笑みを浮かべて言う。

え、よもだ、って何……と雛歩が思う間もなく、イノさんが、へへ、と頭をかいて、

「確かにまだ影も形もねえが、ご先祖さんがやっぱりこちらに仕えていたに違いねえのさ。流れ流れて、この地に着いて、道後の湯につかったとき、初めての土地、初めての湯でありながら、やけに懐かしく、心のふるさとに帰ってきたような気がしたもんだ」

「あの……」

雛歩は思わず口をはさんだ。全員が雛歩を見る。女将さんも首を窮屈に振り向ける。恥ずかしかったが、聞いておかないといけない。よもだ、は、ひとまず後回しで……こまきさんも、その名前の公園までジョギングしてきたと言っていたし、イノさんの口上にも出てきたのだけれど、

「ここは……道後、なんですか？　あの道後温泉のある、道後、ですか？」

全員がぽかんと口を開いている。互いに顔を見合わせる間があって、そろって声を出して笑った。女将さんも笑っているので、雛歩のからだが揺れる。

「ああ、笑ってごめんなさいね」

女将さんが謝って、「初めに、ちゃんと説明しなきゃいけないのにね」

「高い熱が出ておいでたから、仕方ないぞなもし」

マリアさんが、説明の遅れた理由だろう、うなずきながら言う。

「あっしの口上が先になったせいで、もう説明した気になっちまいやしたね」

イノさんが、すまなそうに言葉を添える。

「そう、ここは道後よ」

女将さんが答えた。「町名で言えば、道後湯之町《ゆのまち》。まさにお湯の町、道後温泉からすぐそばの場所よ」

やっぱりそうなんだ……雛歩は胸の高鳴りを感じた。

愛媛に移る前から、道後温泉の名前は知っていた。

母の兄、つまり雛歩の伯父が、家庭の事情により一家で松山市に引っ越したこともあって、一度みんなで松山を訪ねて、道後温泉に行きたいね、日本最古の温泉らしいよ、と、たびたび家族で話していたのだ。そして、雛歩が中学受験に合格したら行こう、という先々の夢というか目標にもなっていた。

だが去年、いろいろな事情で、雛歩が伯父の家に身を寄せることが決まった頃には、道後温泉のことは忘れていた。夢とか目標など持つことができなくなっていた。

伯父の家に来て以降は、伯父の家族や、学校の同級生の口から、またテレビのローカルニュースなどで、道後温泉の名前を耳にするようになった。忘れていた夢を思い出し、図書室で地図を開いてみて、驚いた。伯父の家からたぶん車で一時間くらいの場所に、道後温泉はあった。

その近さに驚くと同時に、複雑な感情を抱いた。

両親と兄に、先に来てるよ、と伝えたい気持ちがあった。いつかは両親も兄もここに来られるだろうけれど、いまは三人がそばにいないことの寂しさや、いつまた一緒に暮らせるのか、先の見通せない不安によって、素直に喜ぶことができなかった。

なのに、知らぬ間に道後に来ていたなんて……。

「じゃあ皆さん、そろそろ仕事に戻ってください。雛歩ちゃんは、わたしが下まで連れていきますから」

女将さんの言葉に、それぞれが明るい返事を返し、イノさん、マリアさん、ショウコさんは、廊下を渡って、階段を下りていく。カリンさんは、雛歩の寝ていた部屋に入って、布団を干すための用意をする様子だった。

「じゃあ、ゆっくり行きましょうか」

女将さんが、軽く雛歩をゆすり上げた。

7

「いたるところに、鷺のデザインがあるのがわかったかしら」

女将さんが、階段のほうへ進みながら、雛歩に語りかける。「部屋の天井にも、鷺がたくさん舞っていたでしょ。トイレのステンドグラスに気がついたかしら。下に降りたら、またいろいろなところに鷺の姿が見られるけど、どの鷺もそれぞれ時代が違っているの」

どういうことか、雛歩は黙ってつづきを待った。

「雛歩ちゃんは、戦争のこと、少しは知ってる？　第二次大戦のことだけど」

「あ、詳しくはないですけど……ある程度は」

雛歩は、首をかしげて、ひとまず謙遜《けんそん》しておいた。実は第二次大戦のことはよく知っている。兄が、ヤマトだ、ムサシだ、かっけーぞ、乗りてー、と熱く語っていたからだ。

「実はこのあいだ、こまきちゃんが教えてくれたんだけど、歴史に興味のない若い人が増えていて、こまきちゃんが通ってる看護学校の同級生で、日本がアメリカと戦ったことを知らない子が、四十人中、十人もいたんですって。いまの日本とアメリカはとても仲がいいのに、嘘でしょうって……。日本が、戦争をしたことすら知らない子が、六人もいたっていう話なの。さすがに驚いちゃった」

マジか……雛歩は耳を疑った。ちょっとあり得ないと思う。だって……日本がアメリカと戦った？　嘘でしょ？　なんでぇ？　しかもそれを知っている人が四十人中、三十人もいるってことだよね。まさか、そっちが常識ってこと？

「雛歩ちゃんはお勉強ができるから、当たり前の歴史でしょうけど、あなたのお姉さん、お兄さんの世代でも、事実を知らない人が増えてるの。びっくりしちゃうでしょ？」

雛歩は思わずうなずいた。ああ、ごめんなさい、女将さん、嘘です。恥ずかしくて、嘘をつきました。わたしは十人のほうです。さらに六人のほうです。第二次大戦って、兄が熱中していたゲームのことだと思ってました。ヤマトとムサシは空を飛び、悪のスージクと戦うのです。

雛歩にも言い訳はある。お下げ髪にしていた頃までは、少しは勉強していた。だが、あるときから、世の中の出来事も、学校でのことも、意味があるものとは思えなくなって、ほとんど頭に入ってこなくなったのだ。

「イノさんが、さっき口上で述べてくれたように、さぎのやは、戦争を含めて、いろいろな歴史をくぐり抜けてきたから、雛歩ちゃんにも、きちんと伝えられたらとは思うけど、いまは、この建物に関してだけ、少し戦争の話をしますね」

女将さんは、廊下の端の、やや広く開けた場所まで進んだ。

正面の、廊下に光を取り込んでいる大きな窓の枠が、金属製の精緻《せいち》な細工で飾られているのに、雛歩は気がついた。鷺だけでなく、カワセミやカモなどの鳥類と、ハスの花やアヤメの花などの植物が、巧みに造形されている。

窓に向かって左手の壁際には、五つの蛇口の備わった洗面台がある。ここに泊まった人たちは、朝夕はこの場所で、手や顔を洗ったり、歯を磨いたりするのかもしれない。

窓に向かって右手の半分くらいの場所が、古い時代もののソファーの置かれた談話コーナーのようになっていて、もう半分が階段となり、下へつづいている。

「この町はね、第二次大戦のときに、激しい空襲を受けて、中心部がおおかた焼けてしまったの。ここは城下町で、とてもにぎやかだったんだけど、人々の住まいも、お店や工場も、主な公共の建物も、ほとんどが罹災《りさい》して、いわゆる焼け野原になったの」

雛歩は、話を理解するのに時間を要した。

「それって……戦争の相手が、爆弾を落としたから、ってことですか？」

「ええ。アメリカ軍の爆撃機」

うわぁ、とてもそんなこと信じられません……雛歩は、まばたきを繰り返し、

「あ、でも……」

こんなこと言っていいのかわからない。だってここは有名な観光地かもしれないけど、東京とか京都とかに比べたら、絶対に田舎だろう。さすがに雛歩は言い方に困り、

「こんなところまで……戦争って、来るものなんですか」

「ええ、四国の町にまで、戦争は来たの。ここだけでなく、戦争当時は、日本国内の、主要な都市はほとんど爆撃を受けてるの。ヒロシマやナガサキは知ってるでしょ」

「あ、ええ……」

雛歩は首を縮めた。ゲンバクという恐ろしいものが落ちた場所だというのは、聞いたことがあるけど、本当にそれが何か、正確には知らない。

でも……みんな知ってるのかな。世界の人たちはどうだろう。四十人中の、十人とか六人は、こまきさんの同級生だけの話なんだろうか。

「あと、よく知られているのは東京大空襲と沖縄でしょう。現実には、全国で百五十を超す都市が空襲を受けたと記録されているの。大勢の方が亡くなったり傷を受けたりしたでしょうし、数字ではわからない、人それぞれの悲しみやつらさが、語り伝えられて

いないのは、とても残念だと思う。

四国でも、高松、徳島、高知の各市……愛媛だと、宇和島《うわじま》、新居浜《にいはま》、八幡浜《やわたはま》、西条《さいじょう》……そしてヒロシマに原爆が落とされた八月六日と同じ日、松山の隣の今治《いまばり》に空襲があって、大勢の方が命を落としてるの。だけどもう年配の方でも、ほとんど知らないのじゃないかしら」

じゃあ、わたしが知らないことも恥ずかしいことではないのかも……とは、雛歩は思えなかった。女将さんの悲しげな話し方、寂しげな声の調子が、なんだか本当に大切なことを知らないでいることの、悲しみや、もったいなさ、を伝えている気がしたから。

「話を少し戻すと……松山も、戦争が終わった年の七月二十六日の深夜、あと二十日で終戦になるんだから、もう形勢は決まっていたはずなのに……中心街が火の海になるほどの空襲を受けて、市内の全家屋の五十五パーセントが被災したと記録されているの。でも……道後周辺は空襲を受けなかったのね」

「え、なぜですか……」

雛歩は、またまた不思議なことを聞いた気がする。

「アメリカ軍が、道後温泉の文化的な価値を認めて、爆撃を避けた、という話もあれば……戦後、日本を占領したアメリカ軍やイギリス軍の兵士が、松山にも進駐して、一時期は道後を保養所にしたらしいから……戦後に温泉を利用したい、という目的があって、ターゲットから外《はず》したんじゃないか、という話もあるの。となると、やはり連合軍はすでに勝利を見越していたわけで、その後の過剰な攻撃は、本当は必要なかったんじゃないかしら」

え、待って……雛歩はまた耳を疑った。

日本は、イギリスとも戦争したんですか？　あり得ないでしょ。だって、ハリポタの国ですよ。魔法使いが、学校が開けるくらい大勢いるんですよ……そんな国と本当に戦えたんですか？

と考えていて、雛歩はぞっとした。二つの国とは、いまとても仲がいいと思う。歌とか映画とか文化とか、いっぱい入ってきてる。なのに戦争をしたなんて……。だったら、いま仲がいいほかの国とも戦争をした可能性があるってこと？

たとえば、パンダの生まれ故郷とか、コアラの生まれ故郷とか、マトリョーシカの名産地、ミッフィーの生まれ故郷なんて、どうなの……もしもあったとしたら、雛歩には、ファンタジーの物語を聞いている気がする。

「ただし、先々代の女将さんは、道後が爆撃を免《まぬか》れたのは、神様の使いの鷺が、爆弾を翼で受け止めて、どこかへ持ち去ってくれたおかげだって、話されてるけど」

ほら、やっぱりファンタジーだ……雛歩は、ほっと息をつきながら、でも、胸の底に巣くった恐れは去らなかった。

「あの……一つ、聞いていいですか」

「ええ、なぁに」

「……どうして、日本は、戦争で、そんな、ひどい目にあったんですか」

女将さんが息をつめる気配がした。何かいけないことを尋ねたのだろうかと、雛歩は恐れた。

でも、不思議なのだ。なぜ、日本中が焼け野原にされたり、ゲンバクを落とされたり、大勢の人がつらい目にあわされたりしなきゃいけなかったのか……何もしてないのに、ひどい目にあわされるなんて、おかしくないかな……。

女将さんが、小さく息をつき、顔を伏せ気味にした。

「そのことは、雛歩ちゃん、自分で調べてみて。たくさんの歴史の本や、資料に基づいて書かれた本が出ているから。戦争を経験していない人の話ではなくて……実際に戦争を経験した人の話や、戦争当時あるいは直後の、調査や証言に目を通してもらえたらと思うの。本は、図書館に置いてあるし、うちの本棚にも幾つかある。あと、近所に戦争を体験された方がまだ大勢いらっしゃるし、先々代の女将さんも、いわゆる生き証人だから」

それって、兄みたいな対戦型のゲーマーのことじゃなく、リアルな空襲や戦闘の経験者ですよね……雛歩は信じがたかった。

海外で起きている内戦のニュース映像を見たことがある。あまりに自分たちの暮らしとかけ離れていて、実感を持てなかった。なのに……この近所に戦争を体験した人がまだ大勢いらっしゃるなんて、急に戦争というものが身近になった気がする。

「じゃあ雛歩ちゃん、下りましょうか。しっかりつかまっててね」

雛歩は、恥ずかしかったが、言葉に甘えて、女将さんの首に腕を回した。

「ともかく、温泉施設も、さぎのやも、幸い爆撃を受けずに残ったの。ただし衝撃でさまざまな箇所に傷《いた》みが出た上に……戦中戦後と、傷ついた兵士や一般の方をできるかぎりお引き受けしていたこともあって、時間とともに建物にもダメージが出てきたみたい。だから、先々代の女将さんが中心になって、戦後しばらくして改築することにしたの。その際、さぎのやが代々受け継いできた、鷺のデザインがほどこされた建材とか装飾品を、すべて建物の中に活《い》かしたのね」

階段は、古くてしっかりした木で作られ、表面が黒光りしている。手すりの表面には、泉の湧き水を模したような波の文様が彫られている。上り下りのときにつかむのに適した位置には、愛らしい顔をした小さな鷺の彫刻が、等間隔で並んでいた。

「この手すりの彫刻は、江戸時代のものと言われてるの。あの大きな窓の枠の装飾は明治時代。トイレのステンドグラスは大正時代のものね。あと、各部屋の天井は昭和初期のもの。時代時代で、芸術家さんや建築家さんや職人さんが、さぎのやにお世話になったお礼とか、さぎのやを応援したいという志《こころざし》から、自分たちの作品や装飾を提供してくださったんですって」

階段は、四角く空間をとった踊り場のところで、角度が九十度変わった。下りた先が、玄関ロビーになっているようだ。

「古い蔵《くら》にしまわれていたずっと昔のものも、できるだけ陽《ひ》の当たる場所に出そうって、大工さんたちに協力してもらって、各所に活かしたらしいの。さあ、着いた」

　上下に揺れていた女将さんの動きが止まる。

「ここが、さぎのやの玄関。皆さんをお迎えするところ」

　玄関は、横に広く、はきものを脱ぐ土間が大きく取られている。

　玄関戸は、下から三分の一が板造りで、そこから上は、白く『さぎのや』という字と、羽を休めている鷺の絵が描かれたガラスになっていた。ガラス越しの外は、緑の植え込みが見えるが、さほど前庭は広くなく、ほどなく外の道路に出られる様子だ。

「お着きになった方が、荷物を置いて休んだり、お発ちになる方が、最後の準備をするのに、この階段下のロビーが使われてるの」

　女将さんがからだを少しひねる。階段下には、二階にあったのと同様の時代物のソファーが置かれている。女将さんは、奥へ向かって進んでゆきながら、向かって右手の、カウンターで仕切られた、こぢんまりとした空間のほうを見て、

「ここは、案内《あない》どころ、と呼んでいる場所。いろいろなご案内をしたり、荷物の受け渡しをしたりする、いわゆる受付ね。そして、こちらが食堂兼広間」

　案内どころ、と呼ばれた場所を過ぎて左手に、畳敷きの部屋が広がっている。二十人から、詰めれば三十人余り入れそうだ。その奥にも部屋があるのか、襖《ふすま》で仕切られている。

襖には、雛歩が美術の教科書で見た気のする絵が描かれていた。写真よりもっとリアルに鳥や獣の姿が表現されており、その中心にいるのが、やはり鷺だ。

「雛歩ちゃん、ここに座りましょうか」

女将さんが、広間に入って、ゆっくり膝を折る。

雛歩は、名残惜しかったが、女将さんの背中から降り、畳の上に腰を落ち着けた。

「ついさっきお泊まりだった皆さん全員が、お出かけになったところなの。お掃除のためにテーブルを上げたけど、ここで皆さん食事をします。これを使って」

女将さんが、雛歩のほうに向き直り、そばにあった座布団を彼女の前に滑らせる。

雛歩は、座布団をお尻の下に敷きながら、女将さんの顔にあらためて見とれた。きりっとした眉で、瞳は意志が強そうに輝いているのに、頰や口もとには柔らかな笑みをたたえて……ああ、この人が味方でいてくれたら、きっと心強いし、嬉しいだろうな、って感じる。でも、もし怒らせて、あの目で睨まれ、形のよい唇から厳しい言葉を聞かされたら、この世の終わり、って気になりそうだ。

「おなか空いてない、雛歩ちゃん？」

「あ……いえ」

雛歩は、見とれていたことを悟られまいと目を伏せ、首を横に振った。どのくらい時間が経ったかわからないが、ショウコさんのリンゴとスープで、おなかはまだ満ちている。

「この広間の外は、お庭になっていて、直接ここから下りられるの。まだ風に当たっちゃよくないでしょうけど、少しだけなら、気分転換になるかしら」

女将さんが立って、部屋の一方に掛かっていたレースのカーテンを開いてゆく。外へ下りられるという大きい窓は、二枚一組で、あいだに壁をはさんで三組並んでおり、手近な窓の一つを、女将さんが開いた。

目に鮮やかな色彩が飛び込んでくる。いまが盛りの花々が、庭のいたるところに植えられており、手前には棚が設けられ、つる草が風情《ふぜい》よく垂れている。

鳥のさえずりも聞こえた。遠い場所に置かれた岩に、少しくぼんだ所があり、水が溜まっているのだろう。おなかのあたりがオレンジ色をした小鳥が、水を飲みに集まってきているらしい。

「ヤマガラね」

女将さんが言う。小鳥の名前だろう。雛歩は初めて耳にしたが、愛らしく聞こえる。

「ヤマガラたちが水を飲んでいる岩は、初代の女将が、大国主命から、さぎのやの礎《いしずえ》にするようにと授かって、ミコト岩と呼ばれてるの。岩の中央の窪みは、お湯につかって元気になった少彦名命が、さぎのやの未来を寿《ことほ》いで、踊ったあとだそうよ。そこに柱を立てることで、千年のあいだ倒れない庵を建てることができたという謂《いわ》れがあるの。

さぎのやの場所は、時代によって多少の移動があったあと、江戸時代には、ほぼこの辺りに据《す》えられたと言われてる。庭はいろいろな人の手が時代ごとに加えられ、そのつど、ゆかりのある人の名前が付けられたそうなの。この近辺から素晴らしい映画監督さんや俳優さんが多く出たらしくて、万作《まんさく》キネマの庭、と呼ばれたこともあったみたい。でも戦後に改築した頃からはずっと、ノボさんの庭と呼ばれてるの」

ノボさんて誰……尋ねようとしたとたん、雛歩は小さなくしゃみをした。

「あら、大変。風がわりとひんやりしてるから」

女将さんが窓を閉めた。自分の着ていたはっぴを脱ぎ、雛歩の肩から掛ける。女将さんの体温が、肩から背中にかけて伝わり、雛歩は温泉につかったような心持ちがした。

女将さんは、廊下をはさんで向かいにある、のれんを掛けた出入り口の奥をのぞいて、

「ショウコさん、雛歩ちゃんに温かい飲み物をお願いできます？」

はいはい、とショウコさんの返事がある。どうやらのれんの向こうは、調理場になっているらしい。のれんには、やはり鷺が描かれている。

女将さんが、広間に戻って、部屋の隅に立てかけてあった、折りたたみのテーブルの脚を出し、雛歩の前に置く。

ちょうどショウコさんが、お盆に湯呑み茶碗をのせて現れた。

「伊予柑《いよかん》をつけ込んだはちみつを、お湯で溶かしたものです」

甘酸っぱい香りが、雛歩の鼻先に漂う。

「じゃあ少しのあいだ、ここでゆっくりしてて。廊下を奥へ進んだら、二階と同じ位置にトイレがあります。そのお向かいにお風呂場があって、わたしは掃除をしてますから。

ショウコさんは、あののれんの向こうで、お料理の仕込みをしてます」

女将さんが、雛歩にほほえみかけて、腰を上げる。

「何か御用があれば、声をかけてくださいね」

ショウコさんも、ほほえんで立ち上がる。

「ありがとうございます……」

雛歩は、礼を言って、のれんの向こうへ去るショウコさんと、奥へ廊下をすたすたと渡っていく女将さんを見送った。

8

雛歩は、広間に一人で残されて、しばらく気が抜けたように、ぼうっとした。

ジェットコースターに乗せられ、急降下したかと思えば、急上昇し、がくんと九十度カーブしたあと、天と地がひっくり返ったままブンブン飛ばされ、気がついたらジェットコースターは止まっていて、周囲には誰もいなかった……といった感覚だ。

頭の中が真っ白のまま、目の前の湯呑み茶碗を取り上げ、機械的に口に運ぶ。

一瞬で目が覚めた。はちみつのねっとりした甘さが舌を包み、喉を温めながら胃へ滑り落ちてゆく。舌の上に、薄い皮のようなものが残る。噛むと、ほのかに苦みのある酸っぱさが口の中に満ち、鼻の奥へいい香りが広がってゆく。伊予柑の皮を薄く切ったものらしい。歯ごたえもこりっと楽しめる。オイシーと、声を上げたくなるが、その間さえ惜しい気がして、また湯呑み茶碗の中身を口に運ぶ。

おなかの中から、からだが温まり、停止していた頭の働きが戻ってくる。そうだ……と、雛歩は思い至った。いろいろ話を聞いたけど、肝心なことは聞いていない。

みんなはどうして、雛歩の名前と年齢を知っているのか。

雛歩は殺人犯として、指名手配されているのか、いないのか。

人を殺したことも含め、雛歩の抱える秘密を、みんなどこまで知っているのか。

あと……飛朗さんは、独身なのか。あ、これは関係ないか……いや、やっぱり気になる。こまきさんは、ヒロ、ヒロ、って呼び捨てにしてたし、すごく仲が良さそうだった。もしかして恋人？　だいたい飛朗さんはここに住んでるのだろうか？　うー、気になる。

あと、女将さんは、どういう人だろう？　たとえば、結婚は？　子どもは？　家庭を持っていておかしくない年齢だと思うけど……彼女と結婚、って、そんな幸福な男性がいるんだろうか。想像もつかない。だいたい女将さん、本名はなんて言うんだろう。

「ミトじゃ」

いきなり雛歩の後ろで声がした。

びっくりして振り返る。和服姿の女の人が姿勢よく座っている。

顔を見て、雛歩はもう一度びっくりした。銀色の髪を結い上げ、色つやのよい頬や口もとに福福とした笑みを浮かべている婦人は、確か「温野菜」の巫女さんだ。

でもいまは、小紋《こもん》と呼ばれる、小さな模様が全体に繰り返し入っている着物を着ている。色はグレーとピンクが混ざった感じの色で、派手ではないのに、華やぎがある。模様はどうやら鳥の羽みたい。そして藍色の帯に白い鷺が描かれている。

「ほう、小紋を知っとるんかな。まだ若いのに、感心じゃね」

「あ、お母さんが、着物屋さんでパートしてたので」

答えて、あれ、と、また雛歩は自分の記憶に疑問を抱いた。わたし、小紋、って口にした？

「そんなことはどうでもええ。女将の名前は、サギノミト。サギノは、この家の者の苗字。鳥の鷺に、野原の野で、鷺野。ミトは、美しいに、燈台《とうだい》の燈で、美燈《みと》。帰り着く場所を見失った者に、美しい燈火を掲げて、おいでなさい、と導く名前よ」

美しい燈台のあかりで、人を導くから……美燈。なんだか、ぴったりの名前だ。

「ちなみに、ここにおんなさい、は、ここに温野菜、ではないぞな」

あ、やっぱり巫女さんに似た格好をしていた人だった……雛歩はちょこんと頭を下げた。女将さんだけでなく、この人のこともかなり気になる。

「あの、あなたは……どういう方、ですか」

「当てておみ」

え……確かどこかの方言で、自分のことを、あて、と呼んでいた気がする。あて、ナオミ、てこと？

「あほ。当ておみは、当ててみなさい、という意味じゃ」

「すみません……」

でも、やっぱりこの方はわたしの心が見抜けるんじゃないかしら……。

「言うとくが、思うとることが大体わかるんは、あんたが単純じゃけんよ。考えがすぐ顔に出る。心の中の言葉の通りに唇を動かしとることもある」

考えていることが唇の動きでわかるということらしく、雛歩は両手で口もとを隠した。

「けど、その単純さが、あんたの取り柄《え》でもある」

婦人が優しくほほえんだ。女将さんにも通じる、何でも許してもらえそうな、包み込まれるような感じが伝わってくる。

広間の中央に、落ち着いた着物姿で、静かに、でも揺るぎない雰囲気で座っている彼女は、なんとなくこの家を守っている人に見え……その瞬間、あ、と雛歩は思い出した。

イノさんが口上で言ってた。七十八代、いまもこの家《や》の守り神。

「七十八代目の女将さん、ですか」

雛歩は、両手を顔から下ろして尋ねた。

「正解。あんたは、本当は賢い子じゃと、わしは思うとるんぞな」

「え……いや、それは、あれです、猫かぶりです」

え……猫？　砂かぶりだっけ。違うな。貝？　そうだ、貝かぶりだ。

でも……貝をかぶるって、どういうこと？　知らないことばかりで、雛歩は恥ずかしくて、大きい貝があったら、中に入って隠れたくなる。あ、つまりそういうことか、貝かぶり。

「とにかく、わたしは全然賢くないです。言葉も歴史も知らないし、成績は最低です」

婦人が、また例の、すべてを受け入れてくれそうな笑みを浮かべた。

「わしが言うとるんは、そういう賢さとは別のもんよ。言葉も歴史も学べばすむことじゃ。けど本当の賢さは学べん。その賢さを、大事に育《はぐく》んでおみ」

おみ、というのは、ナオミじゃない。してみなさい、って意味だと、雛歩は学んだ。

「わしの名前は、鷺野まひわ。ひらがなで、ま・ひ・わ。大女将と呼ばれとる。本当の大女将は、わしの娘、七十九代じゃが、残念なことに亡《の》うなってしもうて、わしがそう呼ばれとる。けど、あんたには、名前で呼ばれたほうが嬉しい」

「え、あ……まひわ、様ですか」

「ハハ。さすがに、様は、よもだに聞こえらい」

婦人は笑って、「普通に呼んでおくれるかな」

よもだ、がまた出た。ふざけてる、って意味かなと想像するけど、なんとなく愛らしい印象の響きもある。

「まひわさん」

と、雛歩は呼んだ。

「はい。雛歩、と、わしは呼び捨てでいくぞな。今後ともどうぞよろしく」

第七十八代女将、つまり先々代の女将さんは、丁寧に手をついて、頭を下げた。

雛歩は、慌てて姿勢をただし、

「こちらこそお願いします」

と、両手ばかりか、額も畳に押しつけた。そうせずにはいられない、恐れ多さが、大女将さんのかもしだすオーラからは感じられる。

でも、今後ともって、どういう意味だろう……顔を伏せたまま、雛歩は考え込んだ。

そのとき、玄関のほうから、

「すみませーん、すみませーん」

と、呼びかけてくる声が聞こえた。

雛歩は顔を起こした。あれ……。目の前に、まひわさんがいない。足音が聞こえなかったのはもちろん、立ち上がる気配もしなかった。玄関先に向かったのだろうか。

雛歩は、足の怪我のこともあって、ずぼらにからだを倒し、廊下に顔を出して、玄関のほうをうかがった。

まひわさんの姿はなく、玄関先に、上から下まで真っ白な服を着た人が立っている。

「あのー、すみませーん」

と、中年の女性と思われる白い人が、やや声を大きくして、奥へ呼びかける。

女将さんは、お風呂場の掃除と言っていたから、声が聞こえないのかもしれない。だったら調理場のショウコさんは？　水仕事でもしていて聞こえないのかな。カリンさんは物干し場だろうし。マリアさんと、イノさんは、どこだろう。

それより何より、まひわさんはさっきまで目の前にいたのに……と、雛歩が廊下へもう少し顔を出し、奥のほうをうかがっていたら、

「あの、ごめんなさい、お嬢さん、そちらのお嬢さん」

と、親しげに呼びかけられた。白い人が、雛歩を見て、手招いている。

え、わたし……と、雛歩は自分の鼻先を指差す。

そう、そう……と、白い人はうなずき、さらに手招く。

雛歩は、いまさら無視もできず、立って歩くのは難しいので、四つん這いで廊下を進もうとした。廊下はきれいに磨かれ、膝だけですうっと滑りそうだ。

四つん這いはさすがに失礼と思い、試しに正座したまま両手を廊下につき、スキーの要領で床を後方へ追いやる感じで、からだを前に押し出した。本当にすうっと膝が滑り、玄関先まで進んでいた。

かえって失礼だったと気がついたが、鳩の祭りだ。

面白い言い回しだとは思うけど、後悔しても遅いことを、どうして、鳩の祭り、というのか、雛歩はいまもってわからない。

「こんにちはぁ。お嬢ちゃん、上手にお滑りできるのねぇ」

たぶん雛歩の行為が子どもじみて見えたのだろう、白い人が愛想よく言う。

わたしは、それほど子どもでも……と雛歩は言いかけて、相手の姿を見直した。

上は長袖の白い半纏《はんてん》みたいな服を着て、下はぴったりとからだに合った白いモンぺみたいなものをはき、丈夫そうな白い足袋《たび》をはいている。首には真っ赤なたすきに似た布を掛けている。肩から斜めに白い布製の大きいポシェットみたいな袋をさげ、左手にしっかりした造りの杖と、丸くて浅い笠を持っている。笠には、墨でだろう、変な記号みたいなものが幾つか書かれているが、一つだけはっきりと『同行二人《どうぎょうににん》』と読めた。

あ……これって、お遍路さん？ それも、正式の？

雛歩が、お遍路さんの姿を見たのは、愛媛に移ってからだ。それも直接ではない。テレビのニュースで見たお遍路さんは、観光バスで四国内の霊場《れいじょう》を訪ねて回り、訪ねたお寺ごとに、ノートみたいなものに墨のサインと朱色の印をもらっていた。そのサインと印を多く集めたことを、カメラに向かって嬉しそうに披露している若いお遍路さんもいた。

そうしたお遍路さんたちは、上はジャンパーやセーターやTシャツ、下はジーパンや綿パン、靴はウォーキングシューズといった、普通の外出着の人がほとんどだった。なかには、袖なしの白いベストみたいなものを羽織っている人も、何人かいた。

でも、いつだったか、そんなお遍路さんだけでなく、歩いて四国八十八カ所を巡っているお遍路さんもいると、図書室に置かれていた新聞で読んだ。記事の見出しは『おいでなさい、おへンロさん』で、外国からのお遍路さんが増えているという内容だった。外国人でありながら、八十八カ所の霊場を歩いて回る「歩き遍路」をする人が多く、この「歩き遍路」こそが、本来のお遍路さんの姿なのだと紹介されていた。

まさか……四国ですよ。四つも国があるから、四国ですよ。雛歩なりに、四つの県だから、四県じゃないの、と思ってもいるけれど。とにかく、四国中のお寺を歩いて回るなんて、とても信じられなかった。

オーストラリアとオーストリアってまぎらわし過ぎないか、ただ一つの「ラ」にどんな秘密が隠されているのか……「四国は四県じゃないのか問題」とともに、雛歩には長年の疑問になっているが、ともかく、「ラ」の有るほうか無いほうか、どちらかの国の出身である外国人男性が、正式とされるお遍路さんの格好をした写真が載っていた。

雛歩が身を寄せていた伯父の家は、霊場とされるお寺からは離れていて、お遍路さんを実際に目撃したことはない。だからいま初めて、正式なお遍路さんの、生《なま》の姿を見ているのだった。

これかぁ……雛歩は、ちょっと複雑な、としか言いようのない、感動をおぼえた。

だって、明らかにおかしいでしょ。上から下まで真っ白で、まったくオシャレじゃないコーデだし、赤いたすきを首からさげて、杖と笠なんて、まるで時代劇みたい。

といって雛歩は、時代劇をまともに見たことはない。小さい頃、祖父母の家のテレビに、杖を振り回す変なおじいさんが映っていて、急に誰かが「目に入らぬか」って、スマホみたいな箱を突き出したので、痛くて入るわけないじゃん、って思ったことがある程度だ。そう、お遍路さんって、そういう無茶なことでも平気で口にしちゃうお芝居に登場しそうな格好だ。

こっけいというか、時代遅れなのだけれど……一方で、なぜかカッコイイ気もする。身に着けている人に、「本当に大切なものが何か、わたしは知っています」という信念みたいなものを感じるからかもしれない。

同時に、この人は仏様とか神様とかに近いところにいる、という恐れにも似た感じも抱く。そして錯覚かもしれないけど、この格好をしている人は、死を身近に感じている、あるいは身近に感じたいと願っている、という気もした。

「お嬢ちゃんは、この家のお子さん？」

お遍路さんであろう、女の人が訊く。

雛歩は、えっと驚き、首を横に振るのと一緒に、手も大きく左右に振った。

すると女の人は、雛歩の羽織っているはっぴに気がついたらしく、

「ああ、さぎのやのはっぴを着てらっしゃるものね、ここのスタッフさんなのね、失礼しました。でしたら、これをどうぞお受け取り下さい」

と、封筒を差し出した。

あ、手紙なら、誰かに直接……と、雛歩は奥を振り返るが、誰もいない。

「どうぞ、受け取ってちょうだい、どうぞ」

女の人は、身を乗り出して、雛歩の胸に封筒を当てると、やや強引に雛歩の右手を取って、その封筒を上から押さえさせた。

「じゃあ、皆様によろしく。いろいろ本当にありがとうございました。予定を変更して、まっすぐ家のほうへ戻ります、と、お伝えください」

女の人は、そう言うと、笠を頭にかぶって、あごの下で紐を縛って固定した。

そのあいだに、雛歩は奥を何度も振り返るうち、手もとが不注意になり、封筒を膝の上に落とした。あ……と拾い上げるとき、決してわざとではないのだが、封筒の口が開き、中に一万円札がざっと二十枚くらい入っているのが見えた。

びっくりして顔を上げると、女の人は恥ずかしそうな笑みを浮かべ、

「少なくてごめんなさいね」

と言い置き、開いたままだった玄関のガラス戸のあいだから出ていこうとする。

待って、待ってください。わたし、こんなお金、こんな大金、預かれません……雛歩は、立ち上がって追いかけようとして、足が悲鳴を上げ、前のめりに倒れた。勢いがついていたため、上がり口から落ち、土間のところにぶざまに転げた。

9

「あら、大変っ」

女の人が慌てて戻ってくる。

雛歩は、無意識のうちに手をついて、額のあたりに軽い痛みをおぼえる程度ですんだ。

自分で起きようとする前に、女の人が雛歩を上がり口のところに座らせてくれた。

「大丈夫、怪我はない？」

「すみません……平気です」

雛歩は、恥ずかしいやら、申し訳ないやらで、頭を下げた。まさに貝があったら、かぶりたい。そして、手にしっかり握っていた封筒に気づき、

「あの、これ……」

と、相手に差し出した。

だが、女の人は困った顔で、弱々しい笑みを浮かべ、

「どうか受け取ってちょうだい。そうしてほしいんです。わたしは、本当にこのお宿に、いいえ、このおうちにうかがって、よかった。助かりました」

女の人は、長くため息をつき、力が抜けたように雛歩の隣に腰を落とした。

「わたしの父はね、もう七十八歳だけど、いま刑務所にいるの」

え……雛歩は、隣に座った女の人の、やつれた印象の横顔を見つめた。

「どうして刑務所にいるのか……普通の人には、とても言えないことだけど……このおうちでは、話すことができた。温かく迎えてくださって、おいしいごはんをいただき、きれいな星空も見られた……あなた、ずっと見かけなかったけど、お休みしてたの？」

確かに、休んでいたと言えば、休んでいました……と思い、雛歩はうなずいた。

「あの、星見台のことは知っているでしょう？」

雛歩は重ねてうなずいた。

「星月夜をうたった、虚子の句があるのは、ご存じ？」

「あ……われの星　燃えてをるなり　星月夜……ですか」

「やっぱり、さぎのやのスタッフの方だと、なんでもご存じね」

いいえ、これは……と、雛歩は首を横に振る。

「ゆうべは遅くまで、女将さんが隣にいてくださった……朝が早いのに、いまのあなたみたいにそばにいてくれて、ふっと、いまの句のことをおっしゃった。われの星かぁ……聞いてて、つい、つぶやきが洩れちゃった。わたしの星は消えちゃったなぁ、って。そしたら、きっと燃えてますよって、女将さんがおっしゃったの。たくさんの星が輝いていますけど、見えないところで燃えてる星はもっともっと多いんです、って。

そうなんだ、見えないところに、たくさんの星があるんだ……父の星はどうかな、母の星は……って考えてるうちに、胸に抱えつづけていたものを、女将さんに話してた。ずっと誰かに話したかったのに、話せなくて、苦しかったの」

女の人は、笠をかぶっていることが気になったのか、紐をゆるめて外した。膝の上に笠を置き、『同行二人』と書かれた文字のところを撫で、大切そうに脇に置いた。

「お遍路に出たのは、それもあるの。両親のことを祈る気持ちのほかに、つらい想いを抱えているお遍路さんもいらっしゃるだろうから……想いを分かち合えれば、と願ったの。でも現実には、なかなか心を開き合う場面になんて遭遇しない。車やバスで回ってる方が多いし、たまに歩き遍路の方がいても、連れの方がいらっしゃって、こみいった話をする機会なんてほとんどない。たとえ話せそうでも、勇気が出ない。相手の方にどこまで話していいのか、受け入れてもらえるのか、距離をはかれなくて。じゃあお気をつけてって言い合って、お別れ……。向こうも大事な話をしたいけど、わたしに受け止める自信がないことが、伝わっていたのかもしれない……」

雛歩は、すぐそばにいるため、かすかに女の人の背中がふるえているのに気づいた。

どうしたんだろう、こういうコスチュームはやっぱり寒いのだろうか。

雛歩の母が、冬の朝、外へ新聞を取りに出て、さぶいさぶいと背中を丸めて、戻ってきたとき、雛歩はおかしいような可哀想なような、切なくていとしい変な気持ちになり、抱きつく代わりに母の背中を撫でていた。そのとき母は、おお、あったかーい、と言い、二人して笑った。

それを思い出していたら、雛歩はしぜんと女の人の背中を撫でていた。

女の人がびっくりした顔を雛歩に向けた。雛歩も驚いて手の動きを止め、でもすぐには手を離せず、相手の背中に当てていた。女の人の目に涙がふき出し、目尻のあたりを手で押さえた。

「ありがとう」

彼女がかすれた声で言う。

雛歩は、困って、でも手を離すことはできず、また相手の背中を撫でた。

「ゆうべ、女将さんもそうやって、背中を撫でてくれたの。そして、わたしは話しだしていた。実は……父は人を殺したの」

雛歩は、あ、と口の中で声を上げた。手は機械的に相手の背中を撫でつづけている。

「父が殺したのは……同い年の、わたしの母だった」

雛歩は無意識に手を止めた。相手の口もとをじっと見つめる。

「母は、三年前に足を骨折してから、認知症が進み……でも北海道の、自分の家が大好きだから、病院も介護施設も嫌がって、父が自宅で介護することになったの。子どもは、兄とわたしの二人。兄は千葉に家庭を持ってる。わたしは青森にお嫁に出て、夫と子どもと二人と暮らしてた。事件当時、子どもは高三と中三で、二人とも受験だから、小さい頃より手がかかることもあった。夫は、機械メーカーの技術職で、いつも納期に追われていたし、家のローンと教育費をまかなうには、わたしもパートで働く必要があった。だから、電車や車を使って往復八時間以上もかかる実家に帰って、母の面倒を見るのにも限りがあった。もちろん経済的には援助をして、ヘルパーさんやデイケアも頼んで、父の負担を軽くしようとしてた。でも……母の認知症はどんどん進み、父のことがわからなくなり、ついには下《しも》のものを部屋にまきちらすことまであったみたい。

わたしは、何度も父からのSOSを受けていた。でも、自分たちの暮らしを優先させて、もう少し頑張って、もう少しお母さんのために我慢してって、父に電話で話して、帰るのを先延ばししていた。ある日とうとう……父の心が折れてしまった」

雛歩は、わずかな身じろぎや、うなずくことさえ、失礼になる気がした。ただ息をつめて、女の人の告白に耳を傾ける。

「突然警察から電話があって、父がしたことを知らされた。父は、母を送ったあと、自分も首や手首を切って倒れていたところを、ヘルパーさんに発見されたの。一カ月の入院のあと、裁判を受け、懲役三年の判決を受けた。控訴すればもう少し刑が軽くなる可能性があると、弁護士さんに言われたけど、父はそのまま服役した。

父は、警察でも裁判所でも、言い訳がましいことは何も言わなかった。わたしたちを責めることもなかった。弁護士さんが、お子さんたちがもっと力を貸していれば、このようなことは起きなかったのではないですか、と裁判で尋ねたときも……子どもたちは、お金を送ってくれたり、ヘルパーさんを手配してくれたり、よくしてくれました、悪いのは自分です、って答えた。わたしは、それを心苦しく聞いた。

そして、父がこうつづけた言葉が、以来わたしの胸を刺し貫いてる……。こんなことをしでかして、子どもたちには多大な迷惑をかけました、子どもたちは独立して家庭を持っているので、他人も同じです、力を貸してほしいと思うほうが間違っています、愚かです、許してほしいとも、もう言えません、こんないたらない父親ですみませんでした、わたしのことは死んだと思ってください……」

女性の目からあふれた滴《しずく》が、やつれた頰を伝ってゆくのを、雛歩は見つめた。

「わたしの母は、若い頃は女子校の先生をしていたの。いつも身なりをきちんとして、行儀作法にもうるさかった。父は、その学校に教材を納入する会社に勤めていて、母と知り合った。父は、よく言えばおおらか、悪く言えばおおざっぱな性格なのに、どうして母が選んだのか、不思議だった。出会いの話をせがんだら、父によると……なんとかデートに誘えたのはいいけれど、母が映画館でもレストランでも背筋をぴしっと伸ばして、あんまり窮屈そうだから、もっと肩の力を抜いたほうがいいですよって、食事中に後ろに回り、肩をぽんぽんと叩いた、と言うの。それが気に入られたみたいでさ、と父は笑ってた。でも母に言わせると、そんな馬鹿なことをする人、周りにいなかったから、驚いただけよ……ただ、自分と正反対のタイプで、優しいあまりに意外なことをする人だから、面白い人生を送れるかもしれないって、結婚を承諾したと言うの。

実際、二人はケニアの動物公園やイースター島に旅行したり、地域の演劇クラブに入ってお芝居をしたりして、面白い人生を送ってた。最後の三年を除けば……。わたしは、いつもきちんとして、立ち居振る舞いも美しかった母の思い出を大事にしたいあまりに、現実の母を遠ざけてしまった。自分たちの暮らしを言い訳に、父にすべて押しつけた……本当の犯人は、わたしなのよ」

女の人は、伏せた顔を何度も横に振った。肩で息をつき、自分の着ている白い服や、首からさげている赤い布に丁寧にふれてゆく。

「家で、母の供養《くよう》をし、父の健康を祈っていたけれど、毎日苦しかった。母から逃げて、父に罪を押しつけたことが、心をさいなんだ。睡眠薬を用意したり、刃物を手にじっと立っていたりしたから、家族が心配して、クリニックに連れていってくれた……でも苦痛は日ごとに増すばかりだった。そんなとき、四国のお遍路さんのことをテレビで見たの。観光旅行の一つくらいに思ってたけど、歩き遍路というものがあって、つらい悩みの答えを求め、救いを願って、険しい山道や難所を歩き、八十八カ所の霊場を巡ってゆく人たちがいると知り、わたしも行きたいと思った……何かしらの救いが与えられるかもしれないって。家族も、自殺するよりはいいと思ったのか、許してくれた。

歩きはじめて、願っていたような悟りも救いも得られずに、後悔がつのりはじめていた頃……六日前のことだけど、旧へんろ道という山の中の細い道を歩いていたら、少し前の台風の影響なのか、道が崩れていて、進む先がわからなくなった。日も暮れて、困っていたところに、この家の女将さんが目の前に現れたの。そうして、こう言われた……あなたには、帰る場所がありますか」

同じだ。自分も同じことを言われた。あのときの感情がよみがえり、雛歩は胸がきしるように痛むのを感じた。

「わたしは首を横に振った。わたしには帰る場所がない、そう思った。女将さんは、この家に連れてきてくださった。温泉に入れてくださり、おいしい料理を用意して、ゆっくり休ませてくださった。わたしは、両親の事件が起きてからの疲れが一度に出たのか、重症の病人みたいな状態で、六日のあいだずっと、このおうちの方々のお世話になった。女将さん、マリアさん、カリンさん、ショウコさん、こまきさんという綺麗なお嬢さんもいたし、うちの娘が見たら騒ぎだしそうな、飛朗さんという素敵な青年もいた。トミナガ先生というお医者様には、からだの調子も診ていただいた。

みなさん、何も事情を聞かずに、お世話をしてくださった。そしてゆうべ、わたしは女将さんにすべてを話したの。話し終えて、わたしは女将さんに願い出た。ここに置いてください、って。これからどこへ行けばいいのかわからなかったから、みなさんの仕事を手伝いながら、ずっといられたら、と考えたの。むろん即座に断られるだろうと思った。でも……いつまででもどうぞ、と女将さんに言われて、びっくりした」

雛歩もびっくりした。でも、女将さんならそんなふうに言うかもしれない。

「女将さんは、つづけてこう言われた。気持ちが治まるまで、いてくださっていいんです、ただ、あなたには帰る場所があるんじゃないですか、待っている方たちがいらっしゃるでしょう、って。もちろん、家族のことはずっと気になっていた。でも、わたしなんていないほうが、子どもたちも夫も、きっと幸せになれるはずだ、と思い込んでいた」

雛歩は首を横に振った。違います、違います、決してそんなことはありません。

「わたしはまだ、犯した罪の償《つぐな》いを終えたわけじゃない、いま帰っていいのでしょうか、と女将さんに尋ねた。女将さんは、こう答えた。あなたが帰っていく場所は、あなたが人を迎える場所でもあります。いま、あなたのご家族は、家で暮らしていながらも、帰るべき場所に帰っている、という気がしないのではないでしょうか……だって、母がいない、妻がいないのですから。あなたが帰ることで、ご家族にも、帰る場所が戻ってくるように思います」

女の人が、顔を起こして、息をついた。横顔は明るく、息づかいは笑みを含んでいる。

「女将さんは、つづけてこうも言われた。お父様にも、帰る場所を用意してさしあげてはいかがですか、お父様の帰る場所を用意してあげられるのは、あなただけのように思います……。わたしは、はっとした。父の帰る場所など少しも考えずにいた。父は、わたし以上に苦しんでる。わたしは、自分の罪にばかりとらわれていた。一番の償いは、子どもたちと夫を温かく迎える場所を、あらためて作っていくことと……父がゆっくり休める場所を用意し、ともに母を供養することだ、と気がついた。

そのとき、空にね、流れ星が見えたの。母の星だという気がした。わたしの考えが、母に認められたと感じた。女将さんの胸でしばらく泣かせてもらったあと、部屋に戻り、ぐっすり眠った。あんなに深く眠れたのは、いつ以来だったかしら。そして朝を迎え、よし、札所が三十幾つか残っているので、早くすべてを回って、家に帰ろう、なすべきことをしようって、ここを出たの。ここは、宿代を取らないでしょ？」

え……。雛歩は初めて知った。そうなんだ、でもそんなことをして大丈夫なの？

「お部屋に小さな木の箱が置かれていて、泊めていただいた人が、自分なりの気持ちを入れることになってるでしょ？　もちろん何も入れなくていい、というか……イノさんのお話だと、何も払う必要はないのに、きっと泊まっていかれた方たちが、さぎのやへの気持ちを、旅立つ朝に、枕もとや、テーブルの上に残されていくので、仕方なくずっと昔に、あのような箱が用意されることになった、ということでしたけど……」

あ、と雛歩は思い出した。イノさんは、各部屋を回り、何やらガサゴソやっていた。手にさげた袋には、現金が入っていた。「またこんなに」と怒ったような声で言っていた。あれは、泊まった人が置いていった「気持ち」を集めていたのかもしれない。

その「気持ち」が多額だったので、こんなに必要ないのに、という思いから、ああした言葉をつぶやいたのかもしれない。

「わたしも、自分なりの気持ちを入れさせていただき、出発したの。一歩一歩が軽やかで、それまでの日々が嘘みたい。で、しばらく歩いて気がついた。これ以上霊場を巡る必要は、いまのわたしにはない……いま必要なのは、待っている人のいる場所に、できるだけ早く帰ること。父の帰る場所を作り、父にそれを告げにいくこと。待っているから、きっと帰ってきてくださいって……。だから、この先の旅のために用意しておいたお金は、さぎのやに託《たく》そう、そう思ったの。

さぎのやには、あとからたくさんの寄付を送ってこられる方もいると、カリンさんからお聞きした。寄付される方は、自分が帰る家として……帰る場所を見失った人たちを迎える場所として……この家がいつまでも続いてほしい、と望まれるみたいだって。わたしも、この家にはずっと存在しててほしい。わたしのため……わたしみたいな人たちのために。だから、そのお金を受け取って、役立ててほしいの。お願いします」

女の人は、雛歩にまっすぐ向き直り、封筒を握ったままの雛歩の手を、両手で包み込んだ。

「いつか、父と来ます。父を連れて、一緒に戻ってきます。そのときに、ここがなかったら、悲し過ぎるもの。だからお願い」

雛歩は、それこそ温泉の源泉のように、熱いものが胸の底からこみ上げてくるのを感じた。衝動的に、女の人の手も一緒に、封筒を握りしめた手を胸もとに引き寄せた。

「あります。この家はあります」

言葉が口をついて出ていた。意識しないまま、相手に伝えていた。

「さぎのやは、ずっとあります。だって……だって……」

神様のお世話をした頃からあったんだ。たくさんのいくさや飢饉や災害も乗り越えて、ひどい戦争もあったのに、焼け残って、いまは八十代目の女将さんが守っているんだ。

「三千年以上、ずっとお迎えしてきたんです。帰る場所のない方や、疲れきった方や、もう歩けないと泣いている方々を、いつでもお迎えしてきたんです。ここは、この家は、いつだってあります。だから、お待ちしています。ご家族と来てください。お父様と来てください。心からお待ちしています」

「……ありがとう……ありがとう」

女の人は、雛歩を強く抱き寄せた。

雛歩の頰を、女の人の涙が濡らし、雛歩自身の涙と混ざり合った。

10

いま、何が起きたのだろう……。

雛歩は、一人で上がり口のところに座り、なかば放心状態で、玄関のガラス戸の向こうを見るともなく見ていた。

ジェット飛行機がガーッとからだの中に入ってきて、そのまま飛び去っていった感じだ。あるいは特急電車がゴーッと内側を通り抜けていった感じ……あるいは馬がパッカパッカと駆け抜けていった……いや、トラクターがごいんごいん、と……だめだ、だんだん感じから離れていく。

とにかく、意識が急に吹き飛んでしまったような状態になり、何が自分に起きているのかわからず、気がつくと、お遍路さんの格好をした女の人が、何度も雛歩に向かって「ありがとう、ありがとうね」と言い、「きっとまたお会いしましょうね」と手を振って、去っていったのだった。

何が、ありがとう、なのだろう……どうして、あの女性とまた会うことになっているのだろう……わけがわからなかった。わからないだけでなく、やけに頭が重くなってきた。

女将さんが、庭を見ながら話してくれた、初代の女将さんが神様から授かったという岩……ミコト岩だっけ。その上で、小さな神様がさぎのやの繁栄を願って踊り、くぼみができたって話だったけど……いま雛歩の頭の上で、その小さな神様が踊っている感じがする。ズンドコ、ズンドコ、と神様が足を踏みならすたび、雛歩の頭が重くなり、肩にめり込んでいく。

めでたい、めでたい、ずっとここに、ずっとここに、と小さな神様が言っている気もする。なぜズンドコ、なのかは、雛歩も知らない。なんとなく、ズンドコ、ズンドコ、と響いてくる。

めでたい、めでたい、ずっとここに、ずっとここに、ズンドコ、ズンドコ……。

雛歩の頭は肩に埋まり、さらに腰に向かって沈んでいく。気分は悪くない。痛みもない。神様の踊りで、からだがアイスクリームみたいにとろけていくのが不思議なだけだ。

「あら、雛歩ちゃん、どうしたの、こんなところで」

後ろから声がする……あれ、前かな？　雛歩には自分の前と後ろの区別もつかない。

「からだがつらいの？　眠いのかしら、雛歩ちゃん？」

ああ、女将さんの声だ。女将さんがすぐそばにいる。だが姿は見えない。甘い匂いがする。なんとなく抱き上げられた感覚がある。

「危ないから、しっかりして、雛歩ちゃん」

わたし、しっかりしたくないです、女将さんに抱っこされていたいです……。

雛歩は、眠りに落ちるきわの、深い穴に落ちていくときの感覚を味わった。女将さんの声が、遥か上のほうで聞こえる。声はどんどん遠くなり、やがて消えた。


辺りが乳白色の霧に包まれている。

どちらへ進めばいいかもわからない。助けを呼ぼうとする。声が出ない。

霧の向こうで、さやら、さやら、と音がする。風で植物の葉がこすれるのに似た音だ。

音の聞こえるほうへ足を踏み出す。足が濡れる。足の下は岩場となっていて、岩の表面を水が流れている。温かい。お湯だ。お湯の流れてくる先へと、足を運んでゆく。

霧の向こうで、誰かが大きな扇《おうぎ》であおいだみたいに、風が吹き寄せてくる。周囲には森があるらしく、葉のこすれる音が大きくなる。やがて……その音がやみ、風が止まったことを知る。霧がはれてゆき、大きい岩に囲まれた泉が、目の前に現れた。

泉に満ちた水面から湯気が立っている。その湯気の向こうに影がある。

湯気がそよぎ、影が姿を見せる。白い鷺が、脚を泉につけて、こちらを見ていた。

鷺はとても大きく、人間と同じくらいの背丈がある。

おいで……というふうに、鷺がうなずく。歩み寄っていく。鷺が翼を広げ、その翼をこちらへ伸ばす。先端がこちらの頭にふれたかと思うと、軽く押さえられた。

しぜんとひざまずく。お湯がひたひたと膝を濡らす。鷺は、翼をゆっくりと動かし、いい子、いい子、というふうに、こちらの頭を撫でてくれた。

よくがんばったね、いいことをしたね、と、ほめられている気がした。

がたん、と音がする。あ、またやっちゃった、と声がつづく。

こまきさんの声だ。こまきさーん、また何か落としちゃったんですかぁ。見かけによらず、ザンネンなところのある人だなあって、ちょっといとしくなる。

ヒナちゃん、ヒナちゃん、と呼ばれる。

なんですか、こまきさん。雛歩は答えているつもりなのに、自分の声が耳から聞こえない。目も開けられなくて、こまきさんの清らかな顔も見られない。

ヒナちゃん、お水を飲んで。お薬も。そうそう。寝間着もパジャマにしようか、寝苦しいのかしら、なんだか踊ってるみたいに手足を動かしてるよ。

え、もしかしてそれ、ズンドコ、ズンドコ、ではないでしょうか。

あと、トイレは？　行く？

はい、行きたいです、おむつはいやです、こまきさん。

大丈夫、連れていってあげるぞなもし。

あ、これはマリアさんの声だ。ふわっと、からだが浮いた感じがする。わあ、ぽよんぽよんするのは、マリアさんの胸かな。

お布団、干したばかりのものに替えましょうね。

カリンさんの声だ。本当だ、お布団がふかふかしてあったかーい。

まだ起きられませんか、果物と野菜で生ジュースを作ってみたんですけど。

ショウコさんだ。飲む飲む、飲みます。うわっ、マジでおいしい。いろんな味が混ざり合って、ただ甘いだけじゃなくて、豊かなコクがある、今度作り方を教わりたい。

あっしに何かできることはありやせんか。こんちきしょう、こんなときゃ右手ばかりか、脳ミソまでまともに使えねえのが恨めしいや。

イノさんだ。口ぶりは荒っぽいけど、声は優しい。

先生、ずっと寝たままなんですけど、大丈夫でしょうか。

これは、女将さんの声だ。あー、女将さんの手が額やほっぺたにふれている。心配してくれてるのかな。すごくうれしい。

ほうほう、水は飲んどるんかな、薬も飲んで、ショウコさんのジュースを五杯も、そりゃ飲み過ぎじゃろ。熱はないし、喉の赤いのも引いとる。眠れるのは体力があるから、という面もあるし、もう少し様子を見てみよか、おなかが空けば起きるじゃろ。

ああ、これはフクロウ先生の声だと思い出した。ハーモニカは吹かないでくださいね。先生、小さな傷はもう絆創膏をしなくてもいいでしょう、足の怪我もよくなってますから、包帯でなく、大きい絆創膏で対処できると思います。あ、先生、ハーモニカを吹いちゃだめですよ。

これは、ツンデレ、ではなかった、サチオさんの声だ。

みんなが心配してくれている……みんなが、気にかけて、何かしらお世話をしてくれている。他人なのに。雛歩のことを何も知らないはずなのに。

ありえない。そんな人たち、そんな場所が、この世界にあるなんて、信じられない。

泣きたい。でも、まだだめ。まだもう一人、来てない。あの人は来てくれないのかな。

わしのことかな?

わっ、大女将のまひわさんの声だ。違います、すみません、まひわさんのことを忘れてたわけじゃないけど、来てほしかったのは……。

あれ、雛歩ちゃん、まだ寝てんの。

来たーーーーーっ。

さすがにちょっと心配だね、大丈夫なのかな。

え、え、飛朗さんが部屋に入ってきてる? まさか枕もとまで来てたりする?

飛朗、ヒナちゃんのことが、心配?

なんだ、こまきさんもいるのか、二人きりかと思った。なーんだ、なーんだ。

飛朗、ちょっとヒナちゃんにキスでもしてみたら?

え、なんで。そう訊く声は、飛朗さんのだろうか、雛歩自身のものだろうか。

ほら、童話でさ、ずうっと寝てる王女が、王子にキスされたとたんに起きるでしょ。

ああ、でも雛歩ちゃんが魔法にかけられた王女だとしても、おれは王子じゃないぜ。

いえいえ、わたしはもちろん王女じゃございませんが、あなた様は王子です。

でもまあ、こまきがそう言うなら、ちょっと試してみちゃったりする?

えー、えー、えー。あ……肝心なところで、また頭が重くなってきた。ちょっと待って、わたしの大事なファースト……でも、声が遠のく……暗い……ここ、どこ……。

11

おなか空いたぁ。おなかが空きました。空いたぞなもし。空いたゾウムシ。

ああ、ゾウムシでも食べたい。いやそれは無理。あ、待って。虫はだめでも、象蒸しならどうかな。象の肉を蒸して、柔らかくして……。

だめだ。おなかが空き過ぎて、頭が回んない。もうダメ、我慢できない。

雛歩は、えいっ、と気合を入れて、まぶたを開こうとした。開かない。気合が問題かもしれない。さぎのやーっ。

ぽん、と、かんぬきが外れたみたいに、まぶたが開き、視界が開けた。うす暗いが、暗闇ではない。隣に首を振り向ける。電気スタンドの小さな灯によって、こまきさんの清楚な寝顔がうかがえる。雛歩はほっとした。平和だぁ、って感じ。

平和ってこういうことかもしんない……自分が、好きだなぁって感じてる人が、おだやかに寝ていて、それをこちらも静かに見て、満たされてくる。少しも特別なことじゃなく、高らかに声を上げるようなものでもない……。

とはいえ、いまは平和より団子。

枕もとにショウコさんのジュースはないかな、と見てみる。お盆の上に、水が入っているらしいコップが置いてある。手にして、一気に飲み干す。おいしい。けれど空腹はかえって刺激される。水より団子だ。

いま何時だろう。こまきさんの枕もとに目覚まし時計が置いてある。二時半過ぎとわかった。こまきさんを起こすのは申し訳ない。でもこのままだと、目覚まし時計より先に、雛歩のおなかの虫が鳴り響いて、彼女を起こしかねない。

一階の調理場に何かあるかもしれない。と思うと、ヤマイモもたまらず、布団をはいだ。なぜ、じっとしていられないことを、ヤマイモもたまらず、というのだろう。ヤマイモをすった汁が手や口の脇につくと、かゆくてじっとしていられないせいかな……。

それより、あ、立てちゃった。雛歩は自分の足もとを見た。青いパジャマ姿で、白いショートソックスをはいている。ソックスの上から手でふれると、右足のかかとのあたりと、左足の親指のあたりに絆創膏が貼られているらしく、わずかに盛り上がっている。なので、右足はつま先のほうを使い、左足は親指を避けて使えば……お、歩ける。

怪我より団子。雛歩は、慎重に歩いて、ドアの前に立った。こまきさんを起こさないように、ノブを回し、静かに引く。音もなくドアは開き、雛歩はそっと廊下に出た。

部屋と部屋のあいだの上部に、鷺をかたどった小さなライトが灯っていて、廊下の前後が見渡せる。各部屋の前を、足音に気をつけ、通り過ぎてゆく。どの部屋も静かだが、内側には人のいる気配がする。

階段の前まで来る。廊下の突き当りの窓から、夜空がほのかに明るんでいるのがうかがえる。こんな時間でも、観光地だからか、明かりがあるらしい。

雛歩は、道後へ来ていながら、まだ一度も町に出ていないことに気がついた。どんなふうなんだろう……でも、いまは町より団子だ。

階段脇の壁にも、鷺型の常夜灯が備えられている。階段を下り、玄関ロビーに立った。玄関戸の内側には、白地に『さぎのや』と水色の文字を染め出したカーテンが引かれている。一階の奥に向かっても、鷺の常夜灯がところどころ灯っていて、歩くのに困らない。

雛歩は、調理場があるらしい、のれんの掛かった部屋の内側をのぞいた。さすがに真っ暗だ。大型の冷蔵庫のものだろう、ぶーんと機械の音が低く聞こえる。電灯のスイッチがわからず、懐中電灯がないかな、と思い、向かいの食堂兼広間に足を踏み入れた。テーブルは片付けられ、畳が奥まで広がっている。窓にはカーテンが引かれているが、合わせ目からわずかに光が差し込んでいた。その光にいざなわれ、窓辺に歩み寄る。カーテンの合わせ目から外を見て、なななにこれ……庭が、銀色の雲の上に浮かんでいる。

雛歩は、カーテンを自分の後ろに回し、窓に張りついた。庭のあちこちで、鷺を模した形の小さなライトが、地面から五十センチくらいの高さで夢幻的な光を放っている。地面を這うように夜霧が立ちこめているので、庭全体が銀色をした雲の上に浮かんでいるように見えるのだ。

雛歩は、ロックを外し、窓を開いた。風を感じる。暖かい夜らしく、かえって心地よい。窓の下の平たい石の上に、サンダルがそろえて置かれている。

女将さんが、ここから庭に直接下りられる、と話していたのを思い出す。おなかの虫が鳴く。虫を無視する。だって、さすがにいまは団子より美しい庭でしょう。

雛歩は、傷に用心してサンダルをはいた。上質なサンダルで、底にクッションが厚く入っているのか、右のかかとで歩いても、さほど痛みは感じない。

ライトの光度は微弱で、月明かりとさほど変わらない気がする。あえてそのくらいに調整されているのかもしれない。慣れれば、十分に見えてくる。

庭の先へ足を踏み出す。足首から下が霧に包まれる。雲の上を歩いている感じだ。ライトは、人の歩く道に沿って並べられているらしく、霧で足もとが隠されていても、花や植物が植えられている場所へ踏み外すことはない。

ケイトウの赤い花が、まとまって咲いている。百日草《ひゃくにちそう》は、いろいろな場所に分けて植えられている。いま花びらはたたまれているものの、赤や白や黄色や紫の色が、つぼみの状態で見られる。松葉牡丹《まつばぼたん》も植えられていて、ぷっくりした葉の感じが愛らしい。夜だから花がしぼんでいるのは、もったいない感じがするけれど。

ススキの一群が、隅のほうにかたまって見える。豊かな花穂《かすい》が集まって、夜空に光の尾を引く彗星《すいせい》の群れが、重なり合っているかのようだ。

雛歩は植物に詳しくはない。庭で花を育てていた祖母や母に教えられたものを覚えている程度だ。だから、周囲にはまだ多くの花が見られるのに、名前がわからなくて残念だった。

庭の奥には、あまり高くない樹木が間隔を置いて並んでいる。幹と幹のあいだから、隣との境をなすらしい柵が見える。ただし、隣に何があるのかは、うかがえない。

ライトに沿って銀色の道を進んでゆく。道は左右に曲がり、実際の敷地よりも広く感じられる。ミコト岩も見えた。踊る神様の姿はもちろんない。

いわゆるライトアップとは異なる庭の仕掛けは何のためだろう。不思議に思いながら進むうち、竹を組んだ低い垣根に突き当たった。人が通り抜けられる程度に開いている場所があり、光る鷺の導きは、その奥へつづいている。

垣根の向こう側へ抜けた前方に、大きくて柔らかい光が現れた。まさか……月？

見上げるほどの大きさの半球体が、目に優しいライム色の光を発している。色といい形といい、まさに満月が空から落っこちて、地中に半分めり込んでいる感じだ。とはいえ、サイズは直径が四メートルくらい。高さは二メートルあまりだろうか。

雛歩はそばに近づき、半球体の表面にふれた。つるっとして、力を加えると、内側にたわむ。感触が、記憶とマッチする。

家族でキャンプをしたときに使った……これ、テントじゃない？

見回せば、確かにドーム型のテントだと思い当たる。造りはしっかりしていそうで、モンゴルの遊牧民たちが使っているテントにも似ている。でも、なぜここにテント？

入口を求め、丸いふちに沿って歩く。正面から九十度ほど回ったところに、テントと同じ素材のシートがカーテン状に下がった出入り口がある。これもドアと呼ぶのだと、キャンプのときに父が教えてくれた。

淡い光が、ドアの隙間から漏れてくる。あわせて、ちょっといい香りも。

おなかの虫がくうと鳴く。この虫をこれ以上は無視できない。すみませーん……と声を発したつもりが、ほとんど出ない。空腹と喉の渇きで、ちゃんとした音にならない。

仕方なく、腰をかがめて、ドアを横に開き、中をのぞいた。テントを支える柱に取り付けられた間接照明によって、暗めの、秘密っぽい空間が作られている。

わあ、大人の雰囲気だ……雛歩はもちろん一度も入ったことはないが、ドラマで何度か見た、感じのいいバーみたいな雰囲気がある。大人の空き家？　違うな。大人の借家、大人の農家、あ、隠れ家……そんな感じ。

さぎのやの二階の部屋とほぼ変わらない広さがある空間に、人の姿はなく、外に比べて格段に暖かい。さっきまで寒いと思わなかったのに、この暖かさにふれると、安堵の息が洩れ、全身がゆるむ。もう外へは戻れない、戻りたくない。

入ってすぐのところに、靴を脱ぐスペースだろうか、四角くへこんだ場所があり、そこから先は床がやや高くなっている。サンダルはここで脱げばいいのだろう。

誰もいませんかー、上がっていいですかー、はい、上がっちゃいましたー……。

床は、地面から十センチくらいの高さに設けられている。木製の平台のようなものを並べた上に、毛足の短いカーペットを敷いてある感じだ。

あ……いい匂いの正体は、これか。

中央に、丸いテーブルが据えられ、焼き目の入った平たくて丸型のお饅頭《まんじゅう》らしきものがたくさんのったお盆が、その上に置かれている。お盆の脇にはポットが二つ。それぞれのポットの胴部にガムテープが貼られ、『あめ湯』『ウーロン茶（温）』と、マジックで書かれている。未使用らしい湯呑み茶碗が、伏せて並べられたお盆もある。

そして、テーブルには紙が一枚置かれ、『ご自由にどうぞ』とあった。

こここれは、悪魔のささやきだろうか……いや、これこそお遍路さんの守り神、名前が出てこないけど、ほら、「筆のあやまり」様、のお恵みに違いないと思うことにして……いただきまーす。雛歩は、両手を合わせ、焼き目のあるお饅頭を口に運んだ。かりっ、と香ばしい感触のあとに、あんこの甘さが口の中を占める。ほっこりと幸福感に満たされる。

一気に食べ終え、次に手を伸ばす。

え……今度は、あんこではなく、炒めた野菜が入っていた。しゃきしゃきした感触が楽しめ、風味を生かした味付けだ。飲み込んだあと……わたしって野菜が苦手じゃなかった？　と思い出したけど、おいしいので食べつづけた。

喉が渇いてくる。どっちにしようかな……『あめ湯』ってなに。飲んだことはない。試しに湯呑み茶碗につぐ。黄金《こがね》色をした飲み物が、白い陶器の内側を満たし、ほわほわ湯気を立てる。甘い香りが立ちのぼる。

口に運んで、驚いた。ねっとりとした甘いお湯が舌を包み、口の中のひだひだまで行き渡って、喉の奥へとろーりと落ちてゆく。

まさに温かい飴《あめ》だ。飴を溶かした飲み物だ。発明した人は天才だと思う。

平たくして焼き目をつけたお饅頭も、その天才的発明を称えて、もう一個ずついただき、最後はあめ湯をくうーっと飲み干したら……おなかの底から満足のため息が戻ってきた。

満足感は、眠気を誘う。とても耐えられそうにない。ごめんなさーい……誰にともなく断り、壁際のクッションのところに這ってゆき、ごろりと横になった。

あれ……これって、おとぎ話で読んだり見たりした展開じゃない？　眠りに入りながら、雛歩は思った。こうして寝入ったあとに、七人の……王子様が帰ってくるんじゃなかったっけ。いや、七人もいらないっしょ……。

眠りの世界の向こうで物音がする。ぼわーんとかすむ視界の中に、ひげ面のおじいさんが見えた気がする。おだやかな表情をした、白いひげのおじいさん。

でも、待っているのは、王子様だ。ねえ、王子様を呼んで。

ヒロのことかい、とおじいさんが尋ねる。そう、飛朗さんです、ヒロ王子。

おじいさんは消え……まひわさんが、大きな鏡を持って、入ってきた。

鏡よ鏡、世界で一番美しいのは誰ぞな、と訊く。女将さん、と鏡が答える。トーゼンだよね。

では二番目は。こまきさんだよ、と鏡は言う。やっぱトーゼン。

じゃあ試しに訊くが、雛歩は何番目かの。そりゃ、ずーっとずーっと下の下だよ、という鏡の答えに……ウエーン。ほらほら泣きなさんな、これをお食べ。

それは毒リンゴ、ではなく、温野菜だったから、アチチ……で、目が覚めた。

12

雛歩は、目を開くと、すぐにからだを起こし、周りを見た。

見覚えのある、こまきさんの部屋だ。雛歩は、パジャマを着て、布団に入っている。

隣にこまきさんの姿はない。布団もない。振り向くと、窓にかかったカーテンが内側に光をためているかのように明るい。

布団をめくり、足を見る。白いショートソックス。さわると、たぶん絆創膏が、右足のかかとと、左の親指あたりに貼ってある。立ってみる。強く体重をかけないかぎり、痛みは感じない。

窓辺に進み、カーテンを開く。解き放たれたように光が差し込んできた。まばゆさに目をそらす。部屋に光が満ち、こまきさんの机の上の目覚まし時計が見えた。

十二時半、って、やっぱりお昼だよねぇ……。

ロックを外し、窓を開けた。さわやかな風とともに、うわーん、と外界の音が雛歩を包み込む。視線の先に、葉の茂った木があり、目を上げれば、空が青く広がっている。風が木々の葉を揺らす音、小鳥のさえずり、人の気配を感じさせる切れ切れの話し声や音楽……そしていきなりポーッと、蒸気機関車が鳴らす汽笛に似た音が聞こえた。

ドアがノックされた。あ、はい、と雛歩が返事をしたとたん、ドアが開いて、

「わお、ヒナちゃん、やっと起きたんだ」

こまきさんがにこやかに入ってきた。淡いベージュ色の薄手のニットに、細身の線がきれいなジーンズをはき、髪を後ろできゅっとまとめて、いかしてる。

「おはようございます」

雛歩は、向き合って、ちょこんと頭を下げた。

「おはようって、いまお昼だし、何日寝てたかわかってるの？」

え、何日って、どういうことですか……雛歩は首をかしげた。

「三日よ。玄関のところで意識を失っちゃって、美燈さんとショウコさんが部屋に運んでから、丸三日間寝てたんだから。からだは大丈夫？　痛いところはない？」

三日？　まさかそんな……と、雛歩は言い返そうとするが、こまきさんは、まだ心配そうに雛歩の額に手をやり、慣れたしぐさで雛歩の手首から脈をとる。

「熱はないし、脈も正常だね。もちろんずっと寝たきりじゃなくて、ときどきお水やお薬を飲んだり、ジュースを飲んだり、マリアさんにトイレに連れていってもらったりし

たけど……意識があるのかないのか、目を閉じたままで、夢の中にいる感じだったもの」

あ、それはなんとなく覚えが……と雛歩が答えかけたところで、こまきさんが冷やかすような、意味ありげな笑みを浮かべた。

「でも、ヒナちゃん、すごいこと言ったんだって？」

「え……」

「寝込んじゃった日、二十万円も入った封筒を握りしめてるから、みんなどうしたんだろうって不思議に思ったの。そしたら夜、六日間ほど泊まってたお遍路さんから、青森の家に帰りましたって電話があって……若いさぎのやのスタッフさんに、とっても素晴らしい言葉をいただいたって、お金の説明と一緒に、ヒナちゃんが、その方に話した内容も、美燈さんが伺ったの。さぎのやは、ずっとあります、って言ったんだって？」

え、わたしがですか……。

「この家は、いつだってありますから、お待ちしています、ご家族と来てください、お父様と来てください、心からお待ちしています、って……もうまるきり、この家の人じゃん」

「あ、いや、それ、わたしじゃない、と、思います……」

「だって、さぎのやのはっぴを着てた、小学校六年生くらいのお嬢さんで、少しそそっかしい感じの、って、ヒナちゃんしかいないでしょ」

なんですとぉ。そそっかしいは、認めましょう。もの覚えが悪いとか、言葉の間違いが多いとかも……言われてないけど、もし言われたら、真実だから受け入れましょう。

でも、小学校六年生くらいイコール雛歩、というのはおかしいでしょう。

そのとき、ドアの外で、節をつけてお経を唱えている、聞き覚えのある声がした。

「あ、飛朗だ。飛朗っ」

こまきさんがドアの外へ出てゆく。

「飛朗、お経なんて唱えてないで、ちょっと来て」

「どこがお経だよ。歌ってんだろ。クイーンの永遠の名曲だよ。ウィーウィール、ウィーウィール、ロッキュ」

「それ、般若波羅蜜多《はんにゃはらみった》で歌ってみて」

「ハーンニャー、ハーラー、ミッタァ。あ、歌えた」

うわー、これって前にも聞いた気がする。出たブー、とか言うんだっけ。雛歩が記憶をたどる間もなく、

「いいから飛朗、来て。ヒナちゃんが起きたの」

「え、マジで？　すごいじゃん」

げげ、王子様が入ってくる？　雛歩は、自分の格好を見回した。うひゃ、パジャマの胸もとがはだけてる。直すと同時に、ドアが開き、白いTシャツに軽そうな革ジャケを着て、黒い細身のパンツをはいた、飛朗さんが入ってきた。

飛朗さんは、まっすぐに雛歩を見つめ、おー、と感嘆の声を上げつつ笑顔で歩み寄り、

「雛歩ちゃん、起きたんだ、よかったー」

と言い、両腕を広げて、戸惑う雛歩をあっという間に抱き寄せた。

え、あ、これ……ハグ？　ぎゅうと抱きしめられて、ハグだよね？　家族以外にハグされたのは初めてだし、もちろん異性とハグなんてあり得ない。

飛朗さんは、雛歩からからだを離し、二十センチくらい上から彼女を見つめ、

「どこか調子の悪いところはないの？」

雛歩は、まだショックがつづく中、どうにかうなずいた。

飛朗さんは、すぐ後ろにいるこまきさんを振り返り、

「雛歩ちゃんが起きたの、もしかして、おれのおかげじゃない？」

「……かもね」

こまきさんは、面白そうに笑って答えた。

え、それって、おとぎ話の王子様のキスのことですか……雛歩は、思わず自分の唇に手をやった。ファーストハグだけじゃなく、ファーストキスまで奪われたのだろうか。

「ちょうどみんな下に集まってる。美燈さんも心配してたから、下りていこうよ」

飛朗さんが、雛歩の手を引いていこうとする。

こまきさんが、その前に立ちはだかった。

「白雪姫を、パジャマ姿で、みんなに紹介するわけにはいかないでしょ」

あ、そうか、と飛朗さんの足が止まる。

「じゃあ、先に下りて、美燈さんたちに話しておくよ」

飛朗さんが、軽快に部屋から出て行く。

こまきさんは、ファンシーケースの前に進み、

「まったくデリカシーに欠けるんだよね。そのくせ妙にもてるから、ちょっとむかつく」

と、少しもむかついているようには感じられない明るい声で言う。

「飛朗さん、の、ことですか」

雛歩は気になるので、尋ねてみた。

こまきさんは、雛歩の前に、シャツとかスカートとかジーンズを幾枚も重ねつつ、

「うん。頭はいいし、親切だし、男気もあるけど……女心にうとい、というか、女性の繊細な心の揺れにもっと気ぃつかえよ、ってイラつくことがある。それで大事な人を傷つけたこともあるくせに……。家族としては、頼れるいい奴だけど、恋人ならアウトだね。なのに、うちのクラスの子たちも、飛朗さん飛朗さんって騒いじゃって。真実を知らないだけよ、って注意しても、少しくらい女心にうといほうが素敵、って、わけわかんない」

こまきさんは、出した服の中から選んでは、雛歩のからだに当ててみて、合うかどうかを確かめている様子だった。

「あの、飛朗さんて……どういう……」

雛歩は、飛朗さんについて聞き捨てならないことをいろいろ聞いた気がするものの、

ともかくいまは最も気になることを尋ねてみた。

「ん、飛朗？　弁護士の卵。両親の頭のよさを継いだんだろうね、ことに母親の。ふだんは埼玉の研修所にいて、いまはこっちに有力な弁護士のコネがあったから、そこで実習中。十一月下旬の試験に合格したら、十二月にはもう卵とは呼ばれなくなるみたい」

……そうなんだ。でも、本当に聞きたいのは、そういうことではなくてですね、

「こまきさんとは……家族、って？」

「え、ああ、兄貴、お兄ちゃん。わたしは、頭はからきしで、両親のいいとこは全部、飛朗が持ってったんだけど、ついでに音痴まで父親から継いだみたいだね。五つ上で、小さい頃から飛朗、飛朗って呼んで、いつも遊んでくれたし、守ってくれた。わたしが弟だったら、女心にうといって弱点も含めて、憧れてたかもね。町には実際彼を慕ってる後輩が多いし。この向かいが飛朗の部屋……でも、弁護士になったらどうすんのかな」

うっしゃー。雛歩は、心の中でガッツポーズをして、雄叫《おたけ》びを上げた。

「よし、これでいいんじゃない？　わたしが十五歳の頃に着てたやつ。その頃は小柄だったから、ヒナちゃんにも合うでしょ。パジャマを脱いで、着てみて」

雛歩は、差し出された服を見て驚いた。

ワンピース？　もうずっと着たことなんてない。スカートも、転入した中学校の制服でしぶしぶはいたけど、下にはいつも体操着のジャージをはいていた。なんだか怖い。

でも、こまきさんが、

「絶対に似合うと思う」

と言ってくれて、こわごわだけど、パジャマを脱いだあと、ワンピースを足から着て、袖に腕を通した。こまきさんが、後ろのファスナーを上げてくれたあと、

「いいんじゃない。自分でも見てみて」

と、部屋の隅に置いてあった姿見を、雛歩の前に持ってきた。

鏡の中に、澄んだ空と同じブルーが広がる。半袖で、丈はちょうど膝のあたり。腰のところがきゅっと絞られ、飾りのベルトがついている。そこからしとやかな直線のラインを保ち、裾のところでふわっとラインが解放される。

雛歩は目をしばたたいた。鏡よ鏡、鏡さん、この女の子なら、いま何番目ですか？

するとドアがノックされて、

「入っても大丈夫？」

女将さんの声がした。

こまきさんが、どうぞぉ、と答える。

ドアが開き、小紋の白い着物に、はっぴを羽織った女将さんが顔をのぞかせた。

「雛歩ちゃん、起きたんですって……あら、素敵。とっても似合ってる」

と、雛歩を見て、目を輝かせながら部屋に入ってきた。

「でしょう？　これ、覚えてる？　美燈さんの見立ててくれたワンピース」

こまきさんが言う。

女将さんは、嬉しそうにほほえんで、

「ええ、まだ持っててくれたのね？」

「当たり前。あの頃はちょっと素直じゃなかったけど、本当はすごく嬉しかったから」

「よかった……」

雛歩は、鏡の語る美しい人ランキング一位と二位のやりとりを、それぞれの顔を見ながら聞いた。この二人は、一体どんな関係なんだろう。こまきさんは、女将さんのことを「美燈さん」と名前で呼ぶ。ワケアリの秘密がありそうで、興味をひかれる。

女将さんが、雛歩に向き直り、

「雛歩ちゃん、すっごくきれいよ」

うわぁぁぁ、本当ですかぁぁぁ……雛歩は足がふるえそうになる。

「からだは大丈夫？」

「はい……あ、ずいぶん、お世話になったみたいで……」

雛歩は頭を下げた。女将さんとこまきさんがそろって笑った。

「何を言ってるの。とにかく元気そうでよかった」

「あ、わたし、そろそろ行くね」

こまきさんが、残りの服をしまいながら言う。

「そうね。服はそのままにしておけば？　わたしがしまっておくから」

「平気、パッとやっちゃう……あっ」

こまきさんは、姿見に肘《ひじ》をガンッとぶつけ、両手に抱えていた服を床に落とした。

女将さんが、ため息をつくこまきさんの背中に手を当て、

「ほら、あとはわたしに任せて。櫛《くし》とヘアスプレー、借りていい？」

「どうぞ使って。じゃあ、お願いします。ヒナちゃん、ごめんね、髪もとかしてあげたかったけど。いまからデートなんだよ」

え、こんなステキな人を恋人にできる、飛朗さんクラスの男の人がまだいるんですか。

「土曜の午後は、小児病棟でボランティアなの。ちっちゃいボーイフレンドがいーっぱい待ってくれてんだ。じゃあ、あとでまたね。もう眠りに落ちないでよ」

こまきさんは、雛歩に手を振って、部屋を出た。とたんに、閉めようとしたドアにかかとをぶつけたらしく、ガンッと音がして、イッタ、というこまきさんの声がした。

「気をつけてー」

女将さんがドア越しに声をかけ、はーい、と返事があって、去っていく足音がする。

「雛歩ちゃん、顔を洗ってきなさい。洗面台はわかるでしょ。タオルは置いてある。歯磨きもよかったら使って。そのあいだに、ここを片付けておくから」

女将さんの勧めに従って、雛歩は部屋を出て、廊下の先の洗面台で顔を洗い、歯も磨いた。トイレも済ませて、部屋に戻る。布団は片付けられ、こまきさんの出した服もしまわれていた。

「ここに座って」

女将さんが、光がよく入る部屋の中央まで姿見を出し、雛歩が座る空間をあけて、正座している。雛歩は、素直に女将さんと姿見のあいだに正座した。

女将さんは、こまきさんのものだろう、髪の保護とかつや出しの効果があるらしいスプレーを雛歩の髪に吹きかけたあと、櫛を手に、雛歩の髪をとかしはじめた。人に髪をとかしてもらうなんて、お下げ髪にしていた頃に、母にしてもらって以来だ。

「ずいぶん傷んでるね。あまり気をつけてこなかったみたいだけど」

女将さんが、丁寧に櫛を入れながら言う。雛歩は思わず首をすくめた。

「ずっと手入れのできない状態にあったのかしら？」

女将さんの問いが、雛歩の胸に突き刺さり、答えられない。

「でも、髪の質は素直だし、芯に強さがあるから、きっとつやのある美しい髪になる。色も、本来は亜麻色《あまいろ》みたいね。お母様から受け継いだのかしら？」

雛歩は、母の髪を思い出した。染めていないのに、染めているの、といつも人から言われるような、つやつやした亜麻色で、とても綺麗だった。雛歩もお母さんの髪をもらったんだね……と、両親や祖母から言われたし、近所の人に言われたこともあった。

「さあ、これでどうかしら」

女将さんが、櫛を置いて、両手で軽く雛歩の髪を押さえてから、すうっと手を離した。

雛歩は、姿見の中の女将さんから、自分の顔に目を移した。

これ、誰？　うそ……雛歩はまぶたをいったん強く閉ざし、ゆっくり開いて、あらためて鏡の中の少女を見つめた。鏡よ鏡、もちろん一番や二番じゃないのはわかってるけど、ずーっとずーっと下の下だなんて落ち込んで、もう泣かなくてもよくはない？

「雛歩ちゃん」

女将さんのあらたまった調子の声がする。鏡の中の女将さんは、少し雛歩から距離を置き、厳しく締まった表情をしている。雛歩は女将さんのほうに向き直った。

「どうもありがとう」

女将さんが、膝に手を置いて頭を下げる。また顔を上げて、雛歩を見つめ、

「お金を置きに戻られたお遍路さんに、きちんと向き合って、話を聞いてさしあげた上に、励みになる言葉までかけてさしあげたのでしょう。ご本人から電話で伺いました。とても喜んでいらして、あなたにくれぐれもよろしくお伝えください、とのことでした」

雛歩は、肩をすぼめて、うつむいた。

「もしかして……よく覚えてないの？」

女将さんの言葉に、雛歩は、うんうん、と首振り人形みたいにうなずく。

「そうなのね。大女将が以前おっしゃっていたことだけど……この家は、三千年以上もつづいているから、家の霊、家霊《かれい》と呼ばれるようなもの、たとえば代々の女将さんたちの想いや、ここでお世話を受けた人たちの想いが、家の中に積み重なっていて、大事なときには、その家霊が、人のからだや物のかたちを借りて、言葉や意思を表すことがあ

るらしいの。

でも……雛歩ちゃんの場合はどうかしら。少し前に、イノさんの口上を聞いたばかりだったし、わたしからも戦争当時のことを聞いていたから、しぜんと影響を受けていたところに、相手のお遍路さんのお話に感動して、無意識に言葉を発していた可能性もあると思う。ただ、どちらにしても、あなたという人がいてこそ、のことだから、さぎのやを代表してお礼を言います。ありがとうございました」

言われたことの半分も理解できないながら、ともかく雛歩は頭を下げ返した。

「それでね、雛歩ちゃん、あなたをこの家にお連れして、今日で五日目になるの」

「え……三日、寝てたって」

「こまきちゃんから？　そうなの。あなたを、とある旧へんろ道の出入り口で見かけて、怪我をしているし、聞けば帰る場所もないと答えたので、ひとまずこの家に連れてきたのが四日前。あの辺りは、道に迷われる歩き遍路の方がいらっしゃるので、定期的に見て回っているの」

そうなんだ……と、雛歩は思い当たった。雛歩と話したお遍路さんも、旧へんろ道で迷っていたところを、女将さんに助けられたと言っていた。

「あなたは泥だらけだったから、まずお風呂場に運んで、マリアさんやカリンさんにも手伝ってもらって、汚れを落としたの。そのとき、名前を尋ねると、意識はぼんやりしていたけれど、ヒナホです、と答えたのね。お年は、と訊くと、十五歳です。お住まいは、と訊くと、ありません。連絡先は、ありません。あなたのいる場所を知らせておく相手は誰、どこにいますか、と訊くと……急に涙を流し、首を何度も横に振って、ついには答えないまま、意識を失ったの」

つまり、名前も年齢も自分で言っていたのだ……雛歩はようやく理解できた。

「トミナガ先生に診ていただいて、大きな怪我はないので様子を見ようということになり、こまきちゃんの部屋に寝かせたのが、その日の午後五時くらい。よほど疲れていたのか、ぐっすり眠っていたけれど、未明から高い熱が出て……トミナガ先生にまた診ていただいたら、溶連菌《ようれんきん》とわかり、お薬によって熱はみるみる下がって、ほっとしたの。じゃあ、いつあなたの連絡先を尋ねようかしら、十五歳のお嬢さんをお預かりしていることを、早く連絡しないと、心配していらっしゃる方がいるでしょう……でも、あなたの体力の回復が一番だし、お風呂場で泣きだしたことも気になって、つい後回しにするうちに、あなたはお遍路さんと話をしたあと、倒れ込むようにまた意識を失い、そこから三日間、ずっと寝ていたというわけなの」

雛歩は、謎だった事情がわかってくるとともに、女将さんをはじめ皆さんに、ずいぶんと心配と迷惑をかけてきたと思い、しぜんとうなだれた。

「それで、雛歩ちゃん、やっぱりあなたに尋ねなくてはいけないの。あなたをここへ連れてきて、お預かりしている者としての責任があるから。わかってくれる?」

雛歩はうなずいた。それはとてもよくわかる。

「じゃあ、教えてくれる？　あなたの苗字。連絡先。あなたがいまどこにいるかを知らせる必要がある人、その場所を」

　雛歩は迷った。お世話になった女将さんに、すべてを打ち明けたい気持ちはある。一方で、自分が人殺しであることを知られるのは恐ろしい。嫌われたくなかった。

　ためらうばかりの時間が過ぎてゆく。窓の外から、ポーッ、と汽笛に似た音が聞こえた。

「まだ、話せない？」

　女将さんの声は優しかった。その優しさに、心が崩れそうになる。でもだからこそ、嫌われたくない想いもつのる。雛歩は奥歯を食いしばった。

「もう少し時間が必要かしら？」

　女将さんの声に、雛歩はすがるようにうなずいた。

「わかりました。あなたが話してくれるのを待っています」

「あの……」

　雛歩は自分でも思いがけず切り出していた。「話さないと……ここにいられませんか」

　女将さんの表情をこわごわうかがう。女将さんは柔らかくほほえんでいた。

「いいえ。何を話そうが話すまいが、あなたがこの家のほかに帰る場所がない、と思っているのなら、いつまでだって、いてもらってかまわないの。だって、ここは、そのための家ですもの。さあ、下りましょうか。みなさん、きっとお待ちかね」

女将さんが姿勢よく立ち上がった。窓辺に寄り、外を見上げる。

「すがすがしい青空……雛歩ちゃんはいま、この空をそっくり身に着けているみたいよ」

青空をですか……雛歩は、その言葉にうっとりして、自分の姿を見直した。

女将さんが、窓を閉め、雛歩に手を差し出す。雛歩は、しぜんと彼女の手を握って立ち上がった。女将さんにつづいて部屋を出て、廊下を渡り、階段を下りてゆく。

階段を下りきる前に、靴があふれている土間が見えた。次の一段で、玄関ロビーが見え、その先の広間が見えたか見えないかの辺りで、おおーっ、というどよめきを耳にした。

なななんですか……。

13

雛歩は、波のように寄せてくる人々の声に押し返される思いで、足を止めた。

女将さんは、気にする様子もなく、先に玄関ロビーに下り立ち、少し脇にからだを引いて、雛歩が下りてゆくスペースをあける。

広間からは、手拍子《てびょうし》が聞こえてきた。はじめはパラパラとまばらだったのに、どんどん音が大きく、強くなっていく。さらに手拍子に合わせて、

「ひーなほっ、ひーなほっ」

と、人々が口をそろえて、彼女を呼ぶ声まで聞こえてきた。

なになになに……なにゆえの、ひなほコールですか。雛歩が動けずにいたところ、

「雛歩ちゃん」

女将さんが笑って、彼女を手招きした。そして、雛歩の緊張を見て取ってか、広間に向かって、シーッと唇に人差し指を当てた。とたんに、手拍子とコールがやんだ。

もしかしたら、ひなほコールは聞き違いだったかもしれない。たとえば、稲穂とか、初歩、競歩、ウツボ、空っぽ、アイダホ、とほほ……。あ、と気がついた。

逮捕だ！　ついに指名手配書が届き、人々は「逮捕、逮捕」と求めている。階段を下りたところに、警官隊がずらりと待ち構えており、雛歩が下りたとたん一斉に……ということがあるだろうか。だって女将さんが手招いている。女将さんのことはまだ何も知らないけれど、相手が誰であれ、だますようなことをする人ではない、と直感的に信じられる。

雛歩は、女将さんの笑顔を信じて、階段を下りきり、玄関ロビーの端に立った。

うおーっ、と、これまでになく大きいどよめきが雛歩を包み込む。

広間いっぱいに集まった人々の姿に目を疑った。きっと千人、一万人、いや一億人、いやいや一兆人……なわけはないから、実際は五、六十人だろうけど、幼い子どもたちからお年寄りまで年齢層はばらばらで、どういう人の集まりなのか……しいて言えば、町ひとつ、ここにぎゅうと凝縮している感じがした。

真っ先に目につくのが、雛歩のすぐ前に座っている三歳から五歳くらいの子どもたち。十人はいるだろうか、みんな満面の笑みで拍手をしている。その子たちを、黄色いエプロンをした年配の男性と、同じエプロンをした若い女性が、両脇から見守りながら、雛歩に拍手を送っている。

彼らの後ろには、お年寄りが七、八人。車椅子や、通常の椅子に座り、にこにこと笑みを浮かべている。そばに付き添うように、幼児から高校生くらいの、年齢に幅のある子どもが五人ほど座っていて、雛歩を好奇心いっぱいの表情で見つめている。この子たちの顔だちは、なんとなくマリアさんに似ている気がした。

お年寄りの両脇に、緑色のエプロンをした四十代くらいの男性と女性が一人ずついる。また、小学校の高学年から高校生くらいの少年少女の姿も、十人近く見られた。服装も髪形もばらばらで、それぞれが興味深そうな視線を雛歩に向けている。

これらの人々の後方に、雛歩の両親と同じくらいか、やや年上の、働き盛りと呼ばれる年代の人たちがいる。彼らが率先して、このにぎやかな状況を作り出している様子で、指笛を吹いたり、冷やかし気味の歓声を上げたりして、雛歩を迎えている。

「ひーなほっ、ひーなほっ」

と、ふたたびコールを始めたのも、この人たちだった。

幼児やお年寄りたちが、それを面白がり、手拍子を合わせ、声も合わせる。

「だーめ、やめて。みんな、静かにして。雛歩ちゃんがびっくりしてるでしょ」

女将さんが、両手を上げて、人々を制した。彼女は、困ったような笑顔を雛歩に向け、

「ごめんなさいね。この人たち、根っからのお祭り好きなの」

「女将さん、ちょい待ち、ちょい待ち。一言、言わせておくれや」

大人の一団の中の、ことに背が高く、体格もいい、髪の短い男性が言った。日に焼けて顔が浅黒く、頼もしい感じがする。彼が前に進み出て、雛歩の脇に立ち、

「雛歩さん……やっと二人きりになれましたねぇ」

と、きざっぽい口調で言って、雛歩の肩に手を回した。

わっ、と今度はその場にいるほとんどの人たちが弾けるように笑った。

どどどどういう人ですか、このオジサン……雛歩は驚きのあまり身動きもできない。

「こらこらこらこら」

大人たちの一団から、顔だちの整った気の強そうな女性が進み出て、雛歩の肩を抱いたオジサンの耳をつかみ、ごめんなさいね、と雛歩に謝って、一緒に元の場所に戻っていく。

「いや、ちょい待ち、ちょい待ち」

オジサンは、隣の女性をなだめるように手で制し、雛歩のほうへ向き直った。

「わしらはな、四日前に女将さんに助けられた女の子が、お遍路さんの話を聞いてあげて、さぎのやはずうっとあるからまた来てください、お待ちしています、てなことを言うたと聞いて、感動したのよ。たまたま連れてこられた子が、どうしてそんな立派なこ

とを言えたんか……不思議じゃろ。

さぎのやの守り神のお導きか、ちょっと頭のイターイ子かもしれんけど……さぎのやを大事に考えてくれる人間は、誰でも仲間じゃ。ずっと寝込んどるというので、みんなで心配しとったんよ。で、今日は別の用でここに集まったけど……飛朗が、女の子が起きたと言うから、そりゃよかったよかった。この際、顔を見てみたい、声も聞きたい、と待っておったのよ」

そうなんだ……頭のイターイ子、は余計でしょ、と思いながらも、雛歩なりに状況は理解できた。一方で、どうして知らない子のことを、こんなに大勢の人たちが心配したり、起きたからといって、よかったと思ったりするのかは理解できない。

「じゃあ、せっかくですから、雛歩ちゃんに、みなさんのことを紹介しましょうね。大勢だから、今日のところは簡単に、で申し訳ないけれど」

女将さんがそう言って、まず前列にいる子どもたちのほうに手のひらを向け、

「さぎのやの、隣の隣にある、しらさぎ保育園の子どもたちと保育士さん」

子どもたちと、黄色いエプロンをつけた男女が、雛歩に手を振る。

「その後ろは、さぎのやのすぐ隣の、デイケアセンターしらさぎ園に通われている、人生の先輩の方々と、介護職員さん」

お年寄りたちがにこにこ笑い、緑色のエプロンをした男女が会釈《えしゃく》をする。

「近くにいる五人の子どもたちは、わたしの子どもぞなもし」

いつのまにか女将さんの脇に立っていたマリアさんが言い、自分の子どもたちに手を振る。彼女に顔だちが似ている子どもたちも、ママー、と手を振り返す。

「思い思いの場所に立っている、ほかの子たちは……十歳から十七歳の、いろいろな事情で学校へ行けない、あるいは行かないと決めた子たち。うちにいったん集まってから、後ろにいる大人たちのところで、農業や、牧場とか海での仕事を体験したり、陶芸や木工の仕事を教わったり、近くの公民館で本当に身につけたい勉強を学んだりしてるの」

紹介を受けた子どもたちは、まっすぐ雛歩を見つめ返す子もいれば、照れたように下を向いたり、後ろの大人たちを親しげに振り返ってみたりする子もいる。

「そして、一番後ろにいらっしゃるのが、お祭り好きのおにーさん、おねーさんの方々」

するとど、居並ぶ大人の男女は、セイヤ、セイヤ、と神輿を担ぐときのような掛け声を発し、からだを上下に揺らした。みんな、スポーツウェアや、ジーンズにシャツなどの動きやすい格好をしている。

「うちで出すお料理の食材を提供してくださったり、調理のお手伝いをしてくださったり、いろいろなかたちで、さぎのやを支えてくださっている方々なの」

え、こんなにたくさんの人が、さぎのやを支えている？　これまで会った人たちで切り盛りしていると思っていたから、雛歩は戸惑い、あらためて人々の姿を見回した。

「いや、ちょい待ち、ちょい待ち」

さっき雛歩の肩を抱いたオジサンが、話に割って入った。みんなの動きを手で制し、

「いきなり大勢を紹介されても、雛歩ちゃんが覚えられん、というのはわかるよ」

その通りです……雛歩はうなずいた。もともと狭い頭の中にほとんど空きはない。

「けど、まとめて流されても、わしらも、なんとなく気が済まんけん、ざっと名前だけでも紹介してもらえまいか？」

「なら、女将さんを煩《わずら》わせずに、ハマちゃんが紹介したらええがねぇ」

オジサンの隣に立った、眼鏡を掛けた、少し太り気味の男性が言った。

「お、ええこと言うたなぁ、そうしょうか。ねえ、雛歩ちゃん……」

ハマちゃんと呼ばれたオジサンが、雛歩に笑いかけ、「覚えんでも構わんよ。こんな人たちがおる、というだけで十分よ。もしここにもう少しおるなら、そのうち覚えてくれるじゃろ」

ここにもう少しおるなら……その言葉が、雛歩を動揺させる。

もう少しいてもいいのだろうか、いられるのだろうか……いや、いないほうがいいのか……自分でもわからない。

「お米と根菜類をさぎのやに持ってきとる、ハマダといいます。これは愛するカミさん」

ハマダさんが、隣にいる女性の頰に唇をつけようとする。が、彼女は鮮やかな肘鉄砲で突き放し、ハマダさんは慣れているのか、ぶほっ、と、ふざけたうめき声を発してから、

「で、こっちが海から新鮮な魚やら貝やらを届けにくる、ニワセ。わしの幼なじみ」

と、先ほど発言した、眼鏡を掛けた、少し太り気味の男性の肩を叩いて紹介する。

「その隣は、果物や葉物野菜を届けにきとる、クリちゃんことクリハラと、その嫁さん」

角刈りの、ぎょろりとした目の男性と、働き者らしい女性が、雛歩に手を振った。

「ニシムラ君とイノウエ君は、中学から一緒の野球部で、いまも一緒に牧場をやりよる」

野球のユニフォームの下に身に着けるものだと思うが、袖のところが紺色の長袖シャツを着た二人の男性が、かっせかっせ雛歩、いけいけ雛歩、と応援調の声を上げる。

「そのほか、こまごまとした自然食品や、添加物の入ってない調味料なんかを、四国内のいろいろな地域から取り寄せて、安くわけてくれるんが、問屋のオクムラさん夫婦」

やはり髪を短くした精悍《せいかん》な印象の男性と、おっとりした印象の女性が、会釈をする。

「ミセさんとカメダさんは、さぎのやのご近所で自家製のパンを焼いて、カフェもしよる」

目の大きい細身の女性と、ショートヘアの切れ長の目の女性が、ほがらかに雛歩に手を振る。

「はい。前列と後列、交替っ」

ハマダさんの号令で、紹介された人々が後ろに回り、控えていた人たちが前に出る。

「アサカワさんご夫妻は、公民館で、いま現在の子どもたちや、事情があって学校へ通えんかった、かつての子どもたちに、読み書きから受験対策、哲学まで、いろいろ教えてくれよる」

ハマダさんの紹介に応《こた》え、大柄な男性と、華奢《きゃしゃ》な印象の女性が、控えめな笑顔を見せた。

「コニシさんとオカダさん姉妹は、さぎのやのご近所さんで、朝夕、さぎのやの調理場を手伝ってくれよる」

社交的な雰囲気の小柄な女性が、ふくよかなからだつきがよく似た二人の女性のあいだに入り、三人そろってフラダンスの真似《まね》をしながら手を振る。

「砥部焼《とべやき》のサイトウ先生と、木工細工のジュッカンジ先生は、作品をさぎのやに提供してくれて、子どもたちには陶芸や木の器の作り方を教えてくれよる」

ひょうひょうとした感じの男性と、灰色の髪をオールバックにした初老の男性が、ともに照れ性なのか、それぞれほんの少しだけ手を上げる。

「日用雑貨や生活必需品は、ヒロキさん。フルカワ君と彼のお姉さんは、お遍路さんや旅の人に必要なものを取りそろえて、届けてくれよる」

やや腰の曲がった人のよさそうな男性がにこやかに手を振り、眼鏡を掛けた誠実そうな男性と、彼と面差《おもざ》しの似た温和そうな女性が、深々とおじぎをした。

「まあ、仲間はほかにも大勢おるけど、今日集まっておるのは、こんなところかな」

え、まだ大勢いるんですか……雛歩は頭が風船みたいに割れてしまいそうだ。

「ハマちゃん、ハマちゃん。わしらの名前も紹介しといてや、せっかくじゃのに」

幼い子どもたちに付き添う、黄色いエプロンをした年配の男性が、後ろに向けて声をかけた。

「ああ、保育園の園長のヨコタさんと、保育士のイシカワさん」

ハマダさんが紹介をし、黄色いエプロンをした男性と、にこにこと笑顔の愛くるしい女性があらためて頭を下げた。

「あと、介護士のササキさんご夫妻」

という紹介によって、緑色のエプロンをした、髪の薄い知的な顔だちの男性と、しっかり者といった印象の女性が、雛歩に手を振った。

すると、前列に座っていた幼い子どもたちが、いきなり自分の名前を口にしはじめた。めい、さくらこ、かのこ、ののの、こうわ、さねのぶ、かいと、きんたろう……。

つづいて、お年寄りたちまでが名乗りはじめ、名前の洪水が、雛歩に押し寄せた。

14

もちろん、すべての名前を覚えられるはずがない。でも、人々が自分の名前を雛歩に告げている表情は、明るく、誇らしげで……といって、押しつけがましいところはなく、むしろ雛歩に向かって両手を広げ、ようこそ、と語りかけてくる感じがあり、聞く側としては、ちょっと気恥ずかしく、どぎまぎして……なんとなく嬉しい。

学校へ行っていないという子どもたちまでが、とうとう名乗りはじめた。

彼や彼女たちは、はじめは照れくさそうで、顔を伏せていたり、よそ見をしていたりだったが、声は意外に鮮明で、自分たちの名前を伝えて、この世界でたった一人の人間として存在していることを、認めるように求めている……いや、いま周りにいる人々の中では、すでに認められている存在だと、自信をもって告げているように感じられる。

そして、これらの名乗りによって、雛歩のことも、ただ一人の存在なのだと認めてくれようとしているのではないか、という気さえした。

雛歩は、お下げ髪にしていた時期のすぐあとから、事情によって生まれ故郷を離れ、暮らす場所を二度変えざるを得なかった。

そのたび、見知らぬ人々の前で自己紹介を求められた。向き合った相手は、みずから名乗ることはなく、雛歩だけがぽつんと一人、ときに疑い深そうな、ときに拒絶的な目に囲まれ、結局ほとんど声も出せずに終わって……こんなところに来なければよかった、いっそのこと消えてなくなってしまえば楽なのに、と思った。

そんな経験しかない自分が、いま、集まった人々の前で、何を、どう話せばいいのだろう。人々の視線を意識して、足がふるえてくる。

不意に、両肩に手が置かれた。女将さんが、雛歩のそばに寄り添ってくれている。

「先日、お遍路さんに、さぎのやの心を伝えてくれた女の子です。もうしばらく、ここにいてくれるそうです」

女将さんが、みんなに紹介してくれた。

拍手が起こった。目の前の人々は、誰もが笑顔で、冷やかしの声も上げずに、温かい雰囲気で、雛歩の言葉を待ってくれている。

足のふるえこそまだ止まらなかったものの、ほんの少しだけ勇気が出た。

「あの……雛歩です……よろしく、お願いひましゅ」

うわ、最悪だ……噛んじゃったよぉ。ひましゅ、だって……めっちゃ笑われる……。

目の前の人たちから、さっきよりも大きな拍手が寄せられた。よしよし、立派立派、という声も聞こえる。ぎゅっ、と肩に置かれた手に力がこもり、雛歩は隣を振り向いた。

大丈夫、というように女将さんがほほえんでいる。大げさだろうけど……雛歩には、さぎのやだけでなく、この町に、この世界に、受け入れてもらえた、という気がした。

「みなさーん、お昼のおすし、できましたー。用意してくださーい」

カリンさんが、調理場の入口にかかったのれんをめくって、声をかけてきた。

はーい、と一同が声を返し、保育園の子どもたちが真っ先に立ち上がる。

人々が、広間のあちこちに散り、後ろのほうに寄せてあったテーブルを、協力して室内にバランスよく配置していく。少年や少女たちは、調理場と行き来して、お盆にのせたお皿や箸立て、調味料、お茶や湯吞み茶碗などを、次々と運んでいる。

空間が広く見えるのは、先日目にした鳥や獣の絵が描かれた襖が外され、その奥にあった部屋まで使えるようにしてあるかららしい。人々の動きは、みなスムースで、きっとふだんからこうしたことがよくおこなわれているのだろう、と雛歩は察した。

「雛歩ちゃんも、おなかが空いたでしょう。もう少し待ってね」

女将さんが言って、広間に進み、お年寄りたちの席を作る手伝いをはじめた。

雛歩も何か手伝いたいと思いながら、人々の動きには入り込む隙がなく、つい立ったままで見ているうち、飛朗さんの姿がないことに気がついた。飛朗さんは、雛歩が起きたことをみんなに伝えたという話だったのに、どこにいるのだろう。

「ただいまーっ」

玄関先から、耳に心地よく響く声が聞こえた。雛歩が期待をこめて振り返ると……ちょうど飛朗さんが玄関戸を開いて入ってきたところだった。

「おかえりなさい」

女将さんがロビーに出てくる。

「カケガワさんたちにも、雛歩ちゃんが起きたことを、知らせてきたよ」

「こんにちはー」

と、複数の声がして、飛朗さんの後ろから、男の人と、女の人二人が入ってくる。

「雛歩ちゃんは？」

飛朗さんが、ロビーに上がって、女将さんに問う。雛歩は彼のすぐ脇に立っているのに、彼は一瞬ちらりと彼女を見ただけで、広間の奥に人を捜す視線を送った。

「すぐそばにいるじゃありませんか」

女将さんが笑った。

え、と飛朗さんは、女将さんの視線をたどって雛歩を見た。頭から足の先まで見て、また女将さんを見て、雛歩に目を戻す。わ、リアルな二度見だ……照れくさくて目を伏せた雛歩に、

「え……雛歩ちゃん？」

飛朗さんがびっくりした様子の声をかけてくる。

鏡よ、鏡、鏡さん……心の中でつぶやきながら、雛歩は目を上げた。

「見違えたなぁ……」

飛朗さんが目を丸くしている。本当に目って丸くなるんだと、飛朗さんの表情に見とれて、雛歩は顔が赤くなるのを意識し、また目を伏せた。

「いいね、すごくいい」

え、マジで……。

「とってもいい色のワンピースだよ」

はあ？　なんですとぉ……いい色のワンピースぅ？　はい、はい、そうですよ、そうですとも。女将さんがこまきさんのために見立てて、こまきさんも気に入っていたワンピですもの、すごくいいでしょうよ。

これか……これが、こまきさんが言っていた、飛朗さんのほとんど唯一の欠点なのか。唯一だとしても、致命的でしょ。

「あら、この子が雛歩ちゃん？　かわいらしいねぇ」

飛朗さんの後ろからつづいてロビーに上がってきた、目のきょろっとした愛らしい雰囲気の女性が言った。

「ほんとよ。どこのアイドルさんかと思うくらい」

もう一人の、髪をポニーテールにまとめた、スレンダーなスタイルの、きりっとした女性が言う。二人とも、女将さんよりはやや年上で、落ち着いた雰囲気がある。

聞きました？　ほら、飛朗さん、いま聞きましたか？　この、おねーさま方の言葉を。お世辞です、わたしだってそのくらいわかります。でも初めて会う子に対する、気づかい、思いやり……せめてこの何分の一かでも、あなたに求めるのは罪でしょうか。

「こんにちはぁ。ああ、この子が雛歩ちゃん。えらいかわいいねぇ、服も似合《にお》うとる」

人懐っこい笑みを浮かべた男性が、雛歩を見て、おっとりとした口調で言う。

わ、このオジサン……いや、オジサマだ……オジサマ、わかっていらっしゃる！

「雛歩ちゃん、この人は、カケガワさん」

飛朗さんがオジサマを紹介した。「さぎのやの会計士さんで、町とさぎのやとの関係といった、面倒くさい実務的なことも見てくれてる、道後の黒幕みたいな人」

「何をバカを言いよん、飛朗ちゃん。全然黒幕じゃないよ、やめてや」

カケガワさんは、手を大きく横に振り、「うちのご先祖さんが、大昔、当時のさぎのやの女将さんに惚れて……さぎのやが、旅する人のお世話に集中できるよう、地域内の面倒事をさばく仕事を買って出たんよ。以来、代々うちの家が手伝うことになっとる、それだけのことよ」

　飛朗さんは、カケガワさんの困りようをおかしそうに見て、女性二人を手で示した。

「こちらの女性たちは、ミチヨさんと、ヒカリさん。ずっと年上だけど、生まれたときからお世話になってて、ふだんはいつもミッちゃん、ヒカリちゃんって呼んでる」

「ずっと年上は余計じゃけど、飛朗くんやこまきちゃんのおむつを何度も替えてあげたんは本当よねぇ」

　ミチヨさんと紹介された、愛らしい雰囲気の女性がほほえむ。

「ミッちゃんは、福祉関係の仕事をしてて、困ってるお遍路さんの悩み事なんかも、いろいろ聞いてくれてる。ヒカリちゃんは、商店街の中にご両親のお店があるんだけど、女性の立場から、町の発展やお祭りのこととかを考えてくれてる」

「雛歩ちゃんは、どのくらいここにいるの。お祭りは見ていくのかな？」

　ヒカリさんと紹介された、ポニーテールのきりっとした女性が訊いた。

　え……お祭り、ですか。雛歩は戸惑った。お祭りが近くあるのだろうか……。

「おーい、用意できたでー。お、ミッちゃーん、やっと二人きりになれましたねー」

　広間のところから、ハマダさんが陽気な声をかけてくる。

「また、よもだを言いよる。こんなに大勢、人がおるがね」

　ミチヨさんがあきれながら、でも笑って答えた。

よもだ、はやっぱり、ふざけてる、って感じの方言なんだろうけど、なんとなく憎めない、肯定的な響きがあるのも、雛歩は感じた。

紹介されたばかりの三人は、食事の用意ができたらしい広間に入っていく。

「雛歩ちゃんも行こうよ」

飛朗さんが誘いの声をかけ、三人につづいていく。

雛歩は、からだを広間のほうへ振り向け、一歩踏み出したところで、足を止めた。

あとから入っていく四人を、人々がすんなりと受け入れ、いったん乱れた人々の輪がすぐにあるべき形におさまってゆく。その様子が、なんとなく空恐ろしく感じられた。

雛歩は、いわば異物として、あの輪の中に入ることを拒まれるのではないか……。

それとも、相手が拒んでいるのではなく、雛歩のほうが人々の輪に飲み込まれることを怖がり、臆病になっている、というのが本当かもしれないけれど……あのグループの中に入ると、自分という存在がなくなってしまう……そんな気がした。

「じゃあ、おすし、よそいますねー」

カリンさんが、広間の入口辺りに膝をついた姿勢で言った。

「あー、待って」

女将さんが声を上げ、立ち尽くして動けずにいる雛歩を振り返った。

15

「来て」

女将さんは、雛歩の手を取り、廊下をぐるっと回って、大きな丸い容器を前にして座っているカリンさんの背後へと進んだ。

「せっかくのおすし、崩しちゃう前に、雛歩ちゃんに見せてあげて」

カリンさんがうなずき、どうぞ、と少しからだを脇によける。

「これが松山の郷土料理で、まつやまずし」

雛歩は、眼下の鮮やかな色彩が料理とは思えず、美しい色とりどりの花を寄せ植えしたフラワーバスケットを眺めている感じがした。

「今日は人が多いから、大きめのすし桶を用意しても、まだ足りなくて、あと三つ、桶が調理場のほうにあると思うけど、すし飯にまず特徴があるのね」

女将さんの説明が、料理に見とれている雛歩の耳に入ってきた。

「昆布とお酒を加えてごはんを炊いて、エソという魚の、すり身か、焼いてほぐした身に、すし酢を混ぜて作るの。ショウコさんは、すり身のほうが得意ね」

「エソは、三、四十センチの細長い、ちょっと怖い顔をした、味のええ魚でなー、うちが持ってきたんよー」

離れた席で、お魚や貝を持ってきていると紹介された男性が声を上げる。

「米は、うちぞな。雛歩ちゃん、やっぱりすしは米よ。うちの米は、無農薬、無化学肥料、そしてわたしは無愛想」

ハマダさんのことは、図々しいほど愛想がいいので、もう名前を覚えてしまった。

「そこに季節の野菜と、瀬戸内のお魚をふんだんに加えてゆくの」

女将さんが語るとすぐに、

「ごぼうとニンジンも、うちのなんよー」

ハマダさんが得意気に言う。とたんに、

「いやいや、まつやまずしで一番大事な穴子は、うちのですよ。あと、エビもね」

と、海産物専門の人が言い、すると、

「もぶりずしは、やっぱり香りが命じゃろ。みつばや絹さやは、うちですよ」

目がぎょろりとした、果物と葉物野菜をさぎのやに提供しているという男性が言った。

「もぶりずし、っていうのは、まつやまずしの別名なのね」

と、さっき飛朗さんから紹介されたミチヨさんが、雛歩のすぐ前に座っていて、教えてくれた。

「もぶるは、混ぜるって意味なんよ」

と、その隣に座っているヒカリさんも教えてくれた。

「卵はうちですよ。錦糸卵、これがなかったら、すしとは言えません。かっせかっせ」

中学の野球部時代からの付き合いだという二人組が、声をそろえて言うと、

「おっと、お酒はうちですから。あと、干しシイタケや出し昆布に、塩とかお酢とか」

自然食品を扱っているという問屋の人がつづけて言い……いや、うちが、いやこちらが、と、さらにみんなが口々に言い交わすので、

「もううるさいぞな、あんたらは。ちょいと静かにおしっ」

マリアさんが腕を組んで一喝《いっかつ》した。一瞬で、しゃべっていた男たちが黙り込む。女たちと、残りの男たちはくすくす笑い、子どもたちは口を押さえて笑いをこらえ、お年寄りたちはぽかんとしていたり、にやにやしていたりする。

とっても大きな家族の集まりみたいだ……と、雛歩はうらやましく思った。

「じゃあ、よそってもいいですか」

カリンさんが女将さんに問う。

「ええ、お願いします。みなさん、お待たせしてごめんなさいね」

女将さんが答えた。

カリンさんが皿におすしをよそい、そばのミチヨさんに手渡す。順番に人の手から手へと回されていく。ヒカリさんが新しい皿をカリンさんに渡し、カリンさんがまたよそう。

調理場を手伝っていると紹介された女性たちが、別のすし桶を、広間と廊下の境まで運んできて、こちらからも、おすしを皿によそってゆく。

「正岡子規さんも、このまつやまずし、もぶりずしが大好きで、親友の漱石さんが初めて松山に遊びにきたときに、お母さんに作ってもらって、ごちそうしたらしいの。そのとき、もぶりずしを嬉しそうに食べる漱石さんを見て、子規さんも嬉しくなって詠《よ》んだそうなんだけど……『われに法あり　君をもてなす　もぶり鮓《ずし》』という句があるの。

われに法あり、というのは、子規さんのおうちにはおうちの、また松山には松山のもてなしの作法がある、という意味かしら。さあ、雛歩ちゃんも一緒に食べて。さぎのやに法あり、雛歩をもてなす、もぶりずし」

女将さんにそっと押し出され、自分がなくなってしまうのではないかという恐れも忘れて、雛歩は人々が空けてくれた場所へ歩み入った。

飛朗さんが手招いている姿を目標に、無重力の中を歩くのにも似た足取りで進み、彼の隣に敷かれた座布団の上にぺたんと腰を落とした。

「ずっと寝てたから、おなかが空いたでしょ」

見る者の力をふにゃりと溶かしてしまう飛朗さんの笑顔を前にすると、さっきの女心に対する感受性の鈍さも、つい許してしまいたくなる。

「まつやまずしは、いまの時季だけのものじゃなくてね、春も夏も冬も、旬《しゅん》の野菜や魚を加えるから、その時季その時季で、別の味を楽しめるんだよ」

飛朗さんが説明してくれる。そのあと、テーブルの向かいにいる少年二人を見て、

「おい……おまえら、さっきからテーブルの下で何をやってるんだ」

雛歩とさして変わらない年ごろの二人は、テーブルの下に手をやり、何かを見つめながら、ひそひそと話していた。飛朗さんに問われて、坊主刈りにしているスポーツマンタイプの一人が、テーブルの下から手を出し、飛朗さんに向かって突き出した。

手の先に、五センチ四方くらいの立方体を持っている。

飛朗さんが受け取り、上下左右にひっくり返して眺め、

「へえ、なかなかうまいじゃないか」

と言って、雛歩の前に差し出した。

深く考えずに雛歩は受け取り、まず軽いのに驚き……木だ、と気づいた。何か彫ってあり、手の上で回しながら見つめる。

こま犬……かな。神社の参道の入口辺りに、でんと据えられ、ぎらりと睨みをきかせている、こま犬を思わせる像が、巧みな彫刻で造形されている。

「ユウキが彫ったのか、やっぱり親ゆずりだな」

飛朗さんの言葉に、坊主刈りの少年はわずかに首を横に振って、

「おれじゃないよ。ソウマが彫った」

と、隣に座っている、髪の長い眼鏡を掛けた少年のほうに首を傾ける。

知的な雰囲気がある少年は、少しはにかんだ表情で、雛歩の手の中の彫刻像を見つめている。

あ、これ……と、雛歩は、眼鏡の少年に小さな彫刻像を戻しつつ、

「とっても、お上手ですね……」

黙っているのも悪いと思い、ささやく程度にしか声が出なかったが、相手に告げた。眼鏡の少年は、困ったように首をひねりながら受け取り、隣の少年に、なぜか彫刻像をぽーんと放った。受け取った坊主刈りの少年は、おかしそうにほほえんでいる。

「じゃあ、みんな、行き渡ったみたいだから、いただきましょー」

と、ハマダさんらしい、男の人の声がして、一斉にいただきまーす、と声が上がる。小さい子どもたちの声がひときわ高く響く。雛歩の周りにいる人々の前にも、厚手の皿によそわれた彩り豊かなちらしずしが、もれなく並べられていた。

「よし、いただこう。雛歩ちゃんもいっぱい食べてね」

飛朗さんに勧められ、雛歩はうなずき、

「いただきます」

と、手を合わせてから、箸を取り、まつやまずしを口に運んだ。

ふうわっと、酢と、甘く煮たシイタケと、みつばの香りが口の中に広がる。ふっくらと炊かれたご飯の香りがつづき、つやのあるすし飯を嚙んで、舌で味わうと……本当だ、魚のすり身が混ぜ合わされているからか、独特のコクが出ている。

シャキシャキした歯ごたえの絹さや、甘みのあるニンジン、香りの強いごぼうがからまり、錦糸卵の甘みが、それらをくるんでいく。次に穴子を単独でいただく。香ばしく、身が柔らかくておいしい。エビは、たんぱくだけれど、新鮮で、ぷりっとしている。そこにまたすし飯を口の中でブレンドすると……至福の味わいだ。

一口、また一口、と口に運ぶうち、雛歩はあっという間に一皿を平らげていた。

お代わりをお願いします、という声があちこちで聞こえる。飛朗さんも、カリンさんにお代わりを頼み、

「雛歩ちゃんも、どう」

と訊いてくれた。向かいの少年二人は、とっくにお代わりを食べている。

え、でも、そんなにバクバク食べては、嫌われる……かも、しれないとしてもですね、とても我慢はできません。ここは恋より団子ということで、

「すみません……いただきます」

とお願いし、二皿目もほとんど平らげてしまったとき、窓の外からまた、ポーッ、と蒸気機関車の汽笛に似た音が聞こえた。

「あの音……なんだろう……」

16

「あれ、雛歩ちゃん、あの音が何か知らないの」

雛歩のつぶやきを耳に留めたらしく、飛朗さんが訊いた。

目の前にいる二人の少年も、不思議そうに雛歩を見ている。

「そっか、ここへ来てから、まだ一度も道後の町に出ていないんだ？」

雛歩は、はい、と小さくうなずいた。

「よっし、じゃあ散歩をしよう。道後を案内するよ」

え、と戸惑う間もなく、飛朗さんは立ってゆき、廊下で女将さんと何やら話したあと、雛歩のほうに目配せをして、手招きした。ちょうどおすしを食べ終えたところだったが、本当に誘われるまま行っていいのかどうか、雛歩が迷っていると、

「ほい、ぐずぐずしとらんで、行っておいでな」

聞き覚えのある声が背後でした。

振り返ると、今日はライトグレーの落ち着いた洋装姿のまひわさんが、ちょこんと座って、まつやまずしを食べている。

「あんたの町を、しっかり見ておいで。お皿とかは置いたままでええ。早《は》よお行き」

まひわさんが、行け行け、というように手を振るので、あんたの町、という言葉に引っかかりをおぼえながらも、雛歩は頭を下げて、人々が空けてくれたあいだを縫って、廊下に出た。

「あれ、雛歩ちゃん、どこへ行くん？　やっと二人きりになれると思うたのに」

ハマダさんが、気がついて、声をかけてくる。

「デートよ。いまから雛歩は、飛朗とデートじゃがね」

まひわさんの声が広間中に響いた。おー、と一同が歓声に近い声を上げる。

どどどどーして、そんなこと言いますかね……雛歩は、抗議のためにまひわさんを振り返ろうとした。すると、まひわさんのところから手を打つ音と、

「デート、デート」

と、声が聞こえ、すぐに一同が合わせはじめた。

飛朗さんが、苦笑を浮かべ、やめて、と手を振るが、一同の声は収まりそうにない。

いいよ、行こう、というように飛朗さんが雛歩の肘に手を添え、二人は玄関に向かった。

女将さんが待っていて、広間のほうを困った顔で見やったあと、

「こまきちゃんが高校生の頃にはいてたスニーカー、まだはけるから取っておいたの。たぶん雛歩ちゃんの足に合うと思う」

洗って、大事にしまわれていたらしく、新品かと見間違いそうな白いスニーカーが、たくさんの靴が並んでいる端っこに、そろえて置かれている。

「飛朗さん。雛歩ちゃんのからだの様子を見ながら、無理をさせないようにね」

女将さんが、飛朗さんの名前を呼んだのを、雛歩は初めて聞いた。

女将さんの態度にも、わかってますと答える飛朗さんの様子にも、変わったところはないのに……雛歩はなぜか、どきどきして、スニーカーをはくのに手間がかかった。

「よし、行こうか」

すでに靴をはいていた飛朗さんに手を握られ……え、そんな……でも嬉しくて、一緒

に玄関から出ようとしたとき、向こうから人が飛び込んできた。

「おっと、ごめんなさいよ」

危うくぶつかりそうになって、からだを引いたのは、イノさんだった。

「こりゃ若旦那、また新しいガールフレンドを見つけやしたかい」

「若旦那はやめてって言ってるでしょ。それにこの子は、イノさんも知ってる子だよ」

イノさんが、ややからだを反《そ》らし気味にして、雛歩を見つめる。

「え、あっしゃ、こんなかわいい子は知りやせんよ」

イノさん、あなたに百点差し上げましょう……雛歩が嬉しく思ったとたん、イノさんはにこりと笑った。

「なんてね……雛歩さんでやしょ。いや、あっしゃね、この子はきっといまに美しい人になんなさると思ってるんですよ。見た目じゃありやせん、見た目なんてつまらねえ。あっしが口上をお聞かせしたときのことさ。あっしを泥棒だと思って、危険もかえりみず、大きな声で叫んで、さぎのやを守ろうとなさったでしょ？　その心意気さ。宝石の原石みたいなもので、人の中で磨かれていくうち、いつか必ず当代の女将さんにも負けねえくらいの美しい人になんなさるよ」

おおお女将さんに負けないくらいの……って、イノさん、それ、オオカミさんの間違いじゃないでしょうか。ともかくいまはあなたに一万点、いえ一億点差し上げます。

「おっと、それより、いまからデートですかい」

広間からのデートコールはしつこくつづいていた。

飛朗さんが、違うんだよ、と言いかけるのを、イノさんは笑顔でさえぎり、

「いいから行きなせえ。いま、お遍路さんが着きますから、ちょっとごたつきやす。女将さん」

「ええ、どうかしたの」

話を聞いていた女将さんが、土間に下りてきた。

「いやね、石手寺に向かう道で、調子を崩されてる様子の二人組のお遍路さんを見かけやして。かなりお疲れのようでしたから、お連れすることにしやした。アキノリが車を引いてきやす」

「そう。カリンさーん、マリアさーん、お遍路さんが、お二人お見えー」

はーい、と返事が返ってくる。とたんに、広間からのデートコールはやみ、人々が食事を終えたり中断したりして、片付けにかかる様子が、雛歩のところからも見えた。

「邪魔になってもなんだから、出てようか」

飛朗さんに促され、雛歩は初めて……かな、夢かもしれないから、よくわからないけど、夜の庭に出たことをのぞけば、初めてさぎのやの外へ出た。

風が雛歩を包むように流れてゆき、ほてった全身に心地よい。

太い木の柱で作られた門までは、大体二メートルの距離で、敷石などはなく、歩きやすく土が固めてある上に、白い砂がまかれている。門の左右は、低い板塀が設けられ、

内側に低木の植え込みがつづいている。

雛歩は、飛朗さんのあとから門を抜け、道路に出た。道幅は広くないが、左右に開かれ、向かいの建物も二階建てなので、ワンピースと同じ色の空が望める。

「雛歩ちゃん、少しからだを引いて」

飛朗さんに左肘のあたりを取られ、引き寄せられた。背中が彼の胸に当たり、どきりとする。だが息つく間もなく、雛歩がからだを引いた辺りに、人が駆け込んできた。

その人は、細身のからだに黒い上下の服と、さぎのやのはっぴを着て、額に藍色の鉢巻きをしている。背後に、大きい黒い箱状のものを背負っているように見えた。

その箱の中に、白いお遍路さんの装束《しょうぞく》を着た二人の人が見えて……あ、人力車……と、雛歩はようやく気がついた。

「アキノリ、お疲れさん」

飛朗さんが、人力車を引いてきた人に言う。

飛朗さんよりやや年下らしい、アキノリと呼ばれたその男性は、荒い息をつき、額から流れ落ちる汗を黒いシャツの袖でぬぐい、うなずいて、その場にうずくまった。

飛朗さんは、人力車の後ろから踏み台を取り、人が降りるのに適した場所に置いて、

「どうぞゆっくり、足もとに気をつけて」

と、お遍路さんが降りてくるのを、手を伸ばして手伝った。

一人目の、やせているお遍路さんが道路に立ち、飛朗さんに会釈をして、さぎのやの

ほうへ歩いてくる。足がもつれて倒れそうに見え……あっ、と雛歩は駆け寄った。両手を広げ、お遍路さんを抱きとめる。さほど重くはなかったが、いきなりだったために バランスが崩れかけ、両足を踏ん張った。右足のかかとと左足の親指のあたりに痛みが走る。いま力を抜いたら、このお遍路さんは道路に倒れ込んで怪我をする……それを思って、雛歩は歯を食いしばってこらえた。

「おっと、こりゃいけねえ」

イノさんが門から出てきて、左手一本で、お遍路さんの脇に手を入れ、ぐいと抱き支えた。雛歩は、つい力が抜けて、一、二歩あとずさった。

「大丈夫かい、雛歩ちゃん」

二人目のお遍路さんが道路に降りるのを手伝いながら、飛朗さんが心配そうに尋ねる。足の痛みは残っているものの、すぐに治まりそうで、傷が悪化した感じはない。

「平気です。すみません、力がなくて」

「いいえ……おかげで、助かりました……」

イノさんに支えられたお遍路さんが、少しだけ顔を起こし、雛歩に言った。

笠の下の、青白い顔色と、柔和な面差しがうかがえる。五十歳前後の女性だ。彼女は、雛歩を見て、目を少し見開いた。でも、すぐにその目を伏せ、

「ありがとうございました」

と、ささやくような声で言った。

「さあ、もうちょっとそこまで歩けやすかい？」

イノさんがお遍路さんに声をかける。マリアさんが出てきて、イノさんよりもがっちりとお遍路さんを支えて、さぎのやに連れて入る。

カリンさんも出てきて、もう一人のお遍路さんを支えようとする。

さっきの女性と同年代の、眼鏡を掛けた男性が、いや、大丈夫です、と言いたげに手で断り、一人でしっかり歩いてゆく。イノさんが、その男性を導いてゆく。

カリンさんは、彼らの姿を見送ってから、まだ人力車の前でうずくまっているアキノリさんのそばへと歩み寄った。

「ご苦労さま」

温かみのある声に、アキノリさんが顔を上げる。カリンさんと目が合ったのか、まぶしそうに目をしばたたく。

さっき雛歩にちらりと見えた彼の目は、暗い色をしていたのに、カリンさんを見上げる目には、憧れの人を見る少年のような明るい色が広がっていた。

「車を裏に回して、待ってなさいよ。お水、持っていってあげるから」

カリンさんの口調は、弟に向かって言うのにも似た、なれなれしい荒っぽさがある。

アキノリさんは、嬉しそうにうなずき、立ち上がって、車を引くかじ棒を取った。車をくるりと回し、来た道を少し戻ると、さぎのやの庭があるほうへ曲がってゆく。

カリンさんはそれを見届けてから、飛朗さんと雛歩に頭を下げ、さぎのやへ戻った。

17

「よし、じゃあまず先に近所をざっと紹介しとくよ」

飛朗さんが、アキノリさんが去ったほうへ進み、雛歩はあとについて歩いた。

「こっちにずっと行けば、道後温泉駅に出る。路面電車が走ってて、その始発でもあり終点でもあるんだ。駅前商店街の入口にも通じてる。でも今回は反対側から回って、最後に駅に出ることにしよう。ここがうちの駐車スペース、奥は庭につながってる」

さぎのやを囲む板塀が切れたところが開けて、白いワゴン車と、その隣に人力車が止めてあり、アキノリさんが車輪の下に車止めのブロックを置いているところだった。

駐車スペースの向こうは、雛歩も見覚えのある庭が広がっている。

「お隣は、さっき広間にいた、人生の先輩たちが通っているデイケアセンター。さらに隣は、保育園。その向こうは、おはくろ様、と呼ばれてる神社の参道に出る」

雛歩は、飛朗さんの説明にしたがって視線を振り向けた。駐車スペースの隣に、和風の建物があり、玄関の上部に『しらさぎ園』と標札が掲げられている。その隣に見える赤いとんがり屋根の建物が、保育園だろう。神社の参道までは見えなかった。

「子どもたちは、園の庭だけでなく、はくろ神社の境内《けいだい》でもよく遊んでる。白い鷺《さぎ》と書いて、はくろ。白鷺神社、おはくろ様……。お社《やしろ》はこぢんまりしてても、町ができる以前から祀《まつ》られてる、とても古い神社だから、境内が広くて、さぎのやの庭とも接してる。子どもの頃は、柵を越えて、よく遊びに行ってたな」

雛歩は、夢だったのか現実か、いまもはっきりしないけれど、ぼんやりと覚えている庭の様子から、ああ、あの木々が並んでいる奥に低い柵が見えたけれど、あの向こうが神社の境内なんだと、頭の中で地図を描いた。

さぎのやの庭から回ってきたらしいカリンさんが、アキノリさんにグラスを差し出す。アキノリさんは、鉢巻きを取り、彼女に頭を下げてから、グラスを受け取り、透明な液体を飲み干してゆく。カリンさんは、彼のその姿を温かいまなざしで見つめている。二人の背後で、庭に咲く松葉牡丹や百日草の花々が、日差しに照らされ、明るい彩りを見せている。

「おーい、アキー、アキよぉー」

さぎのやの玄関のほうから、イノさんの声がした。

アキノリさんが、グラスをカリンさんに会釈をしながら返した。

イノさんの姿は見えないが、声は大きく、もう一度呼ぶ声がして、

「はーい」

と、アキノリさんが背伸びするように答えを返し、雛歩たちのほうへ駆けてきた。

彼は、ちょこんとおじぎをしながら飛朗さんと雛歩の脇を通り抜け、

「いま行きまーす」

と、大きく声を発して、さぎのやの正面へと走り、門から内に入った。

「アキ、もぶりずしができてら。またぐるっと回るからよ、いまのうちに食っときな」

はい、とアキノリさんの返事が聞こえ、玄関の戸が閉まる音がした。

庭に視線をやると、カリンさんの姿はもうなく、ずっと先の、竹を組んで設けられた低い垣根のところまで見通せた。あ、と雛歩は思い出し、

「あの、お庭の奥に、お月様みたいなテントって、ありますか」

「あるよ」

飛朗さんはあっさりと答え、「雛歩ちゃん、さぎのやの庭を、ゆうべ、というか、今日の午前三時前後に歩いたんだよね」

「え……じゃあ、やっぱりわたし、お庭を歩いたんですか」

「みたいだね。見てた人の話によると、きみは庭を歩いて、テントに入り、お焼きっていうお饅頭を食べて、あめ湯を飲んで、そのあとぐっすり寝込んだらしい。で、風邪をひくかもしれないから、おれが呼ばれた……きみが呼んだそうだけど」

「え、わたしがですか……」

雛歩はさらに驚いた。

飛朗さんはうなずいて、

「こまきの部屋でさ……雛歩ちゃんが起きたの、おれのおかげじゃない？　って言ったの、覚えてる？」

雛歩はうなずき、目を伏せた。あれは、やはり王子様のキスのおかげでしょうか……。

「午前三時半くらいだったかな、寝てたところを起こされて、テントへ下りたら、きみはすっかり寝込んでた。雛歩ちゃんって、何度呼んでも起きなくて、寝言を言ってた」

「え……なななななんてですか」

「わたしは何番目ですか、って言ったかと思うと、急に悲しそうな顔して、ウエーンって泣くような声を出してた。悪い夢でも見てたの？」

これはもう貝かぶりです。大きな貝があったら、かぶって隠れたい話です……。

「とにかく、そのままだと冷えちゃうから、抱き上げて、部屋まで運んだんだ。幸いきみは熱も出ずに起きてこられたから、おれのおかげかなって、冗談として言ったわけ」

雛歩は自分の唇にそっと指先でふれた。さすがにほっとしたけれど、ほんの少し寂しい気持ちも、そよ風みたいに過ぎていく。

「どうも、あの、すみませんでした。わざわざ運んでいただいて」

迷惑をかけたのは間違いないので、雛歩は頭を下げた。

「じいちゃんが部屋まで来て、ちゃんと見てやれって言うからには、断れないしね」

「じいちゃん……？」

あ、と思い出す。白いひげのおじいさんが、ぼわーんと見えた気がした。

「あのテントには、じいちゃんが暮らしてる。夜のあいだ起きて、昼間に寝てるんだよ。さぎのやのみんなは、朝早くから働き通しだから、夜は眠る必要がある。一方で、さぎのやに泊まる人たちは、つらい想いや悲しい経験を抱えている人が多くて、眠るに眠れない人もいる。ほら、悩みとか後悔って、寝床に入ってから、どんどんつのってくることがあるでしょ?」

雛歩はうなずいた。何年もそうだった。

「だから、眠れずに起きてきた人が、庭を歩けるように明かりが灯ってるし、お饅頭や飲み物を用意したテントがその先にある。もとはじいちゃん自身が眠れなくて、考え事をするためにテントを張ったんだけど……深夜に庭に出たお遍路さんの一人が、テントを訪ねて、胸の内にわだかまっていた悩みを、じいちゃんに全部話したら、すごくほっとしたらしい。以後も同じような人が現れたから、じいちゃんは人を迎える用意をすることにしたんだ。悩みを話したい人がいれば、じいちゃんは聞くし、黙っていたければ、それでもいいって感じで、もてなしてる。今日の午前三時頃、さぎのやのトイレに入って、庭へ出たら、きみの姿を見かけたそうだ」

うわぁぁ、全部見られてたんですかぁ……雛歩は、恥ずかしさに顔が熱くなってくるのを意識した。一方で、幻想的だった深夜の庭の様子と、月を想わせるテント、そのテント内の秘密の隠れ家っぽい雰囲気を、懐かしく思い出した。

「もしかして、飛朗さんのおじいさんって、白いひげを生やした人ですか」

「そう。覚えてるの?」

「ぼんやりとですけど……ということは、まひわさんの、旦那さんになるわけですか」

雛歩の問いに、飛朗さんは大きく口を開けて笑った。

「まひわさんは、おれのひいばあちゃん。本来は大大女将《おおおおおかみ》。テントのじいちゃんはケイタロウと言って……ニワトリを表す漢字の鶏に、浦島太郎の太郎。まひわさんの娘のチヅル、千の鶴と書く、先代の女将……つまりおれのばあちゃんの夫になる」

雛歩は、懸命につながりを考えようとして、糸がからまるみたいにわからなくなった。

彼女の表情から、飛朗さんも察したのだろう、

「いろいろ複雑だよね」

そう、複雑です。なかでも雛歩が一番知りたいと願う複雑系は、

「あの、女将さんと……ひ、ひまきさん、いえ、こまきさんは、どういう関係、ですか」

意気地なし。女将さんと飛朗さん、と聞くところを、こまきさん、に替えてしまった。

「うーん、これもいろいろあるからなぁ……」

飛朗さんが首をかしげ、「町を案内しながら、ゆっくり話すよ。本当に聞きたいなら」

聞きたい、聞きたいです……うなずいたあと、雛歩は自分の意思を不思議に感じた。

もうずっと他人のことには関心を持てなかった。誰が何をしようと、誰と誰がどんな関係にあろうと、世界で何が起きていようと、まったくそれを知ろうという気持ちは起きなかった。

はっきり言えば、どーでもよかった。どーなろうと、知ったことではなかった。

なのに、なぜだろう。まったくの他人なのに、女将さんや飛朗さんのことだけでなく、

みんなのこと、さぎのやのことを、もっと知りたい、という気持ちがこみ上げてくる。

「いい風だなぁ、日差しが強くても、風のおかげで過ごしやすい」

飛朗さんが軽く伸びをする。確かに気持ちのよい風が空から吹いてくる。

その風を受けて、人力車の幌《ほろ》がはたはたと鳴った。

18

「あの……どうして、さぎのやに、人力車があるんですか」

人力車の幌がはためくのを見て、雛歩は気になっていたことを尋ねた。

「どうして、と言われても……明治の頃からずっと、さぎのやにはあるからね」

飛朗さんがこともなげに答え、そんなに昔から……と雛歩は驚いた。だって、明治って、平安時代の次のはずだ。奈良、やよい、平安、明治、昭和……の順番だっけ。

「昔からお遍路さんはいたけど、病気のために故郷にいられなくなった人や、生活に困って人々の情けにすがって旅をする人もいたみたいで……行き倒れって、旅の途中で倒れて、そのまま亡くなる人も少なくなかったらしい。当時のさぎのやは、そんな人たちを助けようと、いわば見回りの救護車として、人力車を走らせていたそうなんだ。

困ってる人を乗せて、さぎのやまで連れてきてたんだね。いまでも自動車が入れない旧へんろ道が結構残ってるから、重宝してる。もちろん引く側は大変だけど、代々受け継がれて、いまはイノさんの指導で、アキノリが頑張ってる」

「あの、わたしも、人力車に乗せられたんでしょうか」

だったら、あの若い男性にお礼を言わなきゃいけない、と雛歩は思った。

「雛歩ちゃんは、美燈さんが運転するワゴン車で連れてこられたって聞いたよ」

ワゴン車は、運転席の後ろに六人くらい乗れそうな大きさで、車体のフロントには翼を広げて飛ぶ鷺の絵が描かれている。いま助けに行くよ、ってイメージかもしれない。

「あの……わたしを助けてくださったとき、女将さんのほかに誰か一緒だったんですか」

「いや、美燈さんはたいてい一人で見回りに出てる。ほかの人たちは、それぞれ料理の仕込みや掃除や洗濯って、自分の仕事があるからね」

つまり、あのとき全身泥だらけで倒れていた雛歩を、女将さんは一人で抱き上げるか背負うかして、汚れるのも構わず車に乗せて、運んでくれたということだ。

「……どうしてですか」

ずっと積み重なってきた疑問が、雛歩の口をついて出る。

「どうして、女将さんは……女将さんだけじゃなく……飛朗さんも、こまきさんも、みんなみんな、さぎのやのみなさんは、そんなに親切なんですか」

飛朗さんは、困ったような、苦笑いのような、複雑な表情を浮かべた。

「どうかな……普通だと思うんだけどね」

普通じゃないですよ、全然普通じゃない……雛歩が言い返そうとしたとき、

「とにかくまあ、町を回ってみようよ」

飛朗さんが、あらためてさぎのやの玄関のほうへ雛歩を誘った。

保育園とデイケアセンターの向かいは白い壁になっている。それは公民館の横壁で、公民館の玄関は、おはくろ様の参道の向かいにあるという。

さぎのやの向かいは、とてもよく似た二階建ての建物が、二棟並んでいる。向かって右の建物に『湯の華クリニック』、向かって左の建物に『湯の華産婦人科医院』という看板が出ている。

「こっちが、雛歩ちゃんも診察を受けたトミナガ先生のクリニック。隣は、トミナガ先生の奥さんがやってる産婦人科。奥さんはリコーダーの趣味があって、ハーモニカとの夫婦合奏が始まると、みんな用事を作っていなくなる……逃げられないのは、二人の患者さんたち」

飛朗さんが笑いながら説明する。

二棟の建物の隣は、花壇のある小さな中庭になっていて、その隣に明るいクリーム色をした二階建ての建物がある。周囲に比べて新しく、近年建てられたものらしい。

「こっちは、クリニックのホスピス棟。雛歩ちゃん、ホスピスって知ってる？」

はい……と答えかけ、雛歩は危うく口を閉ざした。さぎのやへ来てから、言葉の間違いが多過ぎる。ホスピスは……もちろん白い色の甘ーい飲み物だ、という確信はあるけれど、ここは安全第一に、あえて首をかしげておいた。

「がんの末期の患者さんなどに、積極的な治療はせず、苦痛をやわらげて、亡くなるまでの時間を平穏に、できれば生きていることの喜びを感じながら、一日一日、大切に過ごしてもらうことを、目的としている施設なんだよ」

はい、甘いのは自分の認識でした……雛歩は神妙にうなずいた。

「ここには以前、さぎのやの蔵があってね、代々受け継がれてきた古文書とか手紙、調度品や装飾品などをしまってあった。戦後さぎのやを改築したとき、調度品や装飾品の多くが使われて、蔵の中のものは半分ほどになったらしい。新しく倉庫を別の場所に建てて、残ったものを移したあと……まひわさんの夫、つまり千鶴ばあちゃんの父親が、がんで亡くなっていたことや、重い病気で行き倒れたお遍路さんも多く見てきたから、まひわさんとばあちゃんは、終末期医療の必要性を感じてたらしくて、蔵の跡地にホスピス棟の建設を決めたんだって。

ただ、建築面でも医療面でも準備や許可が必要で、二年前にやっと開設できたんだ。スナガさんてベテランのホスピスナースと、アキモトさんて医療ソーシャルワーカーが事実上管理してて……二人は学生時代に同じ落研《おちけん》にいたから、全体に明るい雰囲気でね。一階のホールでは、落語会やコンサートや映画鑑賞会なんかが毎週のように開かれてて、一般の人も参加できるから、かなりの賑《にぎ》わいだよ」

ホスピス棟の向かい、さぎのやの隣には、大きな木造二階建ての建物が建っている。レトロ調の雰囲気で、玄関は一つだが、中で幾つもの部屋に分かれていそうだ。年代ものらしい石造りの門に、『第一にきたつ館』と、墨で書かれた木の標札が出ている。

「さぎのやの寮代わりのアパートだよ。昔から、さぎのやと、周辺施設で働く人が暮らす場所になってる。マリアさんは家族で入居してるし、ショウコさん、カリンさん、クリニックの看護師さん、保育士さん、介護士さんも暮らしてる。にきたつ、というのは、道後温泉の近くにあった船着場の名前で、大昔はこの辺まで海だったらしい」

え、この辺りも海だったんですか……雛歩は足もとを見回した。

「大昔、都《みやこ》の貴《とうと》い方々が、立派な船で瀬戸内海を渡り、にきたつの港に乗りつけて、そこから輿《こし》に乗って、温泉に向かわれたって話が残ってる。霊泉での療養が主な目的だったらしい。聖徳太子《しょうとくたいし》もその一人だったみたいだけど、そうした一行も、当時のさぎのやがお世話したんだろうね」

途方もない話を聞いている気がする。雛歩は、いま立っている辺りまで海だったというから、竜宮城みたいなさぎのやと、乙姫《おとひめ》みたいな女将さんを想像した。

「ここは主に女性と家族向けで、その隣に、第二にきたつ館がある。そっちは独身の男性向けというふうに、昔から一応分けられてる。イノさんとアキノリは第二だね」

飛朗さんが指差した、第一にきたつ館の隣に建つ建物の門から、細身の影が現れた。

「サチ」

と、飛朗さんが呼びかける。

振り向いたのはツンデレ、ではなく、サチオさんだった。

白いパーカーに紺のジャンパー、細身のデニムが、おしゃれで知的な男子大学生って感じで、切りそろえた髪をさっとかき上げ、クールにうなずく態度にも隙がない。

「サチ、これ、誰かわかるか?」

飛朗さんが、ちょっと得意そうな顔で、雛歩を紹介するように手で示す。

「当たり前ですよ、雛歩さんでしょう」

「え、わかっちゃうの」

サチオさんは、意外そうな質問者から、雛歩のほうへ視線を移し、

「起きられたそうで、よかったですね」

と、感情のこもらない声で言う。

あ、どうも……と、雛歩は緊張しながらうなずいた。

いま、女子中高生の妄想における最高のシチュエーションではないだろうか……王子様キャラと、ツンデレのクールキャラにはさまれて、恋の駆け引き……なわけではないけれど、かなりどきどきする。

あ、でも、サチオさんは、男性として生きているけれど、戸籍上は女性だという話だった。なのに、どきどきはおさまらない。

「そのワンピース、こまきちゃんのものではないですか」

サチオさんが言う。雛歩の足もとに目を移し、

「もしかしたら、スニーカーも……」

「あ、はい……お借りしました」

「似合ってますよ」

サチオさんは、まったく表情を変えずに言った。

うわっ、サチオさんにほめられてしまった……雛歩はびっくりするわ嬉しいわ、でもどう答えていいかわからないわで、表情が強張《こわば》るのを意識しつつ、頭を下げた。

「サチ、いまからどこかへ行くのか」

飛朗さんが訊く。

「午前中の先生との往診が終わったので、さぎのやへ行って、シデ作りを手伝うんです。それより飛朗さんは、雛歩さんとどちらかへ？」

「うん。雛歩ちゃんがまだ道後の町を見てないから、ちょっと散歩がてら」

「なるほど。無理をなさらないように、いってらっしゃい」

サチオさんは、軽く目礼して、むだのない動きで、さぎのやの門から中へと消えた。

「サチとこまきは、同い年の幼なじみで、すごく仲がいいんだよ。けど、ワンピースだけじゃなく、どんなスニーカーをはいていたかまで、覚えてるなんてな」

飛朗さんが感心したように言った。

あ、確かに……雛歩は自分のはいているスニーカーを見下ろした。

そのときふっと、もしかしてサチオさんは、こまきさんのことを、幼なじみ以上の存在として好きなんじゃないだろうかと思った。

でも、女心にうとい飛朗さんに、それを告げるかどうか迷い、ひとまず遠回しに、

「あの……こまきさんて、彼氏はいないんですか」

「いまは一人前のナースになることで精一杯だから、そんな気はないだろう。言い寄る相手がいても、そういうのに鈍感だから、気づかないだろうしね」

マジですか……雛歩は飛朗さんの横顔を見つめた。

あなた方、兄と妹で同じことを言い合ってますよ……兄妹とも素敵なのに、それぞれ恋愛に鈍感という欠点があり、当人はそのことに気づいてないなんて……もったいないというか、おかしいというか、でもちょっとほっとする。

「ここが、第二にきたつ館」

第一と同じデザインの建物には、門のところに『第二にきたつ館』と標札が出ていた。

あ……サチオさんは第二で暮らしてるんだ、と雛歩はいまさらながら気がついた。

こまきさんと幼なじみってことは、こまきさんも飛朗さんも、サチオさんが女の子として生まれたことを知っているし、ある時期までは女の子として接していたのだろう。

そのあとサチオさんは、何歳の時だったかはわからないけれど、男の子として生きる決断をし、もしかしたらこまきさんを好きなのかもしれないけど、想いを秘めたままでいる……なんだか胸がきゅうと締めつけられてくるのを、雛歩は感じた。

「どうしたの、黙り込んで。疲れた?」

飛朗さんが、雛歩の顔を隣からのぞき込む。

雛歩はとっさに首を横に振った。だがまだ心配そうに見られているので、

「あの、さぎのやで、いまから何か作られるんですか」

と、サチオさんの言葉を思い出して、尋ねた。

「ああ、お祭り用のシデをね。それでみんなが広間に集まってたんだ。紙を幾つにも切って細長い短冊《たんざく》を作ってから、丹念に折って折り返して、を繰り返す工程が、けっこう大変な上に、数が必要だからね。大勢で一気に片付けようって話なんだ。シデは……見たことないかな、お祭りのとき、町の沿道の街灯のところとか比較的高い場所に、しめ縄が渡されて、白いねじねじの紙が垂れ下がっているのを」

「あ……半紙とかで作られてる、左右互い違いに折られたお飾り……」

ふるさとの町のお祭りでも、白い紙の飾りが、神社のしめ縄から下がっていた。

「そう。漢字だと、紙が垂れると書いて、紙垂《しで》と読むんだ。こっちの古い人は、よくヨタレって言ってるけどね。それが大量に必要な理由は、歩きながら説明するよ。あ、ここは古い駄菓子屋を改装したカフェ。おいしいパンを焼いて、さぎのやにも提供してくれてる」

飛朗さんが指差した第二にきたつ館の隣には、木造の少し傾いた感のある古い家が建っている。さっき広間で会った人たちの中に、カフェの人がいたのを思い出した。

「で、隣がこの辺りの施設や店の共同駐車場。向かいの角にあるのが、クロヌマさんて、古今東西の薬に通じている薬剤師さんがいる薬局。西洋医学では治療できない症状にも

効く薬を知っていて、トミナガ先生をはじめ多くの医療者が、よく相談に来てる」

薬局はやはり古い造りで、ガラス戸に『はくろ薬局』と書かれていた。

「ここから右に曲がろう。この辺りは、にぎやかな商店街や大きな通りの裏手になっていて、昔からの住人や、各旅館やホテルの関係者が暮らしてるんだ」

角を曲がった先は、静かで古い感じの住宅地がつづいている。

雛歩はいま歩いてきた通りを振り向いて……産婦人科から保育園、勉強を教えてくれるという公民館、カフェがあり、クリニックに薬局、デイケアセンターにホスピス、ホスピスでは定期的にコンサートや映画を鑑賞できるらしく……生まれてからの人生丸ごと、なんだかこの一画だけでまかなえてしまう気がして驚いた。

「シデの話に戻るけど……しめ縄を張り渡した内側は、結んだ世界の界と書いて、結《けっ》界《かい》と言ってね、神様の聖域になる。張り渡されるしめ縄は雲で、シデは雷を表してるという説がある。雷は昔は、稲の夫と書いて、いなづま……つまり雨をもたらす稲の大事なパートナーの意味合いがあるんだよ。だから、五穀豊穣《ごこくほうじょう》を願う行事の名残《なごり》として、ああした飾りはあるのかもしれないね」

飛朗さんの説明を聞くうち、やや開けた十字路に出た。石だたみの道が左右に伸び、左手はまっすぐ遠くまでつづき、右手を見ると、少し先に商店街がある様子だ。

「右手の商店街を抜けた先の、小高い丘くらいの二つの山の上に、それぞれ神社がある。そこからしめ縄は張られて、町のあちこちに伸びてゆくので、かなりの距離になる。そのしめ縄に、等間隔でシデを吊り下げてゆくから、ずいぶんな数になるのはわかるでしょ。実は、このしめ縄で作られる結界の内側は、お神輿が通る道を表してるんだ」

え、お神輿が通る……雛歩は不意に心臓のあたりに痛みを感じた。

ふるさとのいなか道を、お神輿が練り歩いてゆく姿が思い出される。

「お神輿は、ホテルや旅館、各商店、この町の中心となる場所を次々に回って、厄《やく》を払い、福をもたらしていく。この十字路は、まっすぐ向こう側へ渡ろうか」

飛朗さんは、石だたみの道を横切り、ゆるい坂になっている道へ進んだ。

一人になったら思い出が迫ってきそうで恐ろしく、雛歩は離れないようにあとを追った。いきなり飛朗さんが立ち止まり、その背中に彼女は鼻先をぶつけた。

「あ、ごめんね、大丈夫？」

「すみません、大丈夫でしゅ……」

これは噛んだのではありません、鼻が痛かったのです……雛歩は小さく頭を下げた。

飛朗さんは、渡ったばかりの十字路のほうを指し、

「いまの道、六メートル前後の道幅があると思うけど、かつてはその三分の一ほどが川だったんだ。石手寺《いしてじ》って四国八十八カ所、第五十一番札所の前を流れている川の支流が、道後の町を貫く形で流れてる。その流れに蓋《ふた》をする形で、道路の下に隠してるんだ。

昔はウナギも棲《す》んでた清流でね、ちょっと先の下流には、明治の頃からつづく有名な造り酒屋さんがある。いまはおいしい地ビールも作られてるよ。実際おれの父親やカケ

ガワさんたちは、子どもの頃、川でウナギを捕まえては近所で売って、こづかい稼ぎをしてたらしい」

え、飛朗さんのお父さん……雛歩は思わず顔を上げた。

彼のお父さんのことは初めて聞いた。どこにいらっしゃるんだろう。尋ねようとしても、飛朗さんは顔を戻して、先に進んでいた。

19

「このゆるい坂を、子どもの頃からほとんど毎日のぼってきた。ていうのも、坂をのぼったあと、右手に折れれば……有名なものがあるからね」

飛朗さんが秘密めかして言う。

でも雛歩は、いまは彼の父親について聞きたいと思った。声をかけようとしたとき、

「おう、飛朗ちゃん。ヨタレ、もう作りよる?」

六十歳前後の作業着姿の男性が、坂の上から声をかけてきた。髪もあごひげも白いけど、大型バイクでも飛ばしていそうな、やんちゃな印象がある。

後ろに二人、やはり作業着姿のヤンキーっぽい若い男の人たちがいて、飛朗さんに会釈しながら坂を下りてくる。

「ちょうど始まったくらいじゃないかな。もぶりずしも残ってるかもよ」

「おう、そら急がないかん。ところで女将は今日もべっぴんかな？」

「棟梁《とうりょう》が自分で確かめてみてよ」

「一日いっぺん女将の顔を見たら、寿命が十日延びるけんなぁ。道後の湯につかるんと、同じくらいの効果がある、なぁ？」

棟梁と呼ばれた男性が、後ろの若者たちに訊く。彼らはそろって笑い、女将さんもええけど、おれらはやっぱ、こまきさんかな、と言う。

「こまきは、いまボランティアで県病院だ。おまえら、足でも折って、入院したら？」

飛朗さんの言葉に、彼らは、えぐい兄ちゃんじゃや、と声を上げて笑った。

棟梁と呼ばれた男性は、雛歩に視線を移し、

「この子？」

と飛朗さんに訊いた。飛朗さんがうなずくと、

「元気になったんや、よかったね」

と、雛歩に語りかけた。

いきなりのことに雛歩は困惑して、答えられなかった。二人の若い男の人たちの視線も受けて、恥ずかしさに顔を上げられない。

「なら飛朗ちゃん、また祭りの打ち合わせで会おうや。お嬢ちゃんも、またね」

男性は、少しだけ顔を起こした雛歩にも、にっと笑いかけ、小走りに坂を下りてゆく。

若い二人も、じゃあまた、と飛朗さんにおじぎをして、男の人を追った。

「ヨシダさんって工務店の社長。社長と呼ばれるのが嫌いで、棟梁。二人は棟梁のところの気のいい若い衆《し》。棟梁に頼めば、さぎのやの不具合なんてすぐに直してくれる。ちなみに奥さんが、おれの母親と同級生なんだ」

飛朗さんの説明に、雛歩は驚いた。

え、待ってください、お母さんのことも初めて聞きましたよ、どういう方で、どこにいらっしゃるんですか……説明を求めようとしたとき、

「ああ、飛朗くんかな。元気にしておいでるかな?」

カートを押して坂をゆっくり下りてくる、たぶん八十歳を超しているだろう、やや腰の曲がったお婆さんが声をかけてきた。

「こんにちは。サエコ先生もお元気そうですね。デイケアなら、一緒に行きましょうか」

お婆さんは、顔をほころばせて、手を横に振った。

「ゆっくり年寄りのペースで歩くけん、大丈夫よ。それより千鶴さんのご命日はそろそろやったかな? いろいろ用意せんといかんねぇ」

「いや、まだ少し先です。サエコ先生には必ず連絡して、お迎えに行きますから」

飛朗さんは、お婆さんの背中を二、三度撫でて、ほほえむお婆さんと別れた。

「亡くなったばあちゃんの小学校の先生。おれの父親が小学校に上がったときも、まだ教えてて、親子二代で習ったんだって」

ああ、ご両親のことだけでなく、おばあさんのこともです……知りたいことばかりが

増えて、何もまだ説明されていないことに、雛歩はやきもきする。

　坂道はまだつづきそうだけど、こっち、と彼が途中の十字路を右に曲がってゆく。

「町では、少し歩けばすぐに知り合いに会う。生まれ育ったところだし、さぎのやは歴史があるからね、町の人ほとんどと知り合いと言っても、言い過ぎじゃないよ」

　飛朗さんが話すうちにも、行き交う人と、こんにちは、と頭を下げ合ったり、双方で軽く手を上げたりする。そのうち通りが華やいできて、左手に大きな建物が現れた。

　古ーい時代の土器とかハニワとかヨロイカブトとかを展示している博物館……それとも、きらびやかな衣装を着た役者さんが、いよー、とか、とおー、とか声を掛け合う、伝統的なお芝居を上演する劇場……的な雰囲気のある、凝《こ》ったデザインの建物に、雛歩はしばし見とれた。

「ここは最近できた飛鳥乃湯泉《あすかのゆ》って、道後温泉の別館なんだ。和釘や菊間瓦《きくまがわら》が使われてて、内側にも伊予絣《いよかすり》や砥部焼、大洲《おおず》和紙とかの、県内の伝統文化が生かされてる」

　と聞かされても、雛歩はよく意味がわからず、あいまいにうなずくだけである。

「そして、こっちが椿の湯《つばきゆ》」

　飛朗さんが、隣に建つ白くて大きい蔵みたいな建物を指差した。

「おれたちはずっとツバキ湯って呼んでて、地元の人たちがいわゆる銭湯として長年愛用してる温泉なんだ。さぎのやの中にもお風呂はあるけど、歩くのに疲れたお遍路さんや旅の人、体調のよくない人を優先するから、さぎのやの家の者はツバキ湯に入りにきてる。からだの調子がいいお遍路さんにも、広いし開放的だから、よければお散歩ついでにって勧めてるんだ」

彼が話すあいだも、知り合いらしい人たちが、軽く声をかけてきたり、会釈をしたりする。

「おう、飛朗じゃねえか。鉢合《はちあ》わせの組み合わせ、もう決まったんか?」

椿の湯から出てきた、湯上りらしい七十代半ばかと思われる、少しこわもての男の人が声をかけてきた。竹で編んだ小さなかごを手にさげ、中に赤いタオルが見える。

「組み合わせは、次の総会で正式に決まります」

「飛朗、湯之町大神輿《おおみこし》の二連勝、おまえにかかっとるんぞ。負けたら、承知せんぞ」

男性は、迫力ある怖い顔で飛朗さんを睨みつけた。

横で見ている雛歩は、ぞくりとしたが、同時に湯之町大神輿という言葉が気になった。

飛朗さんは、男性のことを少しも怖がる様子はなく、

「どこの大神輿も力を入れてて強敵ですから、簡単にはいかないですよ。ただブンさんが上に乗ってくれたら、みんな気合が入って、全勝でしょう」

その言葉に、男性は表情をゆるめ、照れたように手を顔の前で振った。

「あほ、うまいこと言うな。まあ、若い頃のわしやったら、おら上げろ、行くぞー、ってな……ほかの大神輿なんぞぶっつぶしたるけど……昔の傷がしくしく痛んでな」

「大丈夫ですか。またマッサージに行きますよ」

「心配すな。道後の湯に治してもらいよる。お、こっちはこまき坊じゃろ？　かわいなったな、ええ嫁さんになるわい。坊っちゃん団子《だんご》でも買《こ》うてやろか」

「ブンさん、桟敷《さじき》に席を取っておきますから、鉢合わせ、見に来てくださいよ」

「うん、行けたらな。まひわの姐《あね》さんによろしゅう言うておくれ」

男性は、ほんの少し手を上げると、二人が歩いてきたほうへ、ふらふらとからだを揺らしながらも、わりとしっかりした足取りで歩いて行った。

はじめは暴力団の人みたいで怖かったが、照れた表情はむしろかわいいくらいで、雛歩のことをこまきさんと勘違いしたことも加えて、ちょっと素敵なおじいちゃんだな……と、雛歩は男性の後ろ姿を見送った。

「あの人はブンさん。若い頃は暴れん坊のやくざで、五人の人間をあやめたことがある」

あやめた……雛歩には聞き慣れない言葉だが、たぶん花のあやめには関係がなく、決していい意味ではなさそうなので、うなずきも答えもしなかった。

「五十年以上前の、暴力団同士の縄張り争いで、孤児だったブンさんを育ててくれた親分の命令に従っただけらしい。双方どっちもどっちの大げんかで、未成年だったことであって死刑は免れた。それでもずいぶん長く刑務所にいて……出所したときには親分はもう亡くなってたから、組には戻らず、あやめた人たちの供養《くよう》のために、八十八カ所を回りはじめたそうだ。その途中で、伝説のやくざを殺して名を上げたかったチンピラに、道後の近くのへんろ道で、後ろから刺された……」

飛朗さんの口調は淡々としていたが、雛歩は思わず背筋に寒気が走るのを感じた。

「ブンさんは、道に倒れたまま命が絶えるところを、行き倒れのお遍路さんがいないかと見回っていた当時の女将、まひわさんに助けられたんだ。ブンさんは珍しい血液型だったから、まひわさんがさぎのやのみんなを町中に走らせて、人々に協力を頼んだそうだ。ブンさんの前科は、警察から通告があって、町では知られていてね。そんなひどいやくざ者を助けてどうするって、非難の声も上がったらしい。

けどまひわさんは……戦争で大勢を亡くしたし、助けたくても死なせてしまった人がいる。だから助けられる命が目の前にあるなら、助けよう。どんな人も少彦名命《すくなひこなのみこと》の身代わりかもしれないし、お大師様《だいし》が、自分たちの信心を試してるのかもしれないのだから、できるだけのことをして、あとのことはまた考えようって……」

雛歩は、行くところなんてどこにもないと思った彼女に、ここにおんなさい、と言ってくれた、不思議な魅力のあるまひわさんのことを思い出した。

「ブンさん、元気になったあと、さぎのやの近くに暮らして、町の中のごみを集めて回ったり、つまったドブをさらったり、汚れ仕事を進んで引き受けてたそうだ。そのぶん服が汚れて、においもするから、当時の子どもたちに、クサイ、クサイって、からかわれることもあった。

あるとき、ため池の排水溝をブンさんがきれいにしてるとき、釣りに来ていた小学生が誤って池に落ちてね……その男の子は、ブンさんをからかってた子どもの一人だったけど、ブンさんは池に飛び込んで、男の子の命を救った。その子はいま、こまきもボランティアで通っている県病院の、小児科のお医者さんになってて、大勢の子どもたちを救ってる」

20

雛歩《ひなほ》は、すぐには言葉が出ず、まだ遠くに見える男性の影を見つめた。

まひわさんが助けなかったら、ブンさんはいなくて、ブンさんがいなかったら、男の子はいなくて、男の子がいなかったら、きっといま多くの子どもたちも……。

「巡礼者って言葉があるけど、命って巡るんだ、人の想いも巡る……悪いことは知らないけど、いいことって、きっと巡っていくんだろうなって、その話を聞いたとき思った。さっき雛歩ちゃんが、さぎのやのみんながどうしてそんなに親切なのかって訊いたよね……実を言うと、あんなふうに訊かれたのは、初めてじゃないんだ」

雛歩は、えっ、と飛朗《ひろ》さんのほうに顔を戻した。

「子どもの頃から何度も友だちに訊かれたし、外から来た大人の人にもよくびっくりされた。でも、おれも、こまきもそうだけど、なぜそれほど親切だと言われるのか、よくわからなかった。だって、さぎのやでは当たり前のことだからね。おれたちは、生まれたときからさぎのやで育って、さぎのやの人たちに囲まれてたんだから。何かで困ってる人がいたら声をかけるし、できることがあれば手を差しのべる。みんなで一緒に汗をかいて、ご飯を食べて、笑い合って、病気やけがをした人がいたら気づかうし、困ったことがあったら助け合う……それがさぎのやに大昔からつづく作法というか、家風なんだ。そしてさ、これがきっと一番大事なことだろうと思うんだけど」

雛歩は、無意識にうなずいて、飛朗さんの言葉を待った。

「この生き方って、すごく楽なんだよ」

飛朗さんがハハと口を開けて笑い、雛歩はちょっと呆気《あっけ》にとられた。

「だって、困ってたら、みんなが助けてくれるんだよ。正直、何も心配がいらないんだ。どんなこともきっとなんとかなるんだよ。すごくない？」

あ、それは確かに……と、雛歩は思いながら、やはり言葉は出なかった。

「でも、外へ行くと違う。おれは弁護士になるために司法研修所ってところにいる。いまは個別修習って、いわゆる実習で松山に戻ってるけど、ふだんは埼玉の研修所の寮住まいで、法律関係の仕事を学ぶために東京にもよく出る。そこで出会う人たちはみんないつも急いでいて、きりきりしてて、頑張ってる。けど、その姿が痛々しいことがある。もちろんいい人も多い、いや、ほとんどいい人だよ。

ただ……自分たちの暮らしや理想を追うのに精一杯って感じで、とても助け合う雰囲気じゃない。だから巡っていかない、人々の想いも、いいことも、滞《とどこお》って、巡らない……それが、さぎのやの外の世界の普通なんだ。そっち側から見たら、さぎのやは普通じゃない」

雛歩はうなずいた。そうです、普通じゃないです……でも、飛朗さんの言うように、外の世界の普通は、普通なんだろうかと、いま初めて思った。

「どっちがいいとか悪いとか言わないよ。ただおれは、さぎのやの普通のほうが好きなんだ。だって、生きるのが楽なんだから、それって素敵だろ。どうしてわざわざ生きるのが楽ではない道を、普通として生きなくてはならないのか、って疑うよ。おれが弁護士になろうと思ったのも、このさぎのやの普通を守るためでもあるんだ」

どういうことですか……雛歩は、彼のその言葉の意味を聞きたかったが、

「じゃあ、アーケードに入っていこうか」

飛朗さんは、かまぼこ型の屋根におおわれた、みやげもの屋などの店が並ぶ、にぎやかな通りへ向かった。彼についてアーケードの中へ進み、外とはまた違ったきらびやかな光景に、雛歩は一瞬立ちすくんだ。

「ここが商店街の曲がり角。角の家は、漱石も泊まった旅館だったと言われてる。右手に下っていけば、道後温泉駅。正面に向かって歩いていけば……お目当てのものに突き当たる」

お目当て、ってなんだろう。でも、そんなことより知りたいことが多過ぎる。複雑な事情を話してもらえるはずだったのに、かえって謎が深まるばかりだ。

いきなり肩に軽い衝撃を受け、雛歩はよろめいた。あ、ごめんなさい、と、おしゃれ

な格好の若いカップルが頭を下げて通り過ぎていく。見回せば、土曜日ということもあって、多くの観光客らしい人々が、お店をのぞいたり、みやげものを買ったりしている。

飛朗さんは、お店の人たちから、声をかけられたり、合図を送られたりして、そのつど笑顔で応えていく。

「正式に弁護士資格を得たら、この町で働くつもりでいる」

飛朗さんが、さっきの話のつづきだろう、歩きながら雛歩に語りかけてきた。

「県庁や地方裁判所にも近い場所にある、弁護士事務所に勤める予定なんだけど……事務所のボス弁、つまりボスの弁護士は、おれの実の母親の夫なんだ」

え、実の母親の夫？　ってお父さんじゃないの？　雛歩が尋ねようとすると、

「あ、おせんべい食べる？」

飛朗さんは、おせんべい屋さんの前で足を止め、食べ歩きできるサイズのおせんべいを二つ頼み、一つを雛歩に渡した。

「親のことをざっくり話すと……二十五年前、医者の卵だった父親と、法科の大学生だった母親が知り合って、おれが生まれた。いわゆるデキ婚。父親は、さぎのやの長男。母親は、弁護士の娘で、自分も弁護士を目指してたらしい。二人はそれぞれ一人前になるためにはしなきゃいけないことが多くて、おれの面倒をみたのは、千鶴《ちづる》ばあちゃんだった。母親は上昇志向の強い人で、いつか夢を法律家から政治家へと変えて、市議会議員の秘書になった。こまきが生まれたときも、世話はばあちゃんたちにまかせて、自分

のキャリアを積もうと必死だった。あ、食べて」

話についていくのに懸命で、紙に包まれたおせんべいを手にしたままだった雛歩に、飛朗さんが言い、彼自身がまず口にした。雛歩も真似て……わ、香ばしくておいしい。

「おれの父親は、そうは言ってもさぎのやで育ってるからね、医者は医者でも、海外の国際的な医療団に参加して、紛争地で暮らす子どもたちや、貧困に苦しむ人々を、サポートする仕事を望んだ。母親のほうは、さぎのやという歴史に惹《ひ》かれていたらしくて……先々は、自分が女将になって、その歴史と、医者というステータスを持つ夫を、自分のキャリアを支えるものにしたかったみたいだ。

そんな二人が離婚に至るのは、時間の問題だった。母親は性格的に、さぎのやの女将になれる人じゃなかったしね。そもそもどうして結婚したんだって話だけど……母親は、おれが言うのもなんだけど、かなりの美人だし、頭は切れるし、若かった父親がコクられて、くらっとしたのも理解できるよ。でも、母親が本当に欲しかったのは……さぎのやだったんじゃないかな。

離婚のとき、おれは八歳、こまきは三歳。親権は父親に……といっても、実質はばあちゃんにゆだねられた。母親のほうも、自分の人生設計を着実に進めていくには、さぎのやに子どもを預けたままのほうが得策だと思ったんだろう。おれたちも、いつも一緒にいてくれるばあちゃんや、さぎのやの人たちになついていたし、正直なところ、ばあちゃんが本当の母親で、実の母親はたまに会う親戚のおばさん、みたいな感覚だった。

おいしいでしょ？」

「あ、はい……」

雛歩は、口に入れたまま噛むことを忘れていたおせんべいを、また噛みはじめた。

「母親は、その後いまの夫と再婚した。相手も再婚でね。先妻は病死して、こまきと同い年の娘がいる。母親のお眼鏡にかなったいまの夫は、企業法務っていう経済関連の法律に詳しい優秀な弁護士で、多くの政治家ともコネがある。おかげで母親は市議会議員を経て、いまは県議会議員になってる。そんな、欲しいものをどんどん手に入れてる彼女だけど、いまもさぎのやのことを、あきらめていない気がする」

え、どういう意味ですか……雛歩はまた口の動きを止めた。

「まだ女将になるつもりか、何かの形で影響を与えたいのか、ときどき経営に口出ししてる。宿泊する人からお金を取らないのは、ばかげてるとか。ずっと昔から所有してる土地を売って、施設をリニューアルして、ツアー客を引き受けるべきだとか……さぎのやの歴史を考えたら無理なことばかり、しつこく言ってきてて、どういうつもりだろうと思ってたんだけど……もしかしたら彼女は、歴史の一部になりたいのかもしれない。

さぎのやは、公的に認められてる歴史、正史では決してないけれど……年表には載らない人々の悲しみやつらさを受け止めて、女将という存在によって記されつづけてきた庶民の歴史、巡礼者の歴史、と言えるものだからね……その歴史を終わらせて、新しい歴史を刻む人になりたいと、意識的にか無意識にか、望んでるのかもしれない。だからおれは、そんな母親のことを注意しながら、さぎのやをサポートしていくためにも、弁護士になるのが一番だと思ったんだ……。さあ、お目当てはすぐそこだよ」

飛朗さんが、残っていたおせんべいをすべて口に入れて歩きだす。雛歩も、お行儀が悪いのは承知で、おせんべいを頰張《ほおば》りながらあとにつづいた。

「ほら、顔を起こしてごらん」

飛朗さんが、雛歩を振り返って声をかけてくる。

雛歩は、おせんべいを食べ終え、言われるままに顔を上げた。正面に、お城の天守閣と、神社とお寺とが組み合わさったみたいな、古風で威厳のある建物が建っている。

「道後温泉の本館だよ」

これが……雛歩は、圧倒されると同時に、その美しさに、ある種の感動をおぼえた。こげ茶色の柱と白い壁、反りかえった庇《ひさし》、波を打つような形の屋根。その屋根の曲線の具合は、巨大な鳥が翼を広げているように見える。

その屋根と庇とのあいだに、古い看板が掲げられ、お湯の波紋みたいなデザインをバックに、『道後温泉』と、味のある字が読めた。

玄関は人を迎えるために大きく開かれ、向かって右手に受付らしい場所がある。玄関の両側には、立派な灯籠《とうろう》が立っている。その周辺に大勢の観光客が集まって、写真を撮るなどしている。

館全体が、幾つもの建物が組み合わさっているみたいで、深い奥行きがあり、正面の屋根の向こうにも、別棟らしい建物が見え、向かって左手には、神社の蔵のような建物がつながっている。

奥にも同様の建物が見え、屋根の上には小さな展望台らしきものが付属している。

「本館のてっぺんにはね、道後温泉を発見した神の使いのシンボルが飾ってあるよ」

飛朗さんが言って、こっちへおいで、と雛歩を誘い、場所を横に移動した。

すると、展望台みたいな小屋風の建物の上に……あ、本当だ……翼をやや後方に向かって広げた白い鷺が、一番高いところに止まっている。

「ここは全体で三層になってる。お風呂はすべて一階にあるけど、二階に大広間、三階に個室、と休憩室のランクで分かれてるんだ。向かって左手の奥に、日本で唯一の皇室専用の浴室もある。長い歴史で、皇族の利用は、十回と言われてるかな。

あの一番高い場所にある火の見やぐらみたいな場所の中には、大きい太鼓が吊り下げられていてね……六時、十二時、十八時の、日に三回、ドーン、ドーンって打ち鳴らされるんだ」

雛歩は、飛朗さんの説明を聞きながら、これかあ、これが、家族みんなで行ってみたいね、と話していた道後温泉なんだ……と、壮麗な建物に見とれていた。

お父さん、お母さん、お兄ちゃん……わたしはひとりで先に来てしまいました、早くみんなそろって来られたらいいね……雛歩は心の中で語りかけた。

「あら、飛朗じゃない」

不意に正面から、華やいだ声が聞こえた。

雛歩が目を下ろすと、あでやかな着物姿の若い女性が立っている。

黒いつやのある髪を結い上げ、まばゆい白い肌に、真っ赤な口紅がなまめかしく、大きな目で、雛歩の隣に立つ飛朗さんを見つめている。

その人は、首をわずかにかしげ、膝《ひざ》を曲げているのか、着物の上からでも柔らかい曲線が浮かび上がり、しとやかな中にも、こぼれるような色気があふれている。

結い上げられた髪は、きらきらと光を跳ね返すかんざしで飾られ、着物には小鳥が花の上を飛ぶ、明るくて繊細なデザインが刺繍《ししゅう》されている。

ここここれは、もしかしたら、げげげ芸者さんと呼ばれる人ではないでしょうか……

雛歩は我を忘れ、妖《あや》しくも美しい相手の立ち姿に見とれた。

21

「ああ、わかば。もうお座敷なのか、早いね」

飛朗さんが、ごく親しげに、相手の女性に答えた。

「ううん。仕事は仕事だけど、お座敷ではないの。今日は先生役」

わかば、と飛朗さんに呼ばれた芸者さん……かもしれない女性が、見た目に比べて、ざっくばらんな印象の笑みを浮かべて言った。

「先生役？」

「ええ。イワトヤさんに、踊りの講習に呼ばれたの。伝統芸能保存会ってところから、野球拳《やきゆうけん》の踊りを教えてほしいって」

「え、アウト、セーフ、よよいのよい、って、あの野球拳？」

「あら、軽く見ないでよ。正式な野球拳は、きちんとした踊りなんだから」

わかばさん……と、雛歩がとっさに憧れをもって呼ぶことにした女性が、飛朗さんを柔らかく睨みつける。

「いい、飛朗？　アウトのときは、しっかり拳を握って、肘を曲げて強く突き出しながらも、しなやかなツヤがなくちゃだめ。セーフのときは、指先をぴんと伸ばし、喧嘩しそうな両軍の選手を分けるように、毅然《きぜん》と腕を左右に広げる。ただし美しさと品がなくちゃだめ。わたしは、曲げた膝の上に、石鎚山《いしづちさん》の頂上から山裾《やますそ》にいたる線を、手で描くように振り付けてるの、ほら」

わかばさんは、飛朗さんと雛歩の正面を向いて、右足を前に出して軽く膝を曲げると同時に、セーフ、とつぶやきながら、両手を左右に鮮やかに広げた。

雛歩の目には、あでやかな着物がわずかに乱れたわかばさんの膝の上に、確かに気高い山のイメージが見えた。その幻の山が消えた向こうに、人を酔わせる甘い香りを放つ大輪のぼたんに似た、わかばさんの笑みが浮かび上がる。

福の神　やどらせたまふ　ぼたん哉《かな》

雛歩の父が、母との結婚記念日に、とっても綺麗だったからと、ぼたんの花を花屋さんから買って帰ったことがある。母は嬉しそうに大輪の花を部屋に飾り、この俳句を口にした。短大で俳句クラブに属していた母によれば、小林一茶という人の句らしい。なぜ、茶をサと読むのかわからず、だったら有名なコメディアンの人は、カトウサなのか、と思ったりもしたけど、ともかく大輪の花を福の神と重ねた句は面白いと思い、雛歩は母に繰り返してもらって覚えた。

わかばさんの動きの美しさや、表情の気品が、着物や髪飾りのきらびやかさとあわせて、まさに福をもたらす女神が舞い降りた感じがする。

「へえ、さすがだな、わかば」

なのに飛朗さんは、女神に対する恐れ多さなど、みじんも感じさせないなれなれしさで、というか鈍感さで、声をかける。

わかばさんは、飛朗さんのその鈍感さを承知しているような苦笑を浮かべ、

「踊ったときは、フクコマと呼んでいただけますかしら」

と、お座敷でお客さんに言うような、いままでよりさらに十倍増《ま》しの色っぽい表情と口調で言って、姿勢を戻した。

「こちらは、例の雛歩さん？」

わかばさんが雛歩を見て、元のざっくばらんな表情と口ぶりで飛朗さんに尋ねた。

いややや、わかばさんにまで知られているのですか……雛歩は緊張して、頬がひきつ

ってくる。

「そう。散歩しながら道後を案内してるところ」

「こんにちは」

わかばさんが、小首をかしげて雛歩に挨拶する。

「あ……こんにちは」

雛歩は、消え入りそうな声で挨拶を返した。

「雛歩さんは、愛媛県の鳥、県鳥《けんちょう》を知ってる?」

いきなり尋ねられて、雛歩は困った。ハシビロコウ……なわけないか。

「鷺、ですか、やっぱり」

「残念でした。正解は駒鳥《こまどり》。幸福の福に、駒鳥の駒、で福駒です、よろしくね。でも、雛歩さんには本名のほうがいいかな……若い葉っぱで、若葉です」

「あ、鳥の雛が歩く、で、雛歩です……」

笑顔につられて答えた雛歩に、若葉さんは小さくうなずいたあと、あらためて飛朗さんに視線を移した。

「飛朗、今度お座敷を設けてよ。二人きりで野球拳、教えてあげる」

え……雛歩は目をしばたたいて、若葉さんと飛朗さんを見た。それって、もしかして、アブナイ意味があるのではないでしょうか……。

飛朗さんは、ハハ、と声には出さずに口を開けて天を仰ぎ、

「売れっ子の福駒さんを呼ぶ金なんてないよ」

「あら、わたしに会うお金を作るために、弁護士先生になってくれるんじゃなかったの」

「まだなってないし」

「じゃあ、正式になったら、お祝いに呼んでね、約束よ」

若葉さんは、少し子どもっぽくも見える愛らしい表情で言い、さすがに飛朗さんも困った様子で苦笑いを浮かべ、短い沈黙の間《ま》が流れた。

次の瞬間、雛歩は、え……と、微妙な戸惑いをおぼえた。

若葉さんの、飛朗さんを見つめる目の中に、それまでの冗談っぽい軽さに代わり、幼い女の子のひたむきな想いがぎゅっと固まってできた結晶みたいなきらめきが、見て取れたからだ。

雛歩たちの背後で、ガラリと戸が引かれる音がして、

「お待たせしました」

と、か細い声がした。

雛歩が振り返ると、斜め後ろにある『よつば』と看板の出ている飲食店らしい店から、簡素な着物を着た、雛歩と同年代の、ぽっちゃりとした少女が出てきたところだった。

少女は、細長い桃色の袋と、小鳥の模様の入った風呂敷包みを大事そうに抱えている。

「時間に少し早かったから、ユマちゃんと一緒に、『よつば』のチカさんと会って、コーヒーをごちそうになりながら、お祭りのことを話してたのよ」

若葉さんが飛朗さんに告げる声がして、雛歩は顔を戻した。若葉さんの目の中の、ひたむきな想いが結晶となったようなきらめきは消えていた。

「飛朗は、お祭りまでこっちにいるんでしょ？」

若葉さんが飛朗さんに訊く。

「うん。ちょっと無理を言って、本宮《ほんみや》までいさせてもらうことにした。鉢合わせを終えたら、すぐに戻って、最終の試験に備えなきゃいけない」

「じゃあ、大神輿同士の鉢合わせでは、かっこいいところを見せてね、楽しみにしてるから。ユマちゃん、行きましょうか」

若葉さんは、着物姿の少女に言って、道後温泉の先の通りへ向かって歩き出し、飛朗さんと雛歩のいるほうを一度振り返って、飛朗さんにか雛歩へか、ウインクをした。

え、飛朗さんに、それとも……雛歩は、どきん、と自分の心臓が鳴るのを聞いた気がした。

ユマちゃんと呼ばれた女の子は、飛朗さんと雛歩に会釈をして通り過ぎ、若葉さんのあとについてゆく。彼女の抱える細長い袋の中身は、三味線《しゃみせん》だろう。

雛歩のふるさとの町に、お琴と三味線を教えるお婆さんがいたので、見覚えがある。

「若葉とは、幼稚園から高校まで、ずっと一緒だったんだ」

飛朗さんが、歩き去る若葉さんの後ろ姿から、雛歩に目を戻して言った。

「道後の公園や山で、ちっちゃい頃から遊んでたから、あのおてんばさんがなぁ……って、びっくりしちゃうよ」

そっか、幼なじみだから、若葉さんの神々《こうごう》しい姿にも緊張することなく向き合えるんだ……でも、さっきの若葉さんの目……と、雛歩が思い出しかけたとき、

「ここから上にのぼろうか」

飛朗さんが、正面の小高い丘に向かって歩き出した。

22

丘の上にはパーキングエリアがあるらしく、坂道の入口がバーでさえぎられている。

飛朗さんは、そのバーの脇を抜けて、坂道に進んでゆく。雛歩は慌てて追いかけた。

「このカンムリ山の上から、道後温泉本館の全体像が見られるんだ。山って言っても、下から二十メートルくらいの高さだから、歩いてすぐ頂上だけどね……あっ」

飛朗さんが歩みを止めた。バーの脇をすり抜けていた雛歩を振り返り、

「そうか……足がまだ無理できないんだよね」

いいえ、大丈夫です……と答えかけて、雛歩は坂の上を見た。かなり急で、あ、ちょっとどうかな……と尻込みしてしまう。

そのとき、背後で車のクラクションが小さく鳴った。

二人のそばに軽トラックが止まり、運転席から年配の男性が顔を出した。

「おう、飛朗よい、ここで何しよん？」

「あ、コウノさんこそ、どうしてここに?」

コウノさんと呼ばれた男の人は、半白髪で眼鏡を掛け、五十代後半くらいだが、顔は日焼けをして浅黒く、ドアにのせた腕の筋肉は盛り上がって、現場の労働者さん、って感じがする。

「ゆ神社の本殿の屋根の具合を見てほしいて、ぐうじのヒグチさんから連絡をもろうてな、ちょいと見に行くところよ」

「あ、じゃあ一緒に上までいいですか。この子、雛歩ちゃん、聞いてないですか？」

「ああ、さぎのやに来とる子かな。あら、かわいらしいよ」

よし、コウノさんもきっといい人に違いない、と雛歩は確信した。

「カンムリ山の上から、温泉本館と、松山の町を見せてあげようと思って」

「ああ、乗ったらええ。坂、きついけんな。ただ狭いよ」

飛朗さんが、助手席側のドアを開け、雛歩に手を差し出す。

え……雛歩が、飛朗さんの手の上に遠慮しながら指を置くと、車の中へと導かれた。席をつめると、隣に飛朗さんが乗り込み、互いの肩がぴったりくっつく。飛朗さんにハゲされたときのことを思い出し、どきどきしながら身を縮めた。

出すよ、とコウノさんが言って、車ががくんと動き出す。雛歩は、飛朗さんと頰がくっつきそうになり、びっくりしてコウノさんのほうへ顔をそらした。

「雛歩ちゃんはいくつ？　ああ、女性に年を聞いたら、いかんのやったかな」

　コウノさんが苦笑を浮かべ、その表情がちょっとかわいく見え、

「……十五です」

　雛歩はしぜんに答えた。

「ほう。うちの子と同じじゃ。次男がいま中三でな。足のすっごい遅ーい陸上部」

「またまたぁ。ユウキは市で一番の記録を出したでしょ。さっき、さぎのやで会いましたよ、ソウマと一緒に、シデ作りを手伝いに来てて」

　飛朗さんは、コウノさんに答えたあと、雛歩に向かって、

「おすしを食べるとき正面にいた、坊主刈りの子が、コウノさんのところのユウキ。髪の長いインテリ君が、ソウマ。イワトヤって、道後では歴史のある老舗《しにせ》旅館の息子」

　イワトヤ……確か若葉さんが、いまから向かう場所として口にされていた気がする。

　コウノさんが、急なのぼりに対してアクセルを踏み込み、うわっ、と雛歩は座席に押しつけられるような状態となった。軽トラックは低いうなりを発して坂をのぼり切り、頂上の広いスペースに出た。近くの空いている場所に、コウノさんが車を止める。

「この先に、お湯の神社と書いて湯神社っていう、道後温泉と、温泉周辺で暮らす人々を守ってくれる神々を祀《まつ》った神社があるんだよ」

　飛朗さんが、雛歩に説明しながら車を降り、雛歩に手を伸ばす。

　恥ずかしいので、大丈夫です、と雛歩はうなずいて、一人で車を降りた。

「ヒグチぐうじとの話はすぅぐに終わるじゃろ。帰りも乗せたげるけん、待っとって」

コウノさんが気安い調子で言って、神社があるらしい方向へ歩いていく。飛朗さんがお礼を言い、雛歩も頭を下げた。

コウノさんが会いにいく、ぐうじさんって、神社の仕事を司《つかさど》る人のことだろうか。

雛歩のふるさとの神社には、陽気な宮司さんがいて、雛歩の父がよく相談に乗ってもらっていた。

「コウノさんは、入江の江に、鳥と書いて、大きい水鳥を表す鴻の字に、野原の野で鴻野。宮大工って知ってるかな？　神社や寺院の建築を任される大工さん。鴻野さんは、松山随一の宮大工で、松山の神輿も全部面倒を見てもらってるんだ。こっちにおいで」

飛朗さんが、駐車スペースを囲む柵のほうへ歩きだした。いまのぼってきた坂道を見下ろせる場所に立って、雛歩を手招く。

雛歩は、彼のもとへ歩み寄り、指差された先を、柵に手を置いてのぞいてみた。

うわああ……雛歩は目を見開いた。道後温泉本館の建物全体が見下ろせる。

こんなに広いんだ……と思うし、すっごく美しいと思うと同時に……おごそかな神殿みたいな建物と、神様の使いの鷺まで見下ろして、恐れ多い気持ちも抱いた。

「明治の中頃かな。道後村から道後湯之町が独立して、初代の町長に選ばれたイサニワユキヤさんって人を中心に、当時の町議会や、町の人みんなの尽力で、百年先も持つ立派な建物ができたんだ。サカモトマタハチロウって、松山のお城の建築や修理を代々受け持つ棟梁の家に生まれた人が、建築を進めたって聞いてる」

あ、それでなんとなくお城みたいな風格があるんだ……と、雛歩なりに理解できた。

「今の人たちも、町作りには汗をかいてる。ほら、あの本館前の広場は、昔は車が行き交う道路だったのに、多くの人が協力して、人々がゆっくり集《つど》える空間が生まれたんだ。この国全体にも言えることだろうけど、山と海にはさまれた小さな町だからね……互いに手を差しのべ、助け合うことで、みんなが共に笑って生きていける」

飛朗さんの言葉に誘われて目を上げれば……確かにビルや家々のすぐそばまで低い山々が迫り、遠くまで連なっている。

「さっきの話のつづきなんだけど」

飛朗さんもまた、山並みのほうに視線を上げて言った。

雛歩は、気になっていた話がまた聞けると思い、耳を澄ませた。

「うちの父は、離婚したあとも、海外の医療団に参加して、家を空けることが多かった。おれもこまきも、さぎのやで暮らしていたし、父の不在には慣れていたから、寂しさは感じなかった。父の行動は、さぎのやの家風とか信念を、世界に向けて広げてる感じもあったから、誇らしい気持ちのほうが強かったかな……。

そんなある日、父が帰国した際、ある人も一緒に連れて帰った。同じ医療団で看護師として働いていた人で、海外の医療現場を渡り歩いて、とても疲れているから、道後のお湯で癒してもらいたいと思ったんだと、父は話した。その人を見たとき、おれは十六歳だったけど、正直びっくりした。こんな美しい人が現実にいるのかって……」

もしかして、その人って……雛歩は直感的にある人のイメージを抱いた。

23

「もちろん映画スターやアイドルとかで、見栄えのする人はほかにもいるかもしれない。けど、献身的な行為を通して磨かれた本物の優しさや厳しさ、それからヒューマニティという人間としての最上の品格を、その人からは感じ取れた気がした……もちろん初めて会ったときは、ただ見とれていただけだけどね。それが美燈《みと》さん」

やっぱり……飛朗さんが女将さんをほめる言葉を聞いても、雛歩は妬《ねた》ましさなどは少しも感じず、しぜんに受け入れられた。

「ただ美燈さんは、本当に疲れている様子だった。二人は恋人の関係ではなく、父は同僚として、このままだと彼女が心身ともにつぶれそうだと心配になり、さぎのやでの休暇を提案したらしい。彼女自身も、長年の活動に疲れを感じていて……有名な道後温泉への憧れもあったから、父の誘いに応じたと……これはあとになって美燈さん自身から聞いた話」

つまり女将さんは、もともとこの土地の人ではなく、外から来た人だということだ。なのに三千年の歴史があるというさぎのやの、第八十代の女将になっているというのはどういうことだろう……雛歩の疑問はふくらむばかりだ。

「こまかな事情は長くなるし、おれが知らないことも多い。なので要点だけを話すと、美燈さんはさぎのやを気に入ったんだね。当初は二週間程度の滞在予定が、一カ月に延び、二カ月、三カ月になった。さぎのやの人たちに引き止められたということもある。千鶴ばあちゃんや、まひわさん、ほかのスタッフも彼女を気に入った。おれやこまきもね……。さぎのやを訪れて三カ月後、美燈さんは、おかげで元気になりましたと笑って、また海外へ出発した。父も後を追うように同じ地域に派遣された。

しばらくして、医療団が紛争に巻き込まれた。対立する政府軍、反政府組織とも、医療施設は攻撃対象から外す約束だったのに、それが破られ、医療施設が爆撃された。父は偶然、物資を受け取るために施設を離れていたけど、美燈さんは現場で手術を担当していて、爆弾の直撃にあった……」

雛歩は、えっ、と声にならない叫びを発して、飛朗さんを見つめた。

「父は、救助隊とともに現場に駆けつけ、美燈さんを瓦礫《がれき》の下から助け出した。応急処置をしたあと、町に運び、さらに医療設備の整った外国に移送して、治療にあたった。幸い美燈さんの命は助かったけど、危険な状態がつづいたらしくて、長いあいだ入院していた。ようやく退院できたところで、父がさぎのやに連れて帰ってきた。そのときの美燈さんは、怪我はよくなっていても、まだショックの中に沈んでいる様子だった。

爆撃を受けたときの詳細を、おれは聞いていない。人が話したくないことは、あえて聞かない、というのがさぎのやの作法だからね。でも話したくなった人の話は、誠実に最後まで聞く、というのもさぎのやの作法だから……ばあちゃんと、まひわさんは、美燈さんから直接聞いたらしい。さぎのやで長く暮らすうち、美燈さんは心身ともに回復していった。そしてしばらくして、美燈さんと父が結婚すると聞かされた……」

飛朗さんが不意に言葉を切った。彼が何を考えているのか、雛歩にははかりがたい。ただ黙って、彼が話してくれるのを待った。人が話したくないならあえて聞かない……でも話したくなった人の話は、誠実に最後まで聞くつもりだった。

「……いきさつは知らない。美燈さんが命を落とすところを、父が救い出し、入院中も付き添っていたというから、そのへんの事情だろう。父は口数の少ない男だから、結婚についての説明はなかった。代わりにばあちゃんが話してくれたことで印象に残っているのは……美燈さんはもう医療の現場には立てないだろう、だから、彼女の能力や経験を、さぎのやで生かしてもらいたい、ってことだった。

なんとなく、さぎのやと結婚するみたいな話だったな。ともかくおれは、美燈さんがいてくれることが嬉しかったし、さぎのやにとっても素晴らしい縁だと思った。でも……こまきは、ちょっと違和感があったみたいだ。美燈さんが他人のときは好きだったけど、新しい母親として迎えるのは、抵抗があったんだろう。まだ子どもだったしね。あと……次の女将になるのは、自分だと秘《ひそ》かに思い込んでもいたようだ」

え、そうなんだ……雛歩は驚くとともに、なるほど、こまきさんのお母さんはもうさぎのやを出ているのだから、こまきさんが将来は女将になるのが自然な流れなんだろう、と気がついた。

「ただ、こまきは、あいつなりの責任感から、あえてそう思い込もうとしてたんだ。母親が、さぎのやのために何もしないまま離れていったから、自分はきっとさぎのやの力になろうと決めていたみたいだ。その決意をくじかれた気がしたんだろう」

雛歩は、着ているワンピースに目を落とした。このワンピースに袖を通したあとの、女将さんとこまきさんのワケアリ風なやり取りを思い出す。

「ちょっとこっちへ移動しようか」

飛朗さんが柵から離れて、奥に向かって歩いた。

雛歩は、いま聞いた話の内容を、なんとか頭の中で整理しようとした。

女将さんは、海外の医療団で看護師として働いているときに、爆弾の直撃を受けて大怪我を負い、助けてくれた飛朗さんたちのお父さんと結婚することになった……ってことでいいんだろうか。そして、さぎのやの女将さんになったってこと？

「ほら、ここからずっと先を見てごらん」

飛朗さんが、奥の角を曲がったところで足を止め、柵越しに前方を指差す。

ビルなどの街の景観がつづく先に、こんもりとしたお椀を伏せたみたいな山があり、そのてっぺんに白と黒のコントラストが鮮やかな……。

「あ、お城っ」

写真やニュース映像で見たことはあるが、松山城を直接目にするのは初めてだった。

「松山や　秋より高き　天主閣……松山城をうたった子規さんの句だよ」

街の真ん中に、緑の茂った山があり、頂上にちょこんとお城があるのが、愛らしい感じがするし、親しみを感じる。でも……と、雛歩は女将さんの話を思い返した。

第二次大戦のとき……視線の先にある市街地は、空襲によっておおかたが焼けてしまったという。中心部は、まさに火の海と言われるほどだったらしい。

いまはそんな過去はどこにも認められない。けれど戦争を体験した人が、まだ大勢生きていらっしゃるという。

そして、女将さんも、戦争だか紛争だかを直接体験しているわけで……戦争なんて、遠い昔のこと、自分とかけ離れた非現実的なもの、とばかりはもう言えない気がする。

「父は世間的に言えば、さぎのやの後継者なんだろうけど、さぎのやの歴史を守るのは女将でなきゃいけないんだ。初代からのきまりなんだね。そして、父と結婚したからといって、美燈さんがさぎのやの女将になると決まった話でもなかった」

え、そうなんですか……雛歩は、飛朗さんの話のつづきを、一言も聞き漏らすまいと、耳に神経を集中させた。

「女将になるには、それなりの資格が必要なんだ……とは言っても、目に見えるものではなくて、神様の承認というのか、ゆるしみたいなものだね。それがどんな形でもたらされるのかは、ゆるしを得た本人、つまり歴代の女将しか知らない。そして、次の女将を正式に指名するのは、当代の女将というきまりもある。さぎのやの女将としての仕事は、さぎのやを訪れる人々を温かくもてなすことと、さぎのやの歴史を守りつづけることと、そして次の女将を指名して、バトンを渡すことだと言われてる」

目がくらみそう……雛歩は、柵の手すりを両手でつかんだ。三千年ものあいだ、女将の座がそうやって引き継がれてきただなんて、想像もつかない。

「ただし、美燈さんが選ばれるにしろ、こまきが選ばれるにしろ、次の女将なんて二十年は先だと、みんな思ってた。ばあちゃんが元気で切り盛りしてたからね。でも……ばあちゃんが突然体調を崩して倒れた。前からおかしかったのを隠してたんじゃないかな。がんが進行してて、いつも明るいトミナガ先生も、神妙な顔で精密検査を勧めた。結果は……余命三カ月って宣告だった。

ばあちゃんはそれを冷静に受け止め、手術はせず、痛みをトミナガ先生に取ってもらいながら、さぎのやで仕事をつづけることを選んだ。ばあちゃんとまひわさんが進めてた、ホスピス棟の建設は、まだ半ばだったしね。そして、女将の仕事の補助を、美燈さんに頼んだ。それが、外の世界から来た美燈さんへの教育期間になり、町の人々への次期女将の周知期間ともなった」

飛朗さんは、城山のほうに視線を据えたまま、あくまで淡々とした口調で語った。

「ばあちゃんは、美燈さんを次の女将と決めたんだろう。美燈さんの性格や経験からすれば、それは自然な成り行きだった。ばあちゃんが動けなくなったとき、美燈さんは女将の仕事を代行しながら、献身的に看病をした。美燈さんの、看護師としての経験だけでなく、実の母親にするような心のこもった看護を見ていて、こまきも心を開いたし……いつか美燈さんを目標にするようにもなって、看護師になる道を選んだんだ」

そうだったんだ……こまきさんがナースになろうとしているのは、女将さんが目標だったからなんだ。

「ばあちゃんは、ついに死を覚悟したのか、みんなを広間に集めて、まひわさんを見届け人として、女将の座をこの場から美燈さんに継がせると告げた。事前の話し合いで、美燈さんは何度も断っていたらしい。自分は外から来た人間だし、畏《おそ》れ多《おお》いと言ってね。でも、ばあちゃんとまひわさんに説得されて、こまきに受け渡すまでの代行のつもりで、と受け入れたという話だった。

美燈さんが次の女将になることに、さぎのやの者はみんな賛成した。それまでの彼女の働きに、感心していたからね。ただ、反対がまったくなかったわけじゃない」

え、あんな女将さんに反対なんてあるんですか……雛歩には信じられない。

「おれたちには叔母がいてね。父の妹。ずっと若い頃に家を出て、別の場所で家庭を持ってる。叔母自身の話だと、さぎのやの女将の後継候補にされるのが怖かったらしい。そのくせ彼女は、やっぱりさぎのやの女将は、その家に生まれ育った者であるべきだと、こまきを推した。おれの母親も、こまきが女将になるべきだと主張した。といっても、当時こまきは十七で、スタッフを束ねることも、訪ねてくる人々の悲しみに寄り添うこともできるはずがなかった。いまでも無理だろう。こまき自身がそれを知っていたから、美燈さんがなるべきだと答えた。

　それに、まひわさんが言うには……歴代の女将の半分以上が、外からさぎのやを訪れた人が選ばれているらしい。さぎのやの女将には、家系とか血筋は関係ないそうだ。帰る場所のない人、帰る場所に迷っている旅人たちを、もてなし、いたわり、旅をつづけられるように力づける……という初代の意志というか誓いを、受け継いでいけることこそが、女将の資格なんだよ」

　口で言えば簡単だけど、実際にはとても大変な資格だと、雛歩にもわかる。

「美燈さんが女将になることが告げられてから一カ月後、ばあちゃんは亡くなった。お見送りの会、と呼ばれる、さぎのやの葬儀が開かれ、各地からばあちゃんを悼《いた》むために多くの人が訪れた。そのあとじいちゃんが、テントを庭に張って、引きこもった。ばあちゃんの死がショックでね……。じいちゃんは自然の風景や動物を撮影するカメラマンだった。若い頃から各地を旅して歩き、四国で熱を出して倒れていたところを、ばあちゃんに助けられ、恋に落ちたらしい。じいちゃんは、ばあちゃんに甘えきってた。結婚後も、撮影の旅に明け暮れていられたのは、ばあちゃんのおかげだからね。力が抜けたんだろう……とまあ、こんなところで、ひとまずうちのことはわかってもらえたかな」

24

話の内容に圧倒され、本当のところすべてはまだ理解できていないと思うけれど、ともかく他人の自分に長々と話してもらえたことがもったいなくて、

「……ありがとうございました」

雛歩は、飛朗さんに深く頭を下げた。と同時に、ある疑問が浮かんできた。

さぎのやや、女将さんをはじめ、皆さんのことを知りたいと思う心は真実で、飛朗さんに話を聞けたことはとても嬉しいのだけれど……でも、ちょっと待って。おかしくないかな、おかしいよね、という思いが湧いてくる。

「あの……」

「うん？」

「どうして、わたしに、いろいろ話してくださったんですか」

だって、飛朗さんは雛歩のことを何も知らない。雛歩は苗字だって明かしていない。なのになぜ……と、不思議でならない。

飛朗さんは、うーん、と困ったように頭の後ろを指でかいた。

「なんていうか、きみには話をしたくなる何かがあるんだよね。持って生まれたものか、環境の中で育《はぐく》まれたものか、わからないけど……きみにはいろいろと伝えておきたくな

るんだ。そうさせる力が働いている、と言うのが一番適当かもしれない。おれも正直、なんで話してるのか、よくわかんないや」

飛朗さんが、ハハ、と顔を起こして笑った。その横顔がとってもさわやかで、雛歩はつい釣られてほほえんだ。まあいいか、と思うのは、さぎのやの影響だろうか。

「せっかくだから拝んでいこうか」

飛朗さんが、神社があるらしい方角へ歩いていくので、雛歩はあとを追った。

白い塀で囲まれた一角に、大きな瓦屋根の社殿《しやでん》が見えてくる。

「あれが湯神社の拝殿《はいでん》」

拝殿の正面上部には、太いしめ縄と、飛朗さんが教えてくれたシデが下がっている。

はい、ご縁がありますように……と、飛朗さんから五円玉を渡された。

飛朗さんは、鈴を鳴らし、お賽銭《さいせん》を投げてから、

「いつも拝んでるから、今日は雛歩ちゃんの幸せを祈っとこう」

と言ったあと、拝殿の奥に向かって二度礼をして、二度柏手《かしわで》を打ち、もう一度頭を下げた。

雛歩は、飛朗さんの言葉に恐縮しつつ、お賽銭を投げ、彼と同じ仕方で拝んだ。

でも、願い事の言葉が出てこない。自分の幸せなんて、思い上がってるみたいで、とてもじゃないし……飛朗さんの幸せを願いたいけど、だったら女将さんの幸せと、こまきさんの幸せに、お世話になったさぎのやの皆さんも……となると、とても短い時間で

は願えない。ふと、少し前に飛朗さんから聞いた、さぎのやの普通を守りたい、という言葉が思い出された。

さぎのやに、もっと早く来られていたら、自分はこんなふうじゃなかった、と思う……もしも、さぎのやの普通が、ずっと前からいろんなところに広がっていたら……自分はいまもふるさとにいたかもしれない……。

「え、すごいこと願っちゃったね」

隣から、飛朗さんの笑いを含んだ声がする。

雛歩は驚いて、彼のほうを振り向いた。

「あ……わたし、何か、言いましたか」

「さぎのやの普通が、世界の普通になりますように、って」

え、口にしてしまったのですか……雛歩は唇を手でおおった。

そう言えば、まひわさんにも、思ったことが顔に出る、言おうとする言葉の通りに唇が動いていることがある、と指摘された。

「ああ、お待たせしたなあ」

拝殿の奥から、鴻野さんが現れた。彼が靴をはくあいだに、やはり奥から、白い着物に、はかまを身に着けた男の人が、静かに歩いてきた。飛朗さんが挨拶をすると、

「はい、こんにちは。飛朗君、シデ作りは進んでますか」

「いまみんなでやってます。ヒグチ宮司、この子が雛歩ちゃんです」

紹介を受け、雛歩は気をつけの姿勢で頭を下げた。

「ああ、聞いていますよ。こんにちは。どうぞおからだを大切になさってくださいね」

ゆったりとした、何事にも動じないような物言いをされる方だった。

「飛朗君」

ヒグチ宮司が、駐車場へ歩いていこうとする三人の背後から声をかけた。

「シュンイチさんのこと、毎日お願いしていますよ」

「ありがとうございます」

飛朗さんが深々とおじぎをし、ヒグチ宮司は静かに奥へ去っていった。

なんのことか雛歩にはわからなかったが、プライベートなことらしいので、質問は控えた。

軽トラックに三人が乗り込んだあと、

「せっかくじゃから、道後をざっと巡ってあげようわい」

と、鴻野さんが言った。のぼってきた坂を下り、道後温泉本館の脇を通って、ゆるやかな別の坂をまたのぼっていく。鴻野さんが左側を指差し、

「ここは、家庭円満の圓満寺《えんまんじ》。見とるだけで、ホッコリとする仏さんがおられるよ」

幾組かのカップルらしい観光客が、小さなお寺の周りにいるのが見える。

軽トラックはもう少し先に進み、左手に上がっていく坂の前で一時停止した。

「昔、この坂の両側には、にぎやかな店が仰山《ぎょうさん》並んでおったのよ。色里《いろざと》というて、

男衆《おとこし》が、おめかしした女の人と遊んだところよね」

「色里や　十歩はなれて　秋の風……これも子規さんの句だよ」

鴻野さんの言葉につづけて、飛朗さんが俳句を紹介してから、「坂の上には、一遍《いっぺん》上人《しょうにん》の生誕の地、宝に厳しいと書く宝厳寺《ほうごんじ》があるんだ。色里の上にお寺なんて、不思議な感じだよね。でも、夜のあいだ働いている女の人たちには、昼間に祈ったり、息抜きをしたり、ときには逃げ込んだりする場所が、必要だったのかもしれないね」

「飛朗よ、深いなぁ……深い」

鴻野さんが、感心したようにつぶやいた。

彼が車を出し、またすぐに止まる。雛歩が左手に目をやると、わっ……天国に届きそうなくらい、長く上につづく石段が見える。しかも角度は垂直じゃん、って思うくらい急だ。

「この上にあるのがイサニワ神社。字はむずかしゅうて、わしもよう書けん。お祭りのときには、上から若い衆がでっかい神輿を担いで、この石段を下りてくるんで」

鴻野さんが誇らしそうに言って、車を動かした。

またまたぁ、何も知らないわたしをからかって……と雛歩は内心苦笑した。ほぼ垂直に見えるあの石段を、神輿を担いで下りるなんて、人間にできるわけがない。

「というても、女の子じゃから、神輿になんぞ興味がないじゃろね？」

鴻野さんの言葉に、雛歩は首を横に振った。

「ほう？　神輿に興味あるんかな？」

「……はい」

「なら、うちの工房に修理中の神輿を幾つも置いとるけん、今度見においで。ユウキに案内させたらええ。こま犬のキーホルダーくらい、すうぐに作ってあげるよ」

鴻野さんが人懐っこい表情で言って、坂を下ったところの四つ角を、左に曲がってゆく。

「そう言えば、ソウマがきれいなこま犬を彫ってたなぁ……ユウキが、鴻野さんに教えられて彫ったのかと、はじめは思ったけど」

飛朗さんが鴻野さんに話しかける。

「いや、ユウキは全然修業せん。見よう見真似のソウマのほうが、よっぽど上手に彫る」

「ソウマも、イワトヤを継ぐのを嫌ってるみたいだね」

「イワトヤさんは、女の子ばっかりつづいて、ようようできた男の子やから、本当は継がせたいじゃろ。ただ、そのぶんソウマには、プレッシャーよなぁ」

「最近は学校に出ずに、さぎのやの自主学習教室に通ってます。よくイワトヤから心配の電話が来てるみたい。ユウキがよく相手してるし、頭もいいから、大丈夫だろうけど」

「ほうよ。ソウマが勉強を見てくれるけん、ユウキのあほでも高校へ行けるんちゃうか」

鴻野さんと飛朗さんが、少年たちのことを話しているあいだ……雛歩は、大きい神輿が無人で石段を滑り下り、そのまま下を流れる川にまで落ちてゆくイメージが頭の中に浮かんできて、胸苦しさのあまり、ぎゅっと目を閉じ、イチ、ニ、と声には出さず数をかぞえていた。

するとゴジュウイチまでかぞえたときに車が止まった様子で、

「雛歩ちゃん。ここが、四国八十八カ所の第五十一番札所、石手寺だよ」

飛朗さんの声がしたので、雛歩はびっくりして目を開いた。

飛朗さんが向かって左手を指差している。小さい水の流れの上に、短い橋が架かり、渡った先に参道がつづいている。本堂は、参道の先なのだろう、道路からは見えない。

そのとき、参道の奥から大勢の人が現れた。高齢の女性が多く、普通の外出着の上に、白い袖なしのベストらしきものを羽織り、駐車場に止まっているバスのほうへ歩いてゆく。何度かテレビのニュースで見た、お遍路ツアーの人たちらしい。

「ここは表通りやから、歩き遍路さんは、あんまり見られんかな」

鴻野さんが言って、車を出す。左に曲がり、狭い道に入る。

お寺の裏手に回ったらしい。くねくねと曲がった谷間の道を進んでいくと……上から下まで白い装束を身につけ、浅い笠をかぶった、いわゆる「歩き遍路」と呼ばれる格好をした人が二人、車と反対側の道の端を歩いてくる。

鴻野さんが車のスピードをゆるめた。相手の顔が見え……雛歩は目を見張った。

「おう、外国から来られたんやな」

鴻野さんが口にした通り、ヨーロッパとかアメリカといった国の出身者らしい外見の、三十歳前後かと思える男女のカップルだった。

鴻野さんが車を止め、飛朗さんが道に下りて、二人に歩み寄った。たぶん英語……であろう外国語で言葉を交わしたあと、道を教えるらしく、いま来た道の方角を指差す。さらに説明を加えたあと、ジャケットのポケットから名刺らしいものを出し、二人に渡した。

二人は、嬉しそうにほほえみ、車に戻ってくる飛朗さんに手を振り、鴻野さんや雛歩のほうものぞきこんで、手を振った。

鴻野さんが明るく、ハバナイスデー、ハバナイスデー、と手を振り返すので、雛歩もちょっと恥ずかしかったが二人に手を振り返した。

「リヒテンシュタインからだって」

車が動き出してから、飛朗さんが二人の出身地について話した。

「え、フランケンシュタインなんて国があんの？」

鴻野さんが、雛歩が尋ねようとしたことを、そっくりそのまま尋ねてくれた。

「フランケンじゃなくて、リヒテン。リヒテンシュタイン。ヨーロッパの中部に位置してる小さな国ですよ、スイスとオーストリアに挟まれてる感じかな」

「え、オーストリアって、あれじゃろ。コアラがおる、南のほうの国じゃろ？」

鴻野さん、あなたはわたしとお仲間です……雛歩は感激の目で鴻野さんを見た。

「ともかく遠くから来られたってことですよ」

あ、飛朗さんがごまかした……雛歩は、飛朗さんに視線を振り向けた。その視線の意味を知ってか知らずか、

「外国から来られるお遍路さんが、最近すごく増えてるんだよ。背中に大きいリュックを背負って、民宿やユースホステルに泊まりながら、八十八カ所を巡ってる。スペインにも有名な巡礼の道があるから、海外の人にも、お遍路の文化はなじみがあるみたいだね」

「さぎのやにも、外国の人は、けっこう泊まるんやろ?」

鴻野さんが訊く。

「深い悩みを抱えてる方とか、行き場に困ってる人とか、ですね。観光目的で、お金を持ってる人は、国内の方と同じで、ほかのホテルや旅館を案内してます。いまの二人は、世界が分断されてる状況に、個人として何もできないことに苦悩して、何かしらの答えを求めながら、各国の巡礼地を歩いている、という話だったので……もし泊まる場所に困ったら、さぎのやにどうぞって、カードを渡しておきました」

「あの……外国にも、帰る場所がない人って、大勢いらっしゃるんですか」

雛歩は気になって、思わず尋ねた。

「うん。日本を訪れて、霊場を回る人たちは、精神的な迷いはあっても、物質的には帰る場所があるだろうね。でも世界的に見れば、現実に帰る場所を失った人というのはとても多い。内戦や紛争や貧困や犯罪によって、住む家を失ったり、ふるさとの町や村が破壊されたりした人というのは……日本にいるとわからないけど、本当に多いんだよ」

「……そういう人たちも、さぎのやはお迎えするんですか」

世界の出来事なんて、これまでの雛歩にはあまりに遠いことだったから、事情はわからないけれど……気になるままに質問を重ねた。

飛朗さんは、うーん、と低くうなって黙り込んだ。

「すみません」

訊いてはいけないことだったのかと思い、雛歩は謝った。

飛朗さんはすぐに苦笑し、

「雛歩ちゃんが謝ることはないよ。いい質問だよ。本当は迎えたい、帰る場所を失って苦しんでいる人たちをいっぱい迎えたい。でも……できない」

なぜですか、という問いを、雛歩は呑み込んだ。

「理由は……いろいろ言いたいけど、さぎのやの普通は、この国の普通ではないし……世界の普通でもない、ということにしておこうかな」

飛朗さんが苦しげに答えると、鴻野さんがため息をついた。

「飛朗よ、深いなぁ……深い」

25

山あいの道を下りて、道後温泉駅の前まで、鴻野さんが送ってくれた。駅舎は、古い木造建築風ながらモダンなデザインで、なんとなく『坊っちゃん』のお話に出てきそうな印象だった。

「そんなら、雛歩ちゃん、本当に工房に遊びにきてよ」

と、鴻野さんが言い置いて、軽トラックは遠ざかっていった。

さぎのやは、歩けば駅前からすぐのため、飛朗さんが道後温泉駅の駅舎の中へ雛歩を案内してくれた。こぢんまりした造りで、待合室はなく、すぐにホームに出る。

「ここから松山城のほうや、繁華街のほうへ路面電車が出てる。明治の中頃から走っていて、漱石の『坊っちゃん』にも、たった三銭で走るマッチ箱みたいな汽車、として登場してる。当時の蒸気機関車を復元した形のディーゼル車が作られて、間隔を置いて走ってるんだ。いまは蒸気で動いてるわけじゃないけど、ポーッて警笛をときどき鳴らしてる。けっこう遠くまで響くから、雛歩ちゃんが聞いた汽笛みたいな音は、坊っちゃん列車の音だよ」

雛歩は、飛朗さんの話を耳に入れながら……半分以上は別のことを考えていた。石手寺の裏手から駅前まで、飛朗さんと鴻野さんは、台湾で松山の大神輿を披露するイベントについて話し込んでいた。

雛歩は、深く意識しないまま、飛朗さんから聞いた長い話を思い出し、よく理解できていなかった一つ一つの出来事を整理していくうち……あれ、と疑問に思ったことがあった。その疑問は、話の整理をつけていくに従い、ますます大きくなる。

「じゃあ、そろそろさぎのやに戻ろうか」

飛朗さんが駅舎から出る。このままさぎのやに戻ったら、飛朗さんと二人きりになる時間は限られるだろう。いまのこの疑問も訊くことができなくなる気がした。

「あの、一つ、うかがってもいいですか」

雛歩の口から、自分でもびっくりするくらい大きな声が出た。

「え、いいけど……」

飛朗さんも驚いた様子で足を止め、ちょうど駅舎に入ってくる観光客がいたため、駅舎の裏側に雛歩を導いた。何かな、と飛朗さんがあらためて尋ねる。

「あの、さっき、長く話してくださって、さぎのやのことがわかって、ありがたかったんですけど……思い出してるうち、あれ？　って、不思議に思うことがあって……」

雛歩は懸命に言葉を探した。飛朗さんはじっと待っていてくれる。

「女将さんが、大怪我をして、帰国したあと、結婚して、しばらくしてさぎのやの女将さんに指名された、というお話だったんですけど……気になったのは、飛朗さんのお父さんのことが、結婚のあと、お話に全然登場されなくなったことです。自分のお母さんが重い病気になったとき、どうされていたのか……奥さんが、新しい女将さんになるのを、どう思われていたのかなって……」

飛朗さんが、雛歩の話の途中から目を伏せた。何か変なことを言ってしまったのかと恐れながら、雛歩は最後まで言い切らずにはいられなかった。

「わたし、いろんな人に、さぎのやでお会いしました。でも、飛朗さんのお父さんには、まだお会いしてなくて……どこにいらっしゃるのかな、って思って……すみません」

雛歩が言葉を切ったとたん、飛朗さんがふうっと大きく息をついた。

「もっともだよね」

飛朗さんの口調は、なんとなく苦笑いを含んでいるように聞こえた。

「父のことは、言いそびれた……というより、無意識に避けちゃったんだよね」

避けた？　雛歩は黙って飛朗さんの次の言葉を待った。

「父は……行方がわからないんだ」

ポーッと、遠いところで汽笛が響いた気がした。

「父は、美燈さんと結婚してしばらくすると、また医療団に加わって、海外の紛争地域の人々の支援をおこなうと言った。美燈さんが大怪我を負ったのだから、ばあちゃんもじいちゃんも、おれもこまきも止めた。一方で、長く休んで多くの人に迷惑をかけたからって、父も譲らなかった。美燈さんが止めたら、思いとどまるだろうと、みんな、美燈さんの言葉に期待した。けど、大女将のまひわさんが、美燈はシュンイチのことでは何も言うたらいかん、みんなも聞いてはいかんぞな、って……いわば口を封じた」

シュンイチ……それが飛朗さんのお父さんの名前らしい。そういえば宮司さんが飛朗さんに、シュンイチさんのこと、毎日お願いしていますよ、と言っていた。

「美燈さんとしても、父に行ってほしくない気持ちは当然あるとしても、自分が医療団を抜けざるを得なくなったことを申し訳なく思っていたみたいだから、迷っていたと思う。まひわさんは、彼女の苦しさを察して、判断させないように気づかったのかもしれない。結局、父の意志だけが尊重されるかたちになった。

定期的に連絡を入れる約束を、父はばあちゃんたちとして、それは半年のあいだ守られた。じき帰国する時期に近づいて、おれたちも安心しかけていたとき……医療団から、父と連絡が取れなくなった、と知らせが入った」

ポーッと、今度は確かに汽笛が響いた。

「父が派遣されていたのは、対立する二国間の国境沿いの村だった。戦闘は停止されていたけど、村に物資や薬剤を運ぶ車に対し、狙撃されることが、たびたびあったらしい。父が行方不明になる前、村では伝染病が流行《はや》ったそうだ。多くの村人の命を、ことに子どもの命を救うために、薬や栄養価の高い食料が必要だった。けれど、運転手が狙撃を恐れて、輸送が困難になっていた。相手国側と話し合いを持ちたいけれど、中央政府から離れた場所にある村だし、政治的な交渉をするのには時間がかかる……。

それで父が、川を行き来して商売をしていた地元の商人のボートに乗り込み、白い旗と医療団の旗を掲げて、相手国の陣地に渡って、輸送車を狙撃しないでほしいと、前線部隊と直接交渉することにしたそうだ」

どうしてそんな危険なことが、ほかの人の命を救うためにできるんだろう……雛歩は息をつめるようにして、飛朗さんの説明に聞き入った。

「それは非合法の密入国になるから、もちろん多くの人に反対されたけど、次々と亡くなっていく人々の姿を見て、やむにやまれぬ想いだったんだろう。父は、村の長老を伴って川を渡り、相手国に上陸した。川向こうには、ずらりと相手国の軍隊が待ち構えていたって話だ。父と長老は、両側から銃を向けてくる相手国の軍隊のあいだを進んで、森の奥に消えた……それを対岸の村人と、医療団の現地職員が目撃したのを最後に、父と長老の消息は絶えた」

地面がかすかに揺れる。空気も微妙な振動を伝える。入ってきたよ、と飛朗さんが言い、雛歩は駅舎の陰からホームのほうを見た。

濃い緑色の蒸気機関車……に似せた、坊っちゃん列車がスピードを落として走ってくる。雛歩たちのいる場所のずっと手前で、静かに止まり、反対側のホームに乗務員が降りたあと、次々と乗客が笑顔で降りてきた。

「連絡を受けて、美燈さんと、旅慣れているじいちゃん、おれも希望して、一緒に現地へ行った。こまきは中学生だったから、みんなであきらめさせた。父の行方不明が引き金になったのかどうか、両国間の戦闘が激しくなって、父がいた村には近づけず、医療団の支部のあるその国の首都で、避難してきた村人や医療団の職員から話を聞いた。

誰もが、父の誠実で博愛主義的な人柄をたたえてくれたし、日々の活動と、今回の行動への感謝も伝えてくれたけど……安否については聞けなかった。ただ、相手の表情や雰囲気からは、生存について否定的な感じが伝わってきた。美燈さんは、黙って話を聞いて、話してくれた相手に感謝を述べただけだった」

坊っちゃん列車がゆっくり動き出す。さらに進んだ先の、操車場に入るらしい。

雛歩は、どこかへ飛んでいきそうな心をつなぎ留めておくために、列車の動きを目で追った。

「帰国して、連絡を待ちつづけたけど、音沙汰はなかった。二国間の争いは激しさを増し、外国の医療者やジャーナリストも亡くなっていると報道された。そんな中で、ばあちゃんの病気がわかった。やっぱり息子の行方不明が影響したのかなって思うし、ばあちゃんが亡くなったあと、じいちゃんはテントに引きこもったけど、我が子の問題も影を落としてたんだろう……じいちゃんと父は、すごく仲が良かったからね。父の名前は、鳥のハヤブサと同じ隼の字と、数字の一で、隼一《しゅんいち》。じいちゃんが付けた。自分がニワトリだから、子どもには大空を飛んでほしいと思ったんだって。あんな名前を付けるんじゃなかったって、あとでポツンとつぶやいたのを聞いた」

あの白いひげのおじいさんは、そんな悲しみを抱えていたんだ……雛歩は胸に刺すような痛みをおぼえる。

「美燈さんは、人前では一度も父のことを嘆いたり、涙を見せたりしたことはない。そして、父の行方不明から五年が経った。おれもこまきも、悲しいけれど、さっき話したみたいに、もともと不在がちだったし、それぞれの方法で受け入れてる。それはきっと誰もが同じだろう、方法が違うだけでね……父の話は、ひとまずこんなところかな」

飛朗さんが、空を仰いで、あらためて長く息を吐いた。

26

飛朗さんが、帰ろうか、と歩きはじめ、雛歩は無言であとをついて歩いた。

右手に公民館の入口、左手に白鷺《はくろ》神社の参道の入口を見る。そのあいだの道を進んでいくと、保育園があり、デイケアセンターがあって、さぎのやの玄関に着いた。

先に入ろうとしていた飛朗さんが、あ、とスマホの着信に気づいた様子で、玄関前で操作を始め、雛歩に向かって、先に入って、と手ぶりで伝えた。

雛歩は、戸を開き、どう言ったものかと迷いながら、ともかく、

「ただいま、帰りました」

と、小さな声で告げた。

「ああ、お帰りになられたっ」

目の前にマリアさんがいて、大きな声を上げ、すぐに自分の背後に向けて、

「雛歩ちゃん、お帰りになられたぞなもしー」

と声を張った。広間のほうから、おおー、と、どよめきが起こる。

スマホを手にした女将さんが現れ、ほっとした表情で雛歩を見つめ、

「おかえりなさい。遅いから心配してたの。飛朗さんに電話しても出ないし。大丈夫？」

雛歩は、飛朗さんから聞いた女将さんの話を思い出し、すぐには答えられずにいた。

ちょうどそこへ飛朗さんが入ってきて、

「ただいまー。ごめんなさい、電話を何度ももらってたのに、サイレントのマナーモードにしてて、気がつかなかった。話にも夢中だったから」

「飛朗さん。雛歩ちゃんは、まだからだが完全じゃないんですよ」

女将さんが、飛朗さんを柔らかくたしなめる。「イノさんも心配して、アキノリさんに人力車を引かせて捜しにいったのよ」

「え、マジで。連絡しなきゃ。鴻野さんが車であちこち回ってくれたもんだから」

飛朗さんが、電話をしながら言い訳をしているのを見て、雛歩は申し訳なく思い、

「あの、それは……」

自分のせいでもあると言いかけたところを、マリアさんに抱きしめられた。豊かな胸にぐうっと顔がうずもれる。い、息ができません……と雛歩が思う間もなく、マリアさんは雛歩を離し、さあさあ上がって、と背中に手を添えた。

おかえりなさい、とカリンさんが顔を見せ、手を差しのべる。雛歩はスニーカーを脱ぎ、カリンさんに手を引かれるままロビーに上がった。

広間のところから、おお帰ってきた帰ってきた、と人々が立ったり、中腰になったりして雛歩のほうを見て、おかえりー、おかえりなさい、と声をかけてくる。まだ会って間もないのに、誰もが笑顔で雛歩を迎え、大丈夫？　足は平気？　と心配してくれる。

保育園児たちも、笑いかけたり、手を振ったりして雛歩を迎え、

「とおくへいって、しんぱいさせたら、いかんぞなもし」

と、方言を使って、大人びたことを言う子もいれば、雛歩にからだをくっつけて、

「やっと、ふたりきりになれましたねえ」

と、大人の真似をして言う子もいて、一斉に笑い声が上がった。

雛歩は、こんなに大勢の人に温かく迎えられた経験がないため、ほとんど呆然として、周囲に勧められるままに、手近なテーブルの前に腰を下ろした。

「甘夏《あまなつ》をつけ込んだはちみつを、お湯で溶かしたものです」

ショウコさんが、湯気の立つカップを雛歩の前に置いてくれる。

機械的に口に運ぶと、甘酸っぱい香りがして、はちみつのねっとりした甘さが舌を包む。舌の上には、果実の薄い皮が残り、伊予柑かな……と前に飲んだものを思い出したが、嚙むと、伊予柑の苦みよりもっと柔らかな、青っぽい甘みを感じる。

カップの中身をくうっと飲み干していくと、からだの内側から温かくなってきた。

雛歩を見守っていた人々は、安堵した様子でそれぞれの持ち場に戻り、

「よし、作業再開っ」

カケガワさんだろうか、男の人の合図の声がすると、

「まだまだつづくよヨタレ作り、案外愉快な、結界作り。空海《くうかい》またの名、弘法大師《こうぼうだいし》」

と、たぶんハマダさんがあとをつづけ、それをきっかけに、人々がテーブルの上の半

紙を切ったり、折ったりしながら、口々に言葉をつなげはじめた。

「お大師さんは、仏の使い。祭りの神社は、はす向かい。どっちでもよいよい、おせっかい。みんなで楽しめば、あったかい。遠慮深いは、つまらない。祭りは、下界の宴会、いさかいなくして、爽快、痛快、金色《こんじき》世界、軽快、気高い、極楽世界。ヨタレ作りで大切なのは、みんなの気づかい、心づかい。荒い扱い、いたるは後悔、勘違い。さあ、さあ、やろうよ、祭りは間近い、了解、宇和海、瀬戸内海っ」

みんなの言葉が見事にそろったところで、おーっと声が上がり、テーブルをどんどんどんと叩く音が響く。

雛歩のもとに、ミチヨさんとヒカリさんが歩み寄ってきて、

「雛歩ちゃん、こっちで一緒に作ろうか」

と誘ってくれる。雛歩のために、席が空けられ、テーブルに半紙が用意され、ミチヨさんとヒカリさんが、半紙を細長く切って、等間隔で折っていく方法を教えてくれる。

はじめはうまくいかなかったが、次第に慣れて、一つきれいに完成した。

「わー、ようできとる。上手じゃわい」

「ホントよ、わたしらより器用に作れとる」

雛歩は、ほめられて、嬉しいよりも戸惑いのほうが大きく、さらに頑張ってつづけるように促されて、新たに作りはじめたところで、不意に手が止まった。

このヨタレとも呼ばれるシデは、神様の場所を仕切るものだと、飛朗さんは話してく

れた。神輿が通る神聖な道を示すものだという……。

それを、人を殺したわたしが作ったら、罰当たりじゃないか……ここにいるみんなの仕事を、台無しにしてしまうんじゃないか。

「どうしたの、雛歩ちゃん」

いつのまにか女将さんが隣に座って、雛歩の顔をのぞき込んでいる。女将さんの手が、雛歩の額に当てられる。じんわりと温かさが伝わってくる。

「熱はないみたいだけど、疲れてると思うから、上でやすんでなさい」

雛歩は、シデ作りに罪悪感を抱いていたから、素直に従った。

マリアさんが付き添ってくれて、こまきさんの部屋に上がる。すでにカリンさんが布団を敷いてくれており、パジャマも出してくれるところだった。

27

それがさぎのやの普通だとしても、人々の優しさや温かさが、雛歩には心苦しい。本来受ける資格のないものを、身に余るほど受け取ってしまい、かえってつらくなる。

しばらくして女将さんが部屋に入ってきて、雛歩の熱を計り、平熱であることを確認したあと、お風呂に入りたくない？と尋ねた。

「汗をかいたと思うし、一度さっぱりしてから、またやすむのがいいと思う。ちょうどいま入れるから。みなさんも帰られたし」

雛歩は、人々と顔を合わせるのはつらかったので、帰られたと聞いてほっとし、久しぶりにからだや髪をきちんと洗いたいと思った。女将さんに付き添われて階段を下り、無人となった広間の前を通って、一階の奥にある浴室に案内される。

「ここのお湯は、温泉の源泉からそのまま引かれているものなの。ゆっくり入って」

浴室は、五、六人が一度に入れるくらいの広さがあり、雛歩はのびのびとお湯につかった。気持ちがよかった。だけど……心の重荷のせいで、せっかくの温泉を味わう、という感覚までは持てない。

からだが芯から温まり、ぼうっとしてきたところで、お湯から上がった。脱衣場には、着ていたパジャマの横に、新しい下着と、靴下と、カーディガンも用意されていた。

女将さんたちは、食事の用意などで忙しいのか、調理場から人の声や物音が聞こえる。雛歩が廊下に出たときには誰の姿もなく、逃げるようにこまきさんの部屋まで戻り、靴下とカーディガンを脱いで、布団にもぐり込んだ。

温泉に入って、温まったせいか、そのうちに寝入っていた。うつらうつらして目が覚めかけたとき、女将さんがそばに座っている姿がぼんやり見えたり、こまきさんが熱を計ってくれるのを感じたり、飛朗さんの声が聞こえたりした。

飛朗さんは、散歩に連れ出したせいだろうか、と申し訳なさそうに口にしていた。違います、と雛歩は答えたかったが、起きることがつらかった。

トイレに行きたくて目が覚めたとき、誰も部屋にいなかったので、その隙に行くことができた。枕もとに、水の入った小さなポットとコップが用意されており、喉の渇きは癒えたが、空腹は我慢するしかなかった。

我慢に我慢を重ね、もう眠られず、かぶっていた布団をはいだとき、室内は電気スタンドの小さな明かりだけが灯り、隣でこまきさんが静かな寝息をたてていた。彼女の枕もとの時計では、十二時を回っている。

雛歩は、靴下をはき、カーディガンを羽織って、部屋を出た。一度経験があるので、戸惑うことなく階段を下り、広間の窓のロックを外し、外に置かれているサンダルをはく。外気は冷たいが、からだの芯が温まっているので、平気だった。

鷺を模したライトが照らす小道を進み、竹の垣根のあいだを抜けて、半月に似たドーム型のテントの前に立つ。入口に回り、

「こんばんは……」

と、カーテン状のドアの向こうへ声をかけた。短い間を置いて、

「お入り」

と、低くて太い、けれど柔らかな響きの声が返ってきた。

雛歩は素直にドアをくぐり、靴を脱ぐスペースに立った。中央の丸いテーブルをはさんだ向かい側に、白いひげを伸ばしたおじいさんが座っている。

名前はもう知っている。鶏太郎《けいたろう》さんだ。鶏太郎さんは、雛歩の祖父もよく着ていた作《さ》

務衣《むえ》と呼ばれる、お坊さんが着用する作業着の上に、厚手の半纏《はんてん》を羽織っている。

「どうぞお入り。遠慮はいらないから」

鶏太郎さんが、ひげの奥に笑みを浮かべて言った。

「おじゃまします」

雛歩は、サンダルを脱ぎ、床に上がった。

テーブルの上には、やはりお焼きというお饅頭がのったお盆と、二つのポットが置かれて、雛歩は『あめ湯』の文字から目を離せなくなった。

「どうぞ座って、お上がり」

鶏太郎さんが、雛歩の心を察してか、「遠慮せず、好きなだけ食べなさい」

雛歩は、ありがとうございます、という言葉があふれてきた生唾に押し流され、唇の端からダラダラと垂れてきそうになるのを指でふさいだまま、頭を下げてテーブルの前に座り、お焼きに手を伸ばして、ぱくりと口の中に入れた。

おいしーっ……目の前が明るい光で満たされる。

一つ目を食べている途中で、次のお焼きに手を伸ばし、これを頬張ったところで、湯呑み茶碗にポットのあめ湯をついで、口に運んだ。甘ったるいお湯が舌を包み、喉の奥へとろーりとろーりと落ちてゆく。

さらにお焼きを食べ、あめ湯を飲み干したところで、人心地がつき、雛歩はふうと息をついて顔を起こした。向かいに座っている鶏太郎さんと目が合う。

雛歩は、恥ずかしいという感覚を取り戻し、うつむいて、きちんと座り直し、

「……ごちそうさまでした」

と、あらためて深く頭を下げた。

「落ち着いたかい」

鶏太郎さんの言葉に、あ、はい、と雛歩はうなずいた。

「動物なんだよ。人はよくそのことを忘れるがね」

鶏太郎さんが独り言のようにつづけた。「ヒトは脳が発達して、知性と想像力が豊かになった。だからいろいろ考える。勝手に不安をつのらせて、自分を追い込んだり、他人を追いつめたりする。でもまずは動物だからね……食べて、眠らなきゃ、やっていけない。逆に、満足できる程度に食べられて、暖かい巣で眠れたら、ひとまず落ち着く。だから……誰かがつらくしてるときには、食べさせて、あったかくしてやるといい。それが動物としてのヒトを守ることになる」

鶏太郎さんは、自然や動物を撮影するカメラマンだったと、飛朗さんが話してくれた。おだやかな目をしているけれど、多くのつらい出来事を見てきたような、深い悲しみをたたえている気もする。雛歩が、自分のしてきたことを話したら、鶏太郎さんは黙って聞いてくれるだろう。責めたり、呆れたり、忠告したりすることもないだろう。

あの……と、雛歩は口を開きかけた。

だが言葉が出てこない。何をどう、どこから話していいのか、混乱してしまう。

「眠ければ、毛布があるよ。好きなところに横になるといい」

鶏太郎さんが勧めてくれた。

ずっと寝ていたので眠くはない……雛歩はその意思を伝えるために、首を横に振った。

「そう。庭を歩いてきたのかい？」

雛歩はうなずいた。

「頭の上のほうから、声が聞こえてこなかったかい？」

はあ？　頭の上って、空とか宇宙でしょうか。そこから声が聞こえたかどうか尋ねられたということは……ちょっとどうなんでしょう……雛歩は困って、首をかしげた。

すると鶏太郎さんは、よっこら、と立ち上がり、雛歩の脇を通って、テントのドアのところへ進んだ。外へ少しからだを出し、耳を澄ましている様子だった。

えー？　鶏太郎さん、宇宙人であるイタリアンのメッセージを聞けるのですか。いや、宇宙人はドリアンだっけ……あ、ベジタリアンか。

しばらくして、鶏太郎さんは元の位置に戻り、テーブルの下から発泡スチロール製のコップを二つ取り、ポットのあめ湯を注いだ。プラスチックの蓋もテーブルの下から取って、テイクアウトのコーヒーみたいに蓋をする。さらに紙袋の内側の底に、コップが傾かないように台紙を入れて、あめ湯の入ったコップをセットする。

「さあて、眠くないなら、一つ、願いを聞いてもらえないだろうか」

鶏太郎さんが雛歩にほほえみかけた。「これを、星見台に持っていってあげてほしい。

だいぶ冷えてきてるからね」

まさか星見台に、宇宙の果てからベジタリアンが訪れているとでもいうのだろうか。

雛歩はからかわれている気もしたが、たくさんお焼きを食べて、あめ湯も飲んだので、断るに断れず、ともかく紙袋を受け取って、サンダルをはき、テントを出た。

さっきは気がつかなかったけれど、きれいな月夜だ。月明かりのせいで、星はたくさんは見えないけれど、一等星がまばゆく輝いている。

竹の垣根を抜けて、雛歩は足を止めた。頭の上で、声らしきものがする。

耳を澄ます。泣いているような息づかいと、それを慰めるような声……。

見上げると、ちょうど星見台がある辺りだった。

28

雛歩は、庭から広間に上がった。ロビーを横切り、階段に足をかけたところで、

「雛歩ちゃん」

と、呼ばれた。びっくりして振り返る。

廊下の奥から、女将さんが現れた。寝間着に薄物《うすもの》を羽織っている。

「あ、え、っと……頼まれて……」

と、手の紙袋を少し持ち上げる。

「星見台?」

え、女将さん、なんでわかるんですか……雛歩はうなずいた。

「そう。持っていってあげて。あなたは、からだ、大丈夫?」

「はい」

と答えて、女将さんの視線にも促され、雛歩は階段を上がった。

誰がいるんだろう、何をしてるんだろう……鶏太郎さんも、女将さんも知っているみたいだったけど、それってどういうことだろう……。雛歩は、不思議に思いながら、二階の廊下を渡り、星見台に出られる板戸をそっと引き開けた。

廊下よりも少し風がある。月明かりと、廊下の明かりが届いて、板を張った広い星見台の前方に座っている二人の後ろ姿が見えた。戸を閉めようとして、がたりと音が響いた。二つの人影が、びっくりした様子で、こちらを振り向く。

廊下からの明かりで、大人の男の人と女の人の顔が確認できた。白装束ではなく、部屋着に何かを羽織っているようだが、見覚えがある。アキノリさんの引く人力車に乗ってきた、お遍路さんたちだ。

「あの……こんばんは……」

雛歩はひとまず挨拶をした。戸を閉めて、木の階段を五段のぼり、二人のほうに恐る恐る近づく。雛歩の顔も、月明かりで確認できたのか、

「……あら、あなた」

女の人が言う。声がかすれている。泣いていたのは彼女かもしれない。

「あの、これを、お持ちしました」

雛歩は、手の紙袋を少し持ち上げた。相手が不審そうな視線を向けているので、紙袋を下に置き、コップを取りつつ、

「あめ湯です。あったかいです。甘いんです。おいしいです」

間の抜けたCMみたいなこと言ってる……雛歩は恥ずかしくなり、かーっとして、もういいや、とにかく渡して帰っちゃおうと、大胆にコップを相手に突き出した。

「あの、あれです、動物って、食べて、あったかく寝られたら、いいみたいで……人間も、それで本当はいいのかもしれなくて……だから、これ、どうぞ」

なんだか二人に、あなたたちは動物です、って失礼なことを言っている気もしたが、いまさら引っ込められずにいると、男の人が二つとも受け取ってくれた。

「おやすみなさい……」

と、雛歩が戻ろうとしたところ、

「ちょっと待ってくれる？」

男の人に呼び止められた。「きみは、ここの人？」

雛歩は首をひねった。さぎのやの人間ではないけれど、まったく無関係というのでもなく……大体こんな夜中に、あめ湯を出前した理由を説明できそうにない。

「すぐ戻らないといけないのかな……少し、話していってもらえないだろうか」

人力車から降りてきたときの男の人は、疲れていたのか、少し怒っているように見えたけど、これが本来なのか、まじめな会社勤めのお父さん、といった印象だ。

雛歩は、べつにすぐ帰らなくても、眠くはないし、おなかも満ちているので、あいまいにうなずき、床の上に腰を下ろした。二人も、雛歩のほうに向かって座り直す。

「ここはいいところだね。自然は多いし、温泉もあって、なにより人が親切で……きみは、いま、小学校六年生くらい？」

げっ、なんでまた小坊扱いですか……こまきさんのワンピースを着てくればよかった、と後悔しつつ、雛歩は少しでも年上に見せようと、額にかかる髪をむだにかき上げた。

「……中三です、十五歳です」

「え、そうなんだ……そりゃ……ああ、ごめんね……」

男の人の目が驚いた様子で見開かれ、黙って雛歩を見ていた女の人もまばたきをして、かがみ込んでいたからだを起こした。

「だったら、あと四カ月くらいで高校受験でしょ。それで、遅くまで起きてるの？」

男の人の言葉に、今度は雛歩が驚いた。

受験？　思ってもみなかった。中学を卒業したら高校……って、普通の子はそうかもしれないけど、自分は普通ではないから、高校へ行くなんて考えもしなかった。いままではもう中学だって卒業できないだろう。

「でも、頑張り過ぎないようにね……からだを壊したら、ご家族がきっと悲しむから」

男の人が言ったとたん、女の人が口もとを手で押さえ、泣く声を我慢する息づかいを洩らした。なぜだろう、そのとき二人には正直に答えるべきだという気がした。

「高校なんて、行きません……行けないです……中学だって……卒業できない」

二人のびっくりした雰囲気が伝わってくる。

「何かあったの？　学校へ行けない理由が……」

男の人が気づかいのこもった声で訊く。

そこから先は、答えたくても、答えられない……雛歩は首を横に振った。

「あの、教えてもらえない？」

女の人が、不意に顔を突き出し気味にして言った。声も肩もふるえている。

「わからないの……いくら考えても、わからないの……だから、教えてほしいの」

「よしなさい、この子にだって……」

男の人が、女の人を制する口調で言った。女の人は、男の人を見上げ、

「いくら考えてもだめだったでしょ？　だからこうして旅をしてきたのに、やっぱりわからない。何も示されなかった。でも……この子に会えた。昼間会ったとき、そっくりに見えて、びっくりしたの。よく見れば違うけど、でも似てる。その子が、いま目の前に現れてくれたの……お大師様か、おはくろ様の、お導きかもしれないでしょ？」

男の人は目を伏せ、女の人は雛歩のほうに顔を戻した。

「あなたは、同じ十五歳だから、もしかしたら、わかることがあるかもしれない……だ

から、少しでもいい、なんでもいい、聞かせてほしいの」

必死な面持ちの相手の勢いに押され、雛歩はその場から動けなかった。

「わたしたちの十五歳の子どもが、女の子が……自分で命を絶ったの。友だちと一緒に」

雛歩は、口の中の生唾を飲み込んだ。

「遺書は、友だちだけが残してた……その子は、家庭に恵まれていなかった。ご両親が早くに離婚して、お母さんの再婚した相手から、ひどい目にあってたらしいの。ずっと我慢をしてきたけれど、妹さんも被害者になると考えて、勇気を出してお母さんに、一緒に警察へ行ってほしい、とすべてを打ち明けたの。そうしたら、お母さんから、嘘つきだとなじられたって……そうしたことが、遺書には書かれていたと、あとで警察の方が教えてくださった。本当にひどいことだし、周りが何かしてあげられなかったのかと、悔やまれてならない。ただ、こんな言い方、ごめんなさい、この場だけだと許してほしいのだけれど……その子には死を選ぶにいたる、悲しい理由があったと思うの。でも、うちの子には、どんな理由があったのか、それがわからないの」

女の人は、深くため息をついた。男の人は、伏せた顔をしきりに横に振る。

雛歩は、気持ちが激しく乱れながらも、黙って話のつづきを待った。

「わたしたちは、なかなか子どもを授からなくて、不妊治療を長くつづけ、ようやく恵まれた女の子だったの。嬉しくて幸せで、その子を心の底から愛し、大事に育ててきた。わたしの両親、夫の両親、あの子にとっての祖父母たちも、あの子のことを心から可愛がってきた。それはみんなが知ってる。勉強もスポーツも人よりすぐれてはいなかったけれど、本当に心の温かい子で、誰にでも親切で、友だちも多かった。なのに、どうして死を選ばなきゃいけなかったのか……どんな悲しみ、つらさを、人知れず抱えていたのか。誰に聞いても不思議がるばかりで、いまもわたしたちにはわからないの……」

「実は、わたしたちも警察から疑われてね」

男の人が、やりきれなそうな声で言葉を継いだ。「あの子を死に追いやった、家庭内の理由があるのではないかと、失礼な質問を何度か受けた。あの子を深く愛し、大切に育ててきた。その点について、誰に話を聞いてもらってもよかった。警察も結局は自分たちの過ちを認め、実はこういうことがあったので……と、友だちの遺書のことを教えてくれたんだよ。警察も、なぜうちの子が命を絶ったのか、不思議がっていた。

わたしたちは、いろいろな人に話を聞いて回った。知らないところで、あの子が悩んでいたのではないか、自分を追い込んでいたのではないか、とね……けれど何も見つからない。あの子は友だちに対して、両親とはとても仲がいいと話していたそうだ。家族で旅行したこと、一緒に食事したり遊んだりしたことを、写真を見せながら話したこともあったらしい。友だちの何人かは、あの子が街頭募金に寄付してるのを見たそうだ。自分は恵まれてるから、ってね。だから……本当に死ぬ理由がわからないんだよ」

「でも、何かあったと思うの。わたしたちが何か、失敗したのよ。あの子をどこかで追い込んでいたの……わたしたちの愛し方は、本当の愛ではなかったんだと思う。愛し方が足りなかったか……ゆがんでいたのか……とにかく真実の愛として、あの子には伝わっていなかったのよ」

二人の涙まじりの話を受け、雛歩は胸が張り裂けそうなほど痛かった。痛くて、つらくて……ついには、きーんと鋭い痛みが全身を貫き、後ろに倒れそうになった。

あっ、と声がして、誰かに手をつかまれる。からだがゆっくり床の上に横たえられる。頭の上に一等星がまたたいている。大丈夫？　どうしたの？　と声が聞こえる。さぎのやの人たちの声が、頭の中で駆け巡る。大丈夫？　心配してたのよ……。

人々の笑顔、心配顔が、星のまたたきと重なる。

そんなに優しくしないで。わたしになんか、優しくしないでください。何にもお返しができないのだから……もっともっとつらい人もいるのに、わたしに親切にしないでください。そんなことをしてもらう資格がないのに、かえって苦しくなります。

星に向かって訴えかけたとき、その返事のように、空の彼方から声が響いてきた。

ごめんなさい……ごめんなさい……わたしは愛され過ぎてる……恵まれ過ぎてる……もっとつらい人がいるのに……何もお返しができないのに、かえって苦しくなる。

水の中に沈んだように視界が潤《うる》んだ。星がゆがむ。その潤んだ視界の中に、男の人と女の人の顔が現れた。こちらに向かって、懸命な表情で呼びかけている。

ああ、心配してくれてるんだ……もしかしたら、わたしはいま水に溺れているのかな。だから見えている世界が潤んでいるのかな。

二人は……もしかしたら、わたしに水の底から上がるように求めているのかな……戻ってきて、と呼んでいるのかな。でも……わたしはもう戻れない……だって……だって……死んだのだから……二人のもとへは戻れない……。

「ごめんなさい」

水の底から、二人に伝えた。

「ごめんなさい……戻れなくて、ごめんなさい……こんなことになるなんて、考えてなかった……言葉ではわかってたけど……死ぬって、消えることだとか、人生が終わることだって、わかってたけど……二人に、そんなに悲しい想いをさせるなんて、苦しい想いをさせるなんて、考えてなかった。

だって、とっても大事にされてたから。愛されてたから。二人の悲しい顔とか、苦しんでる顔なんて、見たことなかったから。二人はいつも笑顔でいてくれたから。大事な人を失った人の、悲しさや、苦しみまで、考えられずにいたの……ごめんね、悲しい想いをさせて、ごめんなさい。苦しい想いをさせて、ごめんなさい。

わたしは、感じてたよ、すごく愛されてるって。おじいちゃんやおばあちゃんの愛もいっぱい感じてたよ。いつも幸せだったよ。でもね、あの子は違ったの。本当にかわいそうだった。お母さんが再婚した相手に、ひどいことされて、自分だけが我慢してれば済むんだって、ずっと耐えてたら……今度は、妹が危なくなりそうだったから、思い切ってお母さんに話した。そしたら、嘘つきって言われたの……あの子は、死ぬ前に遺書を読ませてくれた。親友のわたしに、理由を知っておいてほしかったんだと思う。

わたしは、何も知らなかった、あの子がそんなつらい想いをして、毎日生きていたなんて全然……だって、わたしは幸せだったから。いっぱい愛されて、恵まれてて、何にも知らなかった。せめて、何かをあの子にしてあげたかった。自分のもらっているものの少しでも、分けてあげたかった。うつろな目に涙を浮かべて、サヨナラって、背中を向けたあの子を、一人で行かせられなかった。いままでずっとつらい想いをしてきたのに、最後も孤独のままで突き放すなんて、できなかった……。

いつだって、わたしは二人から、みんなから、受け入れられてきた。だから、あの子に、一人じゃないよ、って言ってあげたかった。一人ぼっちで行かなくてもいいよって、手を握っていてあげたかったの……ほかにも方法はあったのかもしれない。でも、そのときは、死ぬことを止めることさえ、あの子を突き放すことに思えたの。ひどい目にあうことを我慢しろって言ってるみたいに、聞こえるだろうと感じたの……。

ごめんなさい。取り返しはつかないね。二人の愛を裏切ることになって、ごめんなさい。ただ伝えたい……これだけは伝えたい。二人の子どもでよかったよ。二人のあいだに生まれて、幸せだったよ。わたしはもう一生分愛されたと思ってる。だから、もう苦しまないで。つらく思わないで。二人の愛は届いていたよ。真実の愛として伝わっていたよ……本当に本当にありがとう……」

突然、強い力で雛歩は抱きしめられた。

首の下と背中に手が回され、引き上げられる感覚で、いっそう強く抱きしめられる。

女の人が、雛歩の胸に顔を押しつけ、声を上げて泣いていた。

男の人が、雛歩の手を強く握りしめ、やはり声を大きく上げて泣いていた。

29

いつのまにか女将さんが、そばにいた。

泣きむせんでいる男の人と女の人に声をかけ、星見台から屋内へ導いていく。

「雛歩ちゃんも」

と、手を引かれ、屋内へ入った。

「部屋に入って、おやすみなさい」

女将さんは、雛歩に言い置いて、先を行く男の人と女の人に寄り添い、二人の部屋なのだろう、階段寄りの部屋まで案内していった。二人が互いを支え合って、どうにか部屋の中に入るまで、女将さんは見守っていた。

「おやすみなさい」

と告げて、女将さんが部屋のドアを閉め、こちらを振り向く。

ゆっくり歩いてきて、雛歩の前に立ち、ほほえんだ。

「大変だったでしょ、もうおやすみなさい」

雛歩の中に、いつしか真実に向き合う勇気が生まれていた。本当のことを告げなきゃいけない、という想いが芽生えていた。

「女将さん」

雛歩は、まっすぐ女将さんの目を見つめて、「話を聞いてください」

場所は……と、考えて、こまきさんの部屋を振り向くと、すでに前から起きていたらしく、ドアが半分開いて、こまきさんの姿が見えた。

「あ、わたし、外すね……飛朗のところにいる」

こまきさんが、部屋から出て、向かいの飛朗さんの部屋へ進もうとする。

そして、飛朗さんの部屋のドアが開く音がしたので、雛歩は視線を向けた。やはり起きていたのか、パジャマ姿の飛朗さんが顔をのぞかせている。

「こまきさんも、聞いてください」

雛歩は、自分でも不思議と冷静でいられて、

「飛朗さんも、よかったら聞いてください」

と告げ、みずから進んでこまきさんの部屋に入った。

雛歩は、自分の寝ていた布団をたたみ、窓を背に正座をした。つづいて入ってきたこまきさんも、布団をたたんだ。女将さんが入ってきて、雛歩の前に正座する。その右斜め後ろにこまきさんが座り、飛朗さんが左斜め後ろに座った。

女将さんが、話を聞く用意ができたと告げる代わりに、深くうなずいた。

雛歩は、女将さんを見て、こまきさん、飛朗さん、と順番に見て、また女将さんに目を戻した。深呼吸をして、静かな声で切り出した。

「わたしの苗字は、鳩の村と書いて、鳩村《はとむら》です。鳩村雛歩です。わたしは、人を殺しました」

口にしたとたん、胸と喉とのあいだに存在していた固い扉が、胸の奥からあふれる温かい水で一気に開いたかのような心持ちがした。耐えていることが苦しく、支えていることがつらかった扉がはじけ飛び、焦ったり困ったりするかと思ったが、気が抜けたみたいにほっとして、不思議にすがすがしい気持ちさえした。

そこから言葉があふれ出してきた。時間を追って順番に話すことなど考えなかった。心に浮かんだ場面や、おりおりの感情を、隠さず、飾らず、率直に口にした。

雛歩のふるさとは、秋祭りを明日に控えた日、豪雨に襲われた。観測史上初と言われる雨量が降りそそぎ、町を貫く川が氾濫《はんらん》する恐れが生じた。山あいの町のため、土砂崩れも懸念された。

雛歩は、両親と五歳年上の兄の四人で暮らしていた。近所に父方の祖父母がいた。母方の祖父母は、雛歩が生まれる前に亡くなっていた。

雛歩たちの家は川から近く、小学校の体育館に避難した。山沿いに暮らす祖父母と連絡がとれなくなり、まだ川は氾濫していなかったため、両親が車で助けに向かった。

山の中腹にある町の神社も心配だった。神社には新しく作ったばかりの神輿を置いてある。雛歩は、その神輿の上に乗せてもらえる約束だった。祭りの世話役である父は、せめて神輿をロープで神社の柱に結び付けておきたい、と口にした。

危ないことはしないで、早く帰ってきて、と雛歩と兄は言った。避難所にいた両親の知り合いたちは、警察か消防に任せたほうがいいと忠告した。

だが、町の警察署も消防署も、川の下流にあり、まだ到着していない。近所で火事や災害が生じた際、いち早く駆けつけるのは町の消防団だったが、父はその副団長でもあった。とにかく危ないと思ったら引き返すから、と両親は雛歩たちに約束した。

しばらくして父の携帯から、兄の携帯に連絡があった。

父は沈痛な声で、じいちゃんとばあちゃんの家が土砂でつぶれている、と語った。家は跡形もない。呼びかけながら辺りを探してはみたが、姿も返事もない。さらに土砂が崩れたら自分たちも危ういので、いったん引き返す、避難所の役所の人に伝えて、救助を要請してくれ、と語って、電話は切れた。

そのあと、両親が神社のほうに回ったのかどうかは、わからない。

車に乗って戻ってくる途中で、母から電話があった。自分たちは無事だから、心配するな、という連絡だった。母が、雛歩に代わって、と兄に言ったらしく、雛歩は兄から携帯電話を受け取った。

雛歩、大丈夫？　もうすぐ帰るからね、心配しないで、待っててね。雨が冷たくて寒いの。帰ったら雛歩、お母さんをあったためてよ。

母がそう言って、少し笑い声を響かせた。

うん、あっためてあげる、だから早く帰ってきて、と雛歩は答えた。

だが、両親の車は帰ってこなかった。

雨はなお一日つづいて、ようやく上がった。雛歩と兄は避難所にとどまるよう、大人たちから強く言われた。警察や消防隊のほか、自衛隊も出動して、町民の救助や捜索が始まった。雛歩たちの家が、氾濫した川に流されて、消失したことが知らされた。

雛歩はショックを感じなかった。家よりも、両親のことで頭がいっぱいだった。神社も土砂崩れで、川のほうまで流されていた。神輿の行方はわからなかった。

二日後、祖父母の遺体が、土砂で押しつぶされた家の中から発見された。川の下流にある町の葬儀場で、一週間後に祖父母の遺体はだびにふされた。墓地は被害を免れていたため、祖父母の遺骨は先祖代々の墓に納められた。

葬儀に参列した、父方の叔母と、母方の伯父双方から、自分たちのところへ避難してくればよい、と勧められた。ただし両家からは、家が狭いことを理由に、兄と妹、別にならざるを得ないことも承知してほしい、と言われた。

雛歩と兄は、離ればなれになることがいやだったし、両親がまだ戻っていないため、なお避難所で暮らしながら両親を待つと、親戚の勧めを断った。

災害から二週間後、水が完全に引いた川から神輿が見つかった。消防団の詰所《つめしょ》の前に置かれた神輿を、雛歩は兄と見にいった。傷だらけで、ほとんどの飾りが取れており、形からどうにか神輿とわかる程度だった。

雛歩は、神輿に巻き付いている「飾り紐」と呼ばれる真紅の綱の一部にふれた。雛歩、ちゃんとつかまってなきゃだめよ、と母に言われ……わかってる、ここの綱をしっかり握るんだよね、と答えた日のことが思い出され、胸が苦しくてならなかった。

災害から一カ月が過ぎ、体育館で暮らしているのは、雛歩たちだけとなった。

二人は、学校の職員と役所の人から、学校の授業が通常に戻り、体育館での授業も再開したいので、ほかに生活の場を見つけて移ってほしい、と告げられた。

役所の人たちは、彼らの親戚とも先に話し合っていた。兄妹が離ればなれになることが、親戚の家へ行くことを拒ませていると理解したのだろう、父方の叔母が、兄妹一緒に越してこられるようにする、と約束してくれた。

それでも雛歩は、ふるさとで両親を待つつもりだった。だが兄は、自分と雛歩の将来のためだと、叔母の家に移ることを決意した。町内の知り合いも災害によって大きな打撃を受けており、神社の宮司さんをはじめ、引っ越した人が少なくなかった。

雛歩は、あと少しだけ待ってほしい、と兄に強く願い出た。兄が、大人たちと交渉して、三日だけ待ってもらえることになった。

そして期限のきた三日目、川をずっと下った先の海で、両親の車が発見された。

ただし、車内に人の姿はなかった。

雛歩は、喉がかれて咳き込んだ。

こまきさんが、雛歩の布団の枕もとに置かれていた小さなポットからコップに水を注ぎ、雛歩に渡してくれた。

雛歩は黙って水を口にした。コップに半分ほど飲んだところで、息をつく。コップを両手で持ったまま、あらためて頭の中に浮かんでくる想いに集中した。

30

雛歩と兄は、父方の叔母の家へ移った。二人に用意された部屋は、以前に比べればかなり狭いものだったが、叔母の家の二人の子どもは受験で大変な時期なのに、あえて一部屋を空けてくれていたので、とても文句は言えなかった。

叔父は自衛官で、雛歩の兄と今後について話し合い、自衛官になることを勧めた。大学進学をあきらめ、就職を考えねばならなくなった兄には、現実的な選択だった。

兄自身、ふるさとが被災したおり、自衛隊の人々が町民の救出や捜索にあたってくれたこと、土砂にうもれていた祖父母を見つけてくれたことに感謝していたから、叔父の提案を最終的に受け入れた。

雛歩は、引っ越した先の生活にも学校にも、まったくなじめなかった。失われたものの大きさからすれば、新しい環境に慣れるには、多くの時間が必要だった。

だが叔母の家族も、新しい学校の教職員やクラスメートも、それを待ってくれなかった。なおも悲しみに沈んで、心を容易に開かない雛歩に対し、苛立《いらだ》ち、腹を立て、ときに叱りつけ、ときに放り出すように無視をした。

雛歩には、無視されるほうがましだった。いない人間として扱われても、干渉されるよりは楽だったし、兄もいたので我慢ができた。

時間の感覚を失い、周囲への興味も失っていたから、雛歩たちがどのくらい叔母の家にいたかは覚えていない。学校での行事とか、生活上の出来事もほとんど記憶にない。勉強をした覚えもない。ただ気がつくと、兄が自衛隊に入隊する日を迎えていた。

兄が自衛隊の寮に入るに際して、雛歩も叔母の家を出て、四国松山の母方の伯父のところへ移るように言われた。前々からそうした約束が、親戚間でできていたらしい。

兄との別れの日、一人前の自衛官になって迎えに行くから、それまで我慢するんだぞ、と兄は雛歩の頭を撫でた。長いあいだ泣くことも忘れていた雛歩だが、さすがに不安のあまり涙がこぼれた。

雛歩、おまえはもともと明るい性格で、誰からも好かれる子だったんだから、本当のおまえを取り戻したら、新しい家でも好かれるよ。いじめられてる子がいたら、おまえは、励ますんじゃなくて、ずっとそばにいてあげたろ。飼い犬が死んじゃった友だちのときもそうだよ、その子の悲しみを自分の悲しみみたいに感じて、一緒にぼろぼろ泣いてたろ。おまえのその底なしの思いやりっていうのか、人の心に共感する力っていうものに、おれはいつも感心してたんだ……だからさ、時間はかかるだろうけど、ゆっくり以前のおまえを取り戻しながら、待っててくれ。

雛歩は涙を流しながら、兄に訴えた。

お母さんは、もうすぐ帰るから、待ってて、って言ったのに、まだ帰ってこないよ。ずっと待ってるのに、まだ帰ってこないじゃない。お兄ちゃん、行かないで。

我慢してくれ、雛歩……これは約束だし、おれたちが新しい未来を築くためにも必要なことなんだ。大丈夫だよ、絶対に迎えに行くから。

そして兄は去り、雛歩は松山の伯父の家に送られた。

31

伯父の家の人たちが、ことさら冷たい心の持ち主だったわけではないと、雛歩もいまはわかる。いろいろなタイミングが悪かっただけなんだろう。

伯父の家族は、かつては関東に生活の場を持っていたが、松山に暮らしていた伯母の両親が病気がちで、伯母たちに帰ってきてもらいたがった。伯父の勤めていた会社の経営が傾いたこともあり、一家は松山に移り、伯父は新しい勤めについた。二人の子どももすぐに新しい環境になじんだ。長い間、家族の暮らし向きは良好だった。

だが雛歩が移り住む少し前から、状況が変化した。伯父が内臓に重い疾患を抱え、長期の入院と短い退院を繰り返すようになり、その家のおじいさんには認知症の症状が出はじめた。

そのため伯父の家は、雛歩の引き取りをいったん断ろうとした。

だが、以前からの約束であったことと、叔母の家も建て直しが決まっていたので、仕方なく引き受けたのだと、雛歩は引っ越したその日に、伯母から聞かされた。

伯母は、仕事を辞めた伯父に代わって勤めに出て、家事はその家のおばあさんが担当していた。だがおじいさんは、外へ出て道に迷ったり、畑の作物を土のついたまま口に入れたりなど、目が離せない。雛歩は家事を積極的に手伝うことを求められた。

伯父の家の子どもは、雛歩より三つ年上の長男と、同い年の次男だった。二人も悪気があったわけではないだろう。雛歩がつねに暗い雰囲気に沈んで、他者と関わろうとしないため、しぜんと無視したり、つらく当たったりすることになったのだと思う。

それは転校した学校の教職員やクラスメートたちも同じだったろう。仲間に加えようとしても、雛歩のほうが孤独の中に逃げ込み、まともな挨拶一つしない。扱いにくいし、勉強も極端に遅れている……。

え、きみは九九の計算もできないのか。

かつてはできたが、学ぶ意味を感じられなくなり、すっかり忘れてしまった。

うそ、おまえアルファベットも書けないの。

そう、一字だって書けなかった。

小学生の漢字も、ことわざも、まったく知らないのか。まったくではないが、あるときから空白になっている。歴史もうろおぼえだし、地理もいい加減なままだ。

そんな子に対して、周囲はいじめるつもりはなくても、無視や嘲笑などの行為をしぜんととってしまったのだろう。雛歩は授業に出ず、図書室にいることが多くなった。

家では、家事だけでなく、おじいさんの介護も任されるようになった。彼自身には、病気の意識がなく、病院を嫌がり、訪問した医師や介護の専門家も追い返した。その一方で、夜でも昼でもお漏らしをすることが増えたため、紙おむつをはかせ、雛歩が替えることになった。それが伯父の家にいられる条件だと、雛歩なりに受け止めていた。

死にたいと思ったことはある。けれど、いつかは父と母が帰ってくると信じていた。

両親は、ともに高校時代は水泳部だった。川に呑まれ、海まで流されても、きっと泳いで切り抜けられたはずだ。海にはいくつもの潮の流れがあるから、遠くまで流されるうち、船も飛行機も近くを通らない無人島に着いたか……言葉の通じない外国の船に助けられ、そのまま連れて行かれたか……あるいは流木などで頭を打って記憶喪失となり、すでにどこかの町で暮らしているのに、雛歩たちのところへ戻ってこられないか……それらのうちどれかだろうと思っていた。

無人島で助けを求めているところを発見されるか、外国から帰国できる方法が見つかるか、記憶がすっかりよみがえれば……二人は、雛歩のところに戻ってくる。

それに、兄との約束がある。兄が迎えに来るまでは、伯父の家にいなくてはいけない。

つらくなったときは、夜、外へ出て、星を見つめ、家族を想った。

いつかまたみんなでそろって過ごせる日を夢見て、つらい日々を耐えていた。

けれど……おじいさんの状態がさらに悪化した。認知症の進行なのか、性的にいやらしいことを口にするようになった。そして、雛歩のことを誰かと勘違いしているのか、雛歩の胸やお尻をさわってくるようになった。

いくらやめてほしいと言っても、繰り返される。伯母やおばあさんに訴えても、少し本人に注意するだけで、効果はない。あとは、年寄りのすることだから気にすることはない、などと、結局は雛歩に我慢を強いるだけだった。

いろいろなことが積み重なって、雛歩の頭の中はぐちゃぐちゃになっていた。

その日、登校時間になっても起きられずに、学校を休み、おばあさんが近くのクリニックに薬をもらいに出たので、雛歩とおじいさんしか家にいなかった。

彼女の部屋としてあてがわれていた狭い納戸《なんど》で、寝間着がわりのスウェットの上下だけで寝転がっていたとき、おじいさんの呼ぶ声が聞こえた。

仕方なく居間に出て行くと、おじいさんがズボンを濡らして、ぼうっと立っていた。

雛歩は、絶望的な気持ちになりながら、おじいさんのズボンのベルトを外し、紙おむつを替えようとした。

すると、おじいさんは頭にスイッチが入ったみたいに、いやらしいことを口にしはじめ、雛歩のからだをさわってきた。ただされるのでなく、下半身をすりつけてこようとしたため、雛歩は恐怖のあまり相手を突き飛ばした。

おじいさんのからだはあっけなく後方に飛び、居間の壁際に置かれていたタンスに後頭部からぶつかった。

激しい音が響き、雛歩が自分のしたことに気がついたときには、おじいさんはタンスの前に座り込み、力なくうなだれていた。

雛歩は、おじいさんに声をかけた。返事はなく、軽く揺すってみても反応はない。タンスの一部に血が付いているのが見え、おじいさんの後頭部に出血が見られた。

殺してしまった……雛歩は恐怖にふるえた。

救急車を呼ぶべきだったのだろうが、からだが動かなかった。

おじいさんの鼻のところに、指を運んだ。何も感じない。息をしていない。やっぱり死んでる。刑務所、いや、死刑だ、自分は人殺しなのだから、死刑だ、と思った。

突然、からだの内側で爆発が起きた。

なんでこんなことになったの、わたしがどんな悪いことをしたの。

お父さんとお母さんがどんな罪を犯したと言うの。普通に暮らしてただけなのに。

明日はお祭りだって、お神輿の上に乗せてもらえるって、楽しみにしてただけなのに。なんで、なんでなの……。

あの日からずっと我慢して、ため込んできた叫び声が、腹の底からふき上げてきた。気がつくと、家の外へ裸足《はだし》のまま飛び出していた。

どうしたらいいのか、どうすべきなのか、具体的なことは考えられなかった。ただ捕まれば、死刑になると信じていた。おじいさんには申し訳ない気持ちがあった。でも、まさかあんなことになるなんて思いもしなかった。兄に迷惑をかけてしまうことも怖かった。きっと仕事をやめさせられるだろう。逃げるしかないと思った。

足を怪我し、道は悪くなり、雨も降ってきた。泥に滑り、転んで、雨が目の中に入ってきた。もう立つ気力も湧かなくなり、いっそこのまま死んでもいいと思った。

どこからか、ヒナ、雛歩、と両親が呼ぶ声がした。生きていないと、いつか帰ってくる両親に会えない。そう思って、立ち上がって、足を動かした。

いつか辺りは霧におおわれ、からだも疲れ切り、一歩も足を動かせなくなった。

そのとき……霧の向こうから、大きな白い鳥が現れた。

鳥は、美しい女の人に姿を変え、雛歩を抱きとめてくれた。

女の人は、雛歩を見つめて、あることを尋ねた。

それは、雛歩がずっと胸の内に秘めていた、みずからへの問いかけであり……誰にもふれられたくない問いかけである一方、いつだって誰かに尋ねてほしいことだった。

帰る場所はありますか。

あなたには、帰る場所がありますか。

32

あのときと同じだ。旧へんろ道で動けなくなって座り込んでいたとき、霧の向こうから現れた女の人に……女将さんに、抱き寄せられたときと同じぬくもりを、雛歩は感じた。

「よく話してくれましたね」

温かい涙のような声が、雛歩の耳にしみ入ってくる。

「つらいことを、いっぱい抱えて……本当に、本当に、大変でしたね」

女将さんの声はふるえていた。女将さんが、泣いている……？

「もう、あなた一人に、抱えさせたりしない」

女将さんの声は、ふるえていても、力強い。

「もう、一人で我慢しなくていいの。一人でこらえなくても、いいから。わたしがいる……わたしたちがいる」

守ってもらえる……この人に、この人たちに、きっと守ってもらえる……そう信じられる声だった。

張りつめていた緊張がゆるんでゆく。抱きとめてくれている相手の腕の中で、からだも心も溶けてゆく気がする。

自分が失われることが、ずっと怖かった。でも……包み込まれたぬくもりの中で溶けてゆくことは、決して自分がなくなってしまうことじゃない。包んでくれる相手と、一つになること。一緒に笑い、一緒に泣いて、守り合える、助け合えるということ……。

相手と一つになってゆく心地よさの中へ、雛歩は自分を開いていった。


不意に、電気が灯ったような感覚で目を覚ました。

眠気も疲れもなく、頭の中のもやもやとした霧もはれている。

辺りはほの明るい。雛歩は隣を見た。こまきさんの布団はたたまれ、彼女の姿はない。

雛歩の枕もとに、目覚まし時計が置かれている。六時半を少し回ったところだ。

服も置かれている。白いシャツとジーンズ。靴下は新しく、カーディガンもある。

その配慮に心の内でお礼を言い、雛歩はパジャマを着替えた。シャツとジーンズのサイズはぴったり合う。

カーテンを開いて、窓を開けた。

青い空に、小さな雲が鳥の群れのように浮かんでいる。

布団をたたみ、トイレを済ませ、顔を洗い、頬を手で軽く叩いて、自分に気合を入れる。深呼吸をして、階段を下りてゆく。

このあとなすべきことの手順を、頭の中で確認した。

ロビーに下りたら、正座をして、皆さんにお礼を言う。そして、別れを告げる。何もお返しができないままで心苦しいのですが、ご恩は一生忘れません。そのあとはっきりと……わたしはいまから警察に自習します……と告げるのだ。なぜ、自習する、と言うのかといえば……たぶん、警察でちゃんと人生の勉強をやり直すからだろう。

自習して、死刑にならずにすんだら、さぎのやに帰ってきたいので、置いてください、働かせてください、とお願いする。もちろん死刑になったら、帰ることはできないけれど……いいよ、ここに置いてあげる、と許しをもらえたら、希望を胸に自習できる。よし、と決意を固め、雛歩はロビーに下り立った。

うわぁぁん、と話し声やら食器の立てる音やら、熱気のこもった朝の喧騒が、一気に雛歩を包み込む。

広間には、テーブルが並べられ、白い装束を着たお遍路さんが所狭しと座っている。いつのまにこんなに大勢のお遍路さんが泊まっていたんだろう。白い装束を着ていない人もいて、全員で十五、六人はいるだろうか。それぞれの前に、朝食が用意されているか……マリアさんや、お遍路さんたち自身が、調理場から料理を運んでくるところだった。

「あ、あの……」

雛歩が声をかけようとしても……いただきます、カチャカチャ、おめしあがりください、すみませーん、カタカタ、いますぐー、ガシャン、大丈夫ですかー、と、人々の声や物音が重なり合って、声がかき消される。

食事をしている人々のあいだに、一人のお遍路さんの話に耳を傾けている女将さんの姿が見えた。雛歩が近づいていこうとしたとき、

「オハヨウゴザイマス」

と、階段の上から声をかけられた。

見上げると、あ……昨日、石手寺の裏手で出会った、確かフランケンシュタインから来られたという男女のカップルさんが、白装束で下りてくる。やっぱり泊まられたんだと、雛歩もなんとなく嬉しくなって、

「おはようございます」

と挨拶を返した。すると、

「あー、雛歩ちゃん、ちょうどよかった」

雛歩たちのやり取りに気づいたのだろう、カリンさんが広間からロビーに出てきた。手に、何やら包みを持っている。

「いま出かけられたばかりの三人組のお遍路さんが、お弁当、テーブルの下に忘れていかれたの。申し訳ないんだけど、追いかけて、渡してもらえないかしら。こっちが少し手を離せなくて」

え、あ、でも、ちょっと皆さんにお話があってですね……雛歩が困っていると、

「カリンさん。雛歩ちゃんは、まだ足が痛いと思うから」

女将さんが気づいたらしく、声をかけてきた。その表情から、足だけではない、心のことまで心配してくれているのが読み取れた。

「こっちはカバーしますから、カリンさん、お願いします」

「わかりました」

と、カリンさんが玄関へ下りようとしたので、

「待ってください」

雛歩は、カリンさんを呼び止め、女将さんのほうを振り返った。

「わたし、行きます。行けます」

少しでも女将さんに、皆さんに、ご恩返しをしたい。

「あ、だったらおれが行こうか」

階段のところに、起き抜けらしい飛朗さんが、Tシャツにジーンズ姿で顔を出した。

「わたしに行かせてくださいっ」

雛歩は、飛朗さんに言って、女将さんを見つめた。

「……じゃあ、雛歩ちゃんにお願いしましょう」

女将さんが言ってくれた。

よかった……雛歩は、女将さんと、飛朗さんにもほほえみかけた。

「じゃあ、これを着ていって。相手の方に、さぎのやの者だとわかるから」

女将さんが、雛歩のほうに歩み寄りながら、着物の上に羽織っていたはっぴを脱いで、着やすいように広げてくれた。

雛歩は背中を向け、はっぴに袖を通した。

そのあいだに飛朗さんが、くつ箱から昨日はいたスニーカーを出してくれていた。

「三人の方は、歩き遍路の格好をなさってます。お一人が足を少し痛めたので、松山城を見に行くのに、今朝は電車に乗るとおっしゃってました。駅、わかるかしら」

「はい」

女将さんの話のあいだに、雛歩はスニーカーをはき終え、

「いってきます」

と、女将さんと並んで立った飛朗さんやカリンさん、その後ろに顔をのぞかせているフランケンシュタインの人たちに言って、玄関を飛び出そうとした。とたんに、

「あっ」

と背後で聞こえたので、雛歩もあっと気がつき、慌てて戻り、

「すみません」

と、カリンさんが差し出すお弁当の包みを、顔が赤くなるのを意識しつつ受け取った。

「慌てずに。無理もしないで。もし駅にいらっしゃらなかったら、戻ってらっしゃい。あとで、お城のところまで車で持っていって、お探しして、渡しますから」

女将さんの言葉に、雛歩はうなずき、

「いってきます」

あらためて言って、静かに外へ出た。門を出て、駅の方向に人の姿がないので、お弁当が傾かないよう注意して、駆け出す。足は……よかった、痛くない。

駐車場に人力車はなかった。もうイノさんたちは見回りに出ているのだろうか。

おはくろ様のきれいな参道の入口を過ぎると、すぐに駅舎が見えた。朝早いのに、ちらほらと観光客らしい人の姿がある。でも、お遍路さんの格好をした人はいない。

駅舎に入ると、オレンジ色の路面電車がホームから出たばかりで、人の姿はない。

「おや、さぎのやさん。どうかされたんかな？」

駅員の制服を着た年配の男性が、雛歩のそばに立っていた。はっぴを見て、声をかけてくれたらしい。

雛歩は、三人のお遍路さんを見なかったか尋ねた。お一人は足を少し悪くされている。

「ああ、その人たちなら、いまの電車に乗られたとこじゃ。なんか忘れ物かな？」

「電車、どこまで行くんでしょう。次に停まる場所は、遠いですか」

「いや、二、三百メートル先よ。道後公園《どうごこうえん》前の停留場で停まる。信号もあるしな」

雛歩は、聞いたとたんにホームを駆けて、ホームの切れ目から線路に下りた。

「こらこらー、線路を走ったらいかんがなー」

背後から聞こえて、

「ごめんなさーい」

雛歩は答えて、脇の歩道に上がり、走りつづけた。
ほどなく前方に、オレンジ色の電車の車体が見えた。まだ雛歩とは距離があいている
が、電車のスピードが落ちたのがわかる。停留場のようだ。
やがて電車が止まった。停留場に人の姿はなく、すぐに走りだしそうに見える。
「待ってー、待ってくださーい」
雛歩は声を上げた。女将さんは、無理をしないでと言った。あとで車で持っていくこ
ともできるらしい。けれど、それは手間がかかるだろうし……なにより自分がお弁当を
渡すことで、少しでもさぎのやの力になりたいと願っていた。
「待ってー、止めてー。誰かー、電車を止めてー」
絶対にここで届ける。その想いで声を上げた。
斜め前方となる反対側の歩道に、こちらに向かって手を振っている人の姿を認めた。
トレーニングウェア姿は……こまきさんだ。スマホらしきものを耳に当て、雛歩のほ
うへ手を振っている。雛歩は、こまきさんに手を振り返して叫んだ。
「その電車、止めてくださーい」
こまきさんが気がついてか、歩道から電車に向かって手を振り、何やら声を上げる。
でも電車は、進行方向の信号が青なのに従って、走り去ろうとしている。
神様……しらさぎ様……おはくろ様……。
いつだったろう、森の中の温泉につかっている大きな鷺が、翼を伸ばして、頭を撫で

てくれる夢を見たことがある。あれがおはくろ様じゃないかと、白鷺神社のことを聞いたときから、雛歩はぼんやり思っていた。助けて、おはくろ様……。

そのとき、雛歩の頭上高いところで、ばさばさっ、と風にあおられたテントの布が立てるような音が聞こえた。かと思うと、電車が警笛を高く鳴らして、急停止した。

信号は青のまま、こまきさんは反対側の歩道にいる。なのにどうして。

雛歩は視線を前方に移して……電車の進行方向の先に、鳩の群れが降り立っているのに気づいた。五十から六十羽ほどもいるだろうか、二本のレールのあいだの石畳の上に、ひとかたまりとなって羽を休めている。

電車が警笛を鳴らしても、鳩たちは群れを崩さず、電車の進行をさえぎっている。

そのうちに信号が赤に変わった。運転士さんが電車から降り、鳩を追い立てようとする。だが鳩は、少し先に移動はしても、飛び立つことはない。

雛歩はやっと電車のすぐ横にたどり着いた。歩行者側の青信号を渡って、止まっている電車の、運転士さんが開いた前方の扉から車内をのぞく。

「さぎのやでーす。お弁当ー、お忘れでーす」

白装束のお遍路さん三人が顔を見せ、あら本当だ、せっかくのお弁当、気がつかなかった……と、口々に言って、雛歩の前まで降りてきた。

走って届けてくださったの、本当にご親切に、ありがとうございました、と雛歩に礼を言い、恐縮するくらいに労をねぎらってくれる。

雛歩がお弁当を渡し、お遍路さんたちが電車内に戻ると、レールのあいだの石畳に降りていた鳩の群れが、一斉に飛び立った。鳩たちは、緑の繁る左手の公園のほうへ飛び去ってゆく。運転士さんがそれを見送り、頭をかきかき戻ってくる。

「ヒナちゃん」

いつのまにか停留場のホームにいたこまきさんに呼ばれ、雛歩もホームの上に立った。

運転士さんが運転席に戻り、信号が変わって、電車が動き出す。

車内のお遍路さんたちが、ホームにいる雛歩たちに、窓越しに手を振ってくれた。

33

「間に合ってよかったね。美燈さんから、もしかしたらヒナちゃんが電車を追いかけるかもしれないって、連絡が来てたの」

「鳩のおかげです」

「うん、びっくりした。この辺は鳩が多いけど、線路に降りるなんて初めて見た」

おはくろ様のおかげかもしれません……雛歩は言いかけたが、

「はい、お水」

と、水筒を渡され、喉の渇きを癒すことで頭がいっぱいになり、つい言いそびれた。

「ちょうどよかった。公園の中に、ヒナちゃんに見せたいものがあるの。美燈さんには、ヒナちゃんが間に合ったって、もう連絡してあるから」

　こまきさんは、信号を渡り、外観が美しく整備されている公園へ、雛歩を導いた。

　入口に案内板が出ていて、『道後公園《どうごこうえん》　国史跡《くにしせき》　湯築城跡《ゆづきじようあと》』と書いてある。中へ進んでみると、ブランコや滑り台などの遊具はなく、散歩などに向いている芝生の広場が遠くまでつづいていて、ときおり木造の小屋や、屋根のある休憩所のようなものがある。左手はちょっとしたお堀で、その向こうは小高い山になっている。

「この山の上に、十四世紀から十六世紀の後半かな、お城があったんだって。松山城みたいな石垣や天守閣はなくて、地形を生かした山城《やまじろ》と言われるものだったみたい。いま頂上には展望台があって、天気がよければ、海まで見えるの。この公園は、お城があった頃に、お武家さんたちのお屋敷とかがあった場所らしいのね。木造の小屋はそれを再現しているんだけど……父が子どもの頃は、ここは動物園だったんだって」

へええ……である。ちょっと見回しても、動物が飼育されていた痕跡はどこにもない。

「小さい頃、父はよくここへ散歩に連れてきてくれた。と言っても、ふだんはさぎのやにいなかったから、外国から帰ってきたときは、って意味ね。もういまと同じ公園になってたんだけど……この辺りにはオオサンショウウオがいたとか、お堀を越えた向こうにはトラがいて、あっちの土手にはバク……敷地の真ん中辺りには、巨大な鳥籠《とりかご》みたいな檻《おり》が据えられ、多くの種類の鳥が放されてたんだって。

　奥のほうは、遊園地みたいに乗り物が置かれて、おサルさんが運転する電車の乗り物もあったらしいの。そして、あれなんだけど……ヒナちゃんに見せたかったの」

こまきさんが指し示す前方には、芝生の原っぱの中に一本だけ、大きな木が立っていた。

幹は、大人二人が両手を伸ばせば、つなげそうなくらいだから、すごく太いとは言えないかもしれない。高さは五、六メートルくらい、それ以上かもしれないし、それより少し低いかもしれない……木に限らず、大きさとか高さって、数字に置き換えるのが難しい。だからこの木は「まあまあ大きく、まあまあ高い」って感じだった。

枝は上に向かって伸び、途中から左右に広がって、葉をつけているが、鬱蒼《うっそう》というほど茂ってはいない。まだちゃんと生きていますよ、と周囲に伝えている程度だ。

芝生が広がる中に一本だけ立っているせいもあり……この地に古くから生きている主《ぬし》、みたいな気がした。

「この木は、動物園だった頃から、この場所にあったんだって。父はこの木の下で遊んだり、お弁当を食べたりして、お気に入りだったけど、動物園が少し離れた砥部《とべ》町という場所に移って、ここが新たに公園として整備されたあとも、この木が残されているのを見て、前以上に好きになったみたい。外国の医療団に参加して、大変な経験を重ねていたから……変わらず生きている木を見て、ほっとしたのかもしれない」

こまきさんが、木の幹に優しくふれながら、ぐるっと木の周りを歩いていく。

雛歩も、そっと木の幹にふれてみた。ごつごつしているけれど、お年寄りの木だからか、表面の木の皮がぽろぽろこぼれ落ちそうでもある。

「ねえ、これ、おっぱいみたいじゃない？」

こまきさんが、木の幹がこぶ状にふくれている場所にふれながら言う。

その場所は、まっすぐな幹のラインからほどよく盛り上がり、中央に節みたいなものが丸い模様となっていて、

「わ、本当だ。おっぱいみたいですね……」

雛歩は感心して、木のこぶの側面を撫でた。

「父は、帰国するたび、公園に来て、この木に抱きついてた。このおっぱいみたいなこぶの脇に頬をくっつけて、ただいまかえりました、なんて話しかけてた」

雛歩には、こまきさんのお父さんの気持ちがわかる気がした。実際、抱きついて、話しかけたくなる木なのだ。

こまきさんが、両手を伸ばして、その木に抱きつく。雛歩もつられて抱きついてみた。ちょっと固いけど、でも……落ち着く。幹に耳をくっつけて、目を閉じる。

「ヒナちゃん」

と、いきなり聞こえたから、木から呼びかけられたかと思って、びっくりした。

目を開くと、こまきさんが木に抱きついたまま、雛歩を見ている。

「いまはね……わたしが毎日ジョギングのたび、この木に抱きついて、話しかけてるの」

何を話しかけてるんですか……雛歩は問いかけて、口をつぐんだ。

こまきさんは、きっと飛朗さんから聞いたのだろうと思う……自分たちの父親が行方不明だという話を、雛歩に聞かせたということを。

雛歩が事情を知っているから、この木を見せて、お父さんのことを話してくれたのだ。お父さんの好きな木に、いまはこまきさんが抱きついて、話しかけていることを……つまり、お父さんの無事を願いつづけているということを。

それが、雛歩が三人に打ち明けた話への、こまきさんの答えなんだ。ちゃんと聞いたよ、ヒナちゃんの話を聞き届けたよ、と、こまきさんは自分の秘密を語ることで、答えてくれたのだ。

こまきさんが、雛歩の手の上に、静かに手をのせてくれる。あったかい……雛歩は、こまきさんのぬくもりをもっと感じたくなって、手を握り返した。

34

雛歩は、こまきさんとジョギングをして、さぎのやへ戻った。こまきさんはかなりスピードをゆるめてくれたけれど、雛歩は息が切れ、足がふらついた。

「ずいぶんからだがなまってるんじゃない？　これから毎朝一緒にジョグしよう」

こまきさんの言葉は嬉しかった。でも、難しいです……だっていまから警察に自習に行かないといけなくて……って、あまりに息が乱れて、雛歩は伝えられなかった。

「ああ、おかえりなさい」

さぎのやの駐車場の前を通ったところで、イノさんに声をかけられた。

人力車も置いてあり、アキノリさんが車輪の点検をしながら、こちらに会釈をする。

「あっしらも、トレーニングを兼ねて一回りしてきたところですよ」

「おはようございます。ご苦労様です」

こまきさんはにつらつと挨拶するのに、雛歩は頭を下げるので精一杯だった。

「ああ、こいさん、大女将がお呼びですよ」

イノさんが雛歩に向かって言う。

え、わたし……雛歩は自分を指差した。コイって魚の？　がつがつ食べるからですか？

「タニザキですよ。タニザキの、書いた名作、ササメユキ」

え……八つ裂きの、かけた迷惑、笹団子……？

「あっしは本が好きでね、若い頃、まったく本を読む環境になくて、この年になって後悔してんですよ。知恵もつくし、人の情も深く知れやさ。本によると、京都や大阪の昔の家じゃ、上のお嬢さんはいとさん、末の娘はこいさんと呼ぶらしくてね。だから、こまきさんが、いとさん。雛歩さんが、こいさんってわけさね。

庭の奥のテントに行きなせえ。服が置いてあるから、着替えるようにと、大女将のおことづけだ。ささ、女将さんのはっぴは受け取りやしょう、ちゃんと渡しておきやす。どうぞ、こっちから、庭を通って行きなせえ」

イノさんの有無を言わせぬ調子に、問い返すこともできず……こまきさんにじゃあねと送られて、雛歩ははっぴをイノさんに渡すと、駐車場を抜けて、庭に出た。

そう言えば、昨夜、あめ湯を星見台まで持って行ったまま、鶏太郎さんには挨拶もしないでいた……と、雛歩は考えながら垣根のあいだを抜け、テントの前に来た。

星見台では、男の人と女の人のお嬢さんの話を聞くうち、胸がたまらなく痛くなり、倒れかけたところまでは覚えている。

あのとき、空の彼方から声が聞こえた気がした……雛歩に語りかけているようにも、男の人と女の人に語りかけているようにも思えた。めまいが去って、意識が戻ったとき、あのお二人が雛歩を抱きしめて泣いていた。

お二人の腕の中で、胸の痛みは去り、逆に温かいもので胸の内が満たされていた。お二人が全身をふるわせて泣いている姿を間近に見て、その涙が決してつらいものではなく、むしろお二人を癒していくようにも感じられたとき……雛歩もまたすべてを打ち明けよう、秘密を女将さんに聞いてもらおう、と思ったのだ。

「……おはようございます」

きっかけをくれた鶏太郎さんにもお礼を言わなきゃ、と思い、テントのドアを開けた。

テント内は、電灯は消えていたものの、二カ所にある天窓から日が差して、明るかった。光の一つが、床の一点を照らしている。

引き付けられるように上がってゆくと、純白の薄い着物があり、その下に赤というか緋色の着物、白い足袋《たび》、鼻緒《はなお》が赤いぞうりも置かれていた。

つまり、この服に着替えろ、ということだろうか。

コスプレの衣装みたい、と広げてみるうち……ごちゃごちゃ言わずに、早よ着替えなさい……と、まひわさんの声が聞こえた気がした。

びっくりして周りを見ても、テント内には誰もいない。ともかく着物を広げ、白い服が小袖みたいだから上、こっちがはかまみたいだから下、と考えながら身に着けた。足袋も、留め金が幾つもついていて面倒くさいが、とにかくはいて……これでいいのかどうか、テント内を見回した。

本棚とチェストが隅に置かれているが、鏡はない。テーブルも隅にやられている。テーブルの上には、お焼きが残っている。それを見ると、空腹をおぼえ、一つ頬張り、二つ頬張り、あめ湯もあったので、湯呑み茶碗に一杯、飲んだところで、

「着替えられましたか」

ドアの向こうから、感情のこもっていない冷たい響きの声がした。

どどどうしよう……喉にお焼きが詰まる。

「入ってもよろしいですか」

誰だかわかったけれど、お焼きが喉につかえて答えられなかった。

「もう少しかかりそうですか」

と問われたとき、ようやく喉にひっかかっていたお焼きが下に落ちて、

「あ、大丈夫……かどうか……でも、あの、どうぞ」

雛歩は、我ながら変な声で答えを返した。

サチオさんが姿を見せる。黒い薄手のニットに、黒のスリムなパンツを合わせているから、もともと細身なのに、さらにシャープな印象がある。頭にニット帽をやや後方にずらしてかぶっているのが、また決まっている。

サチオさんは、雛歩を見て、少し眉間《みけん》にしわを寄せ、

「ちょっと失礼」

と床に上がり、雛歩に近づいてきた。心臓が高鳴り、雛歩はつい顔を伏せた。

「はかまが、前と後ろ、逆ですね」

え、マジ……雛歩はびっくりして、赤いはかまを脱ごうとした。

サチオさんがとっさにくるりと背中を向けた。

あ、そうか……自分の振る舞いは、サチオさんを同性として見ているように思われたかもしれない。自分の間違いが恥ずかしくて、とっさにはき直そうとしただけなのだけれど……雛歩は、どうしようかと困りながら、はかまの前と後ろをはき直した。

「あの、すみません。急にはき直して……お目苦しいところを、お見せしました」

あれ、目目苦しいだっけ？　見見苦しい？

サチオさんが振り返る。わずかに表情が柔らかい。

よかった、怒ってない、かな……雛歩はほっとした。

サチオさんは、雛歩の着た白い小袖の肩口をぴんと伸ばし、広い袖を少し引っ張って整え、軽く肩を押して、後ろを向かせてから、

「ちょっとごめんね、腰のところにふれます」

と言って、雛歩のはかまをはいた腰回りに手を当て、締まり具合を調整してくれた。そのあと裾をくっくっと伸ばし、前を向いてくれる？　の声を受けて、前に向き直った雛歩のはかまの裾を伸ばし、張りをもたせてから、全身を確認する目で見た。

なんだか着付けの先生とか、スタイリストさんみたい……。

するとサチオさんは、腰の後ろに回していた、美容室の人が着けるようなポーチから櫛《くし》を取り、雛歩の髪を丁寧に梳《す》いて後ろに回し、きらきらした髪留めで留めてくれた。

「どうかな……自分でちょっと見てみてください」

と、やはり腰のポーチから手鏡を出し、雛歩のほうに向けてくれる。

雛歩は、恐る恐る鏡を見て……びっくりした。これって、巫女《みこ》さんじゃん……。

しかも、自分で言うのはダメだと思うけど……許してっ……ちょっとかわいいッス。

「どうですか」

サチオさんが訊く。さすがに思ったことは口にできなくて、

「あ、なんか……自分じゃないみたいで……」

「巫女さんですからね、自分じゃなくていいんです。でも、かわいいですよ」

げっ、マジで……気を失いそう。

「じゃあ、行きましょうか」

サチオさんが床からぞうりを取って、靴を脱いだ脇にそろえてくれる。

「え、あの、どこへ……」

雛歩は戸惑い、靴をはこうとしているサチオさんに尋ねた。

「大女将がお待ちですから」

あ、そうなんだ……まひわさんが求めていることには、従うしかない、という気になってしまい……雛歩は、サチオさんにつづいて、ぞうりをはいてテントを出た。

サチオさんが庭のほうへ歩いていく。その後をついて歩きながら、サチオさんのシャープな後ろ姿に見とれた。靴も黒で、靴下をはいていない足首の白さが際立つ。

腰のポーチから櫛が落ちそうに見え、あ、と手を伸ばしたところ、ちょっとつまずいて、サチオさんの背中にふれた。サチオさんが振り返る。

「あ、ごめんなさい……櫛が、腰の入れ物から落ちそうになってて」

「ああ、ありがとう」

サチオさんが、ポーチの中を整理する。黙っているのも気まずくて、

「あの、そういうお仕事とか、なさってるんですか」

「そういう、って？」

「えっと、スタイリストさんみたいなことです。あの、サチオさんって……」

わ、呼んじゃった……怒ってないかどうか、緊張した。でも、サチオさんは先を促す

ように雛歩を見ている。少なくとも怒ってないらしく、雛歩はつづけた。

「とってもオシャレだし、決まってるし、そういうお仕事の人、みたいだから……」

サチオさんが口もとをゆるめた。

おお、笑ったよ、笑ってくれましたよ……雛歩はほっとするとともに嬉しくなった。

「ありがとう。でもまだプロとして仕事をしているわけじゃありません。トミナガ先生のお仕事を手伝いながら、午後はデザインの学校に通ってるのと、土日に服飾メーカーでバイトをしながら勉強させてもらっているところです」

「あ……じゃあ、先々は、パラソル業界、とかへ進まれるんですか」

「もしかして、アパレル業界、のこと?」

ちぃー、またやらかしちゃいましたか……雛歩は顔から火が出る思いだった。

「決めてるわけじゃないですけど、デザインに興味があるし、スタイリスト的なことも面白いと思ってます。伝統衣装を現代風にアレンジして生かせたらって考えもあるし」

そのとき、ふっと思いついたことがあり……雛歩は思わず口に出していた。

「サチオさんは、きっとどこでも、よいお仕事をされます」

サチオさんが、ええ? と目を見開いた。

「わ、あの、すみません、勝手なこと。なんか突然そんなふうに思っちゃって……」

雛歩は慌てて謝った。

「……行きましょうか」

サチオさんが前を向いて、歩きだした。

怒っちゃったのかな、そりゃ、よく知りもしない人間に勝手なことを言われたら、怒っちゃうよな……雛歩は肩をすぼめて歩いた。

垣根からは出ず、まっすぐ奥へ向かう。草が茂り、木々の葉も行く手を隠しているが、人ひとり通れる小径《こみち》がある。ほどなく木で作られた腰高の柵に突き当たった。

サチオさんが柵の一部を押すと、向こう側に開く。抜けていくと、高い木々に囲まれた広々とした空間が広がっており、前方に小さな神社かお寺みたいな建物がある。

たぶん、おはくろ様と呼ばれる、白鷺神社だろう……と、雛歩は気がついた。

サチオさんが建物のほうへ進んでいく。雛歩は、澄んだ空気が流れている空間を心地よく感じながら、サチオさんにつづいた。

その建物は、床が高く組まれ、屋根は鳥が翼を広げたみたいに反っている。

全体の色は白で統一され、お賽銭箱も、ジャラジャラと鳴らす鈴も見当たらない。

「ぞうりを脱いで、正面の戸から中に入ってください。大女将が待ってます」

サチオさんが、木造りの階段の前で言った。

雛歩は、はいと答えて、ぞうりを脱ぎ、階段の上がり口に立った。

「雛歩さん」

サチオさんに呼ばれ、雛歩は振り向いた。

「嬉しかったですよ、さっきの言葉。きっとどこでも、よい仕事を……ってこと。ただの女の子じゃない、巫女さんに言ってもらったことですから、信じられます」

サチオさんが、初めて白い歯を見せてほほえんだ。

「飛朗さんの言う通りですね」

「え……」

「あなたには、ふだん人には言わないことまで話してしまう……無防備だからかな」

サチオさんは、また以前のクールな表情に戻り、くるりと背中を向けて、出てきた柵の戸のところから、さぎのやの庭へと戻っていった。

え、あの、無防備というのは、おつむが少々足りない、ということを遠回しに言ったのでしょうか……。ま、仕方ないよね、アパレルを、パラソルだもん……雛歩はあらためて恥ずかしく思いながら、階段をのぼりきり、

「……あの、失礼します」

と、声をかけて、正面の戸を横に引き開けた。

あっ、と小さな叫び声が、雛歩の耳に飛び込んできた。

35

雛歩は、建物の中に入り、声の聞こえた左側を見た。

あっ、と今度は雛歩が口の中で小さな声を発した。

昨夜、星見台にいた男の人と女の人が、歩き遍路の白装束姿で、笠と杖とリュックなどを脇に置き、板張りの床の上に正座している。

「戸を閉めて、こちらにお座り」

正面に、巫女の装束を着け、銀色の髪を結い上げた、まひわさんが座っている。

そう言えば、初めてまひわさんを見たとき、こんな格好をしていたのを思い出す。

雛歩は戸を閉めて、まひわさんから示された、正面向かって右手の壁の前に正座した。板張りだから、冷たいし痛いけど、顔に出ないようにこらえた。

男の人と女の人と向かい合う。二人は、いまにも泣きだしそうな表情でありながら、嬉しそうにほほえんでもいる。目には光るものが見えた。

「お二人は、五十一番札所の石手寺に向かう途中で、調子を崩されて、さぎのやに来られた。これから残りの札所を、お礼をしながら、歩いて回られるそうぞな」

まひわさんが、雛歩に向かって言う。

すると、女の人が崩れるように、床に手をつき、

「ありがとう……ありがとうございました……」

と、雛歩に向かって、床に額がつくほど頭を下げた。

「本当に、ありがとうございました」

男の人も、床に手をつき、雛歩に向かって頭を下げる。

あ、えっと、ななななんのことでしょうか……雛歩は、戸惑い、困って、お二人からま

ひわさんのほうへ、救いを求めて目を移した。

まひわさんが首を横に振る。何も言うな、何もするな、と言われている気がした。

「いまからおまえは、お二人を、石手寺まで送っておいでなさい」

え……送って、おいも野菜？　雛歩はまひわさんに目で問う。

まひわさんが、かすかに顔をしかめた。

違う、おいも野菜じゃない。送っておいで、おいでなさいじゃ、ばかたれが……と言われている気がした。

雛歩がいま閉めたばかりの戸が、静かに引かれた。イノさんが、神妙な顔で向こう側に正座している。まひわさんが、雛歩にうなずく。

早よ行きなさい、と言われている気がして、雛歩は立ち上がった。足の痛みから解放されたのはよかったが……あの、でもわたしは、いまから警察に行かないといけないわけで……と、まひわさんを見た。

「しっかり、送っておあげなさい」

え……送って、お揚げ野菜？

違う、送っておあげ、おあげなさいじゃ、ばかたれが……。

まひわさんとの無言の問答のあと、雛歩はイノさんのほうへ進んだ。

イノさんは先に階段を下り、雛歩のぞうりをそろえてくれる。すぐそばに人力車が止まっているのに気がついた。イノさんが、雛歩に左手を差し出す。戸惑いながら右手を渡すと、人力車の脇の踏み台に足を乗せるよう求められ、座席に導かれた。

「上げますから、両側の肘掛けをしっかり握っててください」

人力車を引く位置にいるのは、アキノリさんだ。黒い上下の服に、さぎのやのはっぴを羽織り、額に藍色の鉢巻きをしている。

雛歩が肘掛けを握ると、アキノリさんがかじ棒を取って、慎重な気づかいを見せながら、人力車を引ける形に起こした。

「では、お二人様、お先にどうぞ」

イノさんが言う。

歩き遍路姿の男の人と女の人とが、笠をかぶり、リュックを背負い、杖を突いて、人力車の前に出た。彼らは、雛歩をいったん見つめ、静かに頭を下げた。

あ、どうも……と、雛歩は頭を下げ返した。

お二人が前に向き直って、足を踏み出す。そのあとに従うように、人力車も動き出した。ほとんど揺れることなく進みはじめたことに、雛歩は軽い驚きをおぼえた。

人力車に乗るのは初めてだった。もっと揺れたり弾んだりするのかと想像していたのに、空飛ぶ絨毯《じゅうたん》に乗ったみたいな、すううっと空中に浮かんだ状態で移動していく感覚は、不思議な体験だった。

前を歩くお二人に合わせていることもあり、緊張を解いて、座席にからだをもたれさせた。すると、空中を移動してゆく心地よさがもっと身の内に広がってくる。

アキノリさんが、こちらに横顔を向けた。ほんの少しうなずいたように見える。

「乗ってる人がリラックスすると、引くほうも楽になるんですよ」

すぐ隣から声が聞こえた。イノさんが人力車に寄り添って歩いている。

一緒に石手寺まで行くのだろうか……尋ねようとしたら、イノさんは左手に持った太い杖を地面についた。

杖の上部に取り付けられている複数の金属製の輪が、弾みでぶつかり合って、チャリーンと涼やかな音を響かせる。美しい音色だけど、なんの合図だろう。イノさんは平然と歩き、アキノリさんも静かに人力車を引き、前を行くお二人も振り返ることはない。ほどなく参道を出て、道後温泉駅が見えてくる。歩き遍路のお二人は一歩一歩丁寧に歩いていき、人力車はそれにつづき、イノさんは間隔を置いてチャリーンと金属の輪を鳴らす。

観光客だけでなく、一般の通行人も、音に気づいて、雛歩たちのほうを振り返る。なかにははっきりと雛歩を指差し、写真を撮ろうとする人もいた。

まるで何かの行事みたいで、雛歩は恥ずかしくなった。大体どうして巫女さんの格好をさせられたのだろう……お見送りなら、ジーンズとシャツでもよかったはずだ。

また観光客が雛歩にスマホを向ける。雛歩は顔を手で隠そうとして、指先が髪留めに当たった。ふっとサチオさんのことが思い出された。サチオさんの言葉が心に残っている。感謝されたような、ほめられたような、でも不思議にも聞こえた言葉……。

〈嬉しかったですよ、さっきの言葉。きっとどこでも、よい仕事を……ってこと。ただの女の子じゃない、巫女さんに言ってもらったことですから、信じられます〉

ただの女の子ではなく、巫女さんに言われたことだから信じられる……という言葉の意味を考えながら、雛歩は前を行くお二人の後ろ姿を見た。

星見台で、お二人から、お嬢さんのお話を聞いたあとの記憶は飛んでいる。けれど……雛歩はお二人に対し、何か話したのかもしれない。

少し前だけど……さぎのやの玄関先で、女性のお遍路さんのご両親に関する悲しい話を聞いた。そのあと雛歩は、女性に何か話したらしい。のちに、彼女が雛歩が口にした言葉に感謝している、と伝えられた。

だから、雛歩には記憶はなくても、星見台でお二人に何かを話した可能性はある。そのことと、巫女さんの格好をしていることには、関係があるのかもしれない。

まさにサチオさんが口にした、〈ただの女の子じゃない、巫女さんに言ってもらったことですから、信じられます〉という意味合いで。

勘違いかもしれない。でも、もしもこの格好をしていることが、雛歩と同い年のお嬢さんを亡くしたご両親にとって、何かしら意味があるのなら……意味があると、まひわさんだか、女将さんだかが考えているのなら……ちゃんと引き受けるべきだと思った。

雛歩は、顔から手を離し、座席の上で背筋を伸ばし、まっすぐ前を見つめた。

チャリーンと鳴る音が、青い空へと抜けていく。

36

石手寺の前で、アキノリさんの手を借りて、雛歩は人力車から降りた。

歩き遍路姿のお二人は、すでに人力車の前で、雛歩を待っていた。

「本当に本当に、ありがとうございました」

女の人が深く頭を下げた。上げた顔は涙に濡れながらも、笑みを浮かべており、

「あなたのおかげで、娘と歩いている気がしました」

「そう……すぐ後ろにね、娘がいる……娘が見ていると、感じていましたよ」

男の人が言った。彼は、目尻から流れる涙を手のひらでぬぐい、

「まさに同行二人《どうぎょうににん》です。本来は、お大師《だいし》さんと共に行く旅、という意味でしょうが
……わたしたちには、娘と共にです。これからも、娘と一緒に歩いていきますよ」

「ええ、そう。娘と、一緒に生きていきますね。三人で、これからも一緒に」

男の人と女の人とが、力強くうなずくのを見て、雛歩は泣きたくなった。

でも自分はいま巫女さんなのだと思って、懸命にこらえて、うなずいた。

お二人が、もう一度頭を下げて、参道に向かって歩いてゆく。

しばらく見送るうち、イノさんが、雛歩に白い手ぬぐいを差し出した。

あ、涙を拭けってことですか……雛歩が受け取ると、イノさんが自分の鼻を指し、

「はなみず……出てやすから、チンとおかみなさい。構いやせんから」

すみましぇん……雛歩は、申し訳なさと恥ずかしさを感じながら、手ぬぐいを鼻に当てた。

「いつまでも　忘れじ秋の　この旅を」

イノさんが、参道のほうを見ながら言う。

俳句だろうか……雛歩の心にチャリーンと響いてくるものがあった。

「極めるに、寺などのお堂、と書いて、極堂《きよくどう》。柳原《やなぎはら》極堂さん。子規さんと同い年の親友であり、子規さんが亡くなったあとも、彼の仕事を後世に残すように努めた、心の美しいお人の句です」

その人の名前も、俳句も聞いたことはないけれど……いまお別れしたお二人と一緒に、ここまで歩いた旅のことを考えると、「いつまでも忘れじ、この旅を……」と思う。

もとの俳句は、何に対して詠まれたものだろう……極堂さんは、子規さんと、一生の思い出になるような素敵な旅をしたのかもしれない。事実はわからないけれど……きっとそのこととは関係ないところで、人々の暮らしの中で息づいていく句とか、言葉というものがあるんだろう。

とすれば、短くて、簡単な言葉の並びなのに、俳句って、すごい、と感じる。

ふだん使っているからわからないけれど、言葉の持っている力って、実は特別なのかもしれない。

「極堂さんでもう一句。『湯の町の　見えて石手へ　遍路道』。さ、帰りやしょうか」

イノさんの言葉を受けて、アキノリさんが踏み台を用意し、雛歩に手を差し出す。

彼女が、座席に腰を落ち着けたところで、

「さあて、こいさん」

と、イノさんが呼びかけた。

こいさん？　八つ裂きの、かけた迷惑、笹団子……いや、きっと違う。さっきの言葉への思いと合わせ、もっと勉強しなきゃ、という意思が、雛歩の中に芽生えてきた。

「どうです、帰りは一気に飛ばしやせんか。気持ちがスカッとしやすぜ」

あ、飛ばすって、つまり走るってこと？　でもアキノリさんが大変なんじゃないかなあ、でも、警察へ自習したら、たぶん二度と人力車には乗れないだろう……。

……雛歩は、かじ棒を握っているアキノリさんの背中を見た。

「アキにもいいトレーニングだ。どうです、怖ければ、ゆっくり歩くのでいいんですよ」

「……スカッと、で、お願いできますか」

雛歩は、まだ鼻のところに手ぬぐいを当てたままで答えた。

「そうこなくっちゃ。あっしもすぐ後ろをついていきやすからね」

チャリーンと鳴る金属製の輪は、杖の先端ごと取り外し可能だったのか、いつのまにかなくなり、白木の杖だけをイノさんは手にしている。

「では、よろしいですか」

アキノリさんが雛歩を振り返る。低いけれど、繊細な心づかいを感じさせる声だった。

「はい」

雛歩は、手ぬぐいを膝に置き、両手で肘掛けをしっかり握った。

「よし、アキ、後ろは車は来てねえ。おまえの都合で出な」

アキノリさんが、からだを前に傾け、大きく息を吸って、背中がふくらんだかと思うと、すうっと息を吐くのに合わせて、雛歩は前に運ばれていくのを感じた。

一歩、二歩、と最初のときと同じ慎重な足の運びだったが、三歩、四歩と、アキノリさんは飛び跳ねるように足を浮かして車を引いていく。雛歩のからだが揺れることはない。

アキノリさんの後ろ姿を見る限り、懸命に走っている様子はなかった。なのに人力車のスピードはどんどん上がってゆく。

うわああ、飛んでるよ、わたし飛んでる……。

雛歩は、からだが宙に浮かんだまま、風を切って進んでゆく自分の状態に興奮した。肘掛けをつかむために両手を斜め下に広げている様子が、翼を広げ、滑空《かっくう》しているみたいに感じられる。小袖の袖口から風が入り、袖が後ろに流れて、はたはたと鳴るのが、さらに鳥の飛翔を想像させる。

鳥だ……鷺だ……飛べー、飛べーっ、飛んでいけーっ。

心の叫びが届いたのか、アキノリさんの足が宙に浮かんだ。

人力車の車体がふわりと浮く。風の階段を駆け上がり、宙を翔《かけ》てゆく。

いきなり道後の町が眼下に広がった。

道後温泉本館が見下ろせる。壮麗な建物の上を飛び、松山城が自分と同じ目の高さになる。松山市街のずっと先、キラキラ光る海まで見渡せる。

はるか彼方だった青い空が近くなり、太陽の光に目がくらむ。

人力車は風に乗って、道後公園の鳩たちと並んで滑空していく。鳩にいざなわれるように、こまきさんと一緒に抱きついた大きな木の周囲をぐるりと回る。

ポーッと汽笛に似た音を耳にして、坊っちゃん列車を追いかけ、車内のお遍路さんに手を振りながら飛んでゆく……。

「こいさん……こいさん……ここが、子規記念博物館でやすよ」

イノさんの声がして、雛歩はいつのまにか閉じていたまぶたを開いた。

人力車は地上に止まっている。駐車場らしい広い敷地の中にいて、目の前に四階か五階建ての大きい建物がある。入口脇に、博物館だというこの建物のシンボルのように、とっても大きい垂れ幕が下がっており、そこに流れるように字が書かれている。

『遊ぶ子の　ひとり帰るや　秋のくれ　子規』

あ……雛歩は、自分のいまの状況と思い合わせ、その句に心が添うのを感じた。

実際の句は、子規さんが、秋の夕暮れにひとりで帰っていく子どもを見て、ほほえましく思って詠んだのかもしれない。でも、遊びの時間が終わって、ひとりになってしまった寂しさも感じる。一方で、子どもには、帰っていける家があるだろう。家に帰ったら、家族が待っているだろう。寂しさの向こうに、そんな温かさも感じられる。

待っている人がいるという信頼によって、遊びの楽しさを思い出しながら帰る時間もまた、いとおしく思えてくる。

「さあて、さぎのやは、もうそこだ」

人力車が静かに動き……雛歩が、楽しく遊んだあと、温かい家へと帰る時間のいとおしさを、しみじみと胸に抱えているあいだに、さぎのやの玄関前に着いていた。

「どうです。スカッとしやしたか」

イノさんが、雛歩に手を差しのべながら尋ねる。

「はい。ありがとうございました……いい思い出ができました」

心からの想いだった。最後に、とっても素敵な思い出を作ってもらえた。

アキノリさんにも、ありがとうございました、と頭を下げる。

アキノリさんは、額の鉢巻きを取って、いや全然、というように顔の前で手を振った。

「手ぬぐい……洗って、お返ししたいんですけど」

イノさんに言う。それができる時間がないかもしれない。

そのとき、あっ、と思い出した。

伯父の家から逃げるとき、小さな畑の脇で、手ぬぐいを二枚お借りして、傷ついた足に巻いた。盗むつもりはなく、お借りするだけ、きっとお返しにあがろうと思っていたのに……それも叶いそうにない。申し訳ありません、と心で謝る。

「いいや、気にするにはおよばねえ。手ぬぐいはこっちへ。ささ、お上がりなさい」

イノさんは、雛歩の手からさっと手ぬぐいを取って、さぎのやの玄関へ雛歩を導いた。

すると先に向こうから玄関戸が開き、マリアさんが顔を見せた。

「ああ、ようようお帰りになられたかな。さっきから警察の方がお待ちぞなもし」

37

ついに来た……雛歩は、怖いよりも、ほっとした。

こちらから出向くのは、やっぱり恐怖が先に立ち、勇気を出すための勇気が必要だった。相手が来てくれたことで気が楽になり、いっそはればれとした気持ちで玄関に入り、

「ただいま帰りました」

と、奥に向かって声をかけ、ぞうりを脱いだ。

「雛歩ちゃん」

女将さんに広間から呼ばれる。

女将さんはテーブルの前に正座しており、その隣には飛朗さんの姿が見える。彼は着替えたらしく、立派なスーツを着ていた。

雛歩は広間に進んだ。女将さんたちとテーブルをはさんで向かい合わせとなる場所に、

中年の背広姿の男性が座って、何やら食べている。どうやら鍋焼きうどんらしい。うどんの脇には、いなり寿司ののった皿もある。

「雛歩ちゃん、ここに座って」

女将さんが、隣の空いている座布団を示した。雛歩は素直に従った。

「コサカさん、この子です」

女将さんが、向かいの男性に声をかける。

「ほいほい」

男性が箸を置き、テーブルに置いてある眼鏡を掛けた。うどんを食べるとき曇るので、外していたらしい。警察官というより、人のいい電器店のオジサン、といった雰囲気だ。

「あら、愛らしい巫女さんじゃがね。どうしたん、何かお祭りの準備？」

「大女将が、おはくろ様で用があったものですから」

女将さんは相手に答えてから、「雛歩ちゃん。この方は愛媛県警、生活安全部のコサカさん。さぎのやが、いつも大変お世話になっているの」

「ハハ、やめてやめて。先祖代々、さぎのやさんにお世話になっとるのは、こっちですよ……それにね、いまは平日のお昼は毎日、さぎのやさんで食べさせてもらいよるんよ」

と、コサカさんは、あとの言葉は雛歩に向かって言った。

「いや、ショウコさんの料理がおいしゅうてね。今日の鍋焼きも甘いダシが絶品。こっちのいなり寿司には、みかんの果汁が混じっておってね、詰めてある酢飯がみかん色なんよ」

コサカさんは、ぱくり、と、いなり寿司をかじって、残りを雛歩のほうに見せた。

本当だ……中が、みかん色をしている。

「雛歩ちゃん。あなたの名前をコサカさんに伝えて、捜索をお願いする届けが出ていないか、調べていただいたの。そこからわかったことだけど……よく聞いてね」

女将さんが、まっすぐ雛歩のほうに向き直る。飛朗さんも神妙な顔で雛歩を見つめている。

死刑でしょうか……それとも……雛歩は背筋を伸ばして、宣告の言葉を待った。

「あなたは、誰も死なせてはいません」

え……。

「あなたが話してくれた、おじいさん……いまも元気でいらっしゃるそうです」

「頭の後ろにちょこっと怪我をしとったけど、とっくに良うなって、たんこぶもへっこんどるらしいよ。本人は、なんにも覚えてないらしいしね」

コサカさんが言って、またいなり寿司をかじってから、話をつづけた。

「あなたがご親戚の家を出た日、伯母さんがたまたま用事があって車で帰宅したおり、林の中へ入っていくあなたを見たそうやけど……覚えがある？」

あ……確かに伯母の運転する車を見て、とっさに雑木林の中に身を隠したけれど、見られてたんだ……雛歩は小さくうなずいた。

「伯母さんが家に帰ると、おじいさんが転んどる。怪我は大したことなかった。それじゃあ、あなたはどうして雑木林の中へ入っていったのか……ご親戚は、あなたが誰かを呼びにいったか、動転して発作的に飛び出したのか、よくわからないが、ともかくすぐに帰ってくると思うておったらしい。

　日が落ちても帰ってこないので、周囲を捜し、朝も捜したけど見つからん。であれば、意図的な家出かと考えて、介護を押しつけていたことの外聞《がいぶん》の悪さもあったのかな……一日、二日は様子を見ることにしたみたいよ。どうせ行く場所もなし、じきに帰ってくるやろと思うてね。

　けど、三日経っても帰ってこん。知り合いの警察官に相談したところ、十五歳の子が自分で出ていったのなら、警察もすぐには捜索しないだろうけれども……繁華街で保護されることもあるし、ひとまず届けは出しておきなさいと言われて、ようよう出したのが昨日だったらしい。

　で、今朝、女将さんに相談されて、わしのほうから問い合わせてみたら、ドンピシャでね。担当しておる署に後輩がおるんで、ご親戚のところへ足を運んで、詳しく話を聞いてもらった。おじいさんは元気やし、あなたが安全な場所に保護されておると聞いて、ご親戚も安心されとるよ」

　雛歩は、頭が混乱して、話がまだよく理解できず、女将さんを見て、飛朗さんを見て、コサカさんを見て、また女将さんに目を戻した。

「でも……あの……おじいさんは、息を、してなくて……」

「雛歩ちゃんは、動揺してたから、はっきり確認できなかったんじゃないかな」

飛朗さんが、雛歩の顔をのぞき込むようにして言った。そのあと彼は、コサカさんを見て、

「おじいさんの怪我の件で、雛歩ちゃんに問題となるようなことはありませんよね？」

コサカさんは、ちょうどいなり寿司を頬張っていて、箸を顔の前で左右に振った。ようやく口の中のものを飲み込んで、

「ご親戚は、おじいさんは自分で転んだと思ってたくらいで、いまさら大ごとにする気はないし、むしろおじいさんのことを押し付けて、悪かったとおっしゃっとる。突き飛ばしたという話やけど、事情が事情やしね。家庭内で話し合うのが最善でしょう」

女将さんの手が、雛歩の肩に置かれた。

「なので、いまからご親戚のお宅へ帰りましょう。わたしが送っていきます。飛朗さんもついてきてくれるそうです」

「法律的な面とか、アドバイスできるかもしれないしね」

飛朗さんが言葉を添えた。

わたしは、人を殺していなかった……それを知ったのに、心は少しもはれない。

おじいさんが生きていたのはよかった。自分が罪になるかどうかは関係なく、元気だというのは、とっても嬉しい……けど、いま自分が心の底から願っているのは……。

雛歩は顔を起こし、女将さんの美しく澄んだ目を見つめた。

その目の向こうに、さぎのやがある。人々の笑顔と、泣き顔があり、すべてを包み込む温泉みたいなぬくもりがある。

死刑になったっていいのだ、と、雛歩は思った。

長く刑務所に入れられたっていいのだ……もしも、もしも、許されるのなら……。

雛歩は、畳に手をついて、頭を下げた。

「ここに置いてください。さぎのやにいさせてください。なんでもします。どんなことでも我慢します。だから、ここにいることを許してください。お願いします」

畳に額を押しつける。目から涙がこぼれる。畳を汚したら申し訳ないと思い、手を組んで、甲の上に顔を押しつける。許しの言葉をもらうまで動かないつもりだった。

不意に、うどんをすする音が聞こえた。

「みぃんな、そう思うんよなぁ、女将さん」

コサカさんの声だ。「みぃんな、そうじゃろ。ショウコさんも、マリアさんも、カリンさんも、イノさんも、アキノリも……よそから、つらい想いを抱えてここへ来て、さぎのやに救われて、この先もずっとここにおりたい、と申し出たんじゃったなあ」

そうなんですか……雛歩は頭を下げたまま、ショウコさん、マリアさん、カリンさん、イノさん、アキノリさんたちの笑顔を思い出した。

みんな、実はつらい経験を抱えて、ここへ来た人たちだった……でもいまは、とっても素敵な笑顔を見せてくれている……。

「前にここにおった人たちも、そうじゃったねえ……さぎのやの席を次の人に空けるために、しばらくしたら卒業するように出てはいくけど、近くのクリニックや保育園やデイケアや、ホテルや旅館で働いて、ずうっとそばにおる。みぃんな、気持ちは同じよ。少しでもさぎのやで過ごしたら、前の場所にはもう戻りたくない、いつまでもさぎのやに置いてほしいと思う……。

わしもな、定年になったら、本当はここに置いてほしい。家庭があるから、そうもいかんだけでね……この愛らしい巫女さんの気持ちは、痛いほどようわかるよ」

雛歩は、両肩にぬくもりを感じた。女将さんの手だと、いままでの感触からわかる。

「雛歩ちゃん、頭を上げて」

いやいやと首を横に振る。置いてくれる許しをもらうまでは、決して動かない。

女将さんの柔らかい吐息が聞こえ、背中を撫でられるのを、雛歩は感じた。

38

翌朝は、厚い雲が低く垂れこめ、いまにも一雨きそうな肌寒い日だった。

雛歩は、ジーンズをはき、シャツの上にカーディガンを羽織って、道後温泉駅の正面となる、放生園《ほうじょうえん》という広場の中にいた。立ったまま、大きな時計台「坊っちゃんカラクリ時計」を見上げている。

　このカラクリ時計は、道後温泉本館の最上部にある振鷺閣《しんろかく》という、時間を知らせる太鼓を吊り下げた、やぐらみたいな建造物をモデルにしているらしい。松山城を思わせる石垣の上に、二層の建物がのっかる形になっている。

　時計台中央の文字盤の針が、八時ちょうどを指した。雛歩の周囲にも、幾組かの観光客が立っており、何が起きるのか、と期待しながら時計台を見守っている。

　太鼓を打つような音が時計台の中から響き、屋根の部分がせり上がってきた。せり上がった層の内部に、太鼓を打つ姿の人形が見えてくる。すると中央の文字盤がくるりと回転して、赤いはかまをはいた女性の人形が現れた。

あ、これが話に聞いていた、明治時代のカステラな髪型をした、ドナドナさんだ……と雛歩は思った。隣に立っていた観光客らしいカップルの女性のほうが、

「あ、ハイカラな髪にしてるから、あれがマドンナだね」

　と、男の人に話している。

え、ドナドナじゃなくて……。雛歩は、転校先の中学校で『坊っちゃん』を読まされたのに、自分の置かれた環境も影響して、坊っちゃんと、ある特定の人物とのやり取り、そして、坊っちゃんが地元の人を悪く言ってることしか覚えていなかった。

　軽快な音楽に合わせて、一番下の層がせり上がり、温泉につかっている人形が現れた。かと思うと、その上の層に、若い男の人とお婆さんらしい女性の人形が現れた。

あれはもう間違いなく坊っちゃんでしょ……さすがに雛歩にもわかった。記憶に残っている、彼とある人物とのやり取りというのは、まさにあのお婆さんとのことだ。

あのお婆さんは、坊っちゃんが呆れるくらい、坊っちゃんに親切で、何をしても受け入れてくれるのだ。だから坊っちゃんは、松山で先生をしていたけれど、いやなことがあったから早々にやめて、このお婆さんのもとへ帰っていく。

そのときの、坊っちゃんとお婆さんが再会した場面が、文章は短いのに……寒さに凍える手を、温かい手でぎゅうっと握ってもらったような感じで、心に残った。坊っちゃんは、なんだかずっとエラソーにしてて好きではなかったけれど、お婆さんへの愛情は本物だと感じた。

いま雛歩は、さぎのやでの数日を経験して、坊っちゃんにとって、あのお婆さんが、「帰る場所」だったんだ、と思い至った。

誰にだって、帰る場所は必要なんだ……多くの人から叱られたり非難されたりしたって、そのまんまで受け止めてくれる人が一人でもいれば、生きていける……そんな人がいてくれる場所が一番大切なんだ……。

雛歩には読んだ当時はわからなかったけど、もしも漱石さんがそのことを書いていたのだとしたら……やっぱり大した人なんだなぁと思う。

でも、どうして漱石さんは、さぎのやのことを書かなかったんだろう。

イノさんの口上だと、親友の子規さんと同時に、さぎのやの当時の女将さんを好きになったらしい。それが真実かどうかはわからないけれど、松山に来たのなら、さぎのやのことは知ったに違いない。

もしかしたら、当時の女将さんに振られちゃったのかな……だから、さぎのやのことは書かず、松山の人のことを少し意地悪く書いたのかな……でも、あのお婆さんは、ある意味で、さぎのやだって気もしてくる……あのお婆さんに「帰る場所」の想いを託したのかもしれない。

周囲で人の動く気配がした。雛歩が顔を上げると、時計台のカラクリ人形がすうっと引っ込み、せり上がっていた層も元へ戻っていくところだった。

終わったんだ、いけないいっ……雛歩はとっさに後ろを振り返った。

駅までの空間が見通せて、本来彼女が待っていたものの姿はまだ見られない。

午前八時から一時間ごとにカラクリが動くから、バスが到着するまで、放生園でカラクリ時計を見学してくれれば、と女将さんに勧められていた。

時計台の時間をふたたび確かめる。予定の時間には、まだ五分早い。

雛歩は、駅の横手にあるバスターミナルへ進んだ。ベンチに座り、バスが来る方角に目をやったまま、昨日のことを、嚙みしめるように思い返した。

昨日の午後、雛歩は、女将さんと飛朗さんと一緒に伯父の家へ行った。

飛朗さんがワゴン車を運転してくれて、雛歩は後ろの席で女将さんにずっと手を握ってもらっていた。

古い家の居間に、伯父と伯母とおばあさんが待っていた。二人の子どもは部活で学校へ出ており、おじいさんは、家から車で二十分のデイケアセンターに行っていた。

おじいさんは急に素直になって、他人の介助を受け入れるようになったのだと、伯母が話した。

コサカさんを通じて、地元の警察から連絡が行っていたこともあり、話し合いはすんなりと進んだ。

まず最初に雛歩が、おじいさんを怪我させ、家を飛び出したまま、心配をかけつづけていたことを謝った。合わせて女将さんも、長く連絡をせずにいたことを謝った。

伯父たち三人はそれぞれ、とんでもない、と手や首を横に振り、女将さんと飛朗さんに、雛歩を保護してくれたことへの感謝を述べた。

さらに伯父は、自分の病気などの事情があったにせよ、雛歩に家事や介護を押しつけてしまったことがすべての原因だと、女将さんたちだけでなく、雛歩にも、つらい想いをさせたね、と頭を下げてくれた。

「しかし、まさか道後のさぎのやさんで、お世話になっておったとは……驚くやら、ほっとするやらでして……」

伯父たちは、さぎのやのことをよく知っていた。「道後のさぎのや」と言えば歴史が長いだけに、有名なお遍路宿として、地元の人なら少なくとも耳にしたことがあるらしい。

加えて、おばあさんと伯母は、先代の女将、千鶴さんのことを直接知っていた。

おばあさんは松山出身だが、おじいさんと結婚して、しばらく香川県高松市に住んでいたらしい。まだ二十代だったおばあさんは、当時四歳の伯母を連れて、松山に里帰りした。道後温泉に入ったあと、石手寺を参拝しているとき、伯母が迷子になった。たまたま居合わせたのが、二十代の千鶴さんだった。

千鶴さんは、境内《けいだい》から外れた山の奥に入っていた伯母を見つけて、おんぶをして下りてきた。伯母が少し怪我をしていたので、さぎのやの人力車におばあさんと伯母を乗せ、近くの医院まで運んでくれた。トミナガという、当時若かった医師の名前も、おばあさんは覚えていた。

「娘だけでなく、この子まで、さぎのやさんに助けられるなんてねぇ……」

と、おばあさんは、しんみりとした声で言った。

話が一段落したところで、雛歩はあらためて今回の件を謝罪し、いままでお世話になったことのお礼を述べたあと、これからは、さぎのやで暮らしたい、と申し出た。

もともと言葉が上手ではないから、うまく伝えきれず、伯父たちも困惑していたところ、女将さんが、差し出がましいのですが……と、冷静に経過から説明してくれた上で、

「雛歩ちゃんが、さぎのやを気に入ってくれただけでなく、さぎのやの者もみな、雛歩ちゃんのことが大好きになったのです。短い時間でしたけれど、うちの仕事を、誰にも

真似のできない心づかいで、手伝ってくれました。もしも雛歩ちゃんがしばらくさぎのやにいてくれるのなら、わたしたちにとっても大変嬉しいことです。学校も歩いて通える距離にありますし、責任を持ってお預かりいたします」

「彼女のための部屋も、すぐに空く予定なんですよ」

飛朗さんが言い添えてくれた。

彼はじきに研修所の寮に戻るが、正式な弁護士になって松山に帰ってきたら、別に部屋を借りるつもりだったから、自分の部屋を雛歩に使ってほしい……と、これは伯父の家に行くまでの車の中で話してくれていた。

伯父たちの表情も応答も、否定的なものではなかったが、なお戸惑っている様子で、

「いや、もちろん有り難いお話なのですが、有り難過ぎるというか、そんなにご面倒をおかけしていいものやら。わたくしどもも、あまりに甘え過ぎに思えて。なにしろ、学校だけでなく、いろいろかかりますでしょ……あの、育ち盛りですし……」

伯父の当然の困惑と疑問に対して、女将さんが答えようとする前に、雛歩は腰を後ろにずらして、両手を畳につき、さぎのやで申し出ていたことを繰り返した。

「さぎのやで、いろいろお手伝いをします。お掃除、お洗濯、お皿を洗ったり片付けたり、泊まられた方々のお布団を干したり、お庭もきれいにしたり……できる限りのことをして、皆さんのお役に立てるようにします、置いて良かったと思われるようにします。だからお願いします、さぎのやで暮らすことを許してください」

さぎのやへの信頼もあり、伯父たちは、雛歩がそこまで言い、女将さんたちも受け入れてくださるのなら、と承知した。ただし……、

「やはり、雛歩に一番近い者の許しも必要だろう」

雛歩の兄のことだった。

伯父たちは、行方不明の届けを出した時点で、自衛隊にいる兄に連絡していた。

兄は、訓練中だったため、すぐには動けず、雛歩が伯父たちを訪ねた日にようやく許可をもらって、所属する部隊を離れた。経済的な理由で、いったん東京へ出たあと、深夜の高速バスで松山へ向かう予定だという。なので、道後温泉駅のバスターミナルで降りれば、そこで雛歩が待っていることを伝えた。


低く太いクラクションの音が響き、雛歩は顔を起こした。

前方で、鮮やかなオレンジ色をした大型バスが、行く手をふさいでいる乗用車に注意を促したところらしい。雛歩はベンチから立った。

バスがスピードを落とし、大回りにカーブして、バスターミナルに到着する。

前方の扉が開くと同時に、紫紺《しこん》のスラックスに半袖の白いシャツを着て、警察官みたいな制帽をかぶった人が飛び出してきた。

雛歩は慌てて横によけた。次には、太った軽装の男性、女子大生風の二人連れ、とつづいてくる。

雛歩の兄はわりとせっかちで、電車でもバスでも、駅や停留所が近づくと、座席を立って扉の前に進み、到着して扉が開くと同時に、外へ飛び出すのが常だった。

このバスに乗っていないのかな……と、扉の脇から車内をのぞいていると、

「ヒナ、雛歩、何やってんだ」

背後から呼びかけられた。

兄の声に間違いなく、振り返ると、一番先に降りた男の人が雛歩のほうを見ている。その人が、手のバッグを下に置き、目深《まぶか》にかぶった制帽を取る。坊主刈りにした、兄の鹿雄《しかお》の見慣れた笑顔が現れた。

「えー、お兄ちゃん？　その髪、それにその格好……なんなの、コスプレ？」

「ばか、規則で短くしてるだけだ」

鹿雄は、降りてくるほかの乗客の邪魔にならないところへ雛歩を誘いながら、

「これは隊の制服だ。ちゃんとした格好じゃないと、外出が許されない。見てろ」

と言って、制帽をかぶり直し、気をつけの姿勢を取って、敬礼をしてみせた。シャツの胸元と肩口に付けてある、職業だか所属だかを表すらしい飾りが鈍く光った。

全然お兄ちゃんらしくない……雛歩は不思議な思いで鹿雄の姿を見た。急に感情があふれてきて、我慢できず、彼の胸にグーパンチをぶつけた。

「イッテ……なんだよ急に」

「そんな立派になってんなら、どうして迎えに来てくれなかったの。一人前になったら、

絶対迎えに来るって約束したでしょ」

　とたんに鹿雄は、くたっと姿勢をゆるめた。

「いやぁ、まだ全然一人前じゃないんだなそれが……訓練についていくのでいっぱいいっぱいだし、ヒナを迎えたい気持ちはあっても、ずっと寮住まいだしな」

　でも……雛歩は鹿雄を見直した。顔は日焼けして、ほっそりしたけれど、からだは逆に一回り大きくなった気がする。胸にグーパンチをぶつけたとき、厚い板を打ったみたいに固かった。イッテと言いながらも、鹿雄は平気な顔をしているし……。

「雛歩、おまえ、大丈夫なのか。ずいぶんひどい目にあったんだって」

　鹿雄が真顔になって訊く。彼は妹を、ふだんはヒナ、まじめな話のときには雛歩と呼んだ。

「違う」

　雛歩は首を横に振った。

「何が違うんだ」

「素晴らしい目だよ……とっても素敵な目にあったの。とにかく来て。歩きながら話す」

　雛歩は、鹿雄のバッグを持ち、さぎのやに向かって歩き出した。

兄の顔を横から見て、さぎのやに、このままいられることを確信した。

39

だらしなく口を半開きにした状態の鹿雄を見かねて、雛歩は手を伸ばし、彼の下あごを軽く押し上げた。鹿雄は反射的に雛歩に顔を向け、妹の苦笑を認めてか、目をしばたたき、玄関に立つ二人の前に正座した女将さんに視線を戻した。

「あ……え……っと、あれです、妹が大変お世話になりました」

鹿雄は、我に返った様子で、腰を直角に折るしぐさで礼をした。

「いいえ、とんでもない。こちらこそ雛歩ちゃんにはいっぱい助けられているんですよ。さあ、長旅でお疲れでしょう。お上がりください」

女将さんが、にこやかにほほえみ、鹿雄を広間のほうへいざなう。

朝の早いお遍路さんたちはほとんど出発しているか、部屋で旅立ちの用意をしているのだろう、広間はいまマリアさんとカリンさんが食事の片付けの最中だった。

「お兄ちゃん、まだ自分の名前も言ってないよ」

女将さんを見つめたまま、靴を脱ごうとする鹿雄に、雛歩は注意した。

彼は、あっと気づいて、気をつけの姿勢を取り、女将さんに敬礼をした。

「失礼しましたっ。自分は、鳩村鹿雄と申します。動物の鹿に、英雄の雄の字で、鹿雄です。今後ともよろしくお願いしますっ」

「とてもいいお名前ですね」

「ありがとうございますっ。教官にはよく、馬鹿の鹿のほうだろうと叱られております」

「まあ、そんな」

女将さんが口に手を当てて笑うのを見て、鹿雄はさらにだらしなく表情を崩した。

「さあ、どうぞお上がりください」

「はい、じゃあお邪魔します……」

鹿雄は、すらっと立ち上がった女将さんに見とれて、土足で上がってしまい、

「お兄ちゃんっ」

雛歩に注意されて、すみません、と飛びすさり、ちょうど入ってきたイノさんにお尻をぶつけて、すみませんと、また前に出て、上がり口の角で、すねを強く打った。

ガンッとすごい音が響き、その場の誰もが顔をゆがめ、彼を見守った。

すねを押さえることも忘れて、じっと同じ姿勢で固まっていた鹿雄が、

「……ックーッ」

と、食いしばった歯の奥からうめき声を発し、その場にうずくまる。

雛歩は、自分の分身を見るような兄の姿が、恥ずかしくもいとおしく感じられた。

そのあと鹿雄は、雛歩の見守る前で、ショウコさんの作ってくれた朝食を、おいしい

おいしいと平らげ、ご飯をお茶碗に五杯、お味噌汁を三杯、おかわりした。

女将さんが、バスでの長旅を気づかい、空いている部屋で眠ることを勧めてくれた。だが鹿雄は、どこでも眠れる訓練を受けていますし、快適なバスだったので大丈夫です、と答えた。

「だったら、雛歩ちゃん、お兄さんに道後の町を案内して、一緒に温泉にも入ってらっしゃい」

と女将さんは、二人のために、浴衣《ゆかた》とはきもの、温泉の入浴券まで用意してくれた。

雛歩は、飛朗さんに案内してもらった通りに、兄を連れて道後の町を歩き、道後温泉の本館に入った。高い天井の廊下を渡り、鹿雄は向かって左側の男湯へ、雛歩は右側の女湯へと分かれ、一時間後に玄関前で待ち合わせることにした。

まだ午前中だったから、温泉内は空いていた。

雛歩は、浴衣を脱いでロッカーに入れ、浴室に入った。濃い灰色の中に黒い点々が入っている石が敷きつめてあり、湯船も同じ石で作られている。御影石《みかげいし》だと、事前に女将さんから教わっていた。

からだを洗って、足から湯船に入ろうとする。けっこう熱めのお湯だ。いきなり全身でつかるのは、ためらわれる。さぎのやでお風呂に入れてもらったときには、ほどよく調整されていたのかもしれない。

隣を見ると、お年寄りが湯船の外の床にお尻をつけて、足だけをお湯の中につけている。いわゆる足湯の状態だ。あー、そういうこと？　雛歩はその通りに真似てみた。

おおー、いい感じ……足だけだと、熱さもさほどではないし、滑らかなお湯の感触も含めて気持ちよい。しばらく足をお湯につけているあいだに、熱さにも慣れてくる。

隣のお年寄りが腰を上げて、湯船に全身つかり、ふううっと息をつく。雛歩も真似て、少しずつ腰から肩まで、湯船につかってみた。

ふううっ……と息が洩れる。お湯が柔らかく雛歩を包み込む。皮膚の表面から、からだの内側へと、お湯がしみ入ってゆく感じがする。

これはもう、気持ちよさのあまりの想像なんだけど……例のスクナヒコナノミコト？　温泉の神様が、ズンドコ、ズンドコと、岩の上で踊ってた夢を見たときと同じ感じで、お湯の成分に溶け込んでいる、ちっちゃいスクナヒコナノミコトの分身が、ズンドコ、ズンドコと、からだの芯に凝り固まっている疲れとかストレスとかを、揉みほぐし、やわらげてくれている気がした。

だから、とってもおかしな感覚だとわかってはいるけれど……雛歩には、このお湯には心がある、と感じられた。

包み込んでくれて、話しかけてくるような感じ……がんばってきたね、たまにはゆっくりしないとだめだよ。長く歩くためには、自分を大切にして。楽しく歩くためには、人を大切にしなくちゃ、ズンドコ、ズンドコ……。

はい、と返事をしている自分がいる。はい、わかりました、そうしますと、お湯に向かって答えたくなっている自分がいた。

一時間後、本館の玄関前に出たとき、鹿雄はすでに待っていて、本館の建物全体を見上げていた。お待たせ、と雛歩が彼に近づき、お湯はどうだった、と尋ねる。

「うん。いいお湯だった……ちゃんとした温泉になんて行った経験がないから、比べようもないけど、いろんなものがお湯の中に溶け出してって……すっきりした」

「ねえ、上から見てみない？」

雛歩は、カンムリ山に兄を誘った。坂は急だったが、足の傷はもう痛まなかった。

鹿雄は、道後温泉本館と町を見下ろし、へええ、と感嘆の声を上げた。

「ありがたいな……おまえが心配で、訓練中なのに休みをもらってきたのにさ……ごはんはおいしいし、気持ちのいい温泉に入れてもらって……みんなに申し訳ないよ」

雛歩は、何度も心地よさそうなため息をつく兄に語りかけた。

「先に来ちゃったね」

「うん？　何が先に来たって？」

「みんなで来ようねって話したでしょ……家族四人で、道後温泉に行こうねって。けど、お父さんとお母さんより、先に二人で来ちゃったね、ってこと」

「ああ……」

鹿雄が、そのことかと気づいた様子で、あいまいにうなずいた。

雛歩は、本館の一番高いところにいる鷺を見て、言葉をつづけた。

「お父さんとお母さんも、きっとじきに帰ってくるから、今度は四人で入ろうね」

鹿雄の返事がない。どうかしたのかと思って、振り向いた。じっと雛歩を見ている彼の視線とぶつかる。

「え、何か顔についてる？」

雛歩は自分の頬にふれてみた。

「いや……そうだな……先に来ちゃったけど、いつか四人で入りたいな」

鹿雄もまた、本館の鷺のいるほうに目をやって答えた。


さぎのやに戻ったあと、申し訳ないけれど、少し寝させていただけませんか、と鹿雄が女将さんに申し出た。急に眠気が来て……と言う。

これまで溜まりに溜まった疲れやストレスが、道後のお湯に揉みほぐされて、表に出てきたのかもしれない、と雛歩は思った。

食いしん坊の鹿雄が、昼食もとらずに客室の一つを借りて眠りつづけ、日が傾きかけた頃、一階に下りてきた。さわやかな顔で、制服に着替え、制帽を手にしていた。

雛歩は、広間の隅にテーブルを出し、お祭り用のシデを作っているところだった。

鹿雄は、女将さんの前に正座して、お世話になったことを感謝したのち、今夜の七時の高速バスで東京に向かい、そのまま部隊へ戻ると言った。

「あら……二日くらい泊まってきてもいいというお許しを、いただいてきたのでしょ？」

そんな話を、兄は朝食のときにしていたから、雛歩もびっくりした。

「妹が心配で、訓練中なのに無理を言って休みをもらってきました。ですが、みなさんにお任せすれば、妹は何の心配もいりません。安心して隊へ戻れます。それに……」

鹿雄は、少し顔を赤くして、「もう一日ここにいさせてもらったら、隊に戻れなくなるんじゃないかと、自分が心配なんです」

お兄ちゃん……雛歩はおかしくて笑ったけれど、同時に涙もこぼれそうになった。

「妹をどうぞよろしくお願いします。休暇をもらえたときに、また来ます」

「わかりました。雛歩ちゃんのことは、どうぞご心配なく。鹿雄さんも、いつでも遊びにいらしてください」

「ありがとうございます」

鹿雄は深々と女将さんにおじぎをしたあと、雛歩のほうに顔を向けた。

「雛歩。二階の部屋にバッグを置き忘れてきたんだ、取ってきてくれないか」

うん、わかった、と雛歩は二階へ上がり、鹿雄が使っていた部屋に入った。

布団はきれいに片付けられ、簡単にだが掃除もされている。子どもの頃は片付けが大の苦手だったのに、と雛歩は感心しながら、バッグを持って、一階へ下りた。

広間に、鹿雄と女将さんの姿がない。あれ……と辺りを見回し、窓のそばに寄って、庭に立っている二人の姿を認めた。女将さんが、庭を案内しているのだろうか。

だが、真剣な顔で話しているのは、鹿雄のほうだ。女将さんは、少し眉を寄せ、悲しそうにも見える表情で、彼の話に耳を傾けている。

何を話しているのか気になって、雛歩が窓を開けようとしたところ、

「これこれ、人の恋路《こいじ》を邪魔したら、いかんぞな」

と、背後から聞こえた。

着物姿の大女将、まひわさんが、雛歩の肩越しに顔を突き出してくる。

「おまえの兄ちゃんのシカはな、女将を口説くために、おまえに席を外させたのよ」

まひわさんが、秘密を打ち明ける口調で、雛歩の耳もとにささやく。

「え、まさか……」

「よう見ておみ。シカが真剣に話しかけとろう。女将さん……あなたが好きです」

まひわさんが、庭にいる兄の口の動きに合わせて、声色《こわいろ》を使って話した。

「一目で女将さんを好きになりました。で、女将が答えとる。だめよ、鹿雄さん……」

庭では、女将さんが小さく首を横に振っており、まひわさんの声がうまく重なる。

「わたしとあなたとでは、年が離れているでしょ……いえ、年なんて問題じゃない、この気持ちはもう抑えられません……」

雛歩は心配になってきた。本当ですか、とまひわさんを振り返る。

「あほ、そんなわけがあるか」

とたんに、まひわさんは冷めた顔で、雛歩からからだを離した。

「もうすぐ、お遍路さんや、旅に疲れた者が、訪ねてくる。雛歩も調理場に入って、手

伝いなさい。シカにも、おいしいものを食べさせてやらんとな。ほれ、早よ、早よ」

せかされて、雛歩は調理場に向かった。

でも、本当のところ、二人は何を話していたのだろう……気にはなったが、調理場の忙しさに追われ、いつか忘れてしまった。

ショウコさんは、瀬戸内産の大きな鯛をさばいて、骨を焼き、その骨からダシをとり、事前に鯛のあらを煮込んで作っていたスープと合わせ、大釜で鯛めしを炊きあげた。

ニワセさんから届いたカンパチが刺身にされ、ハマダさんとクリハラさんから届いた野菜や、オクムラさんが紹介してくれた自然食品で、煮物と天ぷらとおひたしとサラダと団子入りの汁物が作られた。

歩き遍路の方たちや、イノさんとアキノリさんが連れてきた旅の人たち、そして鹿雄の前にも、これらの夕食が出された。

出発の時になり、鹿雄は、さぎのやの一人一人に感謝の言葉を述べた。忙しい時間帯だったが、さぎのやの人たちも丁寧に応え、彼の健康を願ってくれた。飛朗さんが実習先から帰ってきて、事情を聞き、鹿雄と握手を交わした。

雛歩は、バスターミナルまで送っていくよう、女将さんに促され、兄につづいて外へ出たところで、道の両側を確かめた。プレゼントを渡したかった。わざわざ自分のためにここまで来てくれた兄に、もう一つ、とびきりのプレゼントを渡したい……。

雛歩は、いったんさぎのやに戻り、近くにいたイノさんにことづけを頼んだ。

バスターミナルまで歩く途中、雛歩は兄を誘って、時間の余裕がなかったので、参道の入口からではあったが、おはくろ様に向かって手を合わせた。

薄暮の中、白いおやしろが、大きな鷺が翼を広げているように見える。

お兄ちゃんのことを、どうぞお守りください……。

バスターミナルに着いたとき、ちょうどオレンジ色のバスが入ってくるところだった。

「じゃあ、ヒナ、元気でな。からだに気をつけろよ」

鹿雄は、雛歩の頭に手を置き、撫でるというより、押さえつけるようにした。

「あの女将さんのもとなら安心だけど、もしかしたら仕事がきついとか、学校が合わないとか、あるかもしれない。そのときは次の居場所を考えるから、我慢し過ぎるなよ」

「うん。でも大丈夫だよ」

雛歩の返事に、兄はうなずき、バスの脇に進んで、扉が開くのを待った。

「ヒナちゃーん」

よっしゃー、間に合った……雛歩が振り返ると、こまきさんが小走りにやってくる。

青いストライプのシャツに、ベージュ色のパンツをはいている。カンペキだ。

「ああ、間に合った。補習が長引いちゃって、ごめんね……こちらがお兄さん？」

走り慣れているこまきさんは、息を乱すことはなかったが、頬から唇にかけて髪がかかっている。彼女は細い指で後ろへ髪を送りながら、鹿雄に視線をやった。

「兄の鹿雄です。お兄ちゃん……こちら、さっき会った飛朗さんの妹の、こまきさん」

雛歩は兄を振り返った。

予想以上の反応……鹿雄は、女将さんと会ったときと同じか、それ以上に口を半開きにして、ほとんど意識が飛んでいるのか、ぼうっとこまきさんを見つめている。

雛歩は、兄の脇腹に軽く肘をぶつけた。

「え……なに……あ、はい、どうも、おはようございます」

鹿雄は、雛歩とこまきさんを交互に見たのち、こまきさんに挨拶した。

こまきさんはさすがに笑って、

「こんばんは」

と、挨拶を返した。

鹿雄は間違いに気づいていないらしく、間の抜けた顔で、こまきさんを見つめつづけている。

「バスに乗られますか」

背後から、バスの乗務員らしい人に問われ、

「あ、はい。お兄ちゃん、バス、出ちゃうよ」

「え、いや……一晩、泊まってもいいかな。許可はもらってるし……」

「何言ってんのよ。もう帰りますって、上官の人に連絡したんでしょ」

鹿雄は、恨めしそうな顔をして雛歩を見やり、肩を落としてバスに向かった。開いている扉に入る手前で、後ろにいた雛歩の肩を抱き寄せて、

「いいか、雛歩。つらいことがあっても、絶対に我慢しろ。泣き言を言わず、さぎのやにいつづけるんだぞ。いいな、わかったな」

「わかった。ここにずっといるよ、約束する」

鹿雄は、よしっとうなずき、バスのステップに足をかけた。

「こまきさん。兄と握手してやってくれませんか」

雛歩は、こまきさんを振り返って頼んだ。

「うん、いいけど」

こまきさんが、わだかまりなく歩み寄ってくる。

鹿雄が、ごくゆっくりと足をステップから下ろし、雛歩のほうから後ろを振り返る。目と目が合ったとき、どうよ、お兄ちゃん……と、雛歩は目で問いかけた。兄は、おまえイイやつだなぁ……と目で答えていた。

「大変なお仕事だと思うので、おからだに気をつけてくださいね」

こまきさんが、鹿雄に手を差しのべる。

雛歩は、とっさに彼の手からバッグを受け取った。鹿雄は、手のひらの汗をズボンの後ろでぬぐってから、

「ありがとうございますっ」

と、こまきさんの手をまず右手で握り、すぐに左手を添えた。

「出ますよぉ」

バスの乗務員が声をかけてくる。

「はーい、乗ります。お兄ちゃん」

雛歩は、名残惜しげな兄を促し、バッグを渡した。

鹿雄は、満足した様子でステップをのぼり、先にコンビニで購入していたチケットを乗務員に提示したあと、こちらを振り返り、気をつけの姿勢を取って、敬礼した。

雛歩が手を振り、こまきさんも隣に立って、手を振ってくれる。

それを見た鹿雄は、敬礼したままの姿勢で顔を伏せ、バスの奥へ入っていった。きっといま兄の顔は、情けないほどにやけているに違いない。

「ヒナちゃん。お兄さんにプレゼントを渡したいから、できるだけ早くわたしに来てほしいって……イノさんからことづけを聞いたけど、渡せたの、そのプレゼント？」

こまきさんが訊く。雛歩は大きくうなずいた。

「渡せました。とびきりのプレゼント、渡してあげられました。ありがとうございます」

「わたし、関係あった？　お兄さんに会えたのは、よかったけど」

「関係あります。大ありです」

時間が七時となり、放生園にある坊っちゃんカラクリ時計から、太鼓を打つのに似た音が聞こえてきた。カラクリ仕掛けが動き出す。ぱたんと文字盤がひっくり返り、ドナドナさんじゃない、マドンナさんが姿を現す。合わせたように、バスが発車した。

一番後ろの窓に、逆光で顔は見えないけれど、手を振る鹿雄の影が見えた。雛歩は両手を振った。こまきさんも手を振ってくれた。

バスが、カラクリ時計の前を横切っていく。ちょうど、坊っちゃんとお婆さんの人形が、カラクリによって現れる。

坊っちゃんにとってのお婆さんがそうであったように……帰っていきたい場所、帰っていきたいと願う人が、もしお兄ちゃんにできたのなら……それがお兄ちゃんを、守ってくれるんじゃないかな……。

雛歩は、振っていた両手を胸の前に下ろし、指を固く組み合わせた。

40

めまいがしそう……雛歩《ひなほ》は何度も思った。

彼女の生活は、信じられないくらい急激に変化した。

転校の手続きは、さぎのやの信用と、伯父たちの協力もあって、簡単に進み、さぎのやから歩いて十五分ほどの、地元の中学校へ通えることになった。

同じクラスには、鴻《こう》野さんの次男の勇麒《ゆうき》と、福駒《ふくこま》さん、すなわち若葉《わかば》さんのお手伝いをして三味線などを運んでいた、由茉《ゆま》がいた。

由茉の家は、両親がともに非正規雇用の社員で、たびたび雇い止めにあうなど収入が安定しない上、ほかに三人の弟妹がいて生活が苦しいため、昔からご近所の若葉さんが見かねて、由茉におこづかい稼ぎをさせてくれているのだという。

勇麒と由茉が、事情を伝えられていたのだろう、転校初日から積極的に話しかけてくれたこともあり、雛歩はすぐに新しい学校に溶け込んで、友だちの輪も広がった。

雛歩は、九九もまともにできない、アルファベットは一字も書けないなど、勉強がかなり遅れていたから、放課後には公民館で学ぶ自主学習教室に通った。

は江戸時代創業の老舗旅館、磐戸屋《いわとや》の長男奏磨《そうま》とも、あらためてその場で知り合った。自分のことを語りたがらない奏磨に代わって、勇麒が聞かせてくれた話では……奏磨は偏差値が四国一高い私立中学の受験に合格し、二年まで通いながら、急にやめて、勇麒たちの通う公立中に転校した。それもまた不登校がちとなり、自主学習教室に通っているのだという。

雛歩は当初、教室の代表である元教師の朝川《あさかわ》さん夫妻に基礎的な学習内容から教えてもらうことになっていた。

だが、ずっと部活に入れ込んでいた勇麒と、彼らと幼なじみである由茉も、学費の安い公立高校に入るには学力が不足していることを理由に、自主学習教室に通いはじめたため、そろって奏磨から勉強を教わることになった。

その過程で、雛歩は一般的な言葉も学び……かいかぶりは、貝をかぶることではなく、買いかぶりと書き、実際より高い評価をすることだと学んだし……じっと気持ちをこらえていられないのは、ヤマイモもたまらず、ではなく、矢も楯もたまらず、であり……

宇宙人はイタリアンでもベジタリアンでもなく、エイリアンであり……鳩の祭りは、後の祭りで……雛歩が飛朗《ひろ》さんに奪われたのは、ファーストハゲではなく、ファーストハグだと知った。

飛朗さんは、秋祭りの終わりを待たずに、部屋を雛歩のために空けてくれた。入用なものは寮に送ってあるし、最終試験の勉強に必要なものもノートパソコンに収まっていて、部屋ではただ寝るだけだから……と、第二にきたつ館の、アキノリさんの部屋に移った。

雛歩の新しい生活スケジュールは、朝六時に起きることから始まる。顔を洗い、着替えて、こまきさんと道後公園までジョギングをする。こまきさんからはかなり遅れるし、息も切れるが、朝の公園は気持ちがいい。園内のお堀には、アオサギやカワセミなど美しい野鳥もいて、自然を間近に感じられる。こまきさんと飛朗さんの父親、隼一《しゅんいち》さんの大事にしていた木にふれることも楽しみとなった。

公園から、さぎのやに戻ったら、着替えて調理場に入り、朝食をとりつつ、盛り付けや片付けの手伝いをする。

そのあと由茉が迎えにきて、一緒に登校する。まだまだ勉強は遅れているが、心を開いてクラスメートと接するせいか、からかわれたり笑われたりすることはない。

転校して六日目、学活の時間に、将来の夢を述べる課題があった。

そのおり雛歩は、転校の際の自己紹介では語らずにいたこと……災害に遭って、祖父母と家を失い、両親も行方不明になったこと。親戚の家でしばらく生活し、いまはさぎのやにいること。先日兄が松山へ来てくれて、道後温泉に入ったことを述べ、将来の夢としては……、

「仕事に慣れて、さぎのやのみなさんの役に立ちたいです。あと、両親が早く帰って来てくれて、あらためて家族四人で道後温泉に入ることが、一番の夢です」

と述べた。

クラスメートが、拍手で讃えてくれて、雛歩はありのままの自分が受け入れられた喜びを感じた。

学校から帰ったら、まひわさんの指導で白鷺神社のおやしろを清め、参道を掃く。ひとまず雛歩の身分は、

「おはくろ様に仕える巫女、ということになっとるから、しっかりやんなさい」

と、白鷺神社の祭主《さいしゅ》であるまひわさんに言われた。

白鷺神社での仕事を終えたら、自主学習教室で、由茉と勇麒とともに、奏磨から勉強を教わる。

勉強が終われば、さぎのやで夕食だが、ほかの三人も一緒にさぎのやで食べることが増えた。家よりメッチャおいしいから、と三人は口をそろえる。

磐戸屋さんでおいしいものが食べられるはずの奏磨でさえ、素材の良さを巧みに引き出している、さぎのやの料理には敵わないと言う。

食後は、三人を送り出し、調理場で食器を洗う。ポットに温かいあめ湯とウーロン茶を注ぎ、鶏太郎《けいたろう》さんのテントに持っていくことも、雛歩の仕事となった。

お焼きは、石手寺のそばの店で焼かれたものが、夕方に届けられる。

ちなみに鶏太郎さんは、朝まで起きていたあと、椿の湯へ出かけ、お昼前にテントに戻って床に就くらしい。

用事をすべて終えたら、雛歩は、こまきさんとカリンさんと一緒に椿の湯へ行き、温泉に入る。ガールズトークもできて、リラックスした楽しい時間だ。マリアさんは家族と一緒に、ショウコさんは一人で、温泉に入りにいく。

飛朗さんとイノさんとアキノリさんは、たいてい一緒に椿の湯へ行く。ほかにも多くの仲間たちを誘い合っている。お祭りのときに大神輿を担ぐ際の、打ち合わせも兼ねているらしい。

サチオさんは、夜遅く、さぎのやの内湯に入りにくる。

女将さんとまひわさんは、さぎのやに泊まった方たちと、サチオさんが入ったあとの内湯に、お掃除がてら入浴する。それが、女将たちの一日の仕事の終わりとなるらしい。

ごたごたと慌ただしいながらも、心地よい生活のリズムが、雛歩の心とからだに添ってきた頃、秋祭りの当日を迎えた。

41

なな何これ……目の前の情景に、雛歩は驚くというか、戸惑うというか、動転するというか……ともかく、あわあわしてしまって、ついには恐怖すら感じた。

時間は朝の五時半、まだ夜は明けていない。

三十分ほど前、ライトが灯された道後温泉駅前の広場を見下ろせる場所に、鉄パイプなどを組んで設けられた臨時の桟敷席に着いたとき、確かにもう多くの人が駅前に集まっていた。

夜明け前なのに、こんなに人が出てくるんだあ……と、お祭りの人気ぶりに感心するとともに、雛歩自身も興奮をおぼえた。

けれど、あくびを二つか三つするあいだに、人があっちから、こっちから、そっちから、どっちから？　ともかく天と地以外のあらゆる方向から集まってきた。

もう限界でしょー、と思うのに、人々は、駅前はもちろん、商店街の入口から放生園までを埋め、伊佐爾波《いさにわ》神社から駅へとつづく道路にもなだれ込み、大勢の警察官たちが整理にあたる状況となった。駅前を囲む建物の窓が大きく開かれ、そこにも待ち遠しそうに駅前の広場を見つめる人々があふれている。

桟敷席の正面に、荷台の側面が開いて舞台装置となる輸送車が止まり、見覚えのある

オジサマ……さぎのやの会計士さんだという掛河《かけがわ》さんが、お祭りの衣装をまとって、マイクを握り、

「八町八体《はっちょうはったい》のお神輿《みこし》は、伊佐爾波神社、湯《ゆ》神社において御霊《みたま》を入れ、宮出しに向けた最終の準備に入っております」

とアナウンスし、集まった人々のあいだでどよめきが起きた。

秋祭りは三日にわたっておこなわれる、と、由茉、勇麒、奏磨の三人から聞いた。

初日は宵宮《よいみや》と呼ばれ、八つの町で八体ある大神輿が神社から出て、それぞれ地元の町を練り歩いたあと、夜の七時半頃に道後温泉駅前に集まり、リハーサル的に軽く鉢合わせをする。

そのあと、伊佐爾波神社と湯神社に分かれて宮入りし、二日目に、各大神輿にご神体を入れるという大切な神事がおこなわれる。

三日目が本宮《ほんみや》、つまり本番で、夜明け前に八体の大神輿が二つの神社から出て、道後温泉駅前の広場で、午前六時頃から八時頃にかけ、鉢合わせをおこなう。

いま駅前周辺に集まっている人々は、その鉢合わせを見物することが目的だった。

鉢合わせという言葉を、雛歩は道後に来て以来、幾度も耳にした。でも具体的なことはわかっていなかったので、友だち三人に説明を求めた。

八町の大神輿は、一般的な神殿造りの四角形をしている。祭りの本番前、商店街の入口に湯之町大神輿が安置されているのを、雛歩も目にしたが、ふるさとの神輿よりもふ

た回りは大きかった。飾りもきらびやかで、とりわけ彫金《ちょうきん》の模様が美しい。

「鉢合わせは、二体の大神輿が、まず五から二十メートルくらいの距離を置いて左右に分かれる。次に、本体が向かい合うように平行に並んだあと、せーの、で走って、思い切りぶつけ合う……簡単に言やぁ、それだけのことだよ」

勇麒が説明してくれたとき、なるほど簡単だけど……無茶でしょ、と雛歩は思った。

「大神輿の担ぎ手のことは、かき夫《ふ》って呼ばれてる。彼らが大神輿をぶつけ合ったあと、後ろから大勢が一斉に大神輿を押す……この人たちは押し手と呼ばれる。神輿の上に乗って、鉢合わせのタイミングをはじめ全体の指揮を執《と》るのが乗り手。神輿に携《たずさ》わっている人たち、全員をひっくるめて神輿守《も》りって呼ぶんだ」

奏磨が冷静に説明を加えてくれたことで、ガチなんだ……と雛歩は身ぶるいした。

「ぶつけ合う前に、双方の神輿守りたちが、互いに睨み合って、持ってこーい、とか、来い来いって、挑発的な声を発するのね、そこがわたしは好きなんよ」

由茉は、ふだんはおっとりとした性格で、話し方もゆっくりなのに、祭りの話になると急におしゃべりになる。

毎年三月の春祭りは、女性たちだけで担ぐ〈まどんな神輿〉でにぎわうが、由茉はそのメンバーでもあるという。ちなみに「持ってこーい」は、かかってこいって意味らしい。それが好きなんて……雛歩は、友人の秘められた性格を怪しんだ。

「湯之町の場合はな、持ってこーいって叫んだあと、かき夫たちが大神輿を担ぐ。そして、乗り手が大神輿の屋根をダンッと叩く。とたんに大神輿が走り出して……」

勇麒が、自分の左右のゲンコツを、ごちんと音がするくらいにぶつけた。

「ぶつけ合ったら、押し手がぐいぐい押す。自分たちの大神輿の下に、相手の大神輿を沈み込ませるとか、どんどん後退させるとかしたら、こっちの勝ちになるわけ。これが八町八体の組み合わせで、前半四回、後半四回、おこなわれるんだ」

勇麒の荒っぽい説明に比べ、奏磨の解説はつねに冷静だ。

「二体の大神輿をぶつけ合ったら、壊れるなんて、あったりまえ。修理は親父の仕事やけど、すぐには難しいから、宵宮はリハーサル。本気の本気は、三日目の本宮よ」

「大まかには勇麒の話の通りだけど、神輿を一体二体と数えるのは、ご神体を入れて、神輿が神様の乗り物になってからなんだ。本宮ではもちろん、一体二体でいい。けど、宵宮ではまだご神体を入れていないから、一基二基って呼ぶのが正しいと思う」

どっちでもいいだろ、と勇麒は言うが……由茉が、ご神体に関わることだから、数え方は意外と大事かもしれないよ、と奏磨に賛成した。

三人はもう幾度も鉢合わせを見ている。雛歩は初めてだから、想像ばかりふくらんで、鉢合わせのときは、大爆発でも起きるんじゃないかと気が気ではなく……一基二基のときでよいから、鉢合わせを早く見たかった。

だが宵宮当日、日中は曇っていたのに、日が暮れて強い雨となった。雷も鳴りだしたため、大事を取って大神輿は早々に神社に入り、鉢合わせは本宮のみ、となった。

天気は昨日から今日と回復に向かい、雨も上がった。雛歩はさぎのやで借りた浴衣の上に、さぎのやのはっぴを羽織っているだけだが、人々の熱気もあり、十分に温かい。

「ヒナ、すっごくわくわくするね」

左隣に座った由茉が、ぶるっとからだをふるわせて話しかけてくる。

彼女は、若葉さんに借りた浴衣を着て、白地に『湯之町』と黒く文字が入ったはっぴを羽織っている。ふくよかな体型をしていることもあり、ふれ合う肩や腕から肌のぬくもりが伝わってくる。

「でも、由茉はもう何度も鉢合わせを見てるから、それほどでもないんじゃない？」

雛歩は、相手の興奮を不思議に思って尋ねた。

「何度見たって、わくわくするよ。第一、こんな特等席で見られるなんて初めてやし」

そっか……雛歩は初めての鉢合わせを桟敷席で見られる幸せを再認識した。

桟敷席は、大体百五十席くらい。町や祭りへの貢献が認められて招待された人や、知事さん、市長さん、各界で活躍されている人たち、海外からの招待客たちが座ることになっていて、一般には開放されていない。だから雛歩は当然座れないはずだったが、

「石手寺まで、歩き遍路のお二人をお見送りに行った、そのごほうびじゃ」

と、桟敷席につねに招待されているまひわさんが、席を譲ってくれた。

そのまひわさんと並んで座る予定だったのだろう、右隣には、かつては暴れん坊だったというブンさんが座っている。ただし彼は、雛歩が席に着く前から、ずっと前かがみ

になって眠っていた。

「由茉ちゃん、雛歩さん、寒くない？」

由茉の左隣に座っている若葉さんから尋ねられた。綺麗な着物姿で、髪も結い上げ、お客様のご招待だと聞いていたから……福駒さん、と呼ぶのが正確だろう。

「そっちの子が、さぎのやに新しく来たお嬢ちゃんかな。まひわさんが、おはくろ様の巫女さんとして、可愛がっとるらしいね」

福駒さんの左隣に座っている、和装姿のお年寄りが、雛歩のほうに視線を投げた。髪はつやのある銀色で、威厳のある顔立ちながら、目はおだやかだ。磐戸屋の会長さんで、奏磨のおじいさんにあたる。福駒さんのお客様とは、この会長さんだった。

会長さんは、福駒さんの世話係に、もう一つ席を用意してくれた。で、福駒さんは、いつも家族のために頑張っているごほうびにと、由茉を呼んでくれたのだという。

「あ……よろしくお願いします」

雛歩は、どう答えていいかわからず、ともかく会長さんへ頭を下げた。

「奏磨がいろいろと世話になっとるのじゃろ。近頃は、あれもずいぶん明るうなってきた気がするが、あなたのおかげかもしれんな。感謝しますよ」

「とととんでもないです……こちらこそ勉強をいつも教えてもらって、感謝してます」

雛歩はさらに頭を下げた。会長さんの表情は柔らかいけれど、年を重ねた風格というか、オーラみたいなものが全身から出ており、しぜんと圧倒される。

「そういえば、さぎのやの飛朗が、湯之町大神輿の乗り手を務めるのじゃろ？」

会長さんは、福駒さんのほうに尋ねた。

「ええ。いいところを見せてくれる約束なんですよ」

「そりゃ楽しみじゃ。福駒と飛朗は幼なじみやったな、もしかして初恋か？」

「あら、さすが会長、なんでもお見通しですね」

福駒さん、いや、この場合は若葉さんだろうか……彼女が照れることなく、率直に答えたので、雛歩も思わずどきりとした。

「でも、振られたんですよ」

「ほう。そりゃ、あいつも、もったいないことをする」

「でしょ？　会長からも叱ってやってください」

「ああ、叱っておこ。とはいえ、福駒がおらんなっても困るしな……一方で、福駒が飛朗の嫁になって、さぎのやの次の女将になるのも、見てみたい気はする」

ママママ、マジですか……若葉さんが飛朗さんのお嫁さんとか、次の女将さんとか……

雛歩は、周囲のざわめきに邪魔されて聞き漏らさないように、耳に神経を集中させた。

「めっそうもない。万が一、飛朗のお嫁になれたところで、さぎのやの先代や、当代の女将さんの跡なんて、とても継げるものじゃありません」

福駒さん？　若葉さん？　迷っちゃうけど、彼女はきっぱりとした口調で言った。

会長さんは、うむ、そうかな……と薄く笑って、言葉を濁し、福駒さんは静かな笑みを浮かべて、前方に視線をやった。

なんだか大人の会話の領域、って感じで、雛歩は何をどこまで真剣に受け止めていいのかわからない。すると由茉が、雛歩の視線をさえぎるように顔を寄せてきた。

「ねえ、ヒナ、大神輿に乗せてもらえたのに、断ったって、本当?」

42

雛歩は、会長さんの真似をして、うむ、そうかな……と言葉を濁してみた。

「何を気取りよるん。お神輿の上に乗せてもらいたかったんでしょ。お神輿の上に乗せてもらえるって、お父さんから聞いて、楽しみにしてたんでしょ?」

由茉たち三人には、災害に遭う前、お神輿の上に乗せてもらえる約束があったけれど、叶わなくなってとても残念に思っている、ということは打ち明けていた。

その際、三人からは、宵宮で湯之町の大神輿が町を練り歩いてきたとき、頼めばきっと乗せてもらえる、と聞かされた。

実際、宵宮の際、まだご神体が入っていない大神輿には、女性を含めて多くの人が乗せてもらっていた。

ご祝儀や差し入れに対する、御礼ということらしいが……乗ることが許された人は、はきものを脱ぎ、担ぎ棒の上に足を乗せ、お神輿本体を背にするかたちで立つ。すると、かき夫たちが、セイヤ、セイヤ、と声を発して、大神輿を揺すり上げる。ジャラジャラと取り付けられた鈴が鳴り、威勢のいい声とともに、景気がつくし、福がつく。幼い子どもや赤ん坊の場合は、大人が腕に抱いて乗せてもらっていた。

湯之町大神輿を担いでいるかき夫の中に、飛朗さんもアキノリさんも勇麒も奏磨もいた。誰もが黒いダボシャツ、ダボパンツと呼ばれる上下に、白い湯之町のはっぴを羽織っていて見違えた。世話役として、イノさんがそばについていた。

さぎのやの玄関先で、彼らの勇ましい姿を見ていた雛歩に、彼らが口々にお神輿の上に乗るよう勧めてくれた。雛歩ちゃん、乗りなよ……雛歩、乗りたかったんだろ、いいから乗れよ……こいさん、遠慮なく乗りなせえ……。

だが雛歩は断った。いいです、今回は遠慮します……またいつか……はい……。

どうしてお神輿に乗せてもらうのを断ったのか、雛歩は自分でもわからなかった。

ただ、なんとなく、違う、と思ったのだ。こういうことじゃない、と……。

お下げ髪にしていた頃……お神輿に乗せてもらえると聞いたときは、無条件に嬉しかった。でも、おじいちゃんとおばあちゃんが亡くなり、家が流され、お父さんとお母さんが行方不明で、お兄ちゃんとも別れて暮らし……さぎのやに来た。その経験が、雛歩を変えた。もうあの頃の自分とは違っている。違っているから、お神輿に乗せてもらう「意味」も変わってしまった、ということかもしれない。

じゃあ、いまの「意味」は何か、と問われても、答えは出ない。

「ねえ、ヒナ、どうして断ったの？　勇麒や奏磨も気にしてたよ」

由茉がさらに尋ねてくる。

雛歩は、黙ったままでもいられず、

「突然だったし、みんなの前で恥ずかしいのもあったから……今回はパスしちゃった」

「ふうん……それでいいの？」

「うん、次の機会でもいいかなって。来年もあるでしょ」

そう、来年も、その先も、ここにいれば、さぎのやにいれば……。

隣で寝ていたブンさんが、いきなり起き出す気配がした。

「おうし……いよいよ始まるぞ」

ブンさんは、身を乗り出し、伊佐爾波神社や湯神社へとつづく坂道へ視線を上げた。

雛歩がつられて目をやると、坂道の上の、まだ夜の闇がとどまっている辺りで、明かりが幾つも揺れ、その周りで白い布がぼうっと舞っている。

「道後、八町八体の宮出しの始まりでーす」

掛河さんの声がマイクを通して響き、人々のあいだから歓声と拍手が湧き起こった。

ライトに照らし出された参道を、貫禄のあるオジサマたちが二十人前後歩いてくる。

誰もが、着物や背広の上にお祭りのはっぴを羽織っている。宮出しを取り仕切る総《そう》代《だい》と呼ばれる方や、市長さん、八つの町の祭りの責任者の方々だと紹介される。

「なんか……すごい迫力やね」

由茉が語りかけてくる。オジサマたちは歩みに揺るぎがなく、少し怖いくらいだ。

「先頭にいらっしゃるのが、八町会総代の仁志岡《にしおか》さん。雛歩さんも、さぎのやにいれば、いずれお世話になるでしょう」

福駒さんが、からだをこちらに寄せて教えてくれた。

飛朗さんやイノさんからも、お祭りの総責任者として、仁志岡さんの名前は聞いていた。どんな怖い人かと思っていたが……普通の体格の、優しそうな人だ。でも、内面の大きさとか深さで周囲を納得させてしまうような、風格と威厳が感じられる。

「一番神輿が入って参ります。ご見物の皆様、参道と中央の馬場を広くおあけください」

掛河さんの声がマイクを通して響く。人々が背伸びしたり、首を伸ばしたりして、入場してくる大神輿の姿を目にしようとしている。

「お、湯之町大神輿が最初じゃなあ」

ブンさんが言う。それらしい影はまだ遠いのに……と、雛歩が前方に目を凝《こ》らしていると、

「一番神輿、本年は、湯之町大神輿です」

と、アナウンスされ、つづいて視界にはっきりと大神輿が入ってきた。

白木の担ぎ棒を、かき夫たちが差し上げるようにしている。お神輿の本体には赤い布がかけられ、てっぺんには金色の鳳凰《ほうおう》が飾られている。

担ぎ棒の上に両足を踏ん張り、両腕を胸の前で組んで乗っているのは……純白のシャ

ツとパンツに、濃紺のはっぴを着たオジサマだ。

「飛朗さんじゃないね、乗り手だって聞いてたのに」

由茉が言う。すると雛歩の隣から、

「飛朗は、鉢合わせのときの乗り手じゃ。宮出しのときにはな、大頭取《おおとうどり》というて、大神輿の一番の責任者が乗ることになっとる」

と、ブンさんが教えてくれた。

へえ、そうなんだ……雛歩が感心して見ているうちに、

「おう、次は、道後村の大神輿じゃ」

ブンさんが、まだ遠いところにいる大神輿の影を見て、つぶやく。

「あの……遠くても、どこの地域の大神輿だか、わかるんですか」

雛歩はつい気になって、ブンさんに尋ねた。

「おうよ、みんなそれぞれ特徴があるけんな」

ブンさんはうなずき、「どの地域の、どの大神輿も、個性があり、らしさがある。周りもそれを認めとる。ほやから、どれも美しい。ある意味、人と一緒よ。次は、大唐《おおとう》人《じん》神輿じゃ」

ブンさんは、そのあとも新しく入場してくる大神輿が見えるごとに、築山《つきやま》、小唐人《ことうじん》、北小《きたこ》唐人《とうじん》、持田《もちだ》連合、溝辺《みぞのべ》町、と各地域の名前を教えてくれた。

八体の大神輿が入場を終え、馬場にずらりと並ぶ。かき夫たちが大神輿を一斉に揺す

り上げ、景気をつける。

すごい迫力で、雛歩が気がついたときには夜が明けていた。

43

八体の大神輿がいったん退場し、輸送車を用いた舞台上で、挨拶や乾杯などの式典が進められた。それも終わると、ついに鉢合わせの本番だった。

紹介された二町二体の大神輿が、掛け声とともに威勢よく入場してくる。

担いでいる人たちだけでなく、その後ろについている人たちも含めると、二百人以上いるんじゃないかと思う。

「こまき坊は、耳持ちのことは知っとるかな」

ブンさんが尋ねてくる。

光栄だけど、まだこまきさんと間違えているんだと思い……雛歩は首を横に振った。

「知らんのかな。耳持ちというのは、大神輿の台座を支えながら、軒下の飾り紐を握って、まっすぐ相手にぶつかるように導いていく役目でな。ぶつかる瞬間、全身の力で軒を下げて、相手の大神輿の屋根の下に、こっちの屋根が入るようにせないかん。ガツンとぶち上げるためよ。ぶつかるギリギリまで、相対する大神輿と向き合う場所におるから、ときには挟まれたりして、怪我も多い。湯之町は今年は、アキノリがやるはずじゃ」

え、大神輿のあいだに挟まれちゃうん、ですか……雛歩は聞いただけでぞっとする。

「大神輿の、前の担ぎ棒を担いどるのが前棒。後ろを担いどるのが後ろ棒。押し手と、指揮をする乗り手……全員の息がそろわんと、勝てるものではないし、怪我もする。よう見ておいで」

双方の大神輿のあいだは、十五メートルくらいあいている。雛歩から見て左側の神輿守りたちが、持ってこーいと叫び、右側の神輿守りたちは、来い来い来い、と挑発する。

左側の大神輿が担ぎ上げられ、ぶつけ合う角度が取られる。右側の大神輿は、かき夫たちがソーリャソーリャと声を発しながら担いだ大神輿を振り、乗り手であるスキンヘッドの人の合図で走り出した。左側の大神輿も、かき夫たちの叫ぶ声とともに走りはじめる。

あっ……雛歩も由茉も思わず腰を上げた。

次の瞬間、激しい音が響いて、二体の大神輿がぶつかり合った。

乗り手の三人が宙に吹き飛ばされる。スキンヘッドの人だけが平気で、落ちそうになった仲間を助け、押せー、と指揮をふるう。転げ落ちそうだった相手方の乗り手も、懸命に元の姿勢を取る。

怒鳴り声や指示する声が入り乱れ、押し手たちが双方の大神輿を押し合う。

スキンヘッドの人の身ぶり手ぶりは大きく、次第に右側の大神輿が優勢となった。相手方の神輿守りも耐えるが、勝負はついたかに見える。

雛歩たちの前の、馬場全体を見渡せる高い場所に立った、八町会総代の仁志岡さんが、マイクを握り、勝っている側の町の名前を呼び、「かき夫を下がらせー、かき夫を下がらせー」と野太い声で指示を出す。のしかかる形で勝っている側が後ろに引かないと、沈み込んでいる側のかき夫たちが危険なためだろう。

「怪我人が出るから、下がらせー、早く分けろー」という、仁志岡さんのいわば天の声が神輿守りたちにもようやく届いたらしく、スキンヘッドの乗り手が下がるように強く指示を出し、次第に双方が分かれていく。

なにこれ、なにこれ……雛歩は目を見張り、いま見た光景のすさまじさに驚くだけでなく、自分の内側に湧き起こってきた新しい興奮を、不思議にも、また快くも感じた。

双方の大神輿が退場して、次の二町二体の大神輿が入場してくる。

今度の各大神輿間の距離は広く、二十メートルを超えているように思えた。

その距離を、大神輿をぶつけ合う角度に傾けたまま走れるのか、雛歩には信じられなかったが……乗り手が、大神輿の上で手を振り、行けーっ、と叫ぶと同時に、かき夫たちの担いだ大神輿が走り出し、ほぼ中央で双方の屋根がぶつかった。

乗り手三人が、体勢を崩しながらも大神輿の上に残ったが、一人は手が滑ったのか、かき夫たちの上に落ちた。すぐに神輿守りたちによって押し戻されたものの、それが影響してか、戦いは一気に片がつき、引けー、下がらせー、の指示が飛んだ。

三回目は、大神輿間の距離がこれまでで一番短かった。それもまた個性なのだろう。激しくぶつけ合った瞬間の勢いによって決着をつけようとするのではなく、屋根と屋根を合わせたあとの押し合い、いわば力比べによって勝負をつけようとする戦いだった。しばらくは互角で、押したり引いたりをつづけていたが、急に釣り合っていた力のバランスが崩れ、左側に回りながら、観客が集まる参道のほうへ、二体の大神輿がなだれ込んでいった。

祭りを管理する人々の声が、戻せ、戻せー、と飛ぶ。観客がわーっと逃げ惑う。間一髪のところで二体の大神輿は踏みとどまり、今度は逆方向に回りながら、なおせめぎ合いをつづけたあと、この戦いは引き分け、という判断が下された。

前半最後の鉢合わせに、湯之町大神輿が入場してきた。

乗り手として、飛朗さんの姿がある。

黒のダボシャツ、ダボパンツに、裾が長い純白のはっぴを羽織っている。大神輿の屋根に足をかけ、かき夫たちに大きく手を振って指示を出している。表情は険しく、怖いくらいだけれど……飛朗さん、チョーかっこいいッス。

「飛朗ーっ」

福駒さんが口の脇に両手を当て、大きな声をかけた。

距離があるし、多くの人が声を上げているから、まず届かない。わかっていても声をかけずにいられないのだろう。飛朗さんの粋《いき》な姿を見れば、雛歩にもわかる。

だから、大声は無理だけど……飛朗ーっ、と口の中でつぶやいた。

「ヒナ、勇麒と奏磨は押し手の後ろに回ってる」

由茉が、湯之町の神輿守りの一団を指差した。二人はまだ中学生のため、鉢合わせの本番は押し手に回される、と事前に聞いていた。

ブンさんが最も危険と言っていた、耳持ちの位置にアキノリさんの姿が見える。乗り手は、飛朗さんのほかにもう一人、がっちりしたからだつきの若い人だ。

「飛朗さんの向こう側にいる乗り手は、掛河さんの甥っ子のユウスケさん。掛河さんのあとについて、ずっと祭りに関わってきたから、乗り手を任せられたんやね」

と、由茉が教えてくれた。

乗り手は、長年祭りに貢献して、神輿守りからの信頼が厚くないと乗せてもらえないという。飛朗さんも、幼い頃から祭りに関わり、東京へ行っても祭りの時期には必ず帰って、いろいろな厄介事も引き受けてきたから、乗り手に選ばれたという話だった。

「おー、湯之町ー、全力を出し切れよー。おまえらなら絶対やれるー、誇りを見せいー」

聞き覚えのある声が、下の馬場から聞こえてきた。

え、なんで……雛歩が隣を見ると、席が空いている。あらためて馬場に目をやる。

ブンさんがいつのまにか下りて、イノさんに、ブンさん危ないから後ろにさがって、と注意されていた。

睨み合う神輿守りたちの興奮が高まったかと思うと、一瞬の静寂が流れる。

始まる……由茉がささやく。来る……と、雛歩も気配で感じた。

乗り手の飛朗さんが、ユウスケさんと目を合わせ、行けー、の掛け声とともに、ドンと大神輿の屋根を叩いた。

それを合図に、かき夫たちが大神輿を担いで走り出す。相手方も走ってくる。耳持ちのアキノリさんがぶつかる直前、大神輿の耳の辺りに巻いた綱につかまって、足を上げて全身でぶら下がり、大神輿の軒をぐっと下げるのが見えた。

次の瞬間、大神輿の軒と軒とが激しくぶつかり合った。

ガンッとすごい音が響く。飛朗さんとユウスケさんは、からだを低く横向きにしていたらしく、衝撃で前方に振られるが、相手方も同じ姿勢で前に振られたため、互いにからだの側面を打ちつけ合って、飛ばされることを防いだ。

双方とも、ぶつかり合った大神輿の後ろを押し手が押す。雛歩にはまるで荒れた海の波が左右から激突して、二体の大神輿をせり上げていくかのように見えた。

飛朗さんたちは、屋根を叩き、手を激しく振って、もっと押せ、もっと力を出せ、と神輿守りたちを鼓舞する。神輿守りたちも声を上げて、大神輿と仲間の背中を押す。

互いに優劣がつかず、美しいほどに双方の力が釣り合った時間がつづいた。

と思うと、ついに湯之町側の力がわずかながらまさったのか、あるいは相手側に怪我などのアクシデントがあったのか……雛歩の目から、少しだけ湯之町大神輿の屋根が高くなったように見えたとたん、相手側が沈み込みながら後退した。

すかさず「湯之町下がれー、かき夫を下がらせー」と、仁志岡さんの声が飛ぶ。

飛朗さんとユウスケさんも、それまでとは逆の手の動きで神輿守りたちに後退を促している。揉み合いながら徐々に互いが離れてゆき、一つになっていた人の波も二つに分かれていった。

湯之町大神輿の神輿守りたちが、全身を踊らせて勝利を祝い、ブンさんが、ようやった、と手をたたいて讃えている。飛朗さんは拳を振り上げ、自信に満ちた態度で待機場所へと大神輿を導いてゆく。

地域の誇りをかけた鉢合わせにおいて、勝利の意義は大きいのだろう。

一方で雛歩は、勝ち負けを超えたものの存在を、鉢合わせに感じていた。

人間同士がありったけのエネルギーをぶつけ合うことで、双方の力を引き出し、命をより高めているというか……命の限界を超える勢いでぶつかることで、生きていられることを祝い、喜び、天に向かって感謝を捧げているようにも、受け止められた。

「……乗りたい」

「え、ヒナ、なんて言うたん?」

「大神輿の上に乗りたい……鉢合わせの乗り手になりたい」

人々が応援し疲れて、ひと息ついたところだったから、雛歩の声は由茉だけでなく、福駒さんや磐戸屋の会長さんにまで届いたらしく、三人の視線が彼女に向けられた。

44
「まあ、勇ましい」

福駒さんが笑って言う。

「けどヒナ、女の子は、大神輿の鉢合わせの乗り手にはなれんよ」

由茉は、雛歩が祭りのことを知らずに口にしたと思ったのだろう、さとす口調で言った。

「うん、わかってる」

それはわかっているのだけれど……。

「飛朗、かっこよかったしね」

福駒さんの言う通り、飛朗さんはかっこよくて、憧れるのだけれど……。

「そうなんですけど……鉢合わせの、あの真ん中にいたら、すごい力をもらえて……小さな自分なんて、ぶつかった瞬間に消えて、押し合いの中で……うまく言えませんけど、粘土をこねるみたいに、別の自分ていうか、新しい自分が作られて……命があることの意味も、理解できるのかもしれないって、そんなふうに感じたものだから……」

雛歩は、あまり使ったことのない言葉が、たどたどしくても出てくることを、不思議に思いながら伝えていたが、急に何を言っているのかわからなくなり、口をつぐんだ。

由茉も福駒さんも、言葉に困っているみたいで、沈黙がつづいていたとき、

「なるほど……まひわさんが、巫女さんとして可愛がっとる意味が少うしわかった」

磐戸屋の会長さんがつぶやくように言った。会長さんは、雛歩だけでなく、福駒さんや由茉にも語りかける姿勢を取り、

「鉢合わせというのは、本来は勝ち負けを争うものではない。タマフリ、あるいは、ミタマフリという言葉があるが……魂に、揺り動かすという意味の、振る、という字を当てて、魂振《たまふ》り。神輿を担いで進むとき、かき夫が、セイヤ、セイヤ、と揺さぶるやろ？　あれが基本の魂振りと呼ばれる。ご神体を揺り起こし、ご神霊の活力を高める、という意味がある。鉢合わせは、魂振りを激しくした形やね。

神輿をぶつけ合うことで、ご神霊をさらに奮い立たせ、霊威を高め、魔を退ける。人々の安全、豊作豊漁、町村の発展を願う。だから……いまあなたの言われたことは、まんざら外れではない。鉢合わせの頂点で、命があることの意味を理解できるかもしれんとは……ふつうの神輿守りには感じ取れん境地やな。あなたは、キトクな子やね」

雛歩は、会長さんの話が難しくて、わかったようなわからないような心持ちだったが、キトクな子と言われ、びっくりした。思わず由茉に顔を寄せ、声を低めて、

「由茉、わたし、そんなに顔色悪い？」

「どうして」

「だって、キトクって死にそうなことでしょ？」

由茉は目をしばたたき、

「ヒナ、キトクって、この場合、素晴らしいって、ほめ言葉だよ」

うそ……雛歩は恥ずかしくなり、会長さんや福駒さんのほうを見られなかった。

「ねえ、休憩だし、飛朗さんたちのところへ行ってみようか。勇麒と奏磨も喜んでるよ」

由茉が誘ってきたのを幸いに、

「うん、行こう行こう」

雛歩は、由茉を引っ張り上げる勢いで席から立った。

「みんなに、おめでとう、次も頑張って、って伝えてちょうだい」

福駒さんに送られて、雛歩は由茉とともに桟敷席から下りた。

混雑している馬場を、二人は手を取り合って抜け、バスターミナルのほうへ進んだ。広く取られた空間の奥に、湯之町大神輿が置かれている。その周囲に湯之町の神輿守りたちが思い思いの姿でくつろぎ、鉢合わせに勝ったことを興奮気味に話していた。

イノさんとブンさんが、濱田《はまだ》さんや丹羽瀬《にわせ》さんたちと楽しげに語り合っている。すぐそばでアキノリさんを、尾久村《おくむら》さんと久里原《くりはら》さんがよくやったとねぎらっている。

乗り手のユウスケさんが、自主学習教室の朝川先生や保育園の横多《よこた》さんを相手に語っていて、そのずっと奥の辺りに勇麒と奏磨の姿が見えた。

彼らは、祭りのはっぴを着ていない私服の同級生らしい二人と話している。その二人の顔は見えないけれど、勇麒と奏磨の表情は真剣で、ほかの神輿守りたちのように明るくほころんでいないのが不思議だった。

「あ、飛朗さんだ。ヒナ、行こう」

由茉に引っ張られた先では、飛朗さんが神輿守りの若い人たちに囲まれて、いま終えた鉢合わせを振り返りながら、次の打ち合わせをしているらしい。

話に熱が入っている様子なので、人の輪の外で待っていると、飛朗さんが気づいて、

「やあ、雛歩ちゃん、由茉ちゃん、どうだった」

と声をかけてくれた。

「かっこよかったです」

由茉が率直に言い、雛歩は、黒いシャツの胸もとがはだけた飛朗さんの姿がまぶしく、

「……よかったです」

口ごもりながら答えた。

「勝利の女神が見ててくれたから、勝てたよ」

と、飛朗さんが言う。

「その女神の、福駒のおねえさんから、おめでとう、次も頑張って、って伝言です」

由茉が伝えると、

「うん、ありがとうって言っておいて。でも、勝利の女神は、きみたちだよ」

えーっ、と由茉は嬉しそうな声を上げ、雛歩はそんな声すら出せなかった。そのとき、

「おい、鳩村《はとむら》雛歩」

背後からフルネームで呼ばれた。道後周辺では、雛歩かヒナ、学校では苗字でしか呼ばれないので、戸惑いをおぼえながら振り返った。

あ……伯父の家の、二人の子どもだった。

長男は文彦《ふみひこ》、三つ年上で、次男は玲児《れいじ》、同い年だった。二人の後ろに神妙な顔をした勇麒と奏磨がいる。彼らがさっき話していたのは、目の前の二人だったらしい。

「あ……おはよう。以前はお世話になりました」

二人にはきちんと挨拶をしないまま、さぎのやへ移ってきてしまったので、雛歩はあらためて頭を下げた。

「おい、おまえ、なんで変な嘘をつきよるん？」

同い年の玲児が言った。

伯父の家でお世話になっていたとき、二人からは、ほとんど「おい」としか呼ばれず、たまに学校で用があるときなどにフルネームで呼ばれた。

嘘？　なんのことだろう……雛歩は玲児と文彦の顔を交互に見た。

「うちの親戚が、勇麒の親戚でもあってさ、以前から行き来があったんだ」

文彦が、後ろの勇麒のほうに首を傾け、「祭りにもときどき来て、応援してるんやけど……おまえがこっちに移ったから、知ってるかって勇麒に尋ねたら、同じクラスって言うんで驚いて……おまえが、みんなに話したことを聞いて、もっと驚いた」

雛歩は、勇麒と奏磨を見た。二人とも困った顔をしている。

「なんで変な嘘をつきよるん？」

玲児がもう一度訊いた。

「嘘って……なんのこと」

意味がわからず尋ね返した。

「だから、両親の行方がわからん、てこと。いつか帰ってきたら、一緒に温泉に入りたいって、みんなの前で発表したんやろ」

「そうだけど……」

「無理やろ、そんなん。だって、おまえの両親、死んでるやろ」

玲児の言葉が突然、トンネルの中で言われたような奇妙な響き方をした。

「海まで流されてた車の中で、二人とも見つかったろ」

文彦の声も同じように、いやそれ以上にゆがんで響く。

嘘……でたらめを言わないで……何も知らないくせに。

雛歩の声も、変にこもり、口にした言葉を耳から聞いたのかどうかわからない。

嘘じゃないよ、みんなで葬式に行ったんやから、なぁ、兄ちゃん。

ああ、おじいちゃんも元気やったから、うちは六人全員でお葬式に出た。お棺の中は、遺体が傷んでるから見せてもらえんかったけど、火葬にしたあとの二人の遺骨を、みんなと一緒に拾った……おまえは気分が悪そうやったから、玲児と別の部屋で待っとったけど、壺に入れた遺骨は、そのまま鳩村の家の墓に入れたやろ。

違う……嘘ばっか……人形のことでしょ。お父さんもお母さんもまだ見つかってないのに、みんな、もう捜すのが面倒だから、人形を代わりにお墓に入れただけよ。だってわたしは、お父さんとお母さんを見てないもの……絶対に見てないんだから……。

雛歩は周囲を見回した。誰もが彼女に視線を向けていた。

鉢合わせのことを楽しげに話していた人々が、固い表情で押し黙り、雛歩を見つめている……責められているように感じる。おまえは嘘をついていたのか、嘘つきなのかと……さぎのやで優しく迎えてくれた人たちまでが、険しい目つきで自分を睨んでいる気がする。

すぐそばに由茉の顔があった。目を見開き、ぽかんと雛歩を見ている。

勇麒と奏磨が何か言いたそうに、こちらに歩み寄ろうとして、ためらっている。

嘘はおまえだろ、海まで流されて、時間も経ってたから、鹿雄さんが気ぃつかって、おまえに見せなかっただけだよ……なんで、わざわざそんな嘘をさぁ……。

玲児だか文彦だかの声が、また変な響きで聞こえてきたとき、

「黙れ。もう、黙っていなさい」

不快な響きを断ち切るような、それまでと違った鋭い調子の声が割って入った。

声のしたほうを、雛歩は振り向いた。飛朗さんの顔があった。

飛朗さんの目は優しかった。かすかに涙がにじんでいるのか、瞳が光っている。

「雛歩ちゃん……」

飛朗さんのいたわるような声が、途中でつまった。

とたんに、雛歩の中で懸命に張りつめていたものが……あの、川から発見されたお神輿の、ぼろぼろにすり切れた飾り紐が……雛歩の心を過去につなぎ止めていた真紅《しんく》の紐が、ぶちんと音を立てて切れた。

雛歩ちゃんっ。ヒナっ。雛歩ーっ。

呼ぶ声が、後ろに飛んでゆく。後ろに置き去りにしていく。

目の前に、白い大きな鷺が翼を広げていた。そのおなかの中へ飛び込んでいく。

階段をのぼり、戸を開いて、暗い部屋に入り、後ろ手に固く戸を締め切る。

外の音が遠くなり、光もわずかにしか届かない。大きな鷺のおなかの中に守ってもらえた気がして、足の力が抜ける。

床に座り込み、からだの芯からも力が抜けて、横になる。

たすけて……雛歩の口からしぜんと言葉が洩れた。たすけて……。

45

雛歩ちゃん……雛歩ちゃん……。

遠いところから声が聞こえる。

雛歩ちゃん……無事なの？　怪我はない？

語りかけてくる声は、水の膜を通したように鮮明さを欠いている。でも誰の声か、わかった。その人の声しか求めていないからかもしれない。

雛歩ちゃん、入りますね。

戸が開き、人の近づく気配がする。頭と背中を撫でられる。だがからだを動かせない。

少し離れたところから、何かを尋ねる別の声がした。言葉は聞き取れない。

大丈夫、怪我はしていないみたいだから……と、そばにいる人が答えた。

カリンさん、雛歩ちゃんのお部屋に、お布団をお願いします。由茉ちゃん、勇麒くん、奏磨くん、知らせてくれてありがとう。戻って、飛朗さんたちに、お祭りに専念するように伝えてちょうだい。そしてあなたたちも、お祭りを楽しんできて。

離れたところにいた人たちが、去ってゆく気配がした。

雛歩ちゃん、起きられる？　さあ、帰りましょう。

その言葉を、不思議に思った。帰るって……どこへ？　どこへ帰るんだろう。

あなたには帰る場所があるでしょ？　あなたを待っている人たちがいる家へ帰りましょう。

その言葉が胸にしみ入り……雛歩は目を開いた。

戸口からの光に、女将さんの顔がほの白く浮かび上がっている。

女将さんに手を握られ、導かれるまま立って、外へ出る。まばゆさに目がくらむ。無人の空間が銀色に輝き、周りの木々は緑に映《は》え、鳥のさえずりが聞こえる。

鳥が鳴き交わす声の合間に、かすかに人々の声がするが、遠い世界のことにしか感じられない。

雛歩は、女将さんにつづいて階段を下り、はきものに足を入れた。

手を引かれ、庭を歩く。花が鮮やかな色に咲いている。広間の窓のところから、さぎのやに入った。カリンさん、マリアさん、ショウコさんが、ロビーに立っている。心配そうな顔をしているものの、声はかけてこない。

どうして彼女たちが心配そうな顔をしているのかわからない。自分が何を言うべきなのかも、雛歩には思い浮かばず、ただ女将さんに手を引かれるまま二階へのぼった。

もとは飛朗さんの部屋であり、いまは雛歩に譲られた部屋に入ると、布団が敷かれ、枕もとにパジャマも用意されていた。

雛歩は、機械的にパジャマに着替え、布団に入った。

ごうごうと激しい音を立てて、増水した川が流れている。濁流が目の前に迫る。

雛歩ははね起きた。

部屋で寝ていることに気づいた。雨が激しく窓に打ちつけている。また布団の上に倒れ込んだ。

ごうごうと音が激しさを増す。人がそばに来た気配がする。何も考えたくない、何も話したくない……雛歩はうつろさの中に閉じこもっていた。

雛歩ちゃん……雛歩ちゃん……。

聞き覚えのある男の人の声だった。

雛歩ちゃん、寝てるのかな……挨拶に来たんだ、もう空港に行かなきゃいけない時間だから……二度目の鉢合わせは、負けちゃったよ、急に雨になって、足もとが滑りやすかったせいもあるんだけど……やっぱり勝利の女神がいないとだめだね……きっと試験に合格して帰ってくるから、そのときはいつもの雛歩ちゃんに戻って、明るい笑顔を見せてほしいな……じゃあね。

人の立ち去る気配がする。何か言わなきゃ、見送らなきゃ……そう思いながら、布団をかぶったままでいた。

どのくらいの時間が流れたのか、不意に人の泣く声がした。

目を開く。薄暗くなった部屋の隅に、座り込んでいる人がいる。わずかに差してくる光に、こまきさんの横顔が浮かんでいた。こまきさんは、手を口に当てて、すすり泣いている。

こまきさん……こまきさん……どうして泣いているんですか……。

雛歩は尋ねようとして、気がついた。わたしのために泣いているんだ……。

だめです、こまきさん、わたしのために泣かないでください……。

けれど、雛歩は言葉を発することができなかった。

長い静けさが訪れた。いつのまにか、ごうごうという音が消えていた。

「雛歩ちゃん」

女将さんの声が、はっきりと耳に届いた。

目を開ける。部屋の電灯がついていて、女将さんが枕もとに座っている。

長い長い夢を見ていたような気がする。

「広間に下りましょう」

女将さんの声はおだやかなのに、逆らうことのできない響きがあった。

女将さんの用意したスウェット風のルームウェアに着替え、部屋を出る。

トイレに案内されたあと、階段を降り、広間に出る。電灯が灯り、窓にはカーテンが引かれている。人の姿はなかった。もう夕食の時間は終わったのだろうか。

雛歩の前のテーブルの上に、湯気の立つどんぶりが置かれていた。母がよく作ってくれた、おそうめんを温かい汁で食べる、にゅうめんという料理だ。

ああ、これなら食べられるかもしれない……雛歩は箸を取って、口に運んだ。だし汁は、澄んだ黄金色をしていて、細くて食べやすい麵にからまり、うまみが口の中に広がる。シイタケと絹さや、みつば、かまぼこも入っていて、香りも豊かだ。雛歩はあっという間に食べ終えた。

「雛歩ちゃん、お風呂、一緒に入らない？」

女将さんに誘われた。

一階の浴室に、女将さんと入り、背中と、髪まで洗ってもらった。

雛歩は、自分が幼い子どもに戻った気がした。母とお風呂に入っていた頃を思い出す。

「雛歩ちゃん、わたしの部屋で、お布団を並べて、一緒に寝ない？」

女将さんのその言葉を待っていた自分を、雛歩は意識した。

女将さんと一緒に、布団を上の部屋から持って下りる作業も、幼い頃に戻ったみたいで、心がはずんだ。

女将さんの部屋は、二階の部屋より少し広い程度で、特別なところは何もない。衣装ダンスや三面鏡などの家具や調度品が整理されて置かれ、無駄のない印象だった。

おやすみなさい、と電気が消され、部屋が暗くなる。

女将さんのいい匂いが、雛歩のもとへ届く。からだが温まり、お布団も心地よいけれど、母と一緒にお風呂に入っていたときの感覚が、いまも胸の内に広がっていて、かえって寂しさをかきたてられる。

「……そっちへ、行っていいですか？」

「ええ」

と返事があり、女将さんの掛け布団がめくられた音がする。

雛歩が寄っていくと、すぐに人肌のぬくもりに包まれるのを感じた。さらにすり寄り、女将さんの胸に顔をうずめた。

46

からだを軽く揺すられる。

「雛歩ちゃん……雛歩ちゃん……起きて」

目を開いた。部屋の電灯がついている。

「雛歩ちゃん、これに着替えて」

女将さんは、厚手のシャツとズボンを身に着けていた。なんとなく登山でもしそうな格好だ。雛歩に差し出された着替えも、厚手のシャツとズボンだった。

サイズがぴったり合う。こまきさんのものだろうか。でも新しい。

「おトイレに行って、広間にお水を用意してあるから、飲んで、玄関に来て」

女将さんの指示に従ってから、玄関に出る。

途中で広間の壁に掛かった時計を見たら、三時半だった。

女将さんは、トレッキングシューズらしい、がっちりした靴をはいて待っている。

これをはいて、と雛歩の前にも、軽い登山などに適していそうな靴が置かれた。

「サイズはあなたの足より少し大きめにして、中敷きを入れてあるの。もしきつかったら、中敷きを取って、自分で合うように調整してみて」

靴も、服と同様新しかった。雛歩がはいてみると、ちょうど足に合う。

「じゃあ、ついてきて」

女将さんが玄関戸を開ける。外はまだ暗い。冷たい風が吹き込んでくる。

外には、さぎのやのワゴン車が止まっていた。車内灯がついていて、運転席にこまきさん、助手席にまひわさんが座っている。二人とも黙って、前を向いている。

女将さんが、ワゴン車のスライドドアを開ける。雛歩は勧められて中央のシートの奥に座り、女将さんが隣に座って、ドアを閉めた。まひわさんが、よし、と小さく声を発し、それを合図に、こまきさんが車をスタートさせた。

車内では、ときおりまひわさんが、

「そこを右、ここを左」

と、こまきさんに指示をするだけで、ほかには誰も話さなかった。

はじめのうちは街灯の多い、広いのぼり坂の道路を走っていたが、まひわさんの指示で脇道に入ってから、道は狭く、街灯もまばらになった。

こまきさんは、運転の経験が浅いらしく、車がふらつくことや、急なカーブを曲がり切れず、後退してハンドルを切り直すこともあった。ほかに走っている車がなかったこともあり、大事には至らなかった。

人里離れた山の奥へ入っていくことが、周囲の景色から見て取れる。

やがて車一台が走れるだけの道幅となり、道を少しでも外れれば崖下に転落しかねない場所へ来たところで、こまきさんが車を止めた。限界を訴える表情で、まひわさんを見る。

「まあ、よう走ったほうじゃろ。美燈《みと》」

まひわさんに呼びかけられた女将さんが、車を降り、こまきさんと運転を代わった。

こまきさんは、雛歩の隣に移って、いきなり甘えるように雛歩にもたれかかり、

「まだ免許を取って二カ月なの。学校が忙しくて、運転する時間も全然なかったから」

と、ため息まじりに言い訳をする。

「何事も練習じゃ。さぎのやの娘なら、早よ、この道をのぼれるようにおなり」

まひわさんが言い、女将さんの運転で車が走り出す。

女将さんの運転は上手で、危なげなく狭い山道をのぼってゆく。しばらくして行き止まりとなり、車が止まった。切り返しができるように、辺りは空間が広く取られている。

「ヒナちゃん、これを着て、帽子もかぶって。外は寒いから」

こまきさんが、アウトドア用らしいジャケットと帽子を渡してくれた。

雛歩は、言われるままにジャケットと帽子を身に着けた。

すでに女将さんが、同様のジャケットと帽子を身に着け、車を降りた。

車を降りたまひわさんが、車の前に立っている。

「じゃあ、いっておいで」

「気をつけてね」

こまきさんは、寒そうに腕を胸の前で組み、まひわさんの隣でうなずいた。

「雛歩ちゃん、後ろについてきて。山の中の道に入るから、足もとに注意してね」

女将さんが、帽子の額のところに装着したライトを灯し、木々が黒々と立ちふさがっている前方へ歩きだす。森の中に、人ひとり歩けるくらいの道が通っているのが、光の輪に浮かんだ。

道の入口の両側に、杭が打ち込まれ、ロープが渡されている。ロープの中央には、『私有地につき立ち入りを禁じます』と書かれた札が下がっている。

女将さんは、そのロープの一端を外して、奥へ進んだ。

道は、狭いのぼり坂だった。けれど整備されているのか、つまずきそうな石や木の根などはなく、女将さんのあとを歩けば、楽に進んでいくことができる。

鳥や獣の声は聞こえず、森は静寂に包まれている。女将さんと雛歩の足音と息づかいしか聞こえない。

ふと、前に似た経験をした気がした。あれは夢だっけ……。

しばらくして、女将さんが足を止めた。前方に立ちふさがる濃い茂みを、ライトで照らしている。道はそこで途絶えて、引き返すしかなさそうに見える。

女将さんは、左側の草むらに足を踏み出した。雛歩の足もともライトで照らしてくれる。雛歩が足を踏み出すと、草の下は固い土で、歩くことに支障はない。女将さんはそのまま進んだあと、大木の幹を回り込んで向きを変え、今度は右へ進んだ。

並んだ木々を壁に見立てて、迷路に似た造りになっているのかもしれない。女将さんはまた方向を変え、さらに先へ進んだところで、雛歩を振り返った。

「ここです。ここにあなたを連れてきたかったの」

女将さんが前に向き直る。ライトの光が前方に広がり、こぢんまりとしたお堂のような建物が、森の一角を切り開いた中に建っている。

女将さんが建物に近づいてゆくのにつづいて、雛歩も足を運んだ。

地面がいつのまにか土から岩場に変わっている。お堂に似た建物は、公園などによく見られる、あずまやと呼ばれる屋根のある休憩所に近いかもしれない。

四本の太い柱の上に、自然な素材でふかれているらしい屋根がのり、正面以外の三面に、竹を組んだ壁がある。壁は上下が空いていて、開放的な造りだ。

正面はそんな竹組みの壁もなく、ただ一本の縄が張ってあるだけだった。だがその縄一本でも、勝手に入ってはいけないという、しめ縄のような効果が感じられる。

女将さんがライトを消した。周囲が闇に沈む。わずかに水の流れる音がする。

シュッと何かこすれる音がして、火が灯った。ライターらしい。その火が、ろうそくに移される。辺りが、夢の世界のようにゆらゆらと浮かび上がった。

女将さんは、しめ縄の役割をしているらしい縄の一端を外し、先をもう一端の柱のフックに掛け、ろうそくで灯しながら、滑らないための用心か、すり足で入っていく。

雛歩も、すり足で進み、建物の中に入った。空気が変わった気がする。外よりも温かい。ろうそくの明かりに、岩に囲まれた小さな泉が、二人の前に浮かび上がる。

水面からかすかに霧がのぼっている。きっと湯気だ……雛歩がそう思ったのは、いつか見た夢の中の、大きい鷺が脚をつけていた、お湯の湧く泉にそっくりだったからだ。

一辺がおおよそ二メートルの、ほぼ四角形に岩が囲んでできている湯壺の中に、澄んだお湯が満ちている。少し周囲を濡らす程度で、湯壺から大きくあふれることはない。

「これは、初代の女将が見つけて、傷を癒した、温泉の源泉だと言われているの」

女将さんが言う。あまりに途方もなくて、信じる信じないの判断さえつかない。

「真実かどうか、わたしにもわからない。ただ先代、および先々代の女将から、これは初代から伝わる大切な温泉の源泉だから、当代の女将は大切に管理して、次の女将に引き渡しなさい、と言われているの。歴代の女将がそうして長く守ってきたのでしょう。

この山はずっとさぎのやの所有だそうだし、まひわさんの子ども時代、当時の大女将《おおおかみ》に連れてこられたときには、もうこのような建物が、源泉を守るというより、大切な場所だと示すために建っていたそうよ。開放的にしているのは、森の動物や野鳥が、お湯を浴びたり飲んだりすることがあるからだって……それも初代からの教えみたい。老朽化の恐れから、二十五年で建て直すことにもなっているの」

雛歩は、話を聞きながら湯壺を見ているうち、お湯があふれないことが気になった。

「あの、ここのお湯は、どこかへ流れているんですか……」

「湯壺の底にある岩の隙間からお湯は湧いて、横壁の隙間から流れ出てるみたい。道後温泉の源泉ともつながっているっていう話だけど……詳しいことはわかっていないの」

「飛朗さんやこまきさんも、ここのことは知っているんですよね」

「ええ。二人とも源泉の存在は知っているけれど、実際にこの場に立ったのは、こまきちゃんだけ。ここは女の人しか近づけないから。やはり初代の決め事みたい」

「あ、じゃあマリアさんや、カリンさん、ショウコさんは来てるんですか」

女将さんは小さく首を横に振った。

「ここに来られるのは、歴代の女将と、次の女将になる可能性のある人……こまきちゃんがそうね。あと、いつまでもさぎのやにいてほしい、と女将が思っている人」

え……雛歩は言葉の意味がよくわからず、女将さんを見つめ返した。

「マリアさんたちは、そう遠くない将来、自分たちの新しい人生の進路を見つけて、さぎのやを巣立っていくでしょう。巣立ってほしいと思っています。彼女たちのために。でも、雛歩ちゃん……あなたには長くさぎのやにいてほしい。人々を迎える手伝いをして、さぎのやを守ってほしいと思っているの。だから、ここを見てほしかった」

あの、それってどういう意味ですか……いえ、意味はわかるのですが、本気ですか……雛歩はいま耳にした言葉を、どう受け止めていいのかわからず、また、女将さんのろうそくの炎を映した瞳がまぶしくて、目のやり場に困り、うつむいた。

「わたしは、ここへ、先代の女将の千鶴《ちづる》さんに連れてきていただいたの。海外で大怪我を負ったあとだった。隼一《しゅんいち》さんに、さぎのやに連れてきてもらって……喪失感から抜け出せずにいるときだった。わたしはね……大切な人を死なせてしまったの」

はい？　雛歩は思わず顔を上げた。

「子どもを、亡くしたの……」

雛歩は、ただ呆然と、炎を映して揺れる女将さんの瞳を見つめた。

「座りましょうか。歴代の女将の誰かが、長椅子みたいに削られた岩を、湯壺のそばに置いて、足湯を楽しめるようにしてくれてるの。ほら、ここ。靴と靴下を脱いで、裸足《はだし》になって、つからせてもらいましょう」

女将さんは、湯壺のそばに置かれた、長椅子みたいな岩の上に腰を下ろし、ろうそくを自分の脇に置いて、おいでおいでと手招く。雛歩は言われるままにした。

47

「わたしが、海外で看護師として働いていたことは、飛朗さんから聞いたのでしょう？　飛朗さんが、知っていることをあなたに話したと、言ってましたから」

女将さんが、湯壺の隅に裸足になった足をつけて話した。

雛歩も裸足になって、源泉に足をつけてみる。気持ちいいのかどうかわからない……心はいま女将さんの話に集中している。

「でも、これから話すことは、飛朗さんは知らない。知っているのは、隼一さんと、大女将のまひわさん、先代の千鶴さんだけ。当時、鶏太郎《けいたろう》さんはカメラを担いで全国を旅していたから、少なくともわたしからは、いまも知らせてはいないの」

雛歩は黙ってうなずいた。そんな話をなぜ自分にしてくれるのか……ちょっと怖いような気もしたが、聞かずにはいられなかった。

「わたしには、隼一さんと結婚する前に、恋人がいたの。海外の赴任地で知り合った、スウェーデンの医師で、隼一さんとも親友の仲だった。三人で、患者さんの治療にあたり、一緒に食事をしたり、お酒を飲んで語り合ったりすることもあった。

でも彼には……国に残した奥さんがいた。初めてさぎのやへ、隼一さんに招かれたとき、彼は離婚の話をするために国へ帰っていた。でも、きっと彼はもう戻ってこない……と、わたしは思っていた。心もからだも疲れていたわたしを、隼一さんがさぎのやに誘ってくれたの。わたしは思っていた。さぎのやの人たちは温かく迎えてくれた。飛朗さんはニキビの高校生、こまきちゃんはランドセルをしょってて……かわいかったぁ」

女将さんが、思い出を懐かしむように片側の足を軽く上げた。お湯のはねる音がする。

「わたしの両親は、わたしが幼い頃から喧嘩ばかりで、冷たい家庭環境だった。だから、さぎのやの大家族というか、出入りの方々を加えて、たくさんの親戚に囲まれているような、にぎやかで笑いの絶えない環境に、びっくりするやら、戸惑うやら、だけどいつか一緒に笑ってて……本当に楽しくて、元気をもらえたの」

それ、わかります、同じです……雛歩はうなずいた。

「よし、もう一度頑張ろうって、医療団に戻ったの。赴任先は、当時は本人の希望が通ったから、以前と同じ地域を選んだ。しばらくして、スウェーデンから彼が戻ってきた。

無理だと思ってたのに、離婚が決まったらしくて、プロポーズされた。赴任期間を終えたら、彼の国に渡り、結婚することになった。あとから追いかけてきた隼一さんも、祝福してくれた。

正直に言えば……彼よりも、隼一さんのほうが、人間としては素敵だと思うこともあった。隼一さんには、さぎのやで育《はぐく》まれた、あらゆる人への寛容さが身に備わっていたから……。でも、人間の感情というものは、どうしようもなくて、わたしは彼を選んだ。そして、あの日が来た……」

女将さんはそこまで淡々と話していたが、いきなり口を閉ざし、胸もとを手で押さえた。雛歩には、ただ黙って待つことしかできなかった。

「わたしたちは、反政府グループが支配する町にいた。政府軍が、医療団に退去の警告を出したという話が、前日に流れてきてた。でも医療施設への攻撃は、戦争犯罪も同じだし、国際的な批判を免れないから、政府軍がおこなうことはない、とわたしたちは見ていたの。ただ医療団の本部には、退避を勧める声もあり、隼一さんがその話し合いと、医療物資を受け取りに、隣接する政府軍の支配する町へ出かけていった。

わたしは恋人と、緊急を要する数人の患者の手当てをおこなっていた。足りなくなった薬品を倉庫に取りに行くため、一人で医療棟を出たとき、空気を切り裂く音が頭上から降ってきた……次には、わたしは激しい痛みと暗闇の中にいた」

お湯のはねる音がした。雛歩は、自分の足が、無意識にお湯を蹴るようにして、湯壺から出ているのに気がついた。

静かに足を湯壺に戻す。温かさに救われる思いがする。

「意識を取り戻すと、そばに隼一さんがいた。手を動かすことも、首を起こすこともできなかった。元の地域から遠く離れた、政府軍の支配する大きな町の病院にいると、彼は言った。わたしは恋人の安否を尋ねた。隼一さんは答えてくれなかった。わたしの精神状態が、からだに影響すると思ったのね。だからわたしは、もう一つの大切なことを聞く勇気を持てなかった。おなかの赤ちゃんのこと……」

女将さんの洩らした吐息が、森の中へ吸い込まれてゆく。

「わたしは、短い時間意識を取り戻したかと思うと、長い時間意識を失い……自分の状態を、おおよそにでも把握できるようになったのは、フランスの病院のベッドの上でだった。隼一さんと、医療団のおかげで、わたしは肉体的には大きな後遺症を負わなくてすんだ。隼一さんは、いつもそばにいてくれた。そして、わたしの精神状態がいくらか落ち着いてきたのを見て、質問にもようやく答えてくれた。

恋人は、爆弾の直撃によって亡くなっていた。爆撃の知らせを聞いて、医療団のメンバーと戻った隼一さんは、ほとんど跡形もない医療棟を見て、呆然としたそうよ。遠くへ吹き飛ばされていたわたしを発見できたのは奇跡だし、病院へ搬送するまで命が持つかどうかもわからない状態だったから、助かったことも奇跡だと言っていた。だけど……おなかの赤ちゃんは助からなかった。隼一さんに見つけてもらったときには、もう……という話だった」

雛歩は、膝の上で拳を固く握りしめた。足からのぼってくる温かさとは別の、熱い感情のかたまりのようなものが胸の底で渦を巻き、苦しい……。

「わたしは深い鬱的な状態にあったと思う。死にたいと何度も願ったし、実際に試みようともした。そばで支えてくれたのが、隼一さんだった。でもひとりでは限界があると思ったのでしょう、わたしを無理にも飛行機に乗せて、さぎのやへ連れてきた。わたしは暗闇の中にいた。けれど、さぎのやの人々によって少しずつ明るい場所へ引き戻してもらった。ことにまひわさんと千鶴さんには、本当に助けていただいた……千鶴さんは、わたしを赤ん坊みたいにお風呂に入れて、一緒に寝てくれた、抱きしめてくれて、いい子いい子って、頭を撫でてくれた」

え……雛歩は、女将さんとお風呂に入り、お布団の中で抱きしめてもらって、頭を撫でてもらいながら眠ったことを思い出した。

「さぎのやには、お見送りの会、というのがあるの。お葬式みたいなものね。亡くなった方の名前を呼び、命の大切さを教えてくれたこと、共に生きることのかけがえのなさを伝えてくれたことを感謝して、お見送りをするの。恋人と、この世に生を受けることのなかった赤ちゃんを見送る会を、まひわさん、千鶴さん、隼一さんの三人が、そっと開いてくださった。さぎのやで、わたしはもう一度生き直す力をもらえた……。

しばらくして、隼一さんが結婚を申し込んでくれた。まひわさんと千鶴さんの勧めもあって、お受けすることにした。看護師に戻ることは精神的に難しいと思ったから、できるかぎりの恩返しをするつもりで、さぎのやに尽くそうと思ったの。でもまさか、女将になるように勧められるなんて思ってもみなかった。こまきちゃんは高校生だったから早いとしても、ほかにも適した人がいるはずだと思った。けれど、千鶴さんに重い病気があるとわかり……あなたしかいない、どうかさぎのやの力になって、と手まで合わせてくださって……とても断ることはできず、お引き受けすることにしたの」

女将さんが、肩の力をふっと抜いて、雛歩のほうに顔を向けるのがわかった。

「わたしがしていることは、すべてわたしがしていただいたことなの……でも、さぎのやを訪れる方々の悩みや悲しみは、さまざまで、わたしがしていただいたことだけでは追いつかない。本当に途方に暮れることもある。多くの人に助けてもらって、さぎのやの女将に、していただいているの。だから、雛歩ちゃんにも、助けてもらいたいって思ってる。娘さんが、お友だちと命を絶ったご両親のこと……あなたがいなかったら、どうやってお慰めできたか、わからない」

雛歩は首を横に振った。違います、違います、わたしなんて何もしてません、さぎのやだから、さぎのやがあるから……。

「あなたは、さぎのやにとって、もうかけがえのない人なの。さぎのやにずっといて、訪れる人たちを迎えてほしい。これからも、一緒にさぎのやを守ってほしいの」

雛歩は激しく首を横に振った。

「だめ？」

違います、違います……雛歩の胸の底からこみ上げてきた熱い感情のかたまりが、喉を走って、外へふき出した。声は抑えきれずに激しくなり、目から涙がこぼれ落ちる。

女将さんが雛歩の肩を抱き寄せる。ろうそくが倒れ、辺りが暗闇に戻った。

けれど雛歩の心の中は、暗闇でも、うつろでもなく、暖かそうな火が灯っている。

「本当よ……本当の気持ちなのよ」

女将さんの声が、雛歩の胸の炎を揺らめかせる。

わかってます、わかってます……雛歩は何度もうなずいた。

48

登校時間に、由茉がさぎのやに雛歩を迎えにきた。奏磨と勇麒も一緒だった。

奏磨は久しぶりの登校のはずだし、勇麒の家は離れている。三人とも、雛歩のからだのことも心のことも、祭りに関してすら、聞きもしなければ、話しもしなかった。

登校中は、それぞれ自分の家族の失敗談などを語り、学校では、同級生や先生のことなどを語り、雛歩に何が起きたのか、三人は何も知らない様子でいた。

雛歩は、彼らの気づかいを有り難く感じた。申し訳なくも思った。何がどうなれば、自分の気持ちが落ち着き、本当は何があったのかを、考え、受け入れられるのか……彼女自身まだわからなかった。

だから、「待ってて」と思った。「もう少し待っていて……」

それは、女将さんから教えてもらった言葉だった。

温泉の源泉があった場所から、山道を下っていくとき、雛歩は女将さんの後ろから、ずっと心にかかっていたことを尋ねた。

「お兄ちゃんと、庭で何を話していたんですか。もしかして、お兄ちゃん……女将さんに、わたしのこと……というか、両親のことを、話していたんですか」

女将さんは、少し間を置いて答えた。

「鹿雄さんは、自分の知っている事実を話してくれたの。そして、鹿雄さんの知っている事実を、雛歩ちゃんはまだ受け入れていないから、機会があったら言い聞かせてほしい、と頼まれたの。わたしは、それはできません、と首を横に振った……わたしは、雛歩ちゃんが話してくれたことを尊重します、と鹿雄さんには答えたの」

庭で女将さんが、鹿雄に対して首を横に振っていた姿を、雛歩は思い出した。

「雛歩ちゃん……無理に何かを認めようとしたり、逆に否定しようとしたりして、自分を追いつめないで。大事なことを判断するには、時間がかかることを、自分にも、他人にも、許してあげてほしい。これは、わたしの心の呪文なんだけど……『待ってて、もう少し待っていて』……心の中でそう唱えると、ちょっと落ち着くことがあるの。よかったら試してみて」

雛歩は、早速それを、今後どうすべきか、答えを求めて焦りそうになる自分に試してみた。日々のつきあいに気づかいを示してくれる友人たちにも、心の中で用いた。

「待つ」

ということに関しては、まひわさんにも求められたことだった。

女将さんと山道を下り、まひわさんとこまきさんの待つ場所にたどりついたあとだ。こまきさんの運転するワゴン車で、さぎのやへ戻っていく途中、

「雛歩は、新しい自分に生まれ変わりたいて、本当に言うたんかな」

と、助手席に座ったまひわさんに尋ねられた。

「え、なんですか……」

雛歩はいきなりの問いに驚いた。

「磐戸屋の会長の前で言うたんやろ、鉢合わせの乗り手になってみたいて」

「あ……」

「鉢合わせの真ん中におったら、ぶつかった瞬間に小さな自分なんて消えて……押し合いの中から、新しい自分が生まれて、命があることの意味も理解できるかもしれんと……そがいなことを言うたんかな？」

雛歩は困惑した。確かにそんなことを言ったおぼえはあるが、祭りのことをよく知らないまま、鉢合わせがとても素敵に思えて、思いつきを口走っただけだ。

「新しい自分になって、命があることの意味を、理解してみたいんかな？」

「え、あれは、ただ頭に浮かんだことを、口にしただけなので……」

「頭に浮かんだということは、心の底で願《ねご》うておるということよ。鉢合わせの乗り手として、大神輿に乗ってみたいんかどうか、はっきり気持ちを言うておみ」

ごまかしを許さない、厳しい口調で気持ちを問われ、雛歩は思わず目を閉じた。

ワゴン車の振動と、祭りの記憶が重なってくる。

まぶたの裏で……大神輿同士がぶつかり合う。その衝撃に、雛歩の中で何かがはじけ飛ぶ。神輿守りたちが、鉢合わせた大神輿を押してゆく。荒れた波が左右からぶつかり合うように、二体の大神輿がせり上がってゆく。

そのとき……雛歩の中で、新しい存在が生まれてくる予感がする。美しいほどに双方の力が釣り合ったその頂点に、新しい自分がいる……かもしれない。

「……乗りたいです。乗ってみたいです」

雛歩は、目を開いて答えて……すぐに、なんてことを言ったのだろう、と後悔した。

まひわさんは、しばらく考えていたのち、美燈、と女将さんを呼んだ。

「八町会総代のところへ相談しに行っておみ。わしも比口《ひぐち》宮司や鴻野君、掛河君らに話してみよ。磐戸屋の会長は、面白がっとったから、力を貸してくれるじゃろ」

「わかりました」

女将さんが答えたことに、雛歩はもちろん、こまきさんも驚いた様子で、

「まひわおばあちゃん……女の子が、大神輿の乗り手になるなんて、前例があるの？」

「あるわけない。あり得ん話よ」

まひわさんは即答し、「けど、あり得んからと言うて、何もせんままあきらめるのは、さぎのやの流儀に反する。困っとる人を救うことになるなら、全力を尽くすのが、さぎのやの道ぞな。だめで元々、当たってくずれろ。雛歩、ちょっと待っとりなさい」

実現性はともかく、心づかいだけでも有り難い話だった。

でも、まひわさん、それ、当たって砕けろ、ではないでしょうか……雛歩は気づいたけれど、自分の過去の言動が思い出されて口にできなかった。たぶん女将さんとこまきさんも気づいていながら、大女将のことだからスルーしたのだろうと、車内のしんとした雰囲気から察した。


三日後、雛歩は学校から戻ると、女将さんに呼ばれた。

部屋で着替えてくるようにと、巫女の装束を渡された。一度着ているので、はかまの前後を慎重に確かめてから着替え、袖と裾をぴんと伸ばして、下へ降りた。

「じゃあ、いきましょう」

女将さんは、着物姿にさぎのやのはっぴ、という普段通りの格好で玄関に立った。

「あの、どこへ、ですか」

「磐戸屋さんへ。大女将が、その格好で来るようにと、おっしゃったの」

まひわさんが、であれば逆らえない……雛歩は用意されているはきものをはいて、女将さんのあとにつづいた。

二人で道後温泉本館前まで歩いたあと、向かって左に、本館の横をぐるっと回ってゆく。突き当りをまた左に折れて、しばらく進むと、立派な造りの旅館の前へ出た。

玄関先に、『磐戸屋』と白く字を染め抜いた紺色のはっぴを着た男の人が立っている。女将さんと雛歩を見て、お待ちしておりました、と頭を下げた。

玄関を通って奥へ進む。通路脇に季節の花が植えられ、通路沿いのガラスケースにはきらびやかな和服が飾られていた。

女将さんは、慣れている様子で広いロビーを横切り、フロントへ進んだ。着物姿の女性が案内に立とうとする。女将さんは、大丈夫ですと断り、雛歩を伴ってエレベーターに乗った。フロントで伝えられた階で降り、ある部屋の前に立つ。

女将さんが、格子戸越しに奥へ声をかけ、格子戸を横に引く。広いくつ脱ぎに数人分の靴とはきものが並んでいた。女将さんのあとから、雛歩もはきものを脱いで上がる。つづく襖《ふすま》の前で、女将さんが膝をつき、

「失礼いたします。さぎのやの女将でございます。鳩村雛歩を連れてまいりました」

「ああ、お入り」

内から落ち着いた声がして、女将さんは襖を開いた。

雛歩は、女将さんにならって正座をして頭を下げ、あとにつづいて部屋に入った。

大きいテーブルの向こうに、磐戸屋の会長さんと、お祭りのときに人々を指揮していた八町会総代の仁志岡さんが、並んで座っている。テーブルの横にも、座っている人がいる。目をやると……にこにこ笑っているのは、白いひげの鶏太郎さんだった。

「ああ、巫女さんの格好で来たんやね。さあ、どうぞ前へ来て、座布団を当てて座って」

磐戸屋の会長さんが、テーブルをはさんだ向かい側の席を指し示す。

「ほう、この子かな……こりゃかわいい巫女さんじゃね」

仁志岡さんが野太い声で、でも柔らかい口調で言う。

雛歩は、女将さんと並んで座り、目のやり場に困って、鶏太郎さんを見た。

「日のある時間に、雛歩ちゃんと話すのは初めてだね。正直まだ眠いよ」

鶏太郎さんが、軽いあくびをしてみせて、「実は、この二人とは、同い年の友人でね。わたしがこの町で暮らすようになってからだから……もう四十年以上になる。会長も総代も、いまの飛朗くらいの年格好だったな」

「友だちなもんか。おれは、さぎのやの千鶴ちゃんと幼なじみで、ゆくゆくは嫁さんにと思っておったのに、よそから来た鶏太郎にひょいと取られてしもうた。憎い奴じゃ」

磐戸屋の会長さんが、言葉に反して、おかしそうに言う。

「おうおう、わしも千鶴ちゃんを取られたクチじゃ」

仁志岡さんも笑いながら言う。

そのとき遠くで水が流れる音がして、がらりと襖が開き、着物姿のまひわさんが現れた。雛歩をじろりと見て、鶏太郎さんと向かい合わせとなる位置に座る。

「昔話を肴《さかな》に杯を交わすのはまたとして……どうじゃろ、総代。考えてもらえまいか」

まひわさんの言葉を受けたとたん、仁志岡さんの顔が厳しく締まった。

「まあ、気持ちはわかりましたが、大神輿の乗り手に女の子は……前例がないのでね」

「けど、イベントのときに女の子を乗せることは、ようあるじゃろ。その延長線上で考えてみたらどうかな。前例はなくても、特例、という考えもある」

磐戸屋の会長さんが、仁志岡さんを説得するように言った。

「比口宮司は、ご神体さえ入れんかったら、イベントで女の子を乗せるのと同じ扱いにはなる、と言うてくれとる。鴻野君も、掛河君も、仁志岡さん次第ということじゃ」

鶏太郎さんが言った。

仁志岡さんはなお、うーんとうなって、

「しかし、男衆《おとこし》が担いだ大神輿での鉢合わせの衝撃は、そら半端じゃないけんな。経験のない女の子では、簡単に飛ばされて、大怪我をしかねまい」

「それはもう雛歩に練習さすのよ。いざとなったら、大神輿に縛り付けたらええ」

まひわさんが、ぶっそうなことを言ったところで……これって、わたしを大神輿での鉢合わせの乗り手にするかどうかの話し合いなんだ……雛歩は気づいて、ひっくり返りそうになるほど驚いた。

興奮のあまりに口走った自分の願い事のために、大人たちが真剣に頭を悩ませているなんて……あきらめます、すみませんでした、と喉もとまで出かかった。

「湯之町大神輿は、うちで説得する。湯之町が出れば、協力してくれるところも出てくるやろ。湯之町のほうに、この子を乗せて、相手方は通常の男衆ということで」

と、磐戸屋の会長さんが言う。だがすぐに、

「と言うても、鉢合わせはどこでする？　駅前で車を止めるなら警察の、路面電車の運行にも関わるなら会社だけでなく、国交省の許可も必要になる。理由をどうする？　ちゃんとした社会的な理由でないと、おおやけも動くまいが」

仁志岡さんが疑問を口にする。

もっともです、やめましょう、もういいです……雛歩はうなずいた。

すると、雛歩の隣で、女将さんが正座をしたまま、少し前に身を乗り出した。

「僭越《せんえつ》ですけれど……一人の女の子のために。一人の女の子が元気に生きていくために。その理由ではだめでしょうか」

雛歩は目をしばたたいて、女将さんの横顔を見つめた。

いや、あの、女将さん、すごく嬉しいし、有り難いですけど、そんな理由が通るわけありません、誰も説得なんてできません……子どもの自分でもわかることだった。

鶏太郎さんが、大きく咳払いを一つして、仁志岡さんのほうを見た。

「まさかそんな甘い理由で、おおやけの組織が動いてくれるわけがないよな、仁志やん」

「ほうほう。甘っちょろい夢みたいな理由じゃ。おおやけは動かんぞ、のう仁志やん」

磐戸屋の会長さんが言って、やはり仁志岡さんを見た。

仁志岡さんは腕組みをして考えている。

「雛歩、おまえは、何か言うことはないか」

まひわさんが、雛歩を見つめて問うた。

え、わたしですか、わたしは、もういいです、みなさんを困らせたくないです、女将さんを困らせたくないです。でも……雛歩は女将さんの横顔を見つめた。

女将さんは視線を伏せ気味にして、唇を引き結んでいる。何かと戦っている人の、毅然とした表情だった。この人の想いを裏切ることはできない……そう思わせられる美しい面差しだった。

鉢合わせを繰り返し目撃するうちに、しぜんと心に湧いてきた想い……鉢合わせの真ん中にいたら、小さな自分なんて消えて、いままでとは別の自分が生まれてくるかもしれない、そして、命があることの意味も理解できるかもしれない……そう思ったことは、甘っちょろい夢かもしれないけれど、嘘ではない。

もし、新しい自分が生まれてきたら……わたしは何を思うだろう。命があることの意味を理解できるとしたら……いままで自分の身に起きたことを、どんなふうに考え直すだろう。そしてこれからをどう生きていけるだろう。

雛歩……何もしないで、いまの宙ぶらりんなままで、いつづけるの？　新しい何かをつかめるチャンスが、目の前にあるかもしれないんだよ……。

雛歩は、畳に両手をつき、勢いをつけて頭を下げた。座っていた場所がテーブルに近過ぎて、額を思い切りテーブルにぶつけた。

周囲の大人が、あっと声を発する。雛歩は、恥ずかしくて痛がることもできず、からだを引き、じんじんする額が畳につくくらいまで頭を下げた。

「お願いします。大神輿の乗り手をやらせてください。絶対に大神輿から飛ばされたり落ちたりしないように努めます。迷惑をおかけしないようにします。いえ、きっともう迷惑をおかけしてるはずで……これからも迷惑をおかけするはずで……でも、そのぶんきっと、みなさんの役に立てるよう、心を尽くします、ご恩をお返しします」

誰も何も言ってくれなかった。沈黙が針のように彼女のからだを刺す。そのとき、

「福駒です。よろしいでしょうか」

襖の向こうから声がした。

「おう、どうした」

磐戸屋の会長さんが応えると、襖が開く音がして、

「お言いつけの時間なので、おビールをお持ちしたのですけれど……もう少しあとにしたほうがよろしかったでしょうか」

「うん……まあ、総代が悩まれるのは承知しておったから、酒でも飲まして、ゆるゆる陥落させようかと思ったんだが……少しおれの勇み足かな」

磐戸屋の会長さんの苦笑いを含んだ声がして、では、いったんお下げしましょうか、

と福駒さんの声がしたとき……仁志岡さんのところから、大きなため息が聞こえた。

「いいや、福駒……下げるには及ばん。巫女様……顔を上げてくれるかな」

仁志岡さんに声をかけられ、雛歩はこわごわと顔を上げた。

「おおやけが動かんような、甘い理由やからこそ、神輿守りの意地の見せどころではないかと、この二人の友は言うのよ。正直言えば、わしも大神輿を出してあげたい。あなたの頑張りを見てみたい……。けど、かき夫はどうする。押し手はどうする。祭りは終わったばっかりよ。誰もが祭りのためにいろいろと犠牲にして頑張って、ようよう終わって、それぞれが自分の仕事に戻っとる。わしとしては無理を言えん。出せ、と指示はできん。けどもよ……わしも神輿守りの一人じゃ。誰も担ぎ手がおらんのやったら、わしが担ごう」

え……雛歩は目をしばたたいた。

「押し手がおらなんだら、わしがもろ肌脱いで、押そう。おう、おまえら二人も、誰も担がんかったら、この巫女様が乗った大神輿に肩を入れて、担ぐんぞ」

「ああ、担ごう、担ごう」

鶏太郎さんと磐戸屋の会長さんが、口をそろえて答えた。

まひわさんが、ぽんぽんと手を叩き、

「一人のために、みんながおのれを犠牲にして汗をかく……それこそ、さぎのやの心、道後の粋というもんじゃ。福駒、ビールを運んでおくれ」

用許可が出た。

湯之町大神輿の相手には、道後村大神輿が名乗り出てくれた。

あとで聞くと、ほかの六町も、やってもいい、と言ってくれたらしい。湯之町はもともと道後村から独立した経緯があることから、八町の話し合いで決まったという。

ただし、急な話のため、かき夫がなかなか集まらない。本来なら事前に練習用の神輿を出し、鉢合わせの練習をするらしいのだが、本番で、ただ一度の勝負、ということになった。

雛歩は、飛朗さんに、こうしたいきさつを踏まえて手紙を書いた。

失礼な別れ方をしたままだったから、とにかくまず謝りたかった。その上で、献上鉢合わせの乗り手にしてもらえたことを伝えたかった。

本心は……不安を訴えたかった。

練習を重ねるごとに、とても大神輿の乗り手になんてなれない、と思わざるをえなかった。湯之町大神輿の会員の人たちも心配して、心構えから、衝撃に耐える姿勢や、コツなどを、丁寧に指導してくれた。

会員の人たちが担いだ、中くらいの大きさのお神輿に乗せてもらい、激しい揺れや、落ちそうなほど傾いたときの恐怖も体感した。ラグビーのタックルバッグを用いて、ぶつかられた際の衝撃に耐えるトレーニングも重ねた。

周囲の人たちは励ましてくれるが、その表情からは半ばあきらめている感じが伝わってくる。いまさら自分から、やめたい、なんて言い出すこともできず……飛朗さんに、いまの状況を理解してもらい、慰めか、励ましの言葉をもらいたかった。

本当は、飛朗さんに帰ってきてもらい、「彼女にはもう無理だから」と、みんなを説得して……鉢合わせを中止にするか、だめなら、別の人に代わってもらえるように働きかけてほしかった。

電話ではとても言えず、メールはあまりに軽くて失礼だし、本気が伝わらないかもしれないと思い、字が下手なので恥ずかしかったが、自筆の手紙にした。

ああでもないこうでもないと、言葉を選びながら書き進めていくうち……女将さんをはじめ誰もまだ、雛歩の両親について、あらためて問う人がいないことに気がついた。

自分が信じてきた事実が、兄や親戚の人たちが認めている事実とは違う……ということは、理解できるようになった。けれど、今後それにどう向き合って生きればいいのだろう。いままでどおり暮らしていたって、答えは出そうにない。

鉢合わせの乗り手として、力がぶつかり合う頂点にいたら、新しい生き方に踏み出せるかもしれないという期待は、ずっと変わらずにあるけれど……じゃあ本当のところ、自分は両親のことをどう考えたいのか、と言えば、よくわからない。

わかろうとすると、霧がかかったみたいに、考えを進められなくなる。それでも考えようとすると、胸が苦しくてたまらなくなる。

だからこそ……とんでもないことに挑戦することが必要なのかもしれない。

いままでの自分の殻《から》が壊れて、立ちこめていた霧がはれれば……新しい形でとらえられる真実というものが、見えてくるのかもしれない。

雛歩は、飛朗さんに不安や愚痴を書きつらねていた便箋《びんせん》を破り捨てた。

怖いけど、やってみます……と書き直した。

不安だけど、弱音を吐かずにがんばり通します、大切な何かが見つかるかもしれないから……。最後に、だから……と書き添えた。

『だから、飛朗さん、遠くから見守っていてください。そして、弁護士さんになる最終試験、がんばってください。わたしもこっちから全力で応援してます。　雛歩』

50

来た。とうとうこの日が来た。

雛歩は、したくをして、一階に下りた。広間には明かりがつき、女将さんがテーブルに簡単な食事の用意をしてくれている。

「おはようございます」

雛歩は、固い声で挨拶をした。

「おはようございます」

女将さんが笑顔を返してくれる。

「何も食べないのはよくないし、おなかにもたれてもつらいでしょうから、ショウコさんがお粥《かゆ》を炊いてくれました。食べていって」

雛歩たちの声を聞きつけて、調理場からカリンさんとショウコさんが顔をのぞかせ、雛歩と挨拶を交わした。

「雛歩ちゃん。わたしと、カリンさん、ショウコさんは、お泊まりの方々がいらっしゃるから、さぎのやに残っています。大女将と、こまきちゃん、マリアさんが、ついていってくれます。どうか、無事で帰ってきてね」

「はい。ちゃんと帰ってきます」

雛歩は、三人に約束するつもりで、深く頭を下げた。

食後、部屋に戻って、部屋着から巫女の装束に着替えた。

特例の鉢合わせの乗り手として、何を着るかについては、いろいろな意見があった。〈まどんな神輿〉を担ぐ際の、女性用の祭りの衣装、学校の体操着という意見も出たが、巫女さんを担ぐほうが担ぎ甲斐があると、かき夫の代表者らが言い、話し合いの結果、巫女の装束で、と決まった。

サチオさんが、事前の約束通りに部屋を訪れ、雛歩の着付けを手伝ってくれた。

「女の子が鉢合わせの乗り手になるなんて、どれだけ無防備なんでしょうね」

髪も綺麗に整えてもらい、雛歩が鏡で確認しているとき、サチオさんに言われた。

相変わらずクールな声だったから、呆れられているのか何なのか、意味がわからず、

「あの、前にもそう言われましたけど、無防備って、どういう意味ですか……」

答えが少し怖くて、雛歩は鏡のほうを向いたままで尋ねた。

「無防備は、赤ちゃんを考えればわかります。一番脆《もろ》そうで、実は一番強く、その存在で周りを明るくしてくれます」

声はやっぱり静かなトーンだったけど、鏡には、サチオさんの温かい感情のこもった笑みが映っていた。

玄関に下りると、こまきさんとマリアさんが待っていた。二人は、女性用の祭りの衣装を身に着けている。まひわさんはすでに神社に上がっているという話だった。

女将さん、カリンさん、ショウコさん、サチオさんが、玄関先で見送ってくれた。

「いってらっしゃい」

雛歩たち三人は、人けのない道後温泉駅前に出て、まっすぐ伊佐爾波神社へと坂をのぼった。ふだんはおしゃべりのマリアさんも緊張しているのか、ほとんど口を開かない。

石段の先の神社には、そこだけ明かりがこうこうと灯っている。

こまきさんとマリアさんは、石段の下で待機することになっており、

「いってらっしゃい」

こまきさんは笑顔で、雛歩の背中を撫でたあと、とんと軽く叩いて励ましてくれた。

マリアさんは無言で、雛歩を強く抱きしめてくれた。

石段は、電灯がところどころ灯っているので足もとは明るかったが、垂直かと思うく

らい急だし、巫女の装束でのぼるのは、はかまの裾がからむなどして大変だった。

朝のジョギングによって以前より体力がついていたおかげで、息を切らしながらも、どうにか上までのぼりきる。苦労したぶん、すがすがしい景色が見られるに違いないと期待していたけれど……。

なななななんですか、これは……。神社の前庭は、黒々とした影であふれかえり、火事のように煙を吹き上げている。

よく見れば……祭りのはっぴを着た男の人たちが、前庭いっぱいに隙間なく立っているのであり、彼らの汗が熱気で蒸発し、もやのように立ち上っているのだった。

彼らが、雛歩の気配を察したのだろう、一斉に振り返った。

「おう、見えた、見えた、巫女さんじゃ。巫女さんが見えたぞぉ。通せ、通せ」

男衆が言葉を掛け合い、からだを窮屈に寄せて、雛歩の前をあけてくれる。

ほどなく神社の美しい造りの拝殿まで、細い道がまっすぐ開けた。

その先の石段の上に、巫女姿のまひわさん、祭りのはっぴを着た、鶏太郎さん、仁志岡さん、磐戸屋の会長さんが、にこやかな笑顔で待っている。

まひわさんが、拝殿の前の石段を下りてきて、困惑のあまり動けずにいた雛歩を迎え、手を引いて、男衆があけてくれた道を、拝殿まで導いてくれた。

「いまから、ご神体の代わりに、さぎのやに長いあいだ保存されてきた、古い時代のお遍路さんや旅の者たちの遺品を、大神輿の内側に入れる行事をおこなう。鉢合わせという魂振りによって、草の根の人々の想いをまつり上げる。

そして……ええかな、わしらもみんな、生まれて死ぬまで、幸せと救いを求めて、この世を旅する巡礼じゃ。その巡礼者である、わしらの旅を、できれば最後までしっかりとつづけられるように願い上げる。一緒に立ち会いなさい」

比口宮司のお祓《はら》いを受けておこなわれる行事は、雛歩はほとんど頭を下げていて、目にすることはできなかったが、おごそかに進められ、平穏に終えることができた。

仁志岡さんの合図で、本殿前に置かれていた二基の大神輿を、かき夫たちが外へ出す。

前庭の広い場所で、かき夫たちは、双方の大頭取さんの指示を受け、セーノッ、セッ、という掛け声に合わせて、大神輿の担ぎ棒に肩を入れて担ぎ上げた。

目の前で見ていた雛歩は、うわっ……と、のけぞるくらいの迫力を感じた。

かき夫たちは、セイヤ、セイヤ、と威勢のよい声を上げ、垂直落下かと思う急な石段を、大神輿を担いだまま下りはじめた。

かき夫の中には、アキノリさん、勇麒、奏磨の姿がある。そばに付き添う神輿守りの列に、イノさんの姿もある。

彼らは雛歩のことを確かに見たが、表情も変えず、大神輿と一緒に石段を下りてゆく。

湯之町大神輿につづいて、道後村大神輿も石段を下りはじめた。

そんな大変なことを、そんな危険なことを……雛歩は突然泣きたくなった。

「巫女様、どうされた」

振り向くと、仁志岡さんが心配そうに雛歩の顔をのぞき込んでいる。後ろには、鶏太郎さん、磐戸屋の会長さんもいる。

「わたしのために、みなさんが、危ないことをされているのが、申し訳なくて……」

雛歩は涙をこらえて答えた。

仁志岡さんも、鶏太郎さんたちも、ああ、と理解したようにほほえんだ。

「神輿守りのことを思いやってもろうて有り難いが、もうみんな、巫女様のためだけにやりよるわけじゃないんよ。自分のため、というのか、自分の証明のためにやりよるところがある」

仁志岡さんが、石段を下りてゆく大神輿を見送りながら言う。

「なんの、証明ですか……」

「縁もゆかりも無《の》うても、困っとる人のために、汗をかける自分でおられるかどうか」

「雛歩ちゃん、四国八十八カ所を支えとるのは、地域の人らのお接待の心なんよ」

鶏太郎さんがそばに来て言う。「お遍路さんに、お茶やお菓子を出して、休んでもらう。ときには食事を出し、宿を貸す……それは、お遍路さんを、弘法大師《こうぼうだいし》の身代わりと思うがゆえに、もてなすのだと言われるし、功徳《くどく》を積むためだとも言われるが……根っこは、共に悲しみ、共に苦しむ心よ。共に生きている者への思いやりよ」

「いまの時代、いまの世界では、一番失われがちのものじゃね」

磐戸屋の会長さんが深くうなずく。「同じ時代、同じ世界を、共に生きている者としての思いやりこそ、たぶんいま最も必要とされる、お接待の心ぞな。この鉢合わせも、一つのお接待と思うて、素直に受け取りなさい」

雛歩は、大人たちの温かい心づかいに満ちた言葉を受け、気持ちが軽くなるのを感じた。

「ありがとうございます」

三人にお礼を言い、拝殿の前にいる比口宮司とまひわさんにも、また周囲の神輿守りの人たちにも、石段を下りていくかき夫の人たちにも、ありがとうございます、ありがとうございます、と繰り返し大きな声でお礼を言いながら、石段を下りた。

51

道後温泉本館の前に、二基の大神輿が並んだ。

本館は閉まっているが、前の広場は照明によって明るく浮かび上がっている。

湯之町大神輿と、道後村大神輿のあいだは、十メートルくらい離れていて、大神輿の担ぎ棒から後ろには、それぞれの地域の神輿守りたちが集まっている。

さらに周囲をぐるりと半円形に人々が囲んで、特例の鉢合わせを見守っている。

本館の前には、見届け人として、まひわさん、仁志岡さん、磐戸屋の会長さん、仕切り役としての掛河さんがいる。

彼らとほぼ向かい合わせとなる、商店街の入口付近には、今日は洋服姿で髪を下ろしている若葉さん、由茉、濱田さんや尾久村さんをはじめ、さぎのやでお会いした人たちの姿がある。富永《とみなが》先生とサチオさんもいる。

お神輿の練習に工房を貸してくれた鴻野さん、雛歩の行方不明の届けについて調べてくれた古坂《こさか》さんもいる。鶏太郎さんは、こまきさんとマリアさんと並んで、最前列にいた。

雛歩は、まひわさんに渡された紐《ひも》で、袖が邪魔にならないようにたすき掛けをし、気合を込めて紐を縛った。はきものを脱ぎ、足袋だけになって、大神輿の一番前に立つ。

相手の大神輿の前にも、二人の乗り手が腕を組んで現れる。

その一人がスキンヘッドにしており……あっ、と雛歩は秋祭りでの彼の活躍を思い出した。見た目が怖いのはもちろん、統率力も技術もある乗り手だった。

いきなりそのスキンヘッドさんが、雛歩に歩み寄る。剃《そ》ってある眉のあいだに深い縦《たて》皺《じわ》を刻んで、雛歩を睨みつけてくる。ふだんだったら悲鳴を上げて逃げ出すところだけれど、いまはなんとか足を踏ん張った。

「巫女さん……わしら、手加減せんよ」

スキンヘッドさんがしわがれた声で言った。「それが、わしらのお接待やから」

どどう答えたらいいの……雛歩は周囲に助けを求めたかった。でも、いま首を動かしたら、支えてくれている人たちだけでなく、スキンヘッドさんと、相手の神輿守りの人たちにも失礼になる気がして……できるだけ声が低くなるように意識して答えた。

「望むところです」

おー、と雛歩の後方から海鳴りのような声が湧いてくる。

スキンヘッドさんは、唇の端に笑みを浮かべて、元の場所へ戻っていった。

どちらからともなく、互いの神輿守りから声が上がる。湯之町大神輿の神輿守りたちは、雛歩と並ぶ位置まで身を乗り出し、持ってこーい、持ってこーい、と手を振りながら、荒くれた声を発し……一方、道後村大神輿の神輿守りたちも、いまにもつかみかかってきそうな勢いで、手を振り、来い来い来い、来い来い来い、と繰り返し叫ぶ。

仁志岡さんの合図を、掛河さんが双方の大頭取さんに伝え、大神輿を担ぐ指示が出された。

雛歩は、一緒に乗り手を務めてくれる掛河さんの甥っ子さんを振り向いた。すると、

「ユウスケ、ご苦労さん。代わるよ」

現れたのは……祭りの衣装に身を固めた、飛朗さんだ。

ななななんでここにいるんですか……雛歩が声も出せずにいると、

「勝利の女神を支えないとね。昨日、最終便で飛んできた。こまきが、雛歩ちゃんを動揺させるから、本番まで姿を見せるなって言うからさ」

飛朗さんが、例の王子様スマイルで言う。

いやいや、この登場だって十分動揺しますから……雛歩はこまきさんを振り返った。

こまきさんは、のんきにいいねサインを送ってくる。

その隣には、いつのまにかブンさんがいて、口の脇に両手を当て、

「こらー、ヒナ坊ー、負けんなー、気合入れていけー」

と叫んだ。ブンさん、こまきさんと違うって、やっとわかってくれたんだ……。

そのブンさんが前に出てくるのを、イノさんが、こらこらさがって、と止めている。

「雛歩ちゃん、しっかり相手を見ろ。そして絶対に綱から手を離すなよ」

飛朗さんの言葉に、はいと答え、大神輿本体に巻き付けてある綱を握って、担ぎ棒に足を乗せた。

耳持ちの位置にいたアキノリさんが、足場を確保できるように支えてくれる。

雛歩は、左の足を後ろ棒にのせ、右足を……ゴメンあそばせ……大きく上げて、大神輿の「耳」と呼ばれる、屋根の角から突き出した飾りの後ろに、踏ん張る姿勢で置いた。

飛朗さんが、大神輿の本体をはさんで雛歩を見つめる。雛歩は、大丈夫です、と目で答えた。大頭取さんが、大声で指示を出し、かき夫たちが担ぎ棒をつかむ。

神輿守りの人たちが、自信を持って行け、わしらを信じろ、と声をかけてくれる。押し手の後方にいる勇麒と奏磨と目が合う。彼らも力強くうなずいてくれる。

「ようし、上げるぞー」

飛朗さんが、かき夫たちに声をかける。かき夫たちも、おーっと応える。

雛歩は、飛朗さんと目を合わせ、イチ、ニの……と調子を取って、腕を振り上げ、か

き夫たちに大神輿を上げるように指示を出すと同時に、

「セーノッ、セッ」

と声を発し、周囲も声を合わせ、かき夫たちが一斉に大神輿を上げた。

雛歩の視線が一気に高くなる。三メートル以上ありそうだ。怖いといえば怖いけれど、それ以上に気が高ぶり、いっそ気持ちいい。

相手の大神輿も担ぎ上げられる。本体が真っ黒で、踏みつぶされそうな迫力を感じる。

スキンヘッドさんが手を高く掲げ、神輿守りたちに気合を入れている。かき夫たちが、ソーリャソーリャと担いだ大神輿を振って、力をみなぎらせている。

雛歩は、大神輿の保護のために縦に巻き付けてある綱を両手で握り、左足を大神輿の横に巻き付けてある綱の上に乗せた。ぶつかり合ったときに振り落とされない姿勢だ。

飛朗さんともう一度目を見交わし、左手を綱から離して、宙に振り上げる。

「行くぞーっ」

雛歩は、腹の底からありったけの声を出し、眼下の神輿守りたちを見回す。

うおーっ、と頼もしい声が返ってくる。

雛歩は、一瞬空を見上げた。星がまたたいている。

見てて、と祈った。見てて。

雛歩は、宙に上げた左手を、勢いをつけて振り下ろし、大神輿の屋根をダンッと叩いた。

引き絞られた矢が飛び出すように、喚声《かんせい》とともに大神輿が走り出す。

相手の大神輿も、大声を発しながら走ってくる。互いの声が先にぶつかる。相手の大神輿の巨大で黒光りする屋根が、雛歩を吹き飛ばす勢いで突っ込んでくる。

目をそらすな。みずからに言い聞かせる。手を絶対綱から離すな。

次の瞬間、生まれて初めての衝撃を受けた。

鉄のつぶれる音がして、からだが空中に飛ばされる。

〈お父さん、わたし、本当にこれに乗っていいの。ヒナはお父さんの子どもだから、特別なんだ〉

〈でも、雛歩、ちゃんとつかまってなきゃだめよ。うん、わかってる。ここの綱をしっかり握るんだよね〉

手がちぎれるほど痛む。その痛みを確かな手ごたえとして、引き寄せる。からだが振り戻され、どんっと背中が何かにぶつかる。鉄に比べたら柔らかく、熱を帯びている。

「おら、巫女さん、おだぶつかっ」

耳もとで叫ばれる。雛歩は我に返り、スキンヘッドさんとからだをぶつけ合っているのに気がついた。力がよみがえる。相手を睨み返す。

「生きてるよっ」

生きてる……わたしは生きてるっ。

「押してーっ、もっと押してーっ」

雛歩は、スキンヘッドさんの背中を手で突き放し、大神輿に巻き付けた綱をぐいぐい引きながら、かき夫たちに叫んだ。

「押してーっ、押してーっ」

双方の力が等しくぶつかり合って、どちらの大神輿も止まったかのように感じる。力がみなぎり満ちて、足もとから人々のエネルギーがのぼってくる。雛歩のからだをそのエネルギーが貫いて、星のまたたく天空へとかけのぼってゆく。

お父さん、お母さん……ありがとう……わたし、生きていく、ここで生きていくよ。

「双方、引けー、かき夫を下がらせー。湯之町ー、道後村ー、双方とも引けーっ」

仁志岡さんの声が大きく響く。

飛朗さんも、引くように、かき夫たちに合図を送っている。スキンヘッドさんも、かき夫や押し手を落ち着かせている。

次第に、嵐の海のようだった力の波が引いていく。二基の大神輿のあいだが分かれ、激しく燃え立っていた空気がおだやかに拡散していく。

「引き分けじゃあ。双方よう戦《たたこ》うた、引き分けじゃあ」

仁志岡さんが宣言する。

見ている人々のあいだから拍手が起こり、双方の神輿守りたちから歓声が上がった。かき夫たちが、大神輿を跳ねるように揺すり上げる。乗り手としての雛歩を、讃えてくれていることが伝わってくる。喜びよりも戸惑いが大きく、飛朗さんを見た。優しい目がそこにある。よくやったねと、ほほえんでくれている。

雛歩は神輿守りの人たちを見た。みんな、雛歩を見上げて、飛朗さんと同じような笑みを浮かべている。アキノリさんもほほえんでいる。

周りに目をやる。勇麒と奏磨が頭の上で手を叩いている。まひわさんが満足そうに笑っている。仁志岡さんと磐戸屋の会長さんがうなずいている。スキンヘッドさんをはじめ道後村大神輿の人たちも、拍手を送ってくれている。

商店街の入口では、こまきさんとマリアさんが抱き合って飛び跳ね、鶏太郎さんが拳を突き上げている。ブンさんが、ヒナ坊っと叫んで走ってくるのを、イノさんが笑って止めている。サチオさんや富永先生はじめ、さぎのやのなじみの人たちも、声を上げ、拍手してくれている。その人たちの向こうに……ある人の影が、ちらりと見えた。

「ようし、跳ぶぞーっ」

飛朗さんが、神輿守りたちのほうに叫び、おーっと声が返ってくる。

かき夫が大神輿を揺らすのを止める。何事かと雛歩が振り向くと、飛朗さんは大神輿から手を離し、神輿守りたちのほうへ両手を広げて、ダイブした。

ウッソ……雛歩は目を見開いたが、神輿守りたちは見事に飛朗さんをキャッチした。

「おーし、神輿をゆっくり下ろせ、巫女さんに怪我をさすなよー」

掛河さんが、湯之町大神輿のかき夫たちに声をかける。

「待ってくださーい」

雛歩は下に向かって声をかけた。飛朗さんと、周囲にいる神輿守りの人たちを見る。

「跳びまーす」

えーっ、と困惑の声が返ってくる。

雛歩は、前向きはさすがに恥ずかしかったこともあり、でもきっとそこには人々の手があることの信頼を胸に、後ろ向きになって跳んだ。

あ……空の上を、大きな白い翼がよぎっていく……。

次には柔らかい衝撃とともに、多くの人の手の上に受け止められていた。

おーっという歓声と拍手が雛歩を包み込む。人々の笑顔の向こうに、もう白い翼は消えていた。飛朗さんに支えられて、立ち上がる。

「ありがとうございます、ありがとうございます、ありがとうございます」

雛歩は、周囲の人たちに何度も何度もお礼を言って、頭を下げながら神輿守りの人たちの輪から抜けた。道後村大神輿の人たちにも、感謝を込めて頭を下げる。周囲を取り囲んでいた人たちのあいだも、お礼を言いながらすり抜けて、光から外れた道を歩き去っていく人に声をかけた。

「女将さんっ」

歩き去る背中が止まり、雛歩を振り返る。

「女将さん……見に来てくれたんですか……」

女将さんは、いたずらを見つかった子どものような照れ笑いを浮かべ、

「つい心配になって、来ちゃった……でも、偉かったね、素晴らしかったよ」

雛歩は、女将さんのふところに飛び込んだ。背中に手を回し、女将さんを抱きしめる。

その匂いを胸いっぱいに吸い込む。

「女将さん、お願いがあります」

「なあに」

「両親を、一緒にお見送りしてください……さぎのやで、両親をお見送りしてください」

女将さんの手が、雛歩のからだに回される。ぎゅっと強く抱き寄せられる。

「わかりました。あなたと一緒に、ご両親をお見送りさせていただきます」

ドーン、と道後温泉本館の太鼓が鳴った。新しい一日の始まりを告げる太鼓の音が、
一つ、また一つ、明けゆく空に響いてゆく。

52

ここだ、ここだ、ここだった。

雛歩は、人けのない山の中の小さな農園の前に立った。

農道に出入りする場所に、水道の蛇口が備えられている。そばに木があり、枝にハンガーが二本掛けられ、古い手ぬぐいが二枚ずつ掛かっている。

「あったー、由茉ー、こっちー。勇麒ー、奏磨ー、ここ、ここだよー」

自転車を押して坂をのぼってくる由茉に声をかける。少し先へのぼっていた勇麒と奏磨が、声を聞きつけ、自転車ですうっと下りてくる。

「ここに掛かっていた手ぬぐいを、お借りしたの」

雛歩は、伯父の家から逃げる途中で、怪我をした足に巻くために手ぬぐいを借りた。女将さんに助けられたとき、足にはまだ巻いていたという。女将さんが、お風呂場で雛歩のからだを清めるとき、手ぬぐいを外し、洗って、取って置いてくれていた。

早く返しに来たかったが、借りた場所がなかなかわからなかった。葉物野菜や果実をさぎのやに持ってきてくれている久里原さんに相談したところ、当の農家を見つけ出してくれた。老夫婦が、自分たちの食べる分を作っている畑で、なくなった手ぬぐいは、風にでも飛ばされたのだろうと思っていたという。

あんなボロ布、返してもらわんでもええよ、と老夫婦は笑っていたそうだ。でも直接お礼を言いたくて、詳しい場所を聞き、日曜日にうかがうことにした。

女将さんが車で送ってあげると言ってくれたが、雛歩は、自分のたどった道を、肌に直接風を受ける感覚で確かめたかった。いわば、あの日から始まったのだから……。

歩いてだと、さすがに遠過ぎると言われ、こまきさんから自転車を借りることにした。その話を自主学習教室でしたら、三人も一緒に行くと言った。受験勉強の息抜き、ということらしい。

雛歩たちは、教えられた通りの道をたどって、畑の持ち主の家を訪ねた。電話をしておいたので、おじいさんとおばあさんは、手作りの柿もちを用意して迎えてくれた。

柿もちは、庭に生《な》った柿の実を干し柿にして、細かく刻んでから、米粉と混ぜて蒸したものだという。干し柿の甘さに、焼くと香ばしさが加わって、四人そろって、おいしい、おいしいと、幾つもおかわりをした。

雛歩は、二人におわびと感謝を述べて、自分で洗い直してアイロンをかけた手ぬぐいと、さぎのやの調理場でショウコさんに教えてもらって作った、まつやまずし、別名もぶりずしを差し出した。

二人は心から喜んでくれた。おみやげにと、畑で採れたサツマイモと小松菜を袋に入れて、四人それぞれに渡してくれた。

自転車で、一時間半ほどで道後に戻れるはずだった。勇麒と奏磨は先を争って飛ばし、雛歩は由茉とゆっくり初冬の風を感じながら走った。

「ヒナ、お見送りの会、行けなくてごめんね。弟や妹の面倒をみなきゃいけなくて」

「ううん、大丈夫。由茉の気持ちは届いてる」

さぎのやで開かれた、雛歩の両親をお見送りする会には、さぎのやに出入りする大勢の人たちが集まってくれた。兄の鹿雄も駆けつけた。

広間で、まひわさんが、雛歩と鹿雄の両親の名前を読み上げて、

「命の大切さを伝えてくださり、ありがとうございました」

と述べると、集まった人々が、

「ありがとうございました」

と、そろって声を上げた。

「共に生きることのかけがえのなさを伝えてくださり、ありがとうございました」

と、まひわさんが述べる。するとまた、

「ありがとうございました」

と、人々が声をそろえた。

あとは、人々が持ち寄った料理をテーブルに並べ、お見送りした人の思い出を、参加したみんなで共有することがならわしだった。

雛歩は、両親のことだけでなく、祖父母のことも話した。故郷で亡くなった知り合いのことも話した。

鹿雄が、家族の思い出話をしている途中で泣きだした。雛歩よりも大きな声を上げて泣くので、雛歩も周囲も驚いた。

「大事な妹を、たった一人で守らなくちゃいけないって……自分に課してきた責任感とか我慢から、やっと少し解放されたのかもしれないね」

と、女将さんがいたわりをこめた吐息とともにつぶやいた。

マリアさんがかわいそうに思ってか、鹿雄を抱きしめてくれた。

本当はこまきさんがよかったのかもしれない……お兄さんも大変だったんだよね、と、こまきさんが雛歩に言うのを、鹿雄は耳に留めたのだろう。マリアさんのおっぱいの陰から、雛歩に向けて、おい、こまきさんに……と訴えるように目配せをしてきた。

だが、兄よ、人生はそんなに甘くない……雛歩は兄のそばに身を寄せ、マリアさんに、息が詰まるくらい抱きしめてやってください、と頼んだ。

自転車を走らせるには、ちょうどよい気候だった。紅葉は色を濃くし、どこからか焚き火の匂いが流れてくる。

軽快に飛ばすうち、まだ日のある時間に、石手寺まで戻ってきた。

勇麒と奏磨が、裏手から回って帰ろう、と主張した。のぼり坂はきついが、下りが楽しめるからと言う。

子どもよねぇ……と、雛歩と由茉は顔を見合わせ、仕方なく石手寺の裏に回った。

ここでリヒテンシュタイン出身の人と、飛朗さんが話してたなぁ……最終試験、飛朗さんは受かったかなぁ……じき発表のはずだけど、きっと受かってるよね……と考えつつ、男子につづいて、由茉と坂をのぼってゆくうち、雛歩は右手の雑木林の中に白いものを見つけた。

ブレーキをかけ、少し道を戻る。お遍路さんの羽織る半袖の白衣《はくえ》が、木の陰に見える。

雛歩は自転車を下りて、歩み寄った。

人が、ぐったりとした様子で、木にもたれかかっている。

セーターの上に白衣を羽織り、ジーンズにスニーカーという格好で、リュックと金剛杖が草の中に転がっている。どうやら歩き遍路をしているらしい。

「どうされました、大丈夫ですか……」

雛歩はそっと声をかけた。

顔を上げたのは、二十代半ばくらいの髪の長い女性だった。

「あ……ちょっと、めまいがして……」

女性が弱々しい声で答えた。

「どうしたの」

由茉が声をかけてくる。勇麒と奏磨も自転車で戻ってくる。

「めまいがするんだって」

「じゃあ救急車、呼ぶ？」

奏磨が、ジャケットのポケットからスマホを出す。

「あ、いえ……ちょっと休んでれば……」

女性が力なく手を横に振った。

雛歩は、相手のそばに膝をついて、大切なことを尋ねた。

「失礼ですけど……帰る場所はありますか」

「え……」

「あなたには、帰る場所がありますか」

相手の女性はびっくりした表情で、雛歩を見つめ返した。この人も、みずからに問いかけることがあるのかもしれない。わたしには帰る場所があるのだろうか、と。

雛歩なりに、相手の表情が意味するところを察し、ひとまず言葉を改めて問い直した。

「たとえば、お宿は決まってます？」

相手は、少し間を置いて、首を横に振った。

雛歩は、奏磨を振り返り、

「さぎのやに掛けてみてくれない？　イノさんとアキノリさん、近くにいないかな」

「アキノリさんの携帯なら知ってる。祭りのことで、たまに連絡することがあるから」

奏磨が答えて、電話をかけた。そのあいだに、雛歩と由茉は、女性が身を起こせるように支え、勇麒は草の上からリュックと杖を拾い上げた。

「ラッキー。ちょうど石手寺の前にいるって。いますぐ迎えに行くってさ」

奏磨の返事を受けて、雛歩は女性に語りかけた。

「いま、車が来ます。タクシーじゃなくて、空飛ぶ絨毯みたいなものです」

女性は意味がわからないのか、わずかに眉を寄せた。

「あ、空飛ぶ絨毯というのは、本当ではなくて、この場合は、あれです……」

なんだっけ……ハユ？　ヘユ？　ホユ？

「ヒナ……もしかして、比喩、って言いたい？」

由茉が教えてくれた。それだ……雛歩は女性に頭を下げ、

「ごめんなさい、比喩です。だから空は飛びません。でも、快適ですよ」と答えて、由茉にも、ありがとう、と伝えた。

「あー、来た来た」

奏磨が声を上げる。坂の下に、アキノリさんの引く人力車と、寄り添って走るイノさんの姿が見えてきた。

「おれ、後ろから押すの手伝ってくる」

勇麒が人力車のほうに走り、おれも、と奏磨があとを追う。

雛歩は、由茉と一緒に、女性が道路まで歩いていけるように支えた。

「さあ、帰りましょう」

女性に向けて語りかける。由茉が顔を寄せてきて、

「ヒナ……この場合は、行きましょう、でしょ」

「ううん、この場合は、帰る、なの。さあ、帰りましょう、わたしたちの家で、ゆっくり休んでください……また歩きだせるまで、ゆっくりと」

雛歩たちの頭上で、ばさっと、鳥が羽ばたくのに似た音がした。

雛歩は顔を起こした。まばゆく映える紅葉が、光の中に色を揺らし、涼やかな風がほてった頬を撫でていった。

謝辞

私の生まれ育った家は、道後温泉本館から三百メートルほどしか離れていない場所にありました。豊かな歴史と癒しの湯を持つ、恵まれた土地を故郷にしていると、いまでこそ思いますが、子ども時代は歴史になど関心がなく、有名な温泉につかることのできた日々も、銭湯に入るのと変わらない日常に過ぎず、ありがたがる感覚は（周囲の者にも）ありませんでした。

それどころか、少年時代（ことに中高の頃）は故郷を嫌っていました。田舎ゆえに同調圧力がそれなりに強く、人と違う行動をとると罰せられるか奇異な目で見られる環境に、窮屈な想いがして、早く出ていきたいと願っていました。

そんな私を救ってくれたのは、数少ない友人たちです。あまのじゃく的な性格の私の、校則を含めて多くのルール違反や常識にそむく行為に付き合い、表現者になりたいという私の無謀な夢も笑って応援してくれたのです。のちになって、私が嫌っていたのは、実は故郷ではなく……当時管理の厳しかった学校と、同調圧力に屈してしまいそうな臆病な自分だったと気がつきました。

この物語の成立を助けてくれたのも、友人たちです。故郷でいまはそれぞれ責任あるポストについている仲間たちに、物語の構想段階からアドバイスをもらいました。

ことに、幼稚園からの縁である掛川正利氏には、祭りのことなど監修的な立場で詳しく話を聞かせてもらった上、多くの人を紹介してもらいました。そのお一人、伊佐爾波神社・湯神社八町会総代の西岡義則氏のふところの深いご厚情、道後周辺の方々、八町会の方々および神職の方のご理解があってこそ、本作は成立しています。また愛媛県、松山市の関係者の方々にも、お世話になっています。皆様に対し、心から感謝申し上げます。

文藝春秋の編集者、秋月透馬氏、三阪直弘氏の、献身的な働きと、この物語への熱い姿勢に感謝しています。またチームとしてサポートしつづけてくれている荒俣勝利氏、武田昇氏、素敵な装丁に仕上げてくださった関口聖司氏、さまざまな立場で関わってくださっている同社のスタッフ、私の未熟さを救いつづけてくれている校正の方々にも、あわせて御礼申し上げます。

そして、素晴らしい表紙の絵を描いてくださった彫刻家三沢厚彦さんには、いくら感謝してもしたりません。構想段階から、この物語には三沢さんの温《ぬく》もりのある絵が必要だと直感し、お願いに上がりました。連載時の挿絵まで引き受けてくださり、毎回イマジネーション豊かな挿絵で、私の筆に刺激を与えつづけてくれました。三沢さんの絵がなければ、雛歩たちはここまで成長しなかったでしょう。本当にありがとうございました。

表現者は、また生活者でもあります。日々の暮らしが、物語に影響を与え、かつ私自身を支えてもくれます。身内の者たちへの感謝の想いもここに記します。

内外の悲劇を見聞きするたび、私がこの時代この場所に、この仕事を与えられて生きていることの意味を問わずにはいられません。その問いに対する答えに、この物語がなっていればと願うばかりです。

この物語を書かせてくれたすべての巡り合わせに、重ねて感謝いたします。

天童荒太

二〇一九年　秋

参考資料

《文献》
『道後温泉 増補版』(「道後温泉」編集委員会 編 代表 景浦勉/松山市)
『いよのゆ〈伊豫の湯〉』(高濱虚子 〈復刻版〉/虚子碧梧桐生誕百年祭実行委員会)
『おへんろさん―松山の遍路と民俗―』(松山市教育委員会 編著/松山市教育委員会)
『子規のふるさと 松山・道後温泉』(読売新聞社)
『仰臥漫録 附・早坂暁「子規とその妹、正岡律」』(正岡子規 早坂暁/幻戯書房)
『松山道後案内 附伊豫鐵道の栞』(高濱虚子 明治三十七年版 [複製]/松山市立子規記念博物館友の会)
『四国徧礼霊場記』(寂本原著 村上護訳/教育社)
『わたしも四国のお遍路さん』(平野恵理子/集英社)
『まっぷるマガジン 愛媛 松山・道後温泉 宇和島・しまなみ海道』(昭文社)
『米軍資料から読み解く 愛媛の空襲』(今治明徳高等学校矢田分校平和学習実行委員会 編/創風社出版)
『坊っちゃん』(夏目漱石/新潮文庫)

《映像》
DVD『湯之町大神輿 平成23年』
DVD『湯之町大神輿 平成26年』
DVD『道後八町男まつり 平成29年』(企画制作 伊佐爾波神社・湯神社 八町会)

また、愛媛県、松山市、総務省、松山市立子規記念博物館の各ホームページも閲覧、参考にさせていただきました。

それぞれの著者、著作権者、管理者および団体に、御礼申し上げます。

解説

青木千恵

瀬戸内海に面した温暖な気候に恵まれ、三千年の歴史を誇る道後温泉があり、四国最大の都市でもある愛媛県松山市。本書は、松山市にある遍路宿、「さぎのや」を軸に展開する長編小説だ。四国四県に散在する八十八カ所の霊場を訪ね歩く巡礼と巡礼者を遍路（お遍路さん）といい、遍路宿は、遍路をする人が宿泊する宿のことである。

本書の主人公、雛歩は、まだ十五歳で、中学三年生なのに「帰る場所」をなくしてしまった少女だ。両親と兄の四人で暮らしていたが、事情によって生まれ故郷を離れ、兄とも別れて一人で引き取られた伯父の家をトラブルで飛び出す。裸足で土の道を駆けてけがを負い、雨でずぶ濡れになって朦朧としていたところを、見知らぬ女性に助けられる。〈あなたには、帰る場所がありますか〉。霧の中で女性にそう問われた雛歩にできたのは、わずかに首を横に振ることだけだった。

疲れ果てた雛歩を助けてくれたのは、遍路宿さぎのやの女将、美燈だった。道後温泉に近い、道後湯之町にあるさぎのやに雛歩は運ばれ、手厚く介抱してもらう。そこはとても独特な、歴史のある遍路宿だった。〈宿ではあるんだけど、家、おうち、ずうっと昔からそう呼んでるのよ〉と言う美燈は、なんと八十代目の女将だという。はるか昔、病に倒れた少彦名命を大国主命が抱き上げて霊泉に運び、休ませた。霊泉を見つけた鷺の生まれ変わりである娘が、小さな庵でお接待をしたのが、さぎのやの始まりなのだという。

強さと寛容さを併せ持つ女将、美燈。先代女将の孫で、さぎのやで生まれ育った兄妹の飛朗とこまき。その曾祖母で、先々代女将の鷺野まひわ。カリンさん、マリアさん、ショウコさん、イノさんら、個性豊かな従業員たち。〈あんたは、ここに来るために、いままで旅してきたんぞな〉とまひわに言われ、温かく迎え入れられた雛歩は、さぎのやの人々の親切に驚き、おどおどしてしまう。伯父の家では、介護を担う〝ヤングケアラー〟となって時間と労力を搾取され、学校ではいじめられた。生まれ故郷を離れてからずっとつらいことの連続で、人を信頼できなくなっていたからだ。だが助けられた翌日、女性のお遍路さんの話を聞き、〈ここは、この家は、いつだってあります。だから、お待ちしています〉と、無意識に出た言葉で励ます。さぎのやにいるうちに雛歩の中で生まれた想いが、悲しみを抱えた女性に対して「巡った」のだ。それからの雛歩は、さぎのやで暮らしながら、自分の過去や心の傷と向き合っていく――。

まだ十五歳で、「家」で「家族」に守られているはずの年代なのに、雛歩は独りぼっちだった。本書の魅力を挙げると、まずは、巣からはぐれてしまった、雛鳥のような少女を主人公にし、十代の視点からその目に映る「世界」を描いた、青春小説、成長小説である点だと思う。家族と離れて伯父の家に引き取られた雛歩は、さぎのやに来て、人や町と出会っていく。読者は物語を読みながら、「帰る場所」を喪失したのは雛歩だけではないことに気づくだろう。年代も経歴も職業も多様な人々と遍路宿のありようが、雛歩のまっさらな目線から描きだされる。巡礼者と「帰る場所」という重厚なテーマを扱いながら読み心地が重くなく、むしろ軽やかなのは、「これから」を生きる少女の視点で描かれているからだろう。もともとは明るい性格だった雛歩は、いろいろあって勉強が遅れ、歴史も地理もよく知らないので、たとえばリヒテンシュタインとフランケンシュタインの違いがわからない。小賢しくない、とも言える。大人たちが話すことに対する反応がいちいちずれるので、ちょっとユーモラスなのである。目の前の出来事に一喜一憂し、いろんな人々の想いに触れて、自分を取り戻していく雛歩の感情が、精細に描かれている。

次に、著者の天童荒太さんが故郷を描いた小説であるのも、本書の読みどころだ。松山城を中心に発展した旧城下町の松山市は、豊かな歴史を持ち、一九九四年に現役の公衆浴場として初めて国の重要文化財に指定された、道後温泉本館もある。〈いきなり道後の町が眼下に広がった。道後温泉本館が見下ろせる。壮麗な建物の上を飛び、松山城が自分と同じ目の高さになる。松山市街のずっと先、キラキラ光る海まで見渡せる。／

はるか彼方だった青い空が近くなり、太陽の光に目がくらむ〉。生まれ故郷の光景や空気感を描きだす筆致はあざやかで、けがが癒えて外出できるようになった雛歩とともに、松山市街の町歩きや秋祭りの光景を臨場感たっぷりに楽しめる。本書で少し触れられている谷崎潤一郎著『細雪』が上方の伝統文化に触発された物語であるように、本書もまた、松山市と遍路宿という舞台があって生まれた作品だ。

また松山市は、俳人の正岡子規が育ち、文豪の夏目漱石が明治二十八（一八九五）年に英語教師として赴任した、文学とゆかりの深い町でもある。「われの星　燃えておるなり　星月夜」（高浜虚子）、「遊ぶ子の　ひとり帰るや　秋のくれ」（正岡子規）、「いつまでも　忘れじ秋の　この旅を」（柳原極堂）などの俳句や、松山赴任時の体験を元にした漱石の小説『坊っちゃん』が、物語に盛り込まれている。〈あ……雛歩は、自分のいまの状況と思い合わせ、その句に心が添うのを感じた〉、〈いま雛歩は、さぎのやでの数日を経験して、坊っちゃんにとって、あのお婆さんが、「帰る場所」だったんだ、と思い至った〉。ずっと前に亡くなった俳人や小説家の孤独と、雛歩の孤独が、「言葉」を通して共振する。雛歩は人と出会い、町を歩き、言葉に触れて、自分の経験と感覚で孤独を受け止める。〈自分が失われることが、ずっと怖かった。でも……包み込まれたぬくもりの中で溶けてゆくことは、決して自分がなくなってしまうことじゃない。包んでくれる相手と、一つになること。一緒に笑い、一緒に泣いて、守り合える、助け合えるということ……〉。雛歩はなぜ、さぎのやに来ることになったのか。一つひとつ丁寧に紡がれたエピソードを通して、読者の腑に落ちてくる。

そしてもうひとつ、十五歳の雛歩が生きている「今」の社会状況を、ありありと描きだしているところも、本書の魅力だと思う。

天童荒太さんは、三十年以上にわたり「この時代」と向き合って物語を創りつづけてきた小説家だ。一九九三年に文芸記者になった私（青木）は、同年の第六回日本推理サスペンス大賞の受賞者会見で初めて天童さんを見て、とても印象に残っている。都会的なミステリー作家と思ったが、それからの作家活動を見ると、天童さんが向き合っていたのは、人間という生き物が織りなす世界そのものだったのかもしれない。本書に登場する、さぎのやで生まれ育った飛朗とこまきが、一人前の弁護士や看護師になるよりも、もっと高いところに目標を据えているように。そして本書の物語は、とある遍路宿と、日本の地方都市を舞台にしながら、「今」の世界を広く捉えている。雛歩ら人間を生きづらくさせている事柄や閉塞感へのカウンターとなるべく、もっと広く、高いところへと眼差しを伸ばしていると思う。〈ただし……人間は、ほかの生き物より知恵はあるものの、欲もそのぶん深うございます。他人よりもっと楽な暮らしを、もっと多くの富を、と欲にかられれば、いとも簡単に正しき道を踏み外すでしょう〉。だから人間社会よりも広く高い空に向かって、のびのびと羽を広げる。内外の悲劇を見聞きしながら、それでも人間を信頼して、世界と向き合って描きだした物語を投げかける。

〈うん。日本を訪れて、霊場を回る人たちは、精神的な迷いはあるとしても、物質的には帰る場所があるだろうね。でも世界的に見れば、現実に帰る場所を失った人というのはとても多い……内戦や紛争や貧困や犯罪によって、住む家を失ったり、ふるさとの町や村が破壊されたりした人というのは……日本にいるとわからないけど、本当に多いんだよ〉と、飛朗は雛歩に言う。紛争や犯罪ばかりではない。外からは何事もないように見える「家」や「学校」で虐待や抑圧があれば、そこは「帰る場所」ではなくなるだろう。

〈みんないつも急いでいて、きりきりしてて、頑張ってる。けど、その姿が痛々しいことがある。もちろんいい人も多い、いや、ほとんどいい人だよ。ただ自分たちの暮らしや理想を追うのに精一杯って感じで、とても助け合う雰囲気じゃない。だから巡ってかない、人々の想いも、いいことも、滞って、巡らない……それが、さぎのやの外の世界の普通なんだ。そっち側から見たら、さぎのやは普通じゃない〉とも、飛朗は言う。桃源郷のようなさぎのやもまた、世界の中にあり、ともすれば飲み込まれてしまう。そうならないようにするには、どうすればいいのだろう。

天童荒太さんが小説で描いているのは、歴史の年表に載ることのない、孤独や悲しみを抱えて生きる庶民の物語だ。本書なら、〈年表には載らない人々の悲しみやつらさを受け止めて、女将という存在によって記されつづけてきた庶民の歴史、巡礼者の歴史、と言えるもの〉。上昇志向が強く、歴史の一部になりたい人々よりも、実は庶民のほうがはるかに多いし、そこで織りなされる世界のほうが広く、奥行きは深い。作中の人々はさぎのやに来て疲れた心身を休め、また歩き出す。巡礼者たちと伴走して物語を紡いできた天童さんも、旅の途上にいるのだと思う。

〈さぎのやは、ずっとあります〉と、雛歩が女性のお遍路さんに言ったように、「物語も、ずっとあります」と私は言いたい。

十代の雛歩から、日本が焼け野原になった戦争を経験した先々代女将のまひわまで、本書には、いろんな年代の人々が続々と登場する。遍路宿がある町を舞台にしているからだ。

どの年代の人も、旅の途上にいる巡礼者なのだろう。この物語を読むと、ひと時心を休められると思う。いつでもどこでもページを開くと、「帰る場所」になる。

（書評家）

初出　オール讀物
２０１８年11月、12月、２０１９年1月、2月、3・4月、5月、6月、7月号
単行本　２０１９年10月　文藝春秋刊
ＤＴＰ制作　エヴリ・シンク

文春文庫

巡《じゅん》礼《れい》の家《いえ》

定価はカバーに
表示してあります

2022年12月10日　第1刷

著　者　天《てん》童《どう》荒《あら》太《た》
発行者　大沼貴之
発行所　株式会社 文藝春秋

東京都千代田区紀尾井町 3-23　〒102-8008
TEL 03・3265・1211㈹
文藝春秋ホームページ　http://www.bunshun.co.jp

落丁、乱丁本は、お手数ですが小社製作部宛お送り下さい。送料小社負担でお取替致します。

印刷製本・凸版印刷

Printed in Japan
ISBN978-4-16-791970-2

（　）内は解説者。品切の節はご容赦下さい。

辻堂ゆめ
お騒がせロボット営業部！
社運をかけ開発された身長80センチの人型ロボット。実用性ゼロのポンコツなのに、次々と事件の犯人にされて…新人女子とイケメンコンビは謎を解けるか!?　新感覚ロボットミステリー。
つ-26-1

天童荒太
ムーンナイト・ダイバー
震災と津波から四年半。深夜に海に潜り被災者の遺留品を回収する男の前に美しい女が現れ、なぜか遺品を探さないでほしいと言う――。現場取材をしたから書けた著者の新たな鎮魂の書。
て-7-5

堂場瞬一
帰還
東日新聞四日市支局長の藤岡裕己が溺死。警察は事故と結論づけたが同期の松浦恭司、高本歩美、本郷太郎の三人は納得がいかず、それぞれの伝手をたどって、事件の真相に迫っていく。
と-24-19

土橋章宏
チャップリン暗殺指令
昭和七年（一九三二年）、青年将校たちが中心となり首相暗殺などクーデターを画策。陸軍士官候補生の新吉は、来日中の喜劇王・チャップリンの殺害を命じられた――。傑作歴史長編。
と-33-1

中島らも
永遠《とわ》も半《なか》ばを過ぎて
ユーレイが小説を書いた？　三流詐欺師が写植技師と組み出版社に持ち込んだ謎の原稿。名作の誕生だ。これが文壇の大事件となって……。輪舞する喜劇。痛快らもワールド！　（山内圭哉）
な-35-1

中島京子
小さいおうち
昭和初期の東京、女中タキは美しい奥様を心から慕う。戦争の影が濃くなる中での家庭の風景や人々の心情。回想録に秘めた思いと意外な結末が胸を衝く、直木賞受賞作。　（対談・船曳由美）
な-68-1

中島京子
のろのろ歩け
台北、北京、上海。ふとした縁で航空券を手にし、忘れられぬ旅の光景を心に刻みこまれる三人の女たち。人生のターニングポイントにたつ彼女らをユーモア溢れる筆致で描く。　（酒井充子）
な-68-2

中島京子
長いお別れ
認知症を患う東昇平。遊園地に迷い込み、入れ歯は次々消える。けれど、難読漢字は忘れない。妻と3人の娘を不測の事態に巻き込みながら、病気は少しずつ進んでいく。（川本三郎）
な-68-3

中山七里
静おばあちゃんにおまかせ
警視庁の新米刑事・葛城は女子大生・円に難事件解決のヒントをもらう。円のブレーンは元裁判官の静おばあちゃん。イッキ読み必至の暮らし系社会派ミステリー。（佳多山大地）
な-71-1

中山七里
テミスの剣《つるぎ》
自分がこの手で逮捕し、のちに死刑判決を受けて自殺した男は無実だった？　渡瀬刑事は若手時代の事件の再捜査を始める。冤罪に切り込む重厚なるドンデン返しミステリ。（谷原章介）
な-71-2

中路啓太
ゴー・ホーム・クイックリー
戦後、GHQに憲法試案を拒否され英語の草案を押し付けられた日本。内閣法制局の佐藤らは不眠不休で任務に奔走する。日本国憲法成立までを綿密に描く熱き人間ドラマ。（大矢博子）
な-82-1

楡　周平
ぷろぼの
人材開発課長代理　大岡の憂鬱

大手電機メーカーに大リストラの嵐が吹き荒れていた。首切り担当部長の悪辣なやり口を聞いた社会貢献活動の専門家「プロボノ」達は、憤慨して立ち上がる。（村上貴史）
に-14-4

貫井徳郎
新月譚
かつて一世を風靡し、突如、筆を折った女流作家・咲良怜花。彼女に何が起きたのか？　ある男との壮絶な恋愛関係が今語られる。恋愛の陶酔と地獄を描きつくす大作。（内田俊明）
ぬ-1-7

貫井徳郎
神のふたつの貌《かお》
牧師の息子に生まれた少年の無垢な魂は一途に神の存在を求めた。だが、それは恐ろしい悲劇をもたらすことに……。三幕の殺人劇の果てに明かされる驚くべき真相とは？（三浦天紗子）
ぬ-1-9

（　）内は解説者。品切の節はご容赦下さい。

屋上のウインドノーツ
額賀　澪

引っ込み思案の志音は、屋上で吹奏楽部の部長・大志と出会い、人と共に演奏する喜びを知る。目指すは「東日本大会」出場！圧倒的熱さで駆け抜ける物語。松本清張賞受賞作。（オザワ部長）

ぬ-2-1

さよならクリームソーダ
額賀　澪

美大合格を機に上京した友親に、やさしく接する先輩・若菜。しかし、二人はそれぞれに問題を抱えており――。少年から青年に変わっていく、痛くも瑞々しい青春の日々。（川﨑昌平）

ぬ-2-2

六月の雪
乃南アサ

三十二歳独身、声優になる夢に破れ、祖母の生まれ故郷の台湾・台南市を訪ねた未來は、その旅の中で台湾の人々が生きてきた戦中戦後の過酷な時代の傷跡を知る。（川本三郎）

の-7-12

三途の川のおらんだ書房
迷える亡者と極楽への本棚
野村美月

「人生最後にして最上の一冊選びます」。三途の川べりにある書店の店主は、未練を抱える死者たちに優しく寄り添い成仏へと導く本を探すが――。本好きに贈るビブリオ・ファンタジー。

の-23-1

三途の川のおらんだ書房
転生する死者とあやかしの恋
野村美月

三途の川のほとりにある〈おらんだ書房〉に、ある日突然、鬼を左右に従えた怪しい老人が現れた。この老人は一体何者なのか？「文学少女」シリーズの著者による、最新の書き下ろし。

の-23-2

最終便に間に合えば
林　真理子

新進のフラワーデザイナーとして訪れた旅先で、7年ぶりに再会した昔の男。冷めた大人の孤独と狡猾さがお互いを探り合う会話に満ちた、直木賞受賞作を含むあざやかな傑作短編集。

は-3-38

最高のオバハン
中島ハルコの恋愛相談室
林　真理子

中島ハルコ、52歳。金持ちなのにドケチで口の悪さは天下一品。嫌われても仕方がないほど自分勝手な性格なのに、なぜか悩み事を抱えた人間が寄ってくる。痛快エンタテインメント！

は-3-51

馳　星周
生誕祭（上下）
バブル絶頂期の東京。元ディスコの黒服の堤彰洋は地上げで大金を動かす快感を知るが、裏切られ、コカインとセックスに溺れていく。人間の果てなき欲望と破滅を描いた傑作。（鴨下信一）
は-25-4

馳　星周
アンタッチャブル
ドジを踏んで左遷された宮澤と、頭がおかしくなったと噂される公安の〝アンタッチャブル〟椿。迷コンビが北朝鮮工作員のテロ計画を追う！　著者新境地のコメディ・ノワール。（村上貴史）
は-25-9

原田マハ
キネマの神様
四十歳を前に突然会社を辞め無職になった娘と、借金が発覚したギャンブル依存のダメな父。ふたりに奇跡が舞い降りた！　壊れかけた家族を映画が救う、感動の物語。（片桐はいり）
は-40-1

原田マハ
太陽の棘《とげ》
終戦後の沖縄。米軍の若き軍医・エドは、沖縄の画家たちが集団で暮らすニシムイ美術村を見つけ、美術を愛するもの同士として交流を深めるが…。実話をもとにした感動作。（佐藤　優）
は-40-2

濱　嘉之
警視庁公安部・青山望
完全黙秘
財務大臣が刺殺された。犯人は完黙し身元不明のまま。捜査する青山望は政治家と暴力団・芸能界の闇に突き当たる。元公安マンが圧倒的なリアリティで描くインテリジェンス警察小説。
は-41-1

濱　嘉之
警視庁公安部・片野坂彰
紅旗の陰謀
コロナ禍の中、家畜泥棒のベトナム人が斬殺された。警視庁公安部付・片野坂彰率いるチームの捜査により、中国の国家ぐるみの〝食の簒奪〟が明らかに。書き下ろし公安シリーズ第三弾！
は-41-43

羽田圭介
スクラップ・アンド・ビルド
「死にたか」と漏らす八十七歳の祖父の手助けを決意した健斗の意外な行動とは!?　人生を再構築中の青年は、祖父との共生を通して次第に変化してゆく。第153回芥川賞受賞作。
は-48-2

文春文庫　最新刊

妖の掟　誉田哲也
「闇神」の紅鈴と欣治は暴行されていた圭一を助けるが…

本意に非ず　上田秀人
光秀、政宗、海舟…志に反する決意をした男たちを描く

白い闇の獣　伊岡瞬
少女を殺したのは少年三人。まもなく獣は野に放たれた

巡礼の家　天童荒太
行き場を失った人々を迎える遍路宿で家出少女・雛歩は

介錯人　新・秋山久蔵御用控（十五）　藤井邦夫
粗暴な浪人たちが次々と殺される。下手人は只者ではない

東京オリンピックの幻想　十津川警部シリーズ　西村京太郎
1940年東京五輪は、なぜ幻に？　黒幕を突き止めろ！

スパイシーな鯛　ゆうれい居酒屋2　山口恵以子
元昆虫少年、漫談家、漢方医…今夜も悩む一見客たちが

ハートフル・ラブ　乾くるみ
名手の技が冴える「どんでん返し」連発ミステリ短篇集！

見えないドアと鶴の空　白石一文
妻とその友人との三角関係から始まる驚異と真実の物語

淀川八景　藤野恵美
傷つきながらも共に生きる――大阪に息づく八つの物語

銀弾の森　禿鷹Ⅲ〈新装版〉　逢坂剛
渋谷の利権を巡るヤクザの抗争にハゲタカが火をつける

おやじネコは縞模様〈新装版〉　群ようこ
ネコ、犬、そしてサルまで登場！　爆笑ご近所動物エッセイ

刑事たちの挽歌〈増補改訂版〉　警視庁捜査一課「ルーシー事件」　髙尾昌司
ルーシー・ブラックマン事件の捜査員たちが実名で証言